나인
타인

# 프롤로그

"그래서요? 아, 알겠네요. 강마로 씨도 그런 사람이었군요. 아직도 사건 현장에 구경 오는 사람들 종종 있어요. 범죄 연구라는 미명으로 저열한 관음증을 그럴싸하게 포장하는 뻔뻔스런 종자들이죠. 강마로 씨도 내가 궁금해요? 칼에 찔린 여자가 어떻게 생겼는지 알고 싶었어요? 어떻게 살아났는지 궁금했어요? 대체 뭐가 그리 알고 싶은지 다 말해 봐요!"

내가 화를 터뜨리자 강마로는 당혹스럽다는 듯이 머리를 벅벅 긁었다.

"저기…… 제가 찾아온 이유는 그게 아닌데요."

"그럼 뭔데요!"

"지혜 씨랑 같이 범인을 잡으려고요."

강마로가 던진 뜻밖의 발언에 어안이 벙벙했다. 잠시 정신을 추스르고 물었다.

"범인을 잡자고요? 강마로 씨, 뭐하는 사람인데요?"

"어, 명함 보고 전화 주셨잖아요?"

"명함 봤죠."

"그럼 알 텐데요. 탐정입니다."

황당무계하던 강마로의 명함이 불쑥 떠올랐다. 그래, 이 남자 자기 직업을 탐정이라고 했었지.

"정식으로 인사드립니다. 지혜 씨와 함께 미궁에 빠진 2년 전 사건을 해결하러 찾아온 탐정 강마로입니다."

나는 가슴을 쫙 펴고 당당하게 말하는 강마로를 멍하니 쳐다볼 수밖에 없었다.

# 1장
## 6월 10일 금요일 15시 56분

늦은 오후의 지하철은 나이 드신 몇 분만 드문드문 자리를 채워 시골 열차 같이 나른한 분위기를 풍겼다. 하지만 출근 시간인 4시까지 5분도 채 남지 않은 나는 조급한 마음을 억누르기 힘들었다. 급기야 내려야 하는 역이 두 정거장 남았을 쯤에는 좌석에 엉덩이를 반만 걸쳤을 지경이었다.

제아무리 집에서 일찍 나오면 뭐하나. 지하철 고장으로 30분이나 발을 동동 굴렀는데……. 나는 깊은 한숨을 내쉬며 운동화 끈을 고쳐 매었다. 막 오른발 끈을 단단히 묶었을 때 목적지인 창동역에 도착했다. 총성을 들은 단거리 선수처럼 뛰쳐나가 계단을 올랐다. 우아하게 에스컬레이터를 탈 상황이 아니었기 때문이다.

역 바깥으로 통하는 출구로 나와 헐레벌떡 뛰었다. 목적지는 창동역 앞에 늘어선 커다란 상가 중 한 곳으로 원래대로라면 느긋하게 걸어서 5분 거리이다. 하지만 오늘은 미친년처럼 산발을 하고 뛰어도 제시간에 댈까 말까인 상황.

간신히 목적지에 도착하자마자 핸드폰을 보니 막 4시 6분을 지나고 있었다. 지각 확정이구나. 착잡한 심정으로 고개를 들어 위를 올려다보았다. 옆으로 널찍한 회색 5층 건물의 꼭대기층, '龍門學院'이라는 네 글자가 띄엄띄엄 패널로 붙어 있는 이 입시 전문학원이 현재 나의 직장이다. 그리고 이곳에서는 평소 지각을 가장 싫어하는 원장님이 도끼눈을 뜨고 날 기다리고 있을 게 뻔했다. 더 늦었다가는 호미로 막을 걸 가래로 막게 된다. 나는 내키지 않는 걸음을 재촉했다.

유리로 된 정문을 열면 바로 나오는 방이 원장실, 그 너머의 넓은 방이 교무실이다. 발소리를 최대한 죽여 교무실로 다가가 두 번 문을 노크하고 열었다. 교무실 안에 있는 모두의 시선이 일제히 내게로 향했다.

교무실 중앙의 테이블에 둘러앉은 사람들을 얼른 훑었다. 원장님 빼고 열한 명, 나만 늦었구나. 타는 듯이 홧홧한 얼굴을 가리려고 누구에게랄 것도 없이 꾸벅 고개를 숙인 뒤 테이블 끝의 빈자리에 앉았다.

"유 선생, 왜 이렇게 늦어?"

머리에 서리가 허옇게 내려 언뜻 보면 인자한 할아버지 같은 외모의 원장님이 기어코 한마디를 던졌다. 가뭄에 콩 나듯 그냥 넘어갈 때도 있지만 일단 시작하면 얼굴이 시뻘게질 때까지 잔소리를 이어 나가는 양반이다. 나는 눈물이 나올 것 같은 기분으로 고개를 조아렸다.

"인간관계, 조직생활의 기본은 시간이야. 나는 말이지, 가장 기본적인 걸로 사람을 판단하거든. 만 원 안 갚는 놈이 1000만 원 빚지면 갚겠어? 약속도 마찬가지야. 잘나 빠진 약속시간조차 지키지 못하는 사람이 무슨 큰일을 하겠나. 내가 약관 서른 살의 나이로 학원을 열고 선생들을 뽑을 때 제일 먼저…….'

"원장님, 약관은 스물입니다."

눈치 없기로는 둘째가라면 서러울 부원장님이 끼어들었다. 풋, 몇 명의 강사가 참지 못하고 자전거 타이어에 바람 빠지는 소리를 냈다. 대참사 확정.

"허어, 이 사람!"

원장님은 네까짓 게 감히 웃어른을 능멸하느냐는 듯 돋보기 너머 눈을 동그랗게 뜨고 40대 후반의 부원장님을 노려보았다. 일이 더 커지기 전에 죄인이 나서 수습하는 게 상책이겠다.

"죄송해요, 원장님. 전부 제 잘못이에요. 평소에 원장님 가르침을 잘 새겨들었어야 했는데, 제가 직장생활에서 가장 기본이 되는 걸 잠시 망각한 것 같아요."

아프리카 초원에서 사자를 맞닥뜨린 영양처럼 넙죽 엎드린 자세에 고분고분한 얼굴을 곁들였다. 먹고 살기 참으로 힘들다.

"하긴 유 선생은 이번이 초범이니까. 다음부터 회의시간에 늦지 맙시다. 알았지? 그리고 부원장은 끝나고 내 방으로 와요."

단단히 망신을 당할 뻔한 상황에서 자기편이 돼 준 게 고마웠는지 원장님은 폭발 직전에 멈췄고, 대신 부원장님의 얼굴이 흙빛으로 물들었다. 이쯤 해서 상황이 종료되면 얼마나 좋을까마는 역시나 이소영 선생님의 사나운 시선이 내 얼굴에 따갑게 꽂혔다.

"자, 하던 얘기로 돌아와서…… 이번 주 공지사항은 친구 소개 이벤트입니다. 그것이 무엇이냐? 원생이 자기 친구를 데려오면 그 원생에게 여러 말 필요 없이 즉시 2만 원을 지급한다 이거요. 부모들한테 알리지도 않고 말이야. 어때, 애들이 아주 좋아하겠지? 친구하나 데려오면 며칠 치 피시방 값 나오는 거 아니야. 안 그래요?"

이것이 최근의 원생 등록 부진을 타개하기 위한 원장님의 비책인가. 1979년부터 2016년 올해까지 이 바닥에 있었다는 백전노장이 쓰기에는 졸렬한 수법이 아닐 수 없다. 제대로 된 학원이라면 피라미드 사업 흉내를 낼 게 아니라 수업 내용이나 교재 등 내실로 승부해야 할 텐데.

"어때, 유 선생? 별로야?"

"그럴 리가요. 정말 탁월한 아이디어세요."

속마음과는 아랑곳없는 내 대답에 원장님이 인자한 할아버지처럼 껄껄 웃었다.

"다들 알다시피 2주 있으면 애들 기말고사니까 슬슬 고삐 좀 당기고. 거 뭐냐, 시간 날 때마다 애들 고민도 잘 들어줘요. 좋은 선생은 수업만 잘한다고 되는 게 아니오. 내가 애네들 인생의 후원자다, 생각하고 가정문제나 이성문제 같은 것에도 귀를 좀 기울여. 어른들이 보기엔 우습지만 그 나이 대 애들한텐 그게 세상의 전부잖소. 내 교육대학원 논문에서도……."

명색이 주간회의인데, 회의는 어디 갔는지 원장님 혼자만 떠든다.

끈질기게 이어지는 훈시에 슬슬 눈꺼풀이 무거워질 무렵 드디어 원장님의 배터리가 다 된 모양이었다. 원장님이 몸 둘 바를 모르는 부원장님과 함께 교무실을 나가자 간신히 작은 평화가 찾아왔다. 어지간히 질려 있던 강사들은 하품을 하거나 기지개를 켜며 몸을 풀었다.

"하필이면 회의 있는 날 늦어서 괜히 혼났네. 짜증났지?"

그나마 친하게 지내는 국어 담당 안도연 선생님이 평소처럼 눈웃음을 치며 말했다. 나는 과장스럽게 얼굴을 찡그려 죽다 살아났다는 흉내를 냈다.

"그러게요. 금요일만 아니면 안 걸렸을 텐데."

분주히 각자 책상으로 돌아가는 강사들을 보며 또 다른 공격을 기다렸다. 슬슬 시작할 때가 됐지.

"유 선생님은 좋겠어. 역시 세상은 예쁘고 봐야 해. 내가 그랬으면 아직까지 잔소리가 안 끝났을걸."

어느 결에 내 옆에 다가온 이소영 선생님이 나를 내려다보며 말했다. 한 자나 튀어나온 입을 감출 마음도 없어 보였다.

"아이, 소영 쌤. 그만하세요. 안 그래도 지혜 쌤도 스트레스 엄청 받았을 텐데."

고맙게도 도연 언니가 대신 나서주었다.

"무슨 스트레스를 받아? 원장님이 저렇게 예뻐하시는데. 정말 질투 나 죽겠다니까."

기계적으로 죄송하다고 대꾸했다. 세상에 질투 날 것도 참 많다. 일흔이 다 되어 가는 영감에게 예쁨 받아서 뭐에 쓴단 말인가. 그러나 도연 언니가 계속 팔을 잡아끌며 말리는데도 그녀의 입은 멈추지 않았다.

"왜 그래, 내가 틀린 말했어? 면접 때부터 유별났잖아. 경력도 하나도 없는 사람을 그날 바로 뽑고."

"뽑을 만하니까 뽑았죠. 인물 좋고, 학벌도 좋고, 유학파에……."

"내 말이. 그 좋은 학교 나와서 왜 이런 일을 하냐고? 참 나, 이해가 안 가."

도연 언니는 이소영 선생님의 등을 꼬집기까지 하면서 제지하려 애썼다. 그녀는 도연 언니의 손에 이끌려 자기 책상으로 가는 내내 쉬지 않고 툴툴거렸다. 나도 들리지 않도록 한숨을 쉬며 내 자리로 가서 컴퓨터를 켰다.

6개월 전, 인터넷에서 구직 사이트를 검색하다가 이곳에 이력서를 보냈다. 다섯 달 넘게 백수로 지내다 보니 집에 눈치가 보여서였다. 지원을 하고도 반신반의했지만 운 좋게 바로 다음 날 면접이 잡혔다. 원장님과 마주한 면접은 5분 만에 끝났고, 그 자리에서 내주부터 출근하라는 합격 통보를 들었다.

이소영 선생님의 말처럼 나 역시 당시에는 무경력자인 날 왜 단번에 채용했는지 이해가 가지 않았다. 물론 지금은 알고 있다. 내 입으로 말하긴 뭐하지만 제법 단정한 용모에 대학 전공도 영어, 호주로 어학연수도 1년간 다녀왔다. 하지만 무엇보다 가장 커다란 이유는 초보라서 최저연봉만 지급하면 족했기 때문일 터였다. 그나마도 첫 석 달은 수습기간이라는 명목으로 말도 안 되는 금액만 받았다.

전의 직장보다 3분의 1가량 줄어든 연봉 말고는 나빠질 게 없을 거라고 기대했지만 반년 가까이 다녀본 결과 그렇지도 않았다. 여느 직장처럼 이곳에도 다양한 스트레스 요인이 있었고, 그중 내 옆자리를 쓰는 이소영 선생님도 큰 몫을 했다.

우리 학원에서는 국영수와 사회, 과학, 이렇게 다섯 과목을 가르친다. 당연히 같은 과목 강사들끼리 친하게 지내는 경우가 많은데, 나와 같은 영어 과목의 그녀는 유독 나를 못 잡아먹어서 안달이다.

"아, 이거 좀 이상하네."

그새 교재를 펼친 이소영 선생님은 깊숙이 고개를 숙인 채 끙끙거렸다. 한참을 씨름하던 그녀가 왼쪽 옆자리의 내게는 시선도 주지 않고, 오른쪽 김성범 선생님의 팔을 툭툭 쳤다.

"성범 쌤, 잠깐만. 아까부터 봤는데 이거 교재가 잘못된 것 같아. 문제에 나온 문장이랑 답에 쓰인 해석이 안 맞아."

"아, 이거요? 그렇잖아도 애들이 많이 헷갈리는 단어예요. 'successive'는 '연속'이라는 뜻이고, 'successful'은 '성공적.' 얼핏 보면 'successive'도 성공이랑 비슷한 뜻처럼 보여서 까딱하면 실수하죠."

그녀가 검지로 가리킨 부분을 읽은 김성범 선생님이 씩 웃으며 답했다. 그녀는 작은 탄성을 발하고 다시 교재에 코를 박았다. 실은 이게 그녀가 나를 싫어하는 제일 큰 이유였다. 반반한 얼굴 하나 믿고 인생 쉽게 사는 것도 얄미운데, 별다른 노력을 하지 않고도 수업을 잘만 진행하니 단단히 약이 오르는 것이다.

올해 서른다섯 살인 이소영 선생님은 2년제 전문대에서 영어와 무관한 전공을 공부했다. 솔직히 학벌에 편견이 없는 내가 봐도 아이들을 가르치기에는 버거운 실력이었다. 입시가 코앞인 고등학생반은 완전히 턱도 없었고, 중학생반도 지금처럼 선행학습을 하지 않으면 수업을 진행할 수 없었다. 아마 그녀 또한 나처럼 원장님의 인건비 절감 계획의 일환으로 뽑혔을 터였다. 전공자도 아닌 데다, 영어 실력도 그저 그러니 다른 사람보다 훨씬 낮은 월급으로도 나처럼 별말 없이 출근을 하는 걸 테고.

나는 뒤를 잘 살피고는 문서 폴더에서 '업무 일지'를 불러냈다. 하루의 업무를 끝마치면 의무적으로 쓰고 제출해야 하는 문서를 출근하자마자 쓰는 건 퇴근 후에 모처럼 약속이 있는 탓이다. 오늘은 1분이라도 빨리 나가고 싶었다. 어차피 애들 가르치는 내용이 달라질 것도 없고, 그날이 그날이라 적당히 지어 쓰면 끝. 몰래 일지를 작성한 뒤에는 이곳저곳 인터넷 사이트를 돌아다니며 시간을 때웠다. 고작 중학생반 수업이라서 특별한 준비는 필요 없다. 별 관심도, 열정도 없는 직장을 다닌다지만 너무 날로 먹는 게 아닌가 싶은 죄책감이 들었다.

금요일 1교시는 5시 35분부터 시작이었다. 40분 수업에 5분 휴식. 4교시까지 마치고 8시 30분에 한 타임을 쉰 다음 마지막 수업을 해야 하는 강행군이다.

4교시가 끝나자 여느 날처럼 축 늘어진 파김치가 되었다. 발등에 불이 떨어진 고등학생들과 달리 중학생들은 부모의 성화에 못 이겨 억지로 등록한 아이들이 대다수였다. 열두세 명 정도가 한 반의 정원인데, 당연히 수업 분위기가 좋을 리 없어 논두렁 개구리처럼 끊임없이 떠드는 아이들을 통제하느라 목이 쉴 지경이었다. 그래도 한 시간만 참으면 반가운 친구들을 만난다는 설렘으로 겨우 버텨내는 중이었다.

대망의 마지막 수업은 내가 담임하는 중학교 2학년 반이었다. 우리 학원에서는 강사 한 명당 세 반의 담임을 맡겨 관리하게 한다. 강의와는 또 다른 보너스 업무인 셈이다. 그렇다고 학교의 담임 선생님처럼 세심하게 관리하느냐 하면 그건 아니고 출석 체크나 하는 정도지만.

길었던 하루의 끝이 그나마 익숙한 아이들이 있는 담임 반이라 다행이었다. 아, 처음에는 그렇게 생각했다.

"선생님, 할 말 있어요."

한창 전치사들이 빠진 문장에서 올바른 전치사를 채우는 문제를 풀고 있을 때 김기훈이라는 아이가 손을 들었다. 다른 아이도 아니고 학원에서 소문난 말썽쟁이라서, 녀석이 입술을 살짝만 벌려도 가슴이 철렁한다. 나는 조금 이따가 하라는 표시로 손을 내저었지만 김기훈은 아랑곳하지 않았다.

"야, 다들 내 말 좀 들어봐. 우리가 비싼 돈 내고 아무한테나 배울 순 없잖아. 선생님도 검증이 필요한 것 같지 않냐?"

김기훈이 반 아이들을 두루 둘러보며 물었다. 일곱 명의 남자애들은 이 녀석이 무슨 재미난 상황을 만들려고 그러나 싶어 벌써부터 킥킥거렸고, 다섯 명의 여자애들은 대놓고 웃지는 않아도 흥미에 겨워 눈동자가 반짝반짝했다.

"검증을 하려면 적어도 나보단 영어를 잘해야 하지 않겠니? 그래야 맞는지 틀리는지 알지. 그러니까 조용히 하고 수업이나 똑바로 들어."

내 말에 김기훈은 비열해 보이기까지 하는 미소를 띠며 대꾸했다.

"Look at the fur(저 털을 봐요). Can I touch it(만져 봐도 돼요)? 한 번 해 보세요."

"내가 네 장난감이니? 그걸 왜 해."

단번에 일축했지만 기분은 과히 좋지 않았다. 이 녀석은 최근 텔레비전 광고에서 나온 영어 대사를 따라 하라고 주문하고 있었다. 내 발음이 텔레비전에서 나온 외국인의 그것과 조금이라도 다르면 그걸 트집 잡아 공격하려는 거겠지.

"못해요? 와, 우리 이딴 것도 못하는 강사한테 배우고 있었어!"

김기훈은 과장스럽게 눈을 치켜뜨며 아이들에게 말했다. 뱃속 깊은 곳부터 슬슬 화가 치밀어 올랐다. 어제 이 녀석이 부탁한 학교 영어 숙제를 거절하자 제 딴에 복수한다고 이러는 모양이었다.

"내가 외국인도 아닌데 어떻게 걔네들이랑 똑같이 하니? 그만하고 수업이나 잘 들어. 너 때문에 다른 애들까지 피해 보잖아."

"싸구려 강사."

한 자, 한 자 녀석이 씹어뱉듯 말한 두 단어의 조합에 피가 싸늘하게 식는 기분이었다. 나는 녀석의 자리로 천천히 다가갔다. 걷잡을 수 없을 만큼 다리가 떨려 몇 걸음 떼는 것조차 힘들었다. 그동안 아이들로부터 모욕에 가까운 얘기들을 숱하게 들어봤지만 이 정도 폭언은 처음이었다.

"너 일어나! 선생님한테 지금 뭐라고 했어?"

"싸구려 강사요."

자기가 말해 놓고도 기가 막히다 싶은지 김기훈은 실실 웃었다.

공부만 아니면 뭐든 신을 내는 아이들은 우리 둘의 대치를 일종의 이벤트로 생각하는 모양이었다. 이내 왁자지껄한 폭소가 터졌고, 간간이 약하게 제지하는 여자애들 한둘의 목소리가 뒤따랐다. 그런 아이들의 반응에 내 얼굴은 땅에 떨어져 뭉그러진 홍시처럼 새빨갛게 익어 갔다.

무심코 손을 치켜들었다가 허공에서 멈칫했다. 분노와는 다른 감정이 금세 내 마음을 장악했기 때문이었다. 하긴 내가 싸구려 강사가 아니면 누가 그렇단 말인가. 연봉 1800만 원에 애들한테 놀림이나 당하는 신세인데.

"싸구려 강사한테 배우는 너희들도 싸구려겠네."

내뱉듯 말하고 칠판으로 돌아갔다. 그다음부터 마침종이 울릴 때까지 기계적으로 교재만 읽어 내려갔다. 분노와 자조, 묘한 슬픔이 쉴 새 없이 자리를 바꿔가며 나라는 존재를 바닥 깊은 곳에서부터 짙은 먹색으로 물들이는 것 같았다.

어떻게 지나갔는지도 모를 40분이었다. 교실을 나와 복도 맞은편의 여자화장실로 들어갔다. 거울 속의 애처로워 보이는 여자를 마주 대하자 나도 모르게 눈물이 맺혀 이를 악물고 참았다.

그때 난데없이 팍 하고 불이 꺼져 자동으로 비명이 터져 나왔다. '그 사건' 이후 엘리베이터에 혼자만 타고 있어도 가슴이 두근거리는 나였다. 갑작스레 불이 꺼진 화장실에서 차분히 버틸 만한 용기는 더더군다나 갖고 있지 않았다.

문밖에서 들려오는 폭소의 주인공을 눈치 챈 순간 그렁그렁한 눈물이 쏙 들어갔다. 나는 최대한 목청을 높여 소리쳤다.

"김기훈, 너 죽을래!"

녀석의 2차 공격인 모양이었다. 재빨리 화장실에서 뛰쳐나와 녀석을 찾았지만 후환이 두려웠는지 벌써 내뺀 상태였다. 나는 아직도 쿵쿵 뛰는 가슴을 쓸어내리며 교무실로 돌아왔다. 이제 대충 정리하고 퇴근하면 된다. 1초라도 더 이 학원에 있고 싶지 않았다.

피하고 싶어도 저절로 시야에 들어오는 교무실 풍경이 내 가슴에 최후의 비수를 날렸다. 이소영 선생님이 교무실에 남아 있던 강사들에게 마카롱을 나눠주고 있었던 것이다. 그녀는 막 옆자리에 앉은 나만 빼고 모두에게 마카롱을 돌렸다. 그러고는 내게 털끝만큼도 신경 쓰지 않은 채 노란색 마카롱을 베어 물었다.

일이천 원짜리 마카롱 하나에 억장이 무너지는 심정을 어떻게 설명할 수 있을까. 우리 일은 대개 수업이 잇따라 이어지므로 따로 식사 시간을 내기 쉽지 않다. 자연히 김밥이나 빵, 과자 등의 간식에 의지할 수밖에 없어 다들 먹을 것에 민감하다. 이소영 선생님은 방금 나만 빼고 간식을 나눠줌으로써 나와의 거리를 모두 앞에서 분명하게 선언한 셈이었다.

보름달 같은 마카롱이 그녀의 이빨에 닿을 때마다 투박하고 모나게 변해 갔다. 혹시나 내 마음도 마카롱처럼 동그란 생김새라면 저와 똑같이 이지러졌겠지.

나는 붉어진 얼굴을 애써 수습하고 짐을 정리했다. 돌아보지도 않고 교무실을 나오는데, 뒤통수는 왜 그리 뜨끈한지 몹시 기분이 더러웠다.

## 2장
## 6월 10일 금요일 22시 8분

　1층 로비를 통해 상가 건물을 나오자 짙은 어둠이 펼쳐져 있었다. 나는 고개를 푹 수그린 채 파리한 가로등 불빛이 이따금씩 힘겹게 밤을 밝히고 있는 보도를 터벅터벅 걸었다. 몇 시간째 서 있던 데다가 유독 정신적으로 피로한 일이 많았던 날이라서 그런지 평소보다 갑절은 더 다리가 묵직했다.

　학원 강사 일은 하루 일고여덟 시간 근무가 기본이라 평균적으로 회사원들보다 근무시간이 짧고, 일찍 일어나기만 한다면 오전을 자유롭게 쓸 수 있다는 이점이 있다. 그러나 직장인들이 보통 퇴근을 슬슬 준비하는 시간에 출근하고, 한참 전에 저녁을 다 먹고 배 깔고 누워 드라마를 보는 시간대에 귀가해야 하는 커다란 단점도 존재한다. 일반적인 사람들과는 반대의 삶을 사는 기분은 겪어 보지 않으면 모를 것이다. 세상이라는 단단히 뭉친 경단에서 콩고물 하나가

톡 하고 튕겨져 나가 땅바닥에 외따로 뒹구는 느낌이랄까.

걸음을 서두른 덕분에 평상시보다 몇 분 빨리 창동역에 도착했다. 여기서 친구들이 모여 있는 선릉역까지 두 번의 환승을 포함해 얼추 한 시간쯤 걸리는데, 딱히 할 수 있는 것도 없으면서 마음만 급해 지하철이 기어가는 기분이었다.

약속 장소인 일본식 이자카야 '하루사메(春雨)' 앞에 도착하고 휴대폰을 보니 11시 10분이었다. 애들한테는 웬만하면 11시까지 도착하겠다고 했는데 10분을 늦은 셈이다. 휴대폰에 부재중 전화 한 통과 메신저톡으로 온 여섯 개의 메시지 표시가 뜨는 걸 보니 고새를 못 참고 닦달을 해 댄 모양이었다. 고달픈 하루를 고마운 친구들과의 수다로 털어 버릴 수 있겠구나 싶어 입가에 미소가 번졌다. 옛말에 끝이 좋으면 다 좋은 거라고 하지 않나.

얼른 문을 열고 들어가 두리번거렸지만 테이블마다 낯선 사람들만 가득일 뿐 친구들은 영 보이지 않았다. 그때 가게 깊숙한 곳에서 누가 손을 들어 쳐다보니 친구들이었다. 마주 손을 흔들며 셋이 앉은 구석자리로 다가갔다.

"왔어?"

여전히 손을 들고 있는 수미가 말했다. 나는 수미의 손을 맞잡고 흔들어 반가움을 표시했다. 수미와 마주 보는 위치의 정희가 제 옆의 빈 의자를 뺀 뒤 의자 바닥을 탕탕 치며 여기 앉으라는 시늉을 했다. 나는 고맙다고 인사하며 정희가 마련해 준 자리에 앉았다. 내 자리 맞은편의 애리는 벌써 취했는지 홍조 띤 얼굴에 눈웃음꽃이 만개했다.

"왜 이렇게 구석에 앉았어? 한참 찾았네."

"금요일 밤이잖아."

내 말에 수미가 주변을 보라는 듯 고개를 요리조리 움직이며 대답했다. 수미의 말처럼 본격적인 주말이 시작되는 금요일 밤의 주점에선 빈 테이블을 찾아볼 수 없었다.

"우리는 어둠의 딸들이니까 당연히 어두운 구석에 앉아야지."

시종일관 실실 웃고 있던 애리가 무섭게끔 요상한 말을 꺼냈다.

"얘 뭐래니? 많이 마셨어?"

"우린 8시부터 시작했어. 애리, 원장한테 된통 까였대."

가십이라면 졸다가도 눈을 반짝 빛내는 정희가 냉큼 끼어들었다.

"그 원장님, 아직도 저기압이래? 이혼은?"

"이혼은 당연히 하지. 바람피우다 걸린 남편이랑 안 할 여자가 어디 있어? 근데 애들 양육권 때문에 다툼이 있나 봐. 그 스트레스를 애리한테 푸는 거지. 참, 애리가 원장한테 들었다는데……."

정희는 미처 내가 숨 돌릴 틈도 주지 않고 애리가 근무하는 미용실 원장님의 가정사를 미주알고주알 풀어냈다. 저번에도 얼핏 들었던 것 같은 원장님 남편의 뻔뻔한 애인이 적반하장 격으로 나온 스토리로 한창 접어들었을 때 수미가 정리에 나섰다.

"지혜 오고 나서 아직 한 잔도 안 했다. 일단 뭐 좀 먹이고 수다 떨어."

"그런가? 하긴 저녁도 못 먹었겠네."

정희가 혀를 쏙 내밀고 멋쩍게 웃었다. 오기 전에 하도 욕을 배부르게 먹어 식욕은 없었지만 친구들의 성의를 거절하기 뭐해 반 넘게 남은 삼겹살과 숙주를 볶은 안주를 몇 젓가락 집어 먹었다. 젓가락질이 조금 뜸해지자 수미가 내 잔에 맥주를 따라주고 말했다.

"우리 한 석 달 만에 만났지? 다들 건강하게 잘 지낸 것 같아서 다행이고, 사랑해. 다 같이 쨍할까?"

수미의 건배 제의에 우리는 일제히 잔을 쳐들었다.

"은파여고 3학년 4반 사총사의 영원한 우정을 위하여!"

"위하여!"

나는 주변에 폐가 될까 신경 쓰여 목소리를 낮춰 흉내만 냈지만, 이미 뇌세포가 알코올로 흥건하게 젖어 버린 친구들이 거의 악을 쓰듯 해서 아무런 소용이 없었다. 이쪽저쪽의 테이블에서 소란스런 우리를 쳐다보는 시선이 곱지 않아 보여 심장이 날카롭게 뛰었다. 그러나 내가 고개를 수그려 시선을 피한 반면 친구들은 주변의 불온한 분위기를 눈치조차 못 채는 것 같았다.

"어때, 학원은 좀 적응이 된 것 같아?"

수미가 물었다. 155센티미터에 40킬로그램밖에 안 되는 아담한 체형이지만 부반장 출신답게 학창시절부터 리더십이 있었고 듬직한 성격이라서 우리 모임의 핵심적인 존재이다. 졸업한 지 10년이 지나도록 우리가 크게 다투지 않고 매 분기마다 모일 수 있는 것도 다 수미 덕분이라는 걸 모두가 인정하고 있다. 잘나가는 은행원 수미는 안정된 직장을 최우선으로 여겨 그전부터 내 학원 강사 일을 못마땅하게 생각하는 눈치였다.

"맞다! 너네 회사 요즘 분위기 좋더라. 주가가 말도 못하게 올랐던데."

수미에게 대답하기도 전에 정희가 자르고 나섰다. 정희는 통통하고 여유로워 보이는 외모와 다르게 말이 무척 빠르고 성질이 급해 일단 생각난 말은 남의 말을 끊고라도 뱉고 봐야 하는 성격이다. 얼마 전, 교과서 출판사를 그만두고 백조 생활 중인 정희는 퇴직금과 모아둔 돈으로 소소한 주식 투자를 하고 있어 다른 친구들에 비해 기업 소식에 관심이 많았다.

"응. 처음으로 중국에 대량 수출을 하나 봐. 내가 있을 때부터 협상은 했었는데……."

나도 기분이 좋아 대답이 두 배 빨라졌다. 이제는 나와 더 이상 상관없는 회사였지만 예전처럼 매일 뉴스를 체크해 동향은 확실하게 파악하고 있었다. 지금같이 좋은 소식을 들으면 괜히 가슴이 뿌듯하고 내 일처럼 기뻐 하루 종일 기분이 상쾌하다.

"너네 회사는 무슨. 그만둔 지가 벌써 1년이 다 되어 가는데. 너희가 자꾸 그럴수록 지혜만 더 힘들어. 지나간 건 싹 다 잊고 현실에 적응을 해야지."

헤어디자이너로 일하는 애리는 입바른 소리를 잘한다. 미용실에선 비위도 좋게 손님들의 이런저런 요구와 불만에 죽는 시늉까지 하면서 친구들한테는 자기 맘에 들지 않는 말을 그냥 넘어가는 법이 없다. 우리들은 돈을 안 주기 때문이라나.

"그만해. 너도 지혜가 얼마나 열심히 다녔는지 알면서."

"그 자전거 회사, 솔직히 처음 들어갔을 때부터 낙하산이었잖아. 친척 소개로. 애초에 썩 마음에 들었던 직장도 아니었고, 갈 데 없어서 간 거지. 그러니까 이제 와서 나라 망한 사람처럼 울적해 하거나 너무 마음 쓸 필요는 없다 그 말이야. 내 말이 틀렸어?"

정희가 살짝 눈을 흘기는데도 애리는 멈추지 않았다. 애리는 레드
브라운 컬러로 염색한 머리 색깔만큼이나 붉어진 얼굴로 열변을 토
했다.

"그렇게까지 마음에 안 드는 직장이었으면 2년 넘게 어떻게 다녔
겠니?"

"누군 마음에 엄청 드는 직장이라서 미용실 나가? 다들 먹고 살
려고 하는 거지."

정작 나는 아무 말을 안 하는데 엉뚱하게 내 일로 두 친구가 싸운
다. 평소에는 사소한 다툼조차 득달같이 정리하는 수미도 하필 휴
대폰을 들여다보고 있고, 왠지 논란의 주인공인 내가 말리기도 뭐
해 말싸움은 계속 이어졌다. 나는 또다시 언성이 높아진 우리 테이
블이 신경 쓰여 주변을 둘러보았다.

이번에는 우리 쪽을 바라보는 손님들이 없어 적이 안심하고 시선
을 돌리려다가 문득 우리 왼쪽 테이블에 홀로 앉은 남자가 시야에
들어왔다. 키가 크고 잘생긴 아르바이트생을 상대로 남자가 무언가
를 따지고 있어 자연스레 호기심이 들었다. 둘의 대화를 듣기 위해
귀를 쫑긋 세웠다. 신경을 집중하자 옆자리의 정희 너머로 두 남자
의 대화를 엿들을 수 있었다.

"아니, 어떻게 술집에 멸치가 없을 수 있죠? 맥주의 쌉쌀한 맛이
랑 멸치의 짭짤한 맛이 얼마나 잘 어울리는데요."

"죄송합니다, 손님. 저희가 멸치는 준비를 못 해서요. 여기 메뉴판
보시고 다른 걸 주문하시겠습니까?"

"됐어요. 안주 하나 시키라고 해서 멸치 달라고 했는데 없으면 어쩔 수 없죠. 그냥 500 하나 더 주세요."

"그건 곤란한데요. 오늘이 금요일이라…… 테이블당 안주 하나씩은 꼭 시키셔야 돼요."

그러고 보니 남자의 테이블에는 거의 비운 맥주 500시시(cc) 잔하나만 놓여 있었다. 울상인 아르바이트생 말마따나 금요일 대목에 혼자 테이블 하나를 전세내고 있으면서 안주도 안 시켰다니 어지간한 민폐. 그제야 남자도 좀 신경이 쓰였는지 손을 휘휘 내저으며 말을 이었다.

"알았어요. 아무 거나 적당한 걸로 갖다 줘요. 그리고 앞으로는 방해 맙시다."

"감사합니다, 손님."

예의바른 아르바이트생이 물러가자 남자는 테이블 위에 올려둔 스프링노트에 고개를 처박았다. 이따금 맥주잔을 홀짝이면서 머리를 끄덕대는데 단 한 번도 고개를 들지 않는 걸 보면 상당히 중요한 내용이 적혀 있나 보다.

"이것이 아주 남자에 홀려서 우린 쳐다도 안 보네. 야, 네 편 들어주느라 목이 탄다. 한잔하자."

정희가 내 왼쪽 어깨를 툭 치며 말했다. 정신을 차려보니 친구들 모두가 잔을 들고 나를 보고 있었다. 나는 어색한 미소를 흘리며 잔을 들었다.

"마음에 들면 말 걸어 봐. 잘생겼는데."

"무슨 소리야!"

수미의 짓궂은 농담에 손사래를 쳤다. 아니, 진짜 잘생긴 아르바이트생은 이미 카운터로 돌아갔는걸. 저 남자는 아르바이트생에 비하면……. 그런데 혼자만 따로 놓고 보니 남자도 꽤 멀끔하게 생긴 편이다. 짙은 눈썹만 보면 투박하고 남자다운 인상이면서도, 갸름하게 쏙 빠진 턱선이 곱고 눈과 코가 적당히 커서 전체적으로는 조화가 잘된 미남이었다.

"아서라. 딱 보면 모르냐. 변태야."

애리가 행여 남자에게 들릴까 목소리를 낮췄다. 정희가 기가 막힌 표정으로 대꾸했다.

"웬 변태? 무당이냐, 얼굴만 보고 성격까지 어떻게 알아?"

"코트를 봐. 이 더위에 저게 뭐하는 짓이야."

애리의 말을 듣고 보니 조금 이상하기는 했다. 남자는 목깃의 단추를 푼 흰 셔츠 위에 엉덩이까지 덮는 검은 트렌치코트를 걸치고 있었다. 물론 이 주점 안은 에어컨을 빵빵하게 틀어놓아 시원했지만 밖은 초여름에 접어들어 저 차림으로 햇볕 아래 5분만 서 있다간 땀이 줄줄 흐를 텐데.

"차림새로 보아하니 분명히 변태거나 허세남이라니까. 이것들이, 하여튼 보는 눈도 없으면서 그저 잘생긴 남자라면 덥석덥석 홀려가지고…… 나 봐라. 얼굴 반반한 놈들만 키우다 보니까 결국 남는 게 뭐냐. 몸 버려, 마음 버려, 돈 버려. 늘은 거라곤 오직 빈 화장품 병이랑 술병이란다."

"이제 서른 먹은 년이 무슨 인생 다 산 아줌마 같은 소릴 하고 있어!"

애리와 정희의 장난스런 말다툼에 분위기가 다시 가벼워졌다. 우리는 옆 테이블 남자에게 신경을 끊고, 가끔 맥주로 목을 축여 가며 서로의 근황에 대해 얘기했다. 여자 네 명이 떠들다 보니 시간이 쏜살같이 흘렀다.

소박하게 인생을 즐기는 사람들로 가득한 금요일 밤 주점의 왁자지껄한 분위기와 아무것도 모르는 여고시절 만나 벌써 10년이 넘은 편안한 친구들과 함께하니 오기 전까지 다소 우울했던 기분도 서서히 풀려가는 것 같았다.

"지혜야, 너 아직도 불안하니? 막 그 사건이 불쑥불쑥 생각나고 그래?"

제법 긴 시간 수다를 떨어 화제도 거의 떨어지고 한 번씩 정적이 늘어갈 때 수미가 내 눈을 똑바로 쳐다보며 물었다. 나는 수미의 관심이 고마워 열렬히 고개를 끄덕였다.

"아직도 그래. 심지어 내 방 침대에 누워 있어도 스르륵 방문이 열린 다음에 칼 든 사람이 뛰어들 것 같고. 밤에 걷다가 뒤에서 인기척이라도 들리면 심장이 펄떡펄떡 뛰어."

"참, 큰일이다. 1년 반이나 지났는데 아직도 그러니…… 찔린 데가 아프거나 그러진 않지?"

"육체적인 통증은 없어. 그냥 불안하고 신경 쓰이고 집중이 잘 안되고, 그런 게 문제지."

말은 그렇게 하면서도 무심코 그때 칼에 찔린 배에 두 손이 모아졌다.

"너 찌른 놈 얼굴은 아직도 기억이 안 나?"

"머리부터 발끝까지 아무리 떠올려 봐도 그림자처럼 새까매."

내 상태 이야기에 분위기가 금세 무거워졌다. 이제는 누가 봐도 만취한 애리조차 심각한 표정으로 고개를 끄덕일 정도였다. 모처럼의 즐거운 자리가 나 때문에 무거워져서 살짝 미안한 마음도 들었지만 한편으론 내 아픔에 공감해 주는 친구들이 셋이나 있다는 사실에 눈물이 날 것 같았다.

"상황에 맞는 얘기인지는 모르겠는데, 사람한테 받은 상처는 사람으로 풀라는 말도 있잖아."

"응?"

"내 생각에 너도 이제 연애를 해 보는 게 어떨까 싶어. 그 사건 이후로 쭉 솔로였잖아. 아무래도 곁에 누가 있으면 위로도 되고, 불안할 때 기댈 수도 있고."

딱히 틀린 말은 아니었지만 좀 뜬금없게 느껴지는 수미의 충고였다. 갑자기 왜 이런 얘기를 꺼내나 싶어 황당해 하고 있는데 눈치 빠른 애리가 딱 짚었다.

"'너도' 남자 만나라고? 수미, 이 자식! 너 요즘 연애하는구나! 어쩐지 아까부터 휴대폰만 만지작거리더라니."

수미는 두말할 것도 없이 인정한다는 양 시원스레 고개를 끄덕였다. 입가에 나 행복해요 하고 쓰인 듯한 미소를 한껏 띠면서.

"말도 안 돼! 3억 모으기 전까진 절대 남자 안 만난다면서."

정희가 괜스레 억울하다는 듯이 입술을 삐죽 내밀었다.

"그렇게 됐어. 우리 지점 대리님이야. 둘이 모으면, 모으는 시간도 절반으로 단축되잖아."

"와, 어떻게 우리한테도 한 번도 얘기를 안 할 수가 있어? 나 상처 받음."

"미안, 미안. 그래서 지금 얘기하잖아."

수미는 두 손을 모으고 싹싹 비는 시늉을 했다. 수미가 이렇게까지 나오자 다들 더 비난하는 척하기 힘들었다. 나는 그다지 내키지 않는 기분으로 축하를 던졌다.

"축하해, 수미야. 대학 때 이후로 처음 커플 됐네. 얼마나 됐어?"

"다음 주면 백일이야."

수미는 입술을 찢어져라 벌리며 환한 웃음을 지었다. 그때부터 모두의 관심은 수미에게 집중되었다. 자의든 타의든, 벌써 몇 년째 수녀 생활을 하고 있는 우리 모임에서 커플 탄생은 실로 오래간만이라 당연한 반응이 아닐 수 없었다.

처음 만나고, 몇 번 엇갈리다가, 은근히 사랑을 확인하고, 마침내 고백을 받은 스토리가 어느 정도 파장에 이른 우리 모임을 다시금 불타오르게 만들었다. 지치지도 않는 질문과 답변의 향연이 한 시간 가까이 계속되었다.

워낙 야무지고 경제관념이 남달랐던 수미는 은행에 들어가고 난 뒤 일밖에 몰랐다. 그런 수미가 좋은 남자를 만나 인생의 참맛을 느끼고 있다니 당연히 축하해 줄 일이었다. 하지만 나는 내게 집중됐던 분위기를 고스란히 빼앗겼다는 말도 안 되는 생각만 들었다. 다소 김이 빠지고 기분까지 축 처졌다. 억지로 겉으로만 수미의 말에 맞장구를 쳐 주고 있었다.

외상 후 스트레스 장애(PTSD)로 내가 얼마나 힘든지 뻔히 아는 친구들이 내 고민보다 흥미진진한 얘기가 나왔다고 어느새 삼천포로 빠져서 더 이상 내 걱정일랑 하지도 않는다. 암만 생각해도 섭섭했고, 심지어 더러운 기분이었다. 당장이라도 집에 돌아가 침대에 눕고만 싶었다.

한편으론 스스로가 관심병 환자가 된 것 같은 강한 자괴감도 들었다. 오로지 나를 위해 모인 자리도 아닌데 친구들의 공감과 걱정은 온전히 나만 누려야 하는가? 당연히 아니다. 아이들 모두 각자의 인생이 있고, 그 인생의 온갖 희로애락들은 분명 나의 그것 못지않게 존중받아야 마땅하다.

머리로는 알지만 가슴 깊숙한 곳에서는 계속 서운하기만 하니 자리를 지키고 있는 게 죽을 맛이었다. 마음의 평정을 유지하기 위해 억지로라도 결론을 내렸다. 결국은 모든 게 그 사건 탓이다. 그 사건만 아니었으면 나도 친구의 좋은 일을 아무 사심 없이 축하해 주는 예전의 나를 유지할 수 있었을 것이다. 단지 그 사건만 없었더라면…….

"자정도 이미 한참 넘었는데 슬슬 갈까?"

호기심의 노예들에게 사내연애의 전모를 남김없이 공개한 수미가 마침내 선언했다. 자괴감이라는 염산이 내 머리 위에 부어져 발끝까지 처절하게 녹이는 시간이 겨우 끝날 모양이었다. 나는 축 처진 몸을 추스르며 돌아갈 채비를 했다.

"세상이 망하려고 그러는지 수미가 이 언니보다 먼저 연애를 하고. 안 되겠어. 계속 남자 얘기 들었더니 꼴려서 그냥 못 자겠어. 클럽 가자!"

나는 애리의 제안에 1초도 안 걸려 고개를 흔들었고, 정희는 기가 막힌다는 표정으로 웃었다.

"하여튼 입에 걸레를 물었다니까. 난 안 돼. 「뉴욕 하이웨이 패트롤(Highway Patrol, 고속도로 순찰대)」 시즌 2 오늘부터 시작했거든."

"클럽을 가든, 집에 가든 알아서 하시고 그만 찢어지자. 우리 남친 안 자고 기다려. 통화하기로 해서 얼른 가 봐야 해."

이 순간만큼은 진심으로 수미의 애인이 반갑게 느껴졌다. 우리는 아쉬워 발버둥을 치는 애리를 힘겹게 만류시키고 주점을 나와 저마다의 갈 곳으로 뿔뿔이 흩어졌다.

# 3장
## 6월 11일 토요일 12시 30분

나는 발길을 재촉해 선릉역 부근의 버스 정류장으로 향했다. 막차가 12시 30분이라, 간당간당했다. 한 발짝만 늦으면 세상에서 제일 아까운 택시비 폭탄을 맞을지도 몰랐다. 다행히 도착한 직후에 버스가 왔고, 교복을 입은 학생과 담배 냄새가 훅 끼치는 아저씨 등 열 명 넘게 선 대기줄의 맨 끝에서 탑승구의 계단을 올랐다.

대기줄이 길어 자리는 꿈도 꾸지 않았는데 웬일로 운전석에서 세 번째 뒷자리에 주인이 없었다. 집까지 20여 분 정도 걸리는 길을 손잡이를 부여잡고 이리 비틀, 저리 비틀 흉하게 흔들리지 않아도 되니 수지맞았다. 하지만 자리에 앉고 버스가 출발하자마자 좋은 기분은 저 멀리 날아가고, 다시 우울해졌다. 나란 여자란, 고작 빈자리 하나가 내가 누릴 수 있는 최대의 횡재일 뿐인 그런 존재인 걸까.

도대체 오늘이 무슨 날이기에 이러지? 하루 내내 자기혐오와 씨름이다. 나는 머릿속으로 오늘 있었던 불운들을 찬찬히 손꼽아보았다. 지각, 말썽쟁이 김기훈, 이소영 선생님과 마카롱, 수미의 폭탄선언……. 아니, 그래도 수미의 일은 축하해 줄 일인데, 난 왜 이렇게 속이 좁은 걸까.

필사적으로 기억을 더듬어 아까 학원에서 본 인터넷 뉴스를 차례로 떠올렸다. 토막 시체로 발견된 20대 추정 여성. 아, 이건 너무 끔찍하니까 넘어가자. 성형수술 부작용으로 짝짝이 눈이 되어 버린 아가씨, 사채에 손대 원금의 세 배가 넘는 빚더미에 올라앉은 네일숍 사장, 내연녀에게 보낼 문자를 아내에게 보내 불륜이 들통 난 남편 등 오늘도 어김없이 세상은 불행하고 불운한 사람들 천지였다. 그래, 나만 괴로운 건 아냐. 어쩌면 이 사람들은 자기가 나만 같았어도 아무 소리 없이 웃으며 살겠다면서 오히려 날 부러워할지도 몰라.

그제야 온갖 도깨비들이 한데 모여 수선을 피우는 것 같던 가슴이 조금 진정되는 기분이었다. 나는 기분을 더 끌어올리기 위해 머릿속 불행의 전시장에서 또 다른 표본을 찾아내는 데 골몰했다. 어떻게든 나보다 못한 처지의 사람을 떠올려 자그마한 위안을 얻는 일은 변명의 여지도 없는 악취미였지만, 그 사건 이후 마음의 평정을 찾기 위해 내가 개발한 유일한 방법이었다. 오늘은 힘든 하루였으니까 두세 명만 더 찾아보기로 하자.

집중을 거듭했지만 얼마 못 가서 까무룩 의식이 흐려졌다. 입가심 삼아 들이킨 맥주 몇 잔이 본격적으로 활동을 시작하려나 보다. 졸린 눈으로 주변을 둘러보니 의자에 앉은 승객들은 물론, 손잡이를 붙잡은 승객들마저 선 채로 위태롭게 졸고 있었다. 꿀처럼 달콤한 목소리를 자랑하는 남자 가수의 노래가 흘러나오는 심야 라디오 말곤 그 흔한 통화 소리조차 들리지 않는 이 버스 안에서는 암만 심한 불면증 환자라도 버틸 재간이 없을 터이다. 나 또한 졸리면 자고 싶은 여느 승객들과 다를 바가 없다. 단지 조금 더 불행한 것만 빼면…….

귀에 거슬리는 벨소리에 놀라 눈을 떴다. 반사적으로 창가를 보자 내려야 할 정류장 근처였다. '이번 정류장은 개포1동'이라는 안내를 들으며 황급히 창에 눌려 찌부러진 왼쪽 머리와 눈가를 정리하고 자리에서 일어났다. 내리는 문 앞의 봉을 붙잡으며 대학생으로 보이는 옆 남자에게 마음속으로 감사를 보냈다. 이 사람이 나랑 같은 이곳 정류장에서 내리지 않았다면 종점까지 갔을지도 모른다.

나와 함께 버스에서 내린 대학생은 정류장 가까운 횡단보도에서 신호등을 기다려 왼쪽으로 길을 건넜다. 길 건너편의 상점가는 치킨집, 호프, 24시간 분식집 등 몇 군데를 제외하고 몽땅 불이 꺼진 상태다. 대학생의 뒷모습이 꽤나 작아졌을 즈음에 나도 걸음을 옮겼다. 600미터쯤 앞, 시야의 먼 끝에서 막 내가 내린 버스가 네거리에서 우회전하는 모습이 보였다.

나는 작게 한숨을 쉬며 버스의 꽁무니를 바라보았다. 실은 저기까지 버스를 타고 있어도 상관없었다. 아니, 낙원아파트 단지에 사는 사람이라면 누구나 한 정거장을 일찍 내린 나를 멍청하다고 비웃을 게 틀림없다.

개포1동 낙원아파트 단지는 여느 아파트 단지와 마찬가지로 네모

구획 안에 몇 채의 아파트가 들어 있는 형태이다. 방금 타고 온 버스는 이 네모 구획을 ㄱ자를 좌우로 뒤집은 모양(ㄱ)으로 훑고 지나간다. 네모의 윗변 중앙에 아파트 단지 후문이, 아랫변 중앙에 정문이 있는데 아파트 주민들의 편의를 위해 버스가 후문 근처에 선다.

여기서 질문. 편하게 집 앞까지 갈 수 있는 방법을 마다하고, 이 새벽에 여자 혼자서 10분을 걸어야 하는 길을 일부러 선택하는 바보가 있을까? 유감스럽게도 그 바보가 여기에 있다. 나는 언젠가 낙원아파트를 떠나는 그날까지 다시는, 정말 다시는 후문 쪽 길을 택하지 않겠다고 맹세한 터이다. 가끔 상상만 해 봐도, 우연히 그쪽으로 시선만 가도 오금이 저리는 그 길을 다시 걸을 용기가 나에게는 절대로 없는 것이다.

버스가 달려간 방향으로 걸음을 옮겼다. 여기서 몇 분만 더 가면 '솔향 근린공원'으로 들어갈 수 있는 옆 통로가 나온다. 공원이라기보다는 놀이터에 가까울 정도로 규모는 작아도 이름에 걸맞은 소나무 향기가 사시사철 꽤나 근사한 곳이라서 보통은 이 공원을 가로질러 집으로 가지만 오늘은 늦어도 너무 늦었다. 보도까지 삐져나와 짙은 그림자를 내리는 소나무 가지들이 오늘따라 왠지 음산해 보였다. 나는 어깨를 움츠리며 솔향 공원의 돌로 만든 울타리를 종종걸음으로 지나쳤다.

공원이 끝나면 도로 건너의 상가 건물과 그 오른쪽 너머의 새서울아파트 단지로 이어진다. 나는 새서울아파트 단지 주민이 차로 들락날락하는 2차선 포장도로를 건넜다. 새벽이라 상가 쪽으로는 건물을 둘러싸고 자동차들이 쭉 불법 주차되어 있었다. 마주 보이

는 상가 정면에서 바닷가 등대처럼 밤낮없이 이 동네를 밝히고 있
는 편의점의 불빛이 흘러나왔다.

이 상가의 왼편 옆길을 계속 올라가다가 우회전해서 몇 십 미터
더 간 다음 마지막으로 횡단보도를 건너면 바로 내가 살고 있는, 총
여섯 개 동으로 구성되어 있는 낙원아파트 단지 정문이다.

여기까지 긴장하고 오느라 의식하지 못했지만 도착을 앞두고 있
으니 슬며시 다리가 뻐근했다. 막 반가운 정문이 보일 무렵, 그다지
반갑지 않은 것이 먼저 보였다.

정문은 붉은 벽돌로 쌓은 기둥 두 개가 나란히 솟아 있고, 그 기둥
들 사이로 주민이나 자동차 들이 출입하는 구조였다. 당연히 늦은
시간에는 인적이 드문데 지금은 정문 한복판에 양복을 입은 남자가
뒷모습을 보이며 서 있었던 것이다.

이 시간에 집에도 안 들어가고 저기서 대체 뭐하는 짓이지?

유일한 출입구를 중간에서 딱 막고 있으니 피할 방법도 없었다.
조심스레 양복남 쪽으로 다가갔다. 행여 시비라도 붙을까 봐 눈을
깔았지만 어차피 남자는 나와 반대 방향을 보고 있어 날 볼 수도 없
었다. 이대로 아무 일 없이 남자를 지나쳐 갈 수 있기만을 바랐다.

남자의 등이 가까워질수록 맥박이 요란스레 뛰었다. 나는 펄떡펄
떡 뛰는 가슴을 진정시키려고 주문을 외우듯이 중얼거렸다. 별일
아니야. 그래, 별일 아닐 거야.

설마하니 아파트 단지 입구에서 뭔 일이라도 저지를까. 목이 찢어
져라 소리를 지르면 수십 명은 몰려올 수 있는 곳에서. 아니, 하지만
요즘같이 길거리 한복판에서 사람이 죽어가도 신고조차 안 하고 제

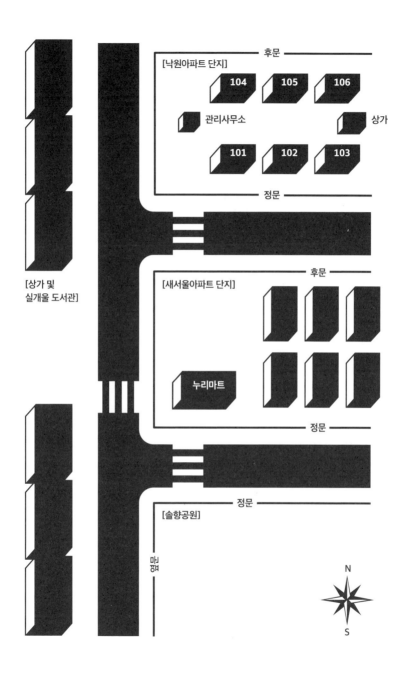

[상가 및
실개울 도서관]

[낙원아파트 단지]
후문

104  105  106

관리사무소                    상가

101  102  103
정문

[새서울아파트 단지]
후문

누리마트
정문

정문
[솔향공원]

도로

N
S

갈 길 가는 시대에 나 따위가 암만 비명을 질러 봐야 누구 한 사람 들여다보지 않을 텐데.

남자의 등이 다섯 발자국 앞으로 다가왔을 때였다. 갑자기 남자가 몸을 휙 돌리는 바람에 기절할 정도로 놀랐다. 미친 듯이 뛰던 심장이 일순 멎어버리는 듯했고, 제대로 숨을 쉴 수조차 없어 쉭쉭 입에서 바람 빠지는 소리가 났다.

아마 남자를 본 내 얼굴은 하얗게 질려 있었을 것이다. 양복남은 마흔이 넘어 보이는 배불뚝이 아저씨였다. 술에 취한 듯 벌건 얼굴의 아저씨는 검은 정장 안쪽에 손을 집어넣고 하늘색 셔츠의 가슴 부위를 만지고 있었다. 단순히 간지러워서 긁는 수준이 아니라 갓난아기가 엄마의 젖가슴을 탐하듯 격렬하게 자기 가슴을 비벼댔다. 어찌나 심하게 더듬었는지 셔츠가 꾸깃꾸깃했다. 아저씨의 의도를 알 수 없어 혼란에 빠진 나는 잘 떨어지지 않는 발을 억지로 들어올렸다. 이렇게 이상한 사람은 그저 얼른 피하는 게 상책이다.

내가 다가가는데도 열심히 자기 일(?)에만 몰두하고 있던 아저씨가 고개를 돌려 나를 보았다. 극도로 조용히 걷는다고 걸었지만 아무래도 내 발소리를 들은 모양이었다. 상한 고등어같이 탁하고 메마른 아저씨의 눈빛에 나는 또다시 걸음을 멈췄다.

양복남은 천천히 가슴을 더듬던 오른손을 빼서 자기 오른쪽 바지 주머니에 집어넣었다. 그러고는 방금 전과 비슷하게 매우 빠른 손놀림으로 주머니 안쪽을 더듬기 시작했다. 가슴 다음에는 허벅지인가? 머릿속에선 저 아저씨가 어떤 짓을 하든지 신경 쓰지 말고 후딱 지나가라는 경고를 보내고 있었지만 반대로 눈은 남자를 훑듯이 좇고 있었다. 나는 남자의 행동을 더욱 유심히 살펴보았다.

양복남의 손이 주머니 속 더 깊은 곳으로 들어가 뭔가를 조몰락거리는 모습을 보고 마침내 그의 정체를 확신했다.

저 사람, 지금 자기 물건을 만지고 있잖아!

그렇다면 저 아저씨는…… 사방이 훤히 열린 길거리에서 요상한 방법으로 성욕을 충족시키는 변태에 다름 아닌 것이다. 묘하게 납득하며 고개를 끄덕거리다 당연한 것에 생각이 미쳤다. 지금 이 변태와 한 공간에 있는 여자가 나밖에 없어!

밀물처럼 쏟아져 들어오는 공포에 빽 하고 비명을 터뜨렸다. 제발 아파트에서 내 비명을 듣고 경비 아저씨나 주민들이 도와주러 오기만을 바라는 일념으로 미친 듯이 소리를 질렀지만 정작 입 밖으로는 헐떡대는 소리만이 새어 나왔다. 공기 빠지는 듯한 소리를 내며 입을 쩍 벌리고 뻣뻣하게 굳어 있자, 나를 보는 남자의 탁한 눈이 휘둥그레졌다.

"아가씨, 뭐야? 왜 그래? 무슨 문제 있어?"

변태 양복남이 다급하게 말했다. 계속 소리를 지르려고 애쓰면서도 어이가 없었다. 내 문제는 바로 당신이거든!

그때였다. 한밤의 소동극을 연출하고 있는 우리 뒤로 요란한 발소리가 들려왔다. 반사적으로 고개를 돌린 내 눈에 들어온 얼굴을 확인한 순간, 또 한 번의 가공할 공포를 억누를 수 없었다. 두 시간 전에 본 그 남자, 주점 하루사메에서 멸치를 가지고 아르바이트생과 옥신각신하던 바로 그 남자가 트렌치코트 자락을 펄럭이면서 내 쪽으로 달려오고 있었다.

저 남자는 또 뭐지? 왜 저 사람이 여기에? 설마 스토커인가? 그 사건 이후로 예민해진 내 머리에 순간 온갖 생각이 다 스치고 지나 갔다. 만약 저 사람이 스토커라면 앞에는 변태, 뒤에는 스토커가 있 는 말도 안 되는 위기 상황이 아닌가?

불현듯 더 이상 망설이다가는 위험하다는 생각이 솟구쳤다. 나는 평생 두 번 다시는 없을 민첩함을 발휘해 들고 있던 핸드백의 커버 를 벗겨내고 안을 뒤적였다. 얼른 그것을 꺼내야 했다. 그것만 있으 면 이 위기를 극복할 수 있어…….

툭 하는 소리와 함께 손에서 빠져나간 핸드백이 땅바닥을 뒹굴 었다. 침몰선에서 구조의 손길을 놓친 조난자와 같은 망연한 기분 으로 핸드백을 바라보았다. 실제로 써 볼 기회가 없기만을 바라면 서 집에서 연습할 땐 그렇게 잘만 되더니, 막상 필요한 상황에선 손 이 생각대로 움직여 주지 않았다. 결국 등신 같은 실수 때문에 핸드 백에 든 최루 스프레이를 한번 꺼내 보지도 못한 채 꼼짝없이 당할 판에 이른 것이다. 마지막 희망이 산산이 부서지고 나니 더 이상 비 명도 나오지 않았다. 나는 혼이 빠져나간 듯 공허한 눈길로 막 곁에 다가온 트렌치코트를 쳐다보았다.

"아이고, 많이 놀라셨지요? 제가 대신 사과드리겠습니다. 죄송합 니다."

트렌치코트는 변태 아저씨를 향해 고개를 꾸벅 숙였다. 트렌치코 트가 상냥한 말투로 재차 사과의 뜻을 전하자 잔뜩 굳어 있던 아저 씨의 표정도 점차 풀려갔다.

"나 참, 아는 여자요? 아닌 밤중에 홍두깨라고, 아주 깜짝 놀랐네.

아니, 이 땅이 다 저 아가씨 건가? 사람을 무슨 변태 보듯이 눈을 똥 그렇게 뜨고는 노려보고 말이야. 돌아보자마자 웬 여자 하나가 뻣뻣하게 서 있어서 내가 더 놀랐구면."

"선생님께서 이해하세요. 요즘 세상이 얼마나 험한지 아시잖아요. 한밤중에 인적도 없는 이런 데서 누구라도 딱 마주치면, 아이고 저 같아도 안 놀라고는 못 배겨요. 하물며 여자면 더하죠."

"암만 그래도 그렇지. 참 나."

트렌치코트는 서글서글한 표정으로 몇 번 더 고개를 조아렸고, 아저씨는 몇 번 더 혀를 차다가 내 쪽으로 걸음을 옮겼다.

"아가씨, 거 너무 그러지 맙시다. 멀쩡한 사람을 다 치한 취급하면 남자들이 어떻게 살아."

내 곁을 지나치며 아저씨가 말했지만 경계심이 남아 있던 터라 대꾸하지 않았다. 아저씨는 길 건너갔어도 아직 트렌치코트가 남아 있으니까.

"좀 진정이 됐어요?"

아저씨의 등에 대고 고개를 숙이고 있던 트렌치코트가 허리를 펴고 나를 돌아보았다. 불안하고 긴장한 기색이 역력한 날 안심시켜주기 위해서일까. 잘생긴 얼굴 가득 환한 미소를 띠고 있었다.

"누, 누구세요?"

떨리는 목소리로 물었다.

"그쪽에게 관심이 많은 사람. 그러니까 여기까지 따라왔죠."

그의 잘생긴 얼굴에 살짝 흐려지려던 경계심이 그 말에 다시 불쑥 올라왔다.

"따라와요? 어디서요?"

"저희 서로, 아는 사이 아닌가요? 그 술집에서 절 뚫어지게 보셨잖아요. 물론 저도 그쪽을 슬쩍슬쩍 봤지만."

트렌치코트는 난해한 수학 문제가 적힌 칠판을 보듯이 고개를 갸우뚱거렸다.

기가 막혀 고운 대답이 나가질 않았다.

"관심이 있어서 여기까지 쫓아왔다고요? 생전 처음 본, 이름도 모르는 사람이 이런 식으로 나오는 걸 어떻게 받아들여야 하죠?"

"아, 죄송합니다. 경황이 없다 보니 제대로 소개도 못 드렸네요. 제 이름은 강마로입니다."

남자가 새삼스레 머리를 숙여 인사했다. 무심결에 나도 따라 목례하려다가 이건 아니라는 생각에 고개를 빳빳이 세웠다.

"강마로 씨라고 했나요? 지금 엄청 무례한 거 아시죠? 이렇게 늦은 밤중에 다짜고짜 쫓아와서 들이대면 관심이고 나발이고 어느 여자가 좋아하겠어요?"

"아, 딱히 그런 뜻은 아니었는데요."

강마로가 옆머리를 벅벅 긁었다. 뭐야? 그럼 관심이 있다는 말이 무슨 뜻인데?

"실은 꼭 드리고 싶은 말씀이 있어서 실례를 무릅쓰고 유지혜 씨 뒤를 따라오게 됐습니다."

"유지혜 씨? 제가 이름을 말했던가요?"

"하하. 친구분들 목소리가 꽤 크시더라고요. 암튼 지혜 씨가 버스를 타시기에 급히 택시를 잡아타고 저 버스 쫓아가 달라고 했죠. 기사 아저씨가 스파이 영화 찍는 것 같다고 아주 좋아하시던데요."

뭐가 그리 재미있다고 강마로는 눈웃음을 살살 치며 웃었다. 웃는 얼굴만 보면 꼭 재미난 장난감을 발견한 소년같이 천진난만했다.

"택시에서 내려서 쭉 뒤쫓으면서 언제 말을 걸까 고민했죠. 그런데 지혜 씨가 방금 그 아저씨랑 마주치시자마자 딱 굳으시더라고요. 아, 뭔가 오해하시는 게 틀림없다 싶어 주제넘게 끼어들었습니다. 까딱하면 더 큰 싸움이 날지도 모르니까요."

"오해라니요! 그 아저씨, 자기 가슴이랑…… 그…… 주머니 안쪽을 계속 만졌, 아니, 주물렀다고요!"

"아무래도 딱 그걸 오해하신 것 같더라고요. 아저씨는 가슴을 만진 게 아니고 양복 안주머니를 뒤진 거예요. 찾는 게 안 나오니까 혹시 바지 주머니에 있나 싶어 거기도 뒤져 본 거고요."

"말도 안 돼요! 뒤지는 게 아니라 주무르는 모습이었어요. 대체 길거리 한복판에서 뭘 그렇게 주무르듯이 보일 정도로 열심히 찾았다는 거죠?"

"담배요."

내일 아침 해가 동쪽에서 뜬다는 당연한 사실을 말하는 듯한 강마로를 황당한 얼굴로 보았다.

"술 한 잔 걸치고 집에 들어가는 길에 마지막으로 한 대만 피우자, 그런 거죠. 요즘 아파트에서 담배 피우다간 아내한테 쫓겨나기 십상이잖아요. 근데 술집에서 놓고 왔는지 아무리 찾아도 속주머니에서 담뱃갑이 안 나오니까 편의점에서 사오기로 한 거죠. 오면서 보니까 저 아래 상가에 편의점이 하나 있던데요.

아무튼 아저씨는 편의점에 가기 위해 몸을 돌렸고, 마침 이쪽으로 오던 지혜 씨랑 정면으로 마주 보게 된 거죠. 사실 아저씨는 지혜 씨가 자기 쪽으로 오든 말든 신경도 안 썼을 거예요. 흡연자들은 일단 담배 생각이 나면 다른 건 아무것도 안 보인대요. 아저씨는 그 상태로 계속 안주머니를 뒤지다가 혹시 바지 주머니에 넣어놨나 싶어 마지막으로 거기를 살펴본 겁니다. 뭐, 모양새가 좀 수상해 보이긴 했죠."

말을 마친 강마로는 너털웃음을 터뜨렸다. 꽤 그럴싸한 이야기라 꿀 먹은 벙어리가 되었다. 만약 강마로의 말이 사실이라면 나는 말 그대로 멀쩡한 사람을 치한 취급한 신경과민의 여자가 아닌가. 얼굴이 화끈거렸다.

"자, 그 문제는 이제 됐고. 제가 찾아온 진짜 이유가…… 아 괜찮으세요? 얼굴이 말이 아닌데요."

난데없이 소스라치게 놀란 뒤끝이 어느 정도 위기가 물러간 지금에서야 몰려온 모양이었다. 등허리가 땀으로 척척했고, 피부도 싸늘하게 식은 것 같았다. 긴장한 나머지 꽉 쥔 몸에서는 강렬한 통증이 느껴졌다.

"엄청 불편해 보이시는데 저 아래 편의점 벤치에서 잠깐 앉았다 가실래요? 좀 앉아서 쉬면 괜찮아질 텐데."

그 사건 이후로 고질적인 두통에도 시달렸다. 막 시작된 통증에 인상을 찌푸리며 나는 고개를 저었다.

"그럼 잠깐만 있어 보세요. 제가 금방 뛰어가서 물이라도 사다 드릴게요."

"아…… 됐어요. 집에 갈래요."

손을 내저어 강마로를 물리고 걸음을 옮겼다. 그러자 강마로는 끈질기게 내 옆으로 따라붙으며 뭔가를 내밀었다.

"이거 받으세요. 제 명함이에요. 내일이라도 회복되면 꼭 연락주세요. 드리고 싶은 말씀이 있어요. 꼭입니다, 약속하셨어요?"

얼떨결에 명함을 받아든 나는 더 말을 섞기도 힘들 정도로 기력이 없어서 대충 고개를 끄덕여 주고 낙원아파트 단지 정문을 통과했다. 잠시 돌아보니 강마로는 여전히 거기 선 채로 내 쪽을 지켜보고 있었다. 강마로가 나를 향해 손을 흔들기에 재빨리 고개를 돌렸다. 정말이지 이젠 지쳤다. 오로지 침대에 눕고 싶은 마음뿐이었다.

마지막 귀갓길에서까지 또 하나의 불행을 추가한 나는 피곤과 둔통에 절은 몸을 힘겹게 움직여 집으로 향했다.

# 4장

## 6월 11일 토요일 14시

잠에서 깨고 나니 몹시 머리가 무거웠다. 머리맡에 둔 휴대폰을 켜 보자, 세상에나 오후 2시였다. 꼬박 열두 시간을 잤다니 아무리 컨디션이 나빴다고 해도 이건 좀 심했다.

얼굴에 물이라도 묻히면 머리가 좀 맑아질 것 같아 잠깐 미적거리다 침대에서 내려왔다. 방바닥에 닿은 다리가 시큰한 느낌이 과히 좋지 않았다. 질질 끄는 걸음걸이로 방문을 열었다.

내 방을 나서면 정면이 바로 주방이다. 냉장고로 다가가 물병을 꺼내 컵에 따라 마셨다. 차디찬 기운이 머리끝까지 차올라 조금 아찔했지만 그 알싸한 기분이 나쁘지 않아 한입도 떼지 않고 꿀꺽꿀꺽 마셨다. 약간 정신을 차린 뒤 집 안을 살펴보았다.

3평짜리 좁다란 거실에는 정적만이 흘렀다. 여고 앞에서 분식집을 하는 부모님은 학생들이 노는 토요일에만 쉬시는데 아무래도 오늘은 그날이 아닌 모양이었다. 주말은 온전히 쉬라고 그렇게 말해도 귓등으로도 듣는 법이 없다.

혹시나 해서 거실 왼쪽에 위치한 안방으로 다가가 문을 열었다. 예상대로 낡은 장롱과 차곡차곡 개어 놓은 이불만 덩그렇게 놓여 있을 뿐이었다. 빨래건조대와 화분 등이 놓여 있는 앞베란다로 나갈 수 있는 안방 끝의 미닫이 유리문은 닫혀 있었지만, 그 너머 앞베란다의 큰 창을 통해 바깥이 훤히 내다보였다.

한낮에도 해가 들지 않아 어두컴컴한 안방을 보기만 해도 우울해지는 것 같았다. 우리 낙원아파트는 여섯 개 동 전체가 공짜로 줘도 안 갖는다는 북향 아파트라서 하루 종일 햇빛이라고는 찾아볼 수 없다. 건설사 사장이 이상한 풍수지리에 심취해서 이리 지었다는데, 덕분에 오늘같이 컨디션이 안 좋은 날에는 딱 두 배로 더 찌뿌듯하다.

광합성이 불가능하다면 따뜻한 물에 몸을 푹 담가 온몸의 피를 구석구석 덥히는 수밖에 없을 터. 안방에서 나가 다용도실 벽에 붙은 보일러를 틀고, 내 방과 안방 중간에 자리 잡은 화장실로 들어갔다. 남들이 보기엔 손바닥만 한 욕실이겠지만 25년 넘게 써 왔던 곳이라 나름대로 쾌적하게 이용하는 방법을 알고 있다.

목욕을 끝내고 나오니 4시였다. 꽤 오래 있었던 탓에 피부가 토마토처럼 빨갛게 익었다. 한나절을 빈속으로 보냈지만 허기는 별로 들지 않고 커피만 몹시 당겼다. 다시 주방으로 가서 드립커피를 한 잔 타서 내 방으로 가지고 돌아왔다. 김이 모락모락 나는 커피가 혈관을 타고 흐르자 도로 사람이 된 것 같았다.

목욕과 여유와 맛난 커피를 아낌없이 제공해 주는 내 작은 집에 감사하는 마음이 들었다. 한편으론 집에 있으면 이렇게 세상이 다 편안한데, 도대체 왜 집 밖에만 나가면 온갖 문제가 생길까 한탄스러웠다.

다시 떠올려 봐도 어제는 정말 끔찍한 하루였다. 세상의 불행이란 불행은 죄다 나라는 쓰레받기가 쓸어 담은 듯한 날이었다. 그중에서도 최악은 귀갓길……

문득 오늘 새벽에 있었던 촌극이 떠오르자 정처 없이 부유하던 상념이 자연스레 한 남자에게로 모여졌다. 친구들과 모임을 가졌던 주점에서 이 아파트까지 쫓아왔던 이상한 남자. 이름이 뭐였더라? 그래, 강마로!

별 영양가도 없을 그 괴짜 때문에 신경 썼던 걸 생각하니 짜증이 도졌다. 어차피 앞으로 살면서 두 번 다시는 상종할 일이 없는 인간, 의식의 저편으로 치워 버리면 좋겠는데. 그런데 뭔가가 찜찜했다.

왜, 사소한 거라도 기억이 안 나면 미쳐 버릴 만큼 답답한 기분이 들 때가 있다. 지금 강마로에게 느끼는 기분이 딱 그랬다. 잇새에 깊이 박혀 잘 안 빠지는 고기 부스러기를 혀로 어떻게든 밀어내려고 분투할 때와 같은 갑갑함.

그 후로도 몇 분간 강마로에 대한 생각과 씨름한 끝에 겨우 답을 떠올렸다. 나는 책상 위에 올려놓았던 핸드백으로 손을 뻗었다. 핸드백 속을 뒤적거리다 찾던 것에 손이 닿자 환호를 지를 뻔했다.

바로 거기에 내가 찾던 것이 있었다. 어젯밤 급하게 헤어지면서 강마로가 건넨 명함이!

답답함이 해소되어 시원한 기분에 미소가 절로 나왔다. 그러나 하얀 바탕의 한 귀퉁이에 핏물이 흐르는 장식과 더불어 쓰인 글을 확인하자마자 그 기분은 순식간에 사라졌다.

지혜를 팝니다!

미궁 사건 전문/ 철저 해결!

내 생각대로, 아니 생각보다 훨씬 더 정신이 나간 사람이었다는 생각이 들었다. 어제는 경황이 없어서 미처 생각지 못했는데, 어쩌면 어제 그 아저씨 소동도 나에게 접근하기 위해 일부러 꾸민 일이 아닐까 싶은 의심도 들었다. 알고 보면 한 패거리였던 거 아닐까? 그렇게 생각하니 수상한 사람하고 잠시나마 한밤중에 같이 있었다는 사실에 팔에 살짝 소름마저 돋았다. 하지만 한편으로는 호기심이 들었다. 사회생활 한 이래 이런 명함 문구는 처음이었다. 곧바로 명함을 뒤집어 뒷면을 보자, 총구에서 연기가 나는 권총 그림이 오른쪽에 그려져 있었다. 휴대폰 번호와 블로그, 이메일 주소 위로 나와 있는 직업 소개가 가관이었다.

**탐정 강마로**

Detective Kang Maro

우리나라에 정식 직업으로 탐정이 있었던가? 허세깨나 부리는 차림새로 짐작컨대 흥신소를 제 나름대로 멋들어지게 표현해 놓은 게 분명했다. 나는 고개를 절레절레 저으며 책상 서랍을 열어 강마로의 유치한 명함을 던져 버렸다.

하지만 쉽사리 책상 서랍을 닫을 수가 없었다. 그와 헤어지기 직전, 내 입으로 꼭 연락하겠다고 하필이면 약속을 해 버린 탓이었다. 엄밀히 따지면 강마로가 연락하라는 말에 대답하지 않고 고개만 끄덕인 것이지만, 그것도 약속은 약속이었다.

엉덩이가 의자에 본드로 붙은 양 눌러 앉아 오랫동안 고민했다. 강마로는 내게 꼭 하고 싶은 말이 있다고 했다. 바로 어제까지만 해도 서로 얼굴도 모르고 지냈던 남자가 나한테 무슨 용건이 있을까 궁금한 마음도 없진 않았다. 더구나 어찌 됐든 그는 패닉 상태에 빠진 나를 도와주러 나섰다. 전화해서 고마움을 표하는 게 마땅하지 않을까?

전화를 해 보면 간단한 일이지만 그게 또 쉽지가 않았다. 어젯밤 강마로가 보여 준 특이한 행태와 지금 내 손 안의 괴상한 명함이 휴대폰으로 가는 손을 자꾸 멈칫거리게 만들었다. 술집에서부터 따라왔다는 걸 생각하면 그냥 길에서 우연히 마주치는 변태보다도 더 집요하고 무서운 사람일지도 몰랐다. 괜히 전화했다가 이상한 사람하고 엮이는 게 아닐까 두려웠다.

10여 분쯤 고민하다가 내키지 않는 기분으로 휴대폰을 켰다. 그의 진지하고 열성적인 태도에 떠밀리듯 약속한 것이라고 해도 막상 안 지키자니 영 찜찜해서 견딜 수 없었다. 나는 지금도 소중하게 여기는 전 직장에서 사람에게 가장 중요한 건 신의라고 배운 바 있다. 전화 한 통만 하면 그 신의를 지킬 수 있는데 뭘 그리 따질 것까지야. 그리고 딱히 대단한 일을 하는 것도 아니잖아. 전화해서 몇 마디 감사의 말을 던지고 좋게 끊으면 그뿐, 앞으로 다시 볼 이유도 없는 사람인걸.

그렇게 스스로를 설득하며 명함에 적힌 휴대폰 번호로 전화를 걸었지만 반쯤은 예감했던 것 같다. 강마로와의 관계가 전화로만 끊어지지 않고 이어지리라는 것을. 신호가 가는 소리에 왠지 모르게 심장이 뛰었다.

딱 한 번의 신호음 뒤에 딸깍, 전화 연결되는 소리가 바로 뒤따랐다. 미처 심장이 여러 번 뛸 새도 없었다. 이 인간, 내 전화를 무지하게 기다린 모양이다.

"앗, 지혜 씨! 드디어 전화하셨네요. 하루 종일 휴대폰 붙잡고 기다렸어요. 아, 정말 반갑습니다."

호들갑 떠는 내용과는 다르게 강마로의 목소리는 적당히 낮고 부드러워 듣기 좋았다.

"안녕하세요. 어제는······."

"좀 괜찮아지셨어요? 많이 걱정했는데. 상태가 굉장히 안 좋아 보였어요."

"지금은 멀쩡해요. 걱정해 주셔서 고맙습니다."

"아플 때는 푹 자는 게 최고죠. 늘어지게 한숨 자고 일어나면 몸이 쫙 개운한 게······."

"지금까지 잔 건 아니에요!"

억울한 마음에 목소리를 높여 놓고는 스스로 얼굴이 빨개졌다.

"아, 당연히 그러셨겠죠. 그보다 괜찮아지셨으면 한번 뵙죠. 지금 어떠세요? 막 일어나셔서 출출하실 텐데……."

"저기요. 지금까지 안 잤다니까요."

"네, 네. 맞습니다. 사실은 제가 배가 고파서요. 자나 깨나 지혜 씨 전화 기다리느라 쫄쫄 굶고 있었거든요. 만나서 식사도 하시고, 제 애기도 좀 들어보시죠."

"어제부터 대체 무슨 애기를 하고 싶다는 건지 모르겠네요."

"그거야 만나서 들어보시면 알죠. 지혜 씨도 분명히 마음에 들어 할 애기라고 장담합니다."

"아니, 전에 본 적도 없는 사이인데 절 어떻게 아신다고 뭘 그렇게 확신하세요?"

"일단 들어보시고 관심이 안 생기면 곧장 돌아가셔도 좋습니다. 제발 한 번만 만나 주세요."

강마로는 끈질겼고 나는 심지가 그다지 굳지 않았다. 입에서 침 대신 기름이 나오는지 말씨도 매끄럽기 그지없어 버틸 재간이 없었다. 결국 우리는 6시에 만나 저녁을 먹기로 했다. 내가 멀리 나오는 게 부담스러울 수 있다며 강마로가 우리 동네로 온단다.

약속 장소는 내가 골랐다. 집으로 오는 길 중간에 위치한 새서울 아파트 상가 2층의 돈가스 집 '민들레'. 많이 알려지진 않았어도 숨겨진 맛집이었다.

우리 아파트에서 10분도 안 걸리는 곳이었지만 느긋하게 20분 전에 출발했다. 이 역시도 시간 엄수가 생명인 전 직장에서 배운 것이다. 가게 문 앞에 도착해 시계를 보니 정확히 5시 50분. 문을 여니 경쾌한 차임벨 소리가 반기듯 울려 퍼졌다.

가게에 발을 들이자마자 향긋한 돈가스 소스 냄새가 코를 자극했다. 그제야 일어나서 커피 한 잔 말고 아무것도 먹지 않았다는 사실을 깨달았다. 갑자기 확 식욕이 당겼다.

"지혜 씨, 여기예요!"

느닷없이 들린 소리에 보니, 문에서 정면으로 보이는 자리에 앉은 강마로가 손짓을 하며 나를 부르는 중이었다. 테이블을 사이에 두고 2인용 의자를 마주 보게 놓은 자리였다.

열여섯 시간 만에 보는 그였지만 반갑기는커녕 눈살이 찌푸려졌다. 상호에 맞게 노란 민들레를 주제로 곳곳을 장식한 밝고 화사한 가게에 강마로는 온통 우중충한 기운을 뿌리고 있었다. 검은색 가죽 재킷에 검은 티셔츠, 블랙 진. 그는 마치 까마귀를 연상시키는 복장을 하고 있었다. 심지어 검은색 선글라스까지 꼈다.

한여름에 더위도 안 타는지 온통 검은색 일색인 그와 일행이라는 게 창피해 재빨리 주변을 둘러보았다. 사람들이 나까지 이상한 사람으로 볼까 겁났지만 자리를 채운 대여섯 테이블에서 딱히 우리를 신경 쓰는 기색은 없었다. 괜히 나왔다는 후회에 들키지 않게 한숨을 내쉬며 강마로에게 다가갔다. 그의 맞은편에 앉아 고개를 숙여 인사했다.

"안녕하세요."

"이야, 목소리 말고 얼굴 보니 더 반가운데요. 나와 주셔서 감사합니다."

선글라스를 벗은 강마로는 오른손을 뻗어 악수를 청했다. 나는 잠시 고민하다가 그냥 옅은 미소를 유지한 채 내민 손을 무시했다. 잠간 기다리던 강마로는 별로 신경 쓰는 기색없이 손을 거둬들였을 따름이었다.

"정말 얼굴이 괜찮아 보이네요. 어젯밤, 아니 오늘 밤인가…… 아무튼 엄청 걱정했어요."

어젯밤, 아니 오늘 밤의 촌극은 별로 언급하기 싫어 대충 대꾸하려는 찰나, 앞치마에 민들레를 수놓은 아가씨가 다가와 메뉴판을 건넸다. 메뉴라고 해 봐야 돈가스, 비프가스, 생선가스, 함박스테이크가 전부라 훑어보는 시늉만 하고 치즈돈가스를 주문했다. 메뉴판을 펴 보지도 않은 강마로는 나와 똑같은 것을 달라고 했다.

음식이 나오기 전까지 이런저런 대화를 나눴다. 강마로가 어제 그 주점 근처에 산다는 것, 이 만남을 고대했다는 것, 그래서 무려 30분이나 일찍 도착했다는 것 등등 두서없는 얘기가 흐르는 와중에 스프와 빵을 시작으로 메인인 돈가스가 나왔다.

"와, 맛있네요! 다른 데는 튀김옷이 너무 두껍거나 기름에 절어 눅눅한데 여긴 제대로네요. 고기 맛도 그대로 살아 있고, 육즙이 팡팡……."

강마로는 입안을 가득 메운 돈가스를 우물거리며 잇따라 감탄을 쏟아냈다. 내가 만든 것도 아니면서 괜스레 어깨가 으쓱했다. 누군가 내가 추천한 음식을 만족스럽게 먹는 일은 언제나 기분이 좋다.

내가 식사를 끝냈을 때 강마로는 이미 한참 전부터 배를 쓰다듬고 있었다.

"잘 드시네요. 저도 덕분에 맛집 하나 알았습니다."

별 뜻 없는 말이겠지만 처음 보는 남자 앞에서 너무 게걸스럽게 먹은 게 아닌가 싶어 살짝 부끄러웠다. 그것도 이상하지만 잘생긴 남자 앞에서. 때마침 아까 그 아가씨가 다가와 접시를 치우면서 후식은 무엇으로 할 거냐고 물었다. 둘 다 커피를 시켰다.

3분쯤 지나서 나온 커피를 한 모금 마시는데, 우려했던 것보다는 괜찮은 자리라는 생각이 들었다. 제법 낯을 가리는 내가 생면부지의 남자 앞에서 이렇게 식사를 편히 하다니 놀라운 일이었다. 다른 남자도 아니고, 강마로같이 특이한 남자 앞에서 말이다.

그러나 막 한 모금 마신 커피잔을 받침에 내려놓았을 때 강마로가 던진 한마디에 나의 평온은 산산조각이 나 버렸다.

"그렇게 힘드셨나요?"

"네?"

"그 사건 말입니다."

강마로의 입에서 '그 사건'이라는 말이 나오기 무섭게 전신이 얼어붙는 듯했다. 어젯밤처럼 걷잡을 수 없이 몸이 떨리고 말이 잘 나오지 않았다.

"무, 무슨 사건요?"

"2년 전 겨울, 바로 여기 개포동에서 있었던 연쇄 살인사건. 아, 지혜 씨는 살아남았으니 하나의 살인과 하나의 살인미수라고 해야겠네요."

강마로는 무심히 제 말을 바로잡았지만, 나는 심장이 쿵쿵 뛰고 호흡이 가빠 입을 벌리기조차 힘들었다. 위장도 운동을 멈췄는지 뱃속에서 고깃덩어리가 콱 막혀 내려가지 않는 기분이었다. 하도 속이 울렁거려 금세라도 토할 것 같았다.

"괜찮으세요? 이런, 제가 너무 대놓고 말씀드렸나 보네요. 언급만
으로도 이렇게 힘들어 하실 줄은 몰랐습니다."

"됐어요, 됐고. 그것보다 어떻게 알았죠? 설마 나에 대해서 미리
알고 일부러 접근한 거예요?"

강마로는 눈을 동그랗게 뜨고 손사래를 치며 내 말을 부인했다.

"절대 아니에요! 맹세코 어제 지혜 씨를 처음 봤습니다. 진짜 하
늘에 맹세!"

"그런데 어떻게……?"

"강남 일대에선 워낙 유명한 사건이었잖아요. 여기 사는 사람치
고 모르는 놈이 오히려 이상한 거죠."

"그게 아니라, 그 사건하고 내가 관련이 있다는 걸 어떻게 알았냐
고요?"

눈을 가늘게 뜨고 내 눈치를 살피는 강마로의 기색을 보니 뭔가
켕기는 구석이 있는 것 같았다.

"실은…… 엿들었어요. 어젯밤 그 주점에서…… 아, 일부러 엿들
은 건 절대 아닙니다. 저 그런 놈 아니에요. 말씀들을 크게 하셔서
저절로 들린 겁니다."

내 이럴 줄 알았다. 그렇잖아도 친구들이 클럽에라도 온 것처럼
한껏 목청을 높이는 게 영 불안하더라니. 하지만 온전히 이쪽만의
잘못이라고 할 수는 없다. 남의 대화를 엿듣는 게 올바른 일은 아니
지 않은가.

불현듯 화가 치밀어 따지려다가 그만 입을 다물었다. 나 역시 강
마로를 엿보고, 대화를 엿듣는 데 열심이었으니. 나는 입만 몇 번 벙

긋대다가 강마로를 추궁하는 대신 다른 궁금한 것을 물었다.

"우리가 그 사건에 대해 그렇게 자세히 얘기하지는 않았던 것 같은데요?"

"아, 그랬죠! 대화를 듣고 유추한 겁니다. 키 작은 친구분이 찔린 상처가 아프진 않냐고 물었잖아요. 지혜 씨는 배를 만지면서 육체적인 통증은 없지만 정신적으로 힘들다고 대답하셨죠. 제가 기억하기로 그 사건의 생존자는 칼로 배를 찔렸다고 하더군요. 또 찌른 놈의 얼굴이 생각 안 난다고 하신 걸 보면 아직 범인이 잡힌 것도 아니고요. 더 들을 것도 없이 딱 그 사건이잖아요.

그러고 보니까 지혜 씨는 처음 주점에 들어올 때부터 불안하게시리 동공을 이리저리 굴리고 계셨어요. 지혜 씨 같은 미인이 당당한 기색은 하나도 없고, 주인 잃은 강아지처럼…… 아, 실례인가요? 죄송합니다."

내가 고개를 젓자 강마로는 싱긋 웃고 말을 계속했다.

"어렴풋이 기억이 나더라고요. 그 사건 당시에 살아남은 여자가 지혜 씨 또래의 아가씨 아니었나? 뭐 다른 사고나 사건의 희생양일 수도 있었지만 알아보는 방법은 간단하죠."

"그게 뭔데요?"

"직접 물어보면 되죠! 한번 그런 생각이 드니까 견딜 수가 있어야죠. 그래서 부랴부랴 택시로 쫓아온 겁니다. 댁으로 가시는 길을 보니까 지혜 씨가 그 사건의 주인공이라는 사실을 틀림없이 알겠더라고요. 바로 이 동네잖아요, 그 사건이 일어난 곳이?"

긍정도 부정도 하지 않았지만 득의양양한 강마로는 정답을 확신하고 있는 듯했다. 이때쯤에는 어느 정도 진정이 된 상태였기에 차분하게 목소리를 가다듬고 말했다.

"그래서요? 아, 알겠네요. 강마로 씨도 그런 사람이었군요. 아직도 사건 현장에 구경 오는 사람들 종종 있어요. 범죄 연구라는 미명으로 저열한 관음증을 그럴싸하게 포장하는 뻔뻔스런 종자들이죠. 강마로 씨도 내가 궁금해요? 칼에 찔린 여자가 어떻게 생겼는지 알고 싶었어요? 어떻게 살아났는지 궁금했어요? 대체 뭐가 그리 알고 싶은지 다 말해 봐요!"

내가 화를 터뜨리자 강마로는 당혹스럽다는 듯이 머리를 벅벅 긁었다.

"저기…… 제가 찾아온 이유는 그게 아닌데요."

"그럼 뭔데요!"

"지혜 씨랑 같이 범인을 잡으려고요."

강마로가 던진 뜻밖의 발언에 어안이 벙벙했다. 잠시 정신을 추스르고 물었다.

"범인을 잡자고요? 강마로 씨, 뭐하는 사람인데요?"

"어, 명함 보고 전화 주셨잖아요?"

"명함 봤죠."

"그럼 아실 텐데요. 탐정입니다."

황당무계하던 강마로의 명함이 불쑥 떠올랐다. 그래, 이 남자 자기 직업을 탐정이라고 했었지.

"정식으로 인사드립니다. 지혜 씨와 함께 미궁에 빠진 2년 전 사건을 해결하러 찾아온 탐정 강마로입니다."

나는 가슴을 쫙 펴고 당당하게 말하는 강마로를 멍하니 쳐다볼 수밖에 없었다.

## 5장

# 6월 11일 토요일 20시

상가 앞에서 강마로를 보냈다.

헤어지기 직전까지도 설득을 지속했던 그는 끝내 내가 만족스런 답을 주지 않자 눈에 띄게 실망한 얼굴로 돌아갔다. 집에 가서 잘 생각해 보라는 말을 몇 번이나 남기고서.

그러나 나는 너무 당황한 나머지 생각이고 자시고 할 정신머리가 남아 있지 않았다. 가족과 정말 친한 친구 말고는 아무도 모르는 사정을 낯선 남자에게 들켜 버렸다는 사실이 말로 표현 못할 만큼 절망스러웠다. 그토록 꽁꽁 숨기려고 애썼던 비밀이 콜라 캔을 똑 따듯 간단히 드러났다. 곧 세상사람 모두가 알아차리고 나를 비웃으며 손가락질할 거야.

집 쪽으로 터벅터벅 걸으면서 어렸을 적 경북 영주의 외가에서 본 거미집을 떠올렸다. 끈적끈적한 거미줄에 칭칭 감긴 채 죽음만을 기다리는 연약한 벌레와 2년이 지나도록 그 사건의 여파에서 벗어나지 못해 정상적인 생활도 못하는 내 신세가 다를 게 뭐겠는가. 불쑥 화가 솟구쳤다. 내가 얼마나 잘못 살았다고 이런 피해를 당해야…… 그만하자.

이 짓도 이제 신물이 난다. 자괴감 뒤에 반드시 찾아오는 분노, 이 지긋지긋한 연쇄반응.

잔뜩 우거지상을 지으며 낙원아파트 단지 정문을 지나쳤다. 우리 집이 있는 103동으로 가려면 오른쪽으로 틀어야 했지만 나도 모르게 발길이 멈췄다. 사위에 천천히 깔리고 있는 어둠처럼 깜깜한 마음을 고스란히 지니고 집으로 돌아가는 게 내키지 않았다. 잠시 망설이다가 단지 안의 내 아지트로 걸음을 옮겼다.

낙원아파트 단지는 101동부터 106동까지 모두 여섯 개 동으로 이뤄져 있다. 간단히 말해 위에 셋, 아래 세 개의 아파트가 나란히 마주하고 있는 구조로써 이중 아래 세 개가 왼쪽부터 순서대로 101, 102, 103동이고, 위 세 개가 104, 105, 106동이다.

방금 지나온 정문은 단지 남쪽 담벼락의 한복판을 끊고 낸 것이라 통과하면 바로 앞에 102동 아파트가 나온다. 나는 102동과 그 오른쪽에 위치한 103동 사이의 포장도로를 걸었다. 이대로 쭉 직진하면 105동과 106동 사이에 지어 놓은 작은 정자로 갈 수 있다.

낙원아파트는 노태우 대통령 시절인 1989년에 지어졌다고 한다. 그때는 주택 200만호 건설계획인가 뭔가로 전국 각지에 수많은 아파트가 생겼다는데, 세 살 때라서 입주 당시의 기억은 전혀 없다. 그러나 평생 전셋집만 전전하다가 마침내 강남에 자기 집을 갖게 된 부모님은 하루는 친지, 하루는 친구, 하루는 직장 동료 등 일주일 내내 집들이를 할 정도로 행복해 하셨단다.

아래쪽 세 개 동과 위쪽 세 개 동 가운데, 옆으로 길쭉한 대지에 들어선 나는 주변을 둘러보며 '낙원'이라는 거창한 이름을 붙인 이 아파트 단지의 뭐가 그리 좋으셨을까 상상해 보았다. 왼편 끝부터 관리사무소, 놀이터, 상가…… 전부 다른 아파트 단지에도 뻔히 있는 것들이다. 아니, 캐슬, 팰리스, 파크, 힐 등 더 거창한 이름이 붙은 고급 아파트들과 20년이 넘는 세월의 풍파에 닳을 대로 닳은 낙원 아파트는 감히 비교조차 할 수 없는 수준이다.

그래도 어렸을 때는 제법 낙원 같았다.

나는 빈 땅 곳곳에 조성한 화단과 흰 선으로 네모반듯하게 그려놓은 주차 라인을 빈틈없이 메운 자동차들을 요리조리 피해가며 회상에 잠겼다. 차는 많고 공간은 좁아 이중주차가 일상이 된 터라 흡사 미로찾기를 하는 기분이었다. 집 밖에서 살다시피 해 아프리카 사람처럼 얼굴이 새까맸던 초등학교 시절에는 술래잡기를 할 때마다 이 자동차들이 피난처 역할을 톡톡히 했었다.

해가 뉘엿뉘엿 질 무렵, 엄마가 밥 먹으러 들어오라고 부르기 전까지 언제나 함께였던 그때의 친구들이 아무도 남아 있지 않은 지금도 나만 이곳에서 버티고 있다는 게 새삼 묘했다. 내 친구들의 부모님들은 대부분 이 18평형대 영세민 아파트를 기반으로 삼아 강남 한복판으로 진출하는 데 성공했거나 아니면 일산이나 광명 같은 신도시에서 새로운 생활을 영위하기로 결정했다. 더러 서울의 비정한 생존 경쟁에서 완전히 탈락한 집도 있었지만 다행히 그 수는 많지

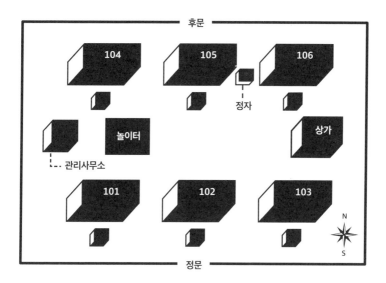

않았다. 그저 돈벌이에 빠삭하지 않고 세상사에 굼뜬 우리 부모님만 정체된 꼴이었다. 만약 우리 부모님이 남들처럼 조금만 약삭빨랐다면 지금쯤은 낙원아파트에서 탈출해 진짜 낙원에서 살고 있었을 것이다. 그랬다면 그 사건도 없었을 테고…… 아니다, 부모님 탓을 하는 건 정말 최악이다.

더욱 커다란 자괴감에 물들기 직전 정자에 도착했다. 언뜻 보면 지붕 위에 파란 담쟁이를 얹은 근사한 정자 같지만 실은 쇠파이프를 얼기설기 엮어 올린 기둥에, 천장에는 촌스러운 파란 비닐을 덮고 바닥에는 노란 장판을 깔아놓은 전형적인 시골 평상이었다. 오래된 탓에 검붉은 녹이 잔뜩 슨 쇠파이프 기둥이 흉한 모습을 적나라하게 드러내고 있는 이 누추한 공간이 그나마 낙원아파트 단지에서 유일하게 내가 숨 쉴 수 있는 곳이다.

원래는 이른 아침부터 할아버지, 할머니들이 죽 둘러앉아 자식 애기, 손자 얘기, 어지간히 속 썩이고 죽은 배우자 얘기를 미주알고주알 늘어놓지만 예상대로 이 시간에는 아무도 없었다. 야심한 밤에 홀로 다니는 게 너무도 무서워진 그 사건 이후에 이 정자도 잃을까 걱정했지만 다행히 그런 일은 없었다. 교복 소녀였던 시절부터 내 모든 우울과 슬픔을 포근하게 감싸 안아주던 이곳이 내게는 그만큼 특별했다.

정자 바닥에 엉덩이를 걸치고 앉았다. 주변을 둘러싸듯 심어 놓은 대추나무의 잎사귀 사이로 불어오는 바람 덕분에 초여름 끈적한 더위는 느껴지지 않았다. 지금 내 모습은 열대야를 피해 마실이라도 나온 한가로운 아가씨처럼 보일 것이다. 정말 그렇다면 오죽 좋을까마는…….

반드시 북쪽을 가리키는 나침반의 빨간 바늘처럼 자연스레 상념은 강마로가 언급한 그 사건으로 돌아갔다. 대체 왜 그런 끔찍한 일이 나같이 평범한 아이에게 일어났을까? 수천 번 되새긴 질문이 또다시 반복됐다.

말 그대로 나는 평범한 아이였다. 자상한 아버지와 자애로운 어머니라는 상투적인 자기소개서 문구를 빼다 박은 부모님 사이에서 1987년에 외동딸로 태어났으니 올해 정확히 서른. 초중고는 모두 근처에서 다녔고, 말썽이라고는 가끔 야간 자율학습 땡땡이치고 영화 보러 간 것 정도. 특급과외로 유명한 대치동 학원가에서 멀지 않은 곳에 살면서도 가정 형편상 그런 호사는 누릴 수 없었다. 전형적인 수능시험 만점자 문구인 교과서 위주와 예습, 복습 철저만으로 보통 10등에서 5등을 왔다 갔다 했다. 소심한 편이라서 압박감에 답을 밀려 쓰거나 머릿속이 새하얘질까 봐 걱정했던 수능도 큰 탈 없이 치러서 더도 덜도 아닌 딱 평소 성적만큼 나왔다. 비록 중하위권으로 평가받지만 인서울 대학교를 다닐 수는 있었다. 06학번이었고, 학과는 성적에 맞춰 영어영문학과를 선택했다.

들뜨고 싱숭생숭한 신입생 1학기 때 한 학년 위의 선배 오빠랑 오빠가 군대 가기 전까지 반년 남짓 연애를 했고, 그 뒤로는 몇 번의 썸. 남자가 없었던 것도, 많았던 것도 아니었다.

3학년을 마치고는 호주로 어학연수도 다녀왔다. 그때까지도 살림은 피지 않았지만 대학을 나오고도 백수 천지(특히 여자는 더!)인 세태에 크게 겁먹은 부모님이 쉽지 않은 용단을 내려주셨다. 집안 형편을 뻔히 아는터라 기분이 밝을 수만은 없었다. 비행기 안에서 열시간 내내 잠 한숨 못자고 한숨만 내쉬었다. 그런데 사람 마음이 참으로 간사한 것이, 막상 시드니 공항을 빠져나오자마자 난 아주 호주에 푹 빠져 버리고 말았다. 공기부터가 달랐다. 요즘 서울에서는 비온 뒤나 아주 맑은 날이 아니면 볼 수 없는 푸른 하늘이 온 세상에 펼쳐져 있었다.

시드니 외곽의 퉁가비(Toongabbie)라는 조용한 고장에서 홈스테이로 지냈던 1년간은 죽을 때까지 잊지 못할 것 같다. 매일같이 경쾌하게 아침을 열어 주었던 새소리, 미소와 여유가 흘러넘치던 호주 사람들, 쑥쑥 늘어가는 영어 실력 등 여러모로 호주에서의 1년은 내 인생 최고의 나날이었다.

최고가 있으면 최악이 있는 게 인생사의 공평한 법칙일까. 호주에서 돌아온 뒤에도 한국의 경제 상황은 별반 달라지지 않았고, 나는 1년 동안 휴학하면서 취업 준비를 했다. 일종의 눈치작전을 펴면서 경제가 호전되기를 기다린 것인데, 우리 과만 해도 나와 비슷한 처지의 휴학생이 셀 수 없을 만큼 많았다. 그러나 1년의 유예기간도 허무하게 끝이 났고 어쩔 수 없이 복학을 해야 했다. 마지막 4학년 내내 결사적으로 노력했지만 수백 장의 입사지원서를 빼곡 메운 낱말들은 결국 허공으로 샅샅이 흩어졌다.

졸업했을 때 나이는 스물여섯. 백수생활이 본격화된 그때도 지금 못지않게 절망적인 상황이었다. 백 번에 한 번 꼴로 면접을 보러 갔지만 보기만 하면 탈락이었고, 그에 비례해 집안 분위기는 나날이 어두워져 갔다. 큰돈 들여 대학까지 졸업시켜 주시고도 부모님은 행여 내가 위축될까 봐 내 눈치를 슬금슬금 보셨고, 나는 나대로 부모님께 죄송해서 최대한 대면을 피했다. 가급적이면 밥도 집에서 먹지 않아 도서관에 갔다가 돌아오는 늦은 밤, 새서울아파트 상가 편의점에서 컵라면으로 때우고 온 적도 많았다. 따뜻한 김이 무럭무럭 피어나는 밥과 세세한 부분까지 정성이 가득 들어간 반찬, 그리고 부모님의 사랑을 바로 앞에 두고서 말이다.

졸업식에서 정확히 1년이 지나도록 달라진 건 없었다. 끈질긴 지원과 줄기찬 퇴짜.

그런데 설날에나 추석에도 친척 집조차 가지 못하고 도서관에 숨어 있었던 내가 안쓰러워서였을까. 우리나라에서 세 손가락 안에 꼽히는 명문대에서 신소재공학과 교수로 재직 중인 외삼촌으로부터 연락이 왔다. 외삼촌은 '미래로자전거'라는 자전거 회사에서 비서로 일해 볼 생각이 없냐고 물으시면서 너만 생각이 있다면 다음

달부터 바로 출근할 수 있다는 말을 덧붙이셨다. 알고 보니 외삼촌은 몇 년 전부터 그 회사의 연구지원금을 받고 자전거 몸체에 들어갈 초경량의 튼튼한 금속을 개발하는 프로젝트를 진행 중이셨다.

2녀1남 중 막내인 외삼촌은 방직 공장에 다니던 누나들의 일방적인 희생을 통해 대학을 졸업할 수 있었던 터라 그간 마음의 빚이 컸던 모양이었다. 그러던 차에 큰누나의 무남독녀가 취업도 못하고 빌빌 대는 꼴이 영 신경 쓰여 구원자로 나서준 셈이었다. '미래로'의 노회장님이 윤교수의 조카라면 몇 명이든 상관없다고 흔쾌히 오케이했다는 후문이었다.

수미를 비롯한 친구들도 하나같이 놀 때라서 이 소식을 전해 듣고 자기 일처럼 기뻐하며 은근히 부러워했지만 이상하게도 내 마음은 전혀 들뜨지 않았다. 내 주제에 무슨 대기업만을 노린 건 아니었고, 어디든 불러 주는 곳이 있다면 최선을 다할 각오가 되어 있었다. 하지만 비서직만은 영 내키지 않았다. 왜 드라마 같은 데서 보면 비서들은 수다나 떨면서 노닥거리다가 가끔 커피나 타고 잔심부름 정도 하는 일이 전부 아닌가. 고작 서빙 일이나 하려고 비싼 돈 들여가며 대학 공부에 호주까지 다녀온 건 아니다. 지금은 생각이 완전히 바뀌었지만, 적어도 당시에는 그렇게 생각했다.

끝까지 외삼촌의 제의를 거절하지 못했던 까닭은 당연히 부모님 때문이었다. 애초에 계속 놀고먹으면서 집안 살림이나 축내는 천덕꾸러기로 지낼 만큼 뻔뻔스러운 성격이 못 됐다. 나 또한 우리 가족의 일원, 밤낮으로 고생하시는 부모님처럼 반드시 나도 일을 해야 했다. 부모님이라고 분식집 일이 만족스럽기만 하셨을까. 먹고 살기 위해 싫어도 나갈 때가 있으셨을 테고, 그건 아마도 세상사람 모두가 비슷할 터였다. 모두가 하는 일을 하필 나만 못할 이유가 없는 것이다.

체계적으로 비서직에 관한 공부를 하지도 않았고, 애초에 썩 마음에 드는 일도 아니었다. 그러니 살면서 가장 두근거렸던 첫 출근 날부터 실수 연발일 수밖에…….

다만 목마른 사람이 우물을 파는 법이고, 또 어렸을 때부터 눈썰미는 있어 한번 익숙해진 일은 곧잘 하는 편이었기에 빠르게 비서 일에 적응했다. 헛기침만 해도 벌벌 떨리던 노회장님도 시간이 흐를수록 편해지고 정이 들어 나중에는 꼭 돌아가신 우리 할아버지를 대하는 것 같았다. 기존에 근무하던 비서실 사람들도 대부분 성격이 좋아서 얼굴 붉힐 일은 거의 없었고, 반년도 못 되어 믿고 일을 맡길 만한 동료 비서라는 평판도 얻었다. 생애 첫 직장에서 상처 입고 재기불능이 된 청춘들도 많다는데, 그런 친구들에 비하면 나는 진정 행운아였다.

미래로에서 일하는 동안 결과적으로 내 생활은 점차 안정을 찾아 갔다. 심지어 그토록 원치 않던 비서 일에도 완전히 재미를 붙여 아예 평생직장으로 삼기 위해 틈틈이 그쪽 관련 공부를 더 해 볼 계획까지 세웠다.

자, 여기까지 지나온 삶을 되짚어 봤지만 여기 어디에 나같이 흔한 비서가 칼을 맞을 이유가 있는가?

그렇다, 나는 2년 전인 2014년 12월, 성탄절을 불과 6일 앞둔 19일 밤에 정체불명의 괴한으로부터 칼로 아랫배를 찔렸다. 장소는 이 정자에서 직선거리로 몇 십 미터 떨어지지도 않은 곳이다. 바로 아파트 후문으로 통하는 길가 가장자리의 화단. 그 이후로 오늘까지 나는 멀리 돌아오는 한이 있더라도 아파트 후문 길을 이용하지 못하고 있다.

피를 콸콸 쏟으며 그 외진 곳에 엎어져 있던 나를 천운으로 지나가던 행인이 발견했다. 그분이 재빨리 신고해 준 덕분에 앰뷸런스로 긴급 이송됐고, 여섯 시간의 대수술 끝에 간신히 살아났다. 실제로는 살아도 산 게 아닌 상황이지만 어쨌든 목숨은 부지한 것이다.

치료를 위해 입원해 있던 넉 달 동안 형사들이 수십 번도 넘게 찾아왔다. 공교롭게도 내가 피습을 당하기 바로 나흘 전에 낙원아파트 단지 안에서 한 아주머니가 목이 졸려 살해당한 사건이 있었기 때문이었다. 형사들은 일주일 안이라는 짧은 간격 동안 한동네에서 벌어진 한 건의 살인과 한 건의 살인미수에 대해 아무래도 같은 사람에 의한 연쇄범행이라는 의심을 품고 있었던 것 같다. 어느 정도 안정을 찾았을 때 병실에서 몇 번이고 신문을 했지만 유감스럽게도 당시의 기억은 먹물처럼 완벽하게 새까맣다.

주인공임에도 불구하고 병원에 오랫동안 머무느라 아까 강마로가 언급했던 '개포동 연쇄 살인'의 떠들썩함은 별로 느끼지 못했지만 세간에서는 그렇지 않았던 듯했다. 연말연시의 수선스런 분위기에 밀려 금방 떠내려가긴 했어도 텔레비전 뉴스에서 한두 번 다뤘다고 한다. 그래서 가끔 친구들 앞에서 밝은 척을 하고 싶을 때, '나 방송 나온 여자야'라며 허세를 부린 적도 있다.

퇴원해도 좋다는 의사의 지시가 떨어졌을 때는 꼭 다시 대학에

합격한 기분이었다. 아직 몸 상태가 완벽하진 않았어도 가급적 빨리 미래로자전거로 돌아가 예전처럼 활기차게 일할 생각이었다. 범인이 밝혀진 게 아니라서 부모님은 제2의 습격을 걱정했지만 내가 고집을 부렸다. 꼭 피해자가 나였어야만 할 어떤 필연성도 발견할 수 없다면 그 사건 자체가 느닷없이 벌어진 교통사고와 비슷한 게 아니겠는가. 교통사고를 당한 모든 사람들이 회사도 못 다니고 쭉 절망에 빠져 지낸다는 얘기는 들어본 적이 없다. 남들도 다 이겨냈으면 나도 마땅히 그리할 수 있다고 믿었다.

그러나 외상 후 스트레스 장애라는 후유증은 내 예상보다 훨씬 강력했다. 어떤 일에도 5분 이상 집중할 수가 없었고, 책상에 앉아 있으면서도 내 눈은 항상 비서실 문으로 돌아가기 일쑤였다. 금방이라도 누가 칼을 들고 들이닥쳐 예전에 못 끝낸 일을 마칠 거라는 불안감에 온전한 정신을 유지할 수 없었던 것이다.

수행비서에게 5분 후 차를 대기하라는 사소한 연락조차 제대로 못하는 비서가 어떻게 회사를 다닐 수 있을까. 결국 만류하는 미래로 사람들을 뿌리치고 다섯 달 만에 회사를 나왔고, 그 후로 1차 백수시절처럼 몇 달을 놀다가 우연한 계기로 올해 1월 말부터 학원 강사 일을 시작했다.

이상이 평범하지만 그런대로 괜찮은 삶을 살다가 한순간에 나락으로 떨어진 여자의 인생이다. '불행의 원인은 늘 나 자신에게 있다'는 말을 남긴 서양 철학자가 있다는데, 그분에게 한번 물어보고 싶다. 도대체 내 인생의 어디에 불행의 원인이 있단 말인가. 남들처럼 열심히 살려고 노력했을 뿐, 신문지상에 나올 만한 나쁜 짓은 단 한 차례도 해 본 적이 없는데…….

고개를 푹 숙이고 아플 정도로 세게 머리를 움켜쥐었다. 그러다 살짝 열려 있던 핸드백 속에서 옅은 불빛이 새어 나오는 걸 발견했다. 휴대폰 불빛이었다. 진동으로 해 놨던 데다 생각에 골몰하느라 전화가 온 걸 미처 눈치 채지 못했다.

막 휴대폰을 꺼내 들고 통화 버튼을 누르려는 와중에 전화가 끊 겼다. 부재중 표시와 함께 찍혀 있는 이름은 엄마였다. 부랴부랴 확 인해 보니 엄마한테 온 부재중 전화가 무려 다섯 통. 그 사건 이후 로 부쩍 걱정이 많아진 부모님은 외출하기 전 행선지를 분명히 밝 히고 밖에서도 수시로 전화해 주기를 바라시는데, 오늘은 강마로와 급작스럽게 약속이 잡히는 바람에 그렇게 하지 못했다.

마음이 급해져 냉큼 정자에서 일어났다. 집 쪽으로 내려오면서 이 제는 완전히 어둠이 깔린 아파트 단지를 훑어보았다. 일체의 개성 을 느낄 수 없는 네모반듯한 건물들이 밤하늘을 뚫을 듯 비죽 솟아 있었다. 아랫집, 윗집이 똑같이 생긴 저 비좁은 공간을 층층이 나눠 역시나 그게 그거인 수백 명의 사람들이 먹고, 자고, 볼일을 보는 희 한한 구조. 볼품없고 살풍경한 낙원아파트에 눈을 돌리고 싶어진 나는 걸음을 서둘렀다. 정말이지 당장이라도 벗어나고 싶었다. 내 인생을 망친 이곳에서.

도어록의 비밀번호를 해제하고 집에 들어서자 거실에 서 있던 부 모님의 시선이 곧장 내게로 꽂혔다. 어찌나 염려했는지 두 분 다 얼 굴이 허옇게 질려 있었다.

"어디 갔었어, 연락도 없이?"

엄마가 물었다. 사과부터 드려야 했는데, 이런 경우에 항상 그렇듯 삐딱선을 타고 말았다.

"내가 애야. 아직 9시밖에 안 됐어. 애초에 엄마 아빠가 오늘 가게 안 나갔으면 말하고 나갔을 거 아냐."

"애들 수업 있는 날인데 어떻게 안 나가. 가만있으면 누가 집에 돈을 배달해 준다니. 그것보다 어디 있었는데? 친구들 만났어? 참, 어제 만났다고 했지. 전화 한 통 하는 게 뭐가 그리 힘들다고……."

"나도 이제 서른이야. 그만 관심 끄고 좀 놔둬. 내가 알아서 다 하니까."

늘 이 모양이다. 먼저 화를 내서 미안한 마음을 숨기려 들고 만다.

"여보, 그만해. 잘 들어왔으니까 됐어."

아빠가 손을 살짝 내저어 엄마를 제지시켰다. 그 사건 이후로 항상 내 눈치만 보는 아빠도 마음에 안 들기는 마찬가지다. 쿵쾅쿵쾅 발소리를 내며 내 방으로 향했다.

"얼른 이사를 가야 하는데…… 딸내미 죽을 뻔한 데서 살아야 하는 팔자라니."

나직한 아빠의 혼잣말이 화살처럼 날아와 가슴에 푹 박혔다. 나 또한 이곳을 떠나는 게 소원이었지만 작년 말 우리 가족의 마지막 희망이었던 낙원아파트 재건축 추진이 서울시로부터 정식 거부됨으로써 당분간은 어림없는 일이었다. 예전에 진 빚 때문에 하우스 푸어(House poor)나 다름없는 우리가 현재 시세로 이 집을 팔아봐야 재건축이 확정되어 잔뜩 프리미엄이 붙은 근처의 다른 아파트를 살 수 있을 리 만무했던 것이다. 게다가 단골들이 셀 수 없이 많은 이곳을 떠나 낯선 곳에서 분식집을 개업하는 일도 불가능에 가까웠다. 아빠 말대로 나와 부모님은 절망스런 기억만 남은 낙원아파트를 평생 떠나지 못하고 하루하루 전전긍긍하며 살아야 하는 팔자임에 틀림없었다.

책상에 털썩 주저앉자마자 눈물이 쏟아졌다. 내게 벌어진 비극이 오롯이 나만의 것이 아니라 온 가족에게 확장되어 모두가 고통 받고 있다는 현실을 새삼스레 절감했다. 나만 아니었다면, 나만 없었다면 적어도 부모님들은 남부러울 것 없이 행복했을 텐데⋯⋯.

눈가가 퉁퉁 붓도록 울면서도 바깥으로 소리가 새어 나갈까 봐 입을 틀어막았다. 억지로 오열을 참느라 목이 말도 못할 만큼 아팠다. 이틀에 한 번 꼴로 펑펑 우는 것도 일상이라 여기까지는 특이할 게 없다. 그런데 오늘따라 왠지 머릿속에선 전혀 뜻밖의 목소리가 재생되었다.

"지혜 씨, 저희 돌아가신 할아버지 얘기 해 드릴까요? 할아버지는 6·25 때 학도병으로 참전하셨대요. 대전인가 어디서 처음으로 적군과 교전을 하게 됐는데, 전쟁영화에서 보는 것처럼 사방에서 총알이 빗발치더래요. 천지를 뒤흔드는 포성에, 비명에, 바로 옆에서는 또래 친구들이 퍽퍽 죽어 나가고. 아주 몸이 딱 굳으셨대요. 한참을 덜덜 떨면서 죽음만을 기다리다가 갑자기 이런 생각이 들었답니다. 여기 가만히 있으면 적들의 손쉬운 표적이 될 뿐이다. 하지만 앞으로 나가서 싸우면 최소한 멈춰 있는 것보다는 죽을 확률이 적은 게 아닌가.

할아버지는 용기를 내서 적과 맞싸우러 뛰어나갔고, 필사적으로 싸운 결과 저 같은 손자까지 보실 수 있게 된 거죠. 아, 여자들은 군대 얘기 싫어하죠? 죄송합니다. 설득을 잘해 보려다 그만. 아무튼 요지는 이거예요. 멈춰 있으면 아무것도 못한다는 것. 상황을 바꾸기 위해선 자기 스스로가 움직여야 한다는 겁니다.

그 사건의 기억이 계속 지혜 씨를 힘들게 한다면 움직이세요! 지금이 바로 그때입니다. 우리들의 힘으로 아직까지 어둠 속에 몰래 숨어서 지혜 씨를 비웃고 있는 범인을 잡아 봐요. 지혜 씨 눈앞으로 그놈을 끌어내서 그 실체를 똑똑히 보고 침을 뱉어 줘요. 저는 반드시 그래야만 지혜 씨가 다시 일어날 수 있을 거라고 확신합니다.”

처음에는 말도 안 되는 궤변, 내 주제에 감히 어떻게, 라는 부정적인 생각이 앞섰지만 시간이 흐를수록 점점 눈물이 말라갔다. 나만 아프고 괴롭다면 몰라도 나를 공격한 범인은 부모님까지 힘들게 만들었다. 나는 그 점이 뼈에 사무치도록 분했다. 강마로의 주장대로 범인만, 그놈만 잡을 수 있다면 제2의 습격을 기다리면서 벌벌 떨 필요가 없다. 그렇게만 된다면 모든 건 원점으로 돌아오고 우리 가족은 다시 평화와 행복을 찾을 수 있을 테지.

다만 명함만 봐도 탐정 오타쿠임이 분명해 보이는 강마로를 믿을 수 있느냐는 건 또 다른 문제였다. 다분히 본인의 흥미를 위해 내게 접근한 것처럼 보이는 그에게 사건을 의뢰한다면 꽁꽁 숨겨 왔던 나의 내밀한 부분까지 어느 정도는 공개해야 할 텐데, 오늘 처음 본 낯선 사람에게 과연 그럴 수 있을지 자신이 없었다.

그래도 오늘 새벽, 담배 아저씨에 대한 추리는 제법 날카로웠지.

어쩌면 강마로는 정체를 숨긴 진짜 명탐정이 아닐까? 나와 관련된 사건을 낱낱이 풀어줄 수 있는 유일무이한 존재. 망설이다가 이번 기회를 놓치면 다시는 이런 기회를 잡을 수 없을지도 몰라…….

그러다 문득 내가 너무 순진한 태도로 이번 일에 접근한다는 본능적인 경계심이 들었다. 아직 범인이 잡히지도 않았는데 뭘 믿고 강마로를 끌어들인단 말인가. 만약 강마로가 정체가 밝혀지지 않은 범인이고, 수사를 빌미로 나와 가까워진 다음 또다시 나를 노리는 거라면?

불현듯 온몸에 소름이 돋았다. 나는 징그러운 벌레라도 되는 양 마침 들고 있던 강마로의 명함을 책상 위에 확 내던졌다. 한낱 망상일 수도 있지만 강마로가 범인일지도 모른다는 생각만으로도 그와 관련된 거라면 쳐다보기도 싫어졌다.

그 순간, 명함이 뒤집히면서 아까는 크게 주목하지 않았던 부분이 보였다. 이메일 주소 밑의 블로그 주소. 문득 한번 확인해 보자 싶어 컴퓨터를 켜고 강마로의 블로그를 방문했다.

'공돌이의 세상 연구'라는 제목 아래 낯익은 강마로의 사진이 제일 먼저 눈에 들어왔다. 오늘 본 것보다 홀쭉하게 마르고 수염도 지저분한 강마로 옆에 제복을 입은 50대의 경찰관이 주먹을 불끈 치켜들고 있었다. 그리고 보니 사진 속의 강마로도 남색 서류철 같은 걸 들고 있다. 눈을 가늘게 뜨고 살펴보니 서류철 겉면에 '표창장'이라 쓰여 있었다.

사진 밑, 어느 신문의 기사를 그대로 긁어 온 것으로 보이는 글의 '로봇공학자가 살인범 붙잡아…… 부산경찰 표창'이라는 제목을 보고서야 확실하게 의문이 풀렸다.

## 로봇공학자가 살인범 붙잡아…부산경찰 표창

[부산소식=전준호 기자] 로봇공학자가 살인범을 붙잡아 화제가 되고 있다. 서울대에서 로봇공학 박사 과정을 밟고 있는 강마로(33) 씨는 지난 3월 17일 본인의 블로그에 '부산 사하구 남매 살인사건 분석'이라는 글을 올렸다. 작년 10월 사하구 괴정동에서 칼에 찔려 살해된 정효석(7), 정효주(3) 남매 사건을 심층적으로 분석한 이 글에서 강 씨는 사건 당시 남매의 어머니인 이현주(38) 씨의 수상한 행적과 살해 현장의 몇 가지 단서들을 들어 이 씨를 범인으로 지목했다. 부산 사하경찰서(서장 박동희)는 강 씨가 주장한 장소에서 흉기로 사용된 식칼을 발견하고 이 씨를 긴급 체포했다. 현재 이 씨는 범행 일체를 자백하고 수감 중이다.

놀랍게도 강 씨는 일주일 전 방송된 시사 프로그램에서 이 사건의 정보를 접한 게 전부였다고 한다. 일체의 추가적인 조사 없이 단지 책상에 앉아 논리와 추리만으로 경찰도 포기한 사건을 해결해 낸 것이다.

이번 사건을 포함해 인터넷 분석 글로 세 번이나 경찰수사에 협력한 강 씨는 '공대생이라면 논리적인 사고력과 구조적인 사고방식에 익숙해 문제를 해결해 나가는 역량이 탁월할 수밖에 없다'고 하며 앞으로도 경찰을 돕겠다고 밝혔다.

사하경찰서는 30일 강 씨를 초청해 표창장과 포상금을 수여했으나 강 씨가 극구 사양해 포상금은 반려되었다. 강 씨는 '공학은 사람과 더불어 살면서 사람에게 필요한 무엇인가를 만들어내는 학문이다. 사람에게 유용한 게 무엇인지, 삶의 방식이 어떠한지 항상 이해하려고 노력하기 때문에 인간의 범죄에도 관심을 갖게 되었다. 돈을 바라고 한 행동이 아니니 포상금은 나보다 더 필요한 곳에 써 달라'고 말했다.

기사를 다 읽자 괴짜로만 보였던 강마로가 대단하게 느껴졌다. 서울대 박사 과정에 로봇공학자였을 줄이야. 하기야 천재는 다 괴짜라는 말도 있다. 나는 한결 편안해진 마음으로 그 페이지의 맨 아래 댓글 란도 확인해 보았다.

세상에, 마로 또 한 건 한 거냐? 학부 때부터 날고 기더니 여전하네. 네가 우리 컴공(컴퓨터공학과) 주가 팍팍 올리는구나. 그나저나 박사 따고 나서는 뭐할 거야? 성진전자 R&D센터 선임연구원으로 간다는 소문이 있던데.

이 댓글에 달린 강마로의 대답은 이랬다.

에이, 별것도 아닌 걸 갖고 뭘. 누가 그런 말도 안 되는 소문을 냈지? 일단은 포닥(post-Doc, 박사 후 과정)하려고. 취업은 별 생각 없어. 학문을 좀 더 하고 싶거든.

마지막 댓글이다.

그래, 비가 오나 눈이 오나 실험실에 파묻혀 있는 강마로 같은 놈이 계속 공부를 파야지. 너라면 교수도 될 수 있을 거다. 일간 만나서 소주나 한잔 빨자.

나는 블로그의 그전 페이지도 살펴보았다. 전에 들어 본 적도 없는 로보틱스, 메카트로닉스 같은 과학영화에서나 나올 것 같은 용어들이 들어간 글이 많았고, 동료 공학도들과 실험실에서 찍은 사진들도 제법 보였다. 그중 2014년 12월 17일부터 21일까지 짬짬이 올라온 사진과 글들을 보고 나는 강마로 범인설을 완벽하게 포기했다.

내가 칼에 찔렸던 12월 19일경 강마로는 학회 참석차 도쿄에 머물고 있었던 것이다. 연단 위에 서서 대형 스크린을 가리키며 뭔가를 설명하고 있는 강마로의 모습이 그 사실을 분명히 증명해 주고 있었다. 참석자만 해도 물경 수십 명은 넘어 보이니 나중에 확인해 보기도 쉬운 일이었다.

이제 강마로에 대해 꽤나 신뢰가 쌓였지만 여전히 책상 앞에서 죽느냐 사느냐를 고민하던 햄릿처럼 한참을 고뇌했다. 망설이고 또 망설이다가 휴대폰의 통화 목록을 훑어 마침내 통화 버튼을 누른 순간부터 심장이 마구 뛰었다.

마침내 했어. 내가 전화를······.

아까처럼 단 한 번의 통화연결음 후에 전화가 이어지는 소리가 들렸다. 굳은 결심이 무뎌질까 봐 강마로의 첫 마디도 나오기 전에 먼저 말을 꺼냈다.

"저, 해 볼게요! 같이 그 범인 잡아요!"

현 시간부로 남북통일이 이뤄졌다는 뉴스라도 들은 양 신이 나서 내지르는 강마로의 환호성에 그렇잖아도 걷잡을 수 없이 뛰던 심장이 더욱 격렬하게 뛰었다.

# 6장
## 6월 12일 일요일 9시 20분

검은색 백팩을 메고 신발장 앞에서 운동화를 신고 있는 모습을 엄마가 황당하다는 눈빛으로 쳐다봤다. 딸내미가 일요일 이 시간에 눈을 뜬 모습을 몇 년 만에 볼 테니 그럴 법도 했다. 실은 8시부터 기상해 외출 준비를 했지만 피곤하다는 느낌은 조금도 없었다. 오늘부터 강마로와 함께하기로 한 일이 무척 기대되어 알람이 울리기도 전에 눈이 번쩍 떠졌다.

"아침부터 어디 가? 일찍 일어났으면 엄마랑 교회나 가지."

우리 집에서 유일하게 교회를 다니는 윤미자 여사는 풀 세팅을 완료한 상태였다. 자잘한 꽃무늬가 프린트된 베이지색 린넨 재킷을 걸치고 네이비색 바지를 입은 엄마는 나이를 짐작할 수 없을 정도로 젊어 보였고 딸인 내가 봐도 참으로 근사했다. 이러고 나가면 누가 분식집 아줌마라고 생각할까? 하긴 아빠가 한눈에 반해 1년 넘게 쫓아다닐 정도였다니 더 말할 필요도 없을 터였다. 나도 그럭저럭 예쁘다는 소리를 듣는 편이지만 몇 장 없는 엄마의 젊었을 적 사진에 비하면 솔직히 댈 것도 아니다.

"언제 내가 교회를 갔다고 맨날 그래. 아빠는?"

"뻔하지 뭐."

"조기축구회?"

"응."

"허리도 안 좋다면서."

"병이야, 병. 병원 침대에 누워 봐야 정신 차리지. 그보다 너 금요일에 병원 안 갔지?"

"신경정신과? 응, 이제 안 갈 거야."

실은 2주 전부터 엄마 등쌀에 못 이겨 신경정신과에 몇 번 갔었다. 대학 졸업 후에도 방에만 틀어박혀 있던 엄마 친구 딸이 정신과 상담 후 외출도 하고 했다나.

"영숙이 말로는 엄청 잘 본다고 그러던데. 왜, 별로야?"

"응, 아주 몹시 별로. 지금은 전혀 생각 없어."

엄마가 나보다 더 기대했던 모양인지 엄마의 얼굴이 흐려졌다. 엄마에겐 조금 미안했지만 어제까지라면 몰라도 오늘부턴 내가 직접 해 볼 작정이었다. 강마로의 말처럼 멈춰 있으면 아무것도 못하니까. 상황을 바꾸기 위해선 내 스스로가 움직여야 하니까.

"너무 걱정하지 마. 그 병원에서도 나 정도면 괜찮은 거라던데. 어떤 사람은 아예 밤에 외출도 못하고, 망상도 훨씬 심해서 나처럼 직장 다니는 건 상상도 못한대. 심하지도 않다는데 굳이 병원 가서 뭐해? 내가 다 알아서 할 테니까 걱정 안 해도 돼."

솔직히 바로 이 이유 때문에 그 병원에 더 나가기 싫었다. 내가 얼마나 힘든지 잘 알지도 못하는 주제에 단지 희망을 심어주기 위해 무조건 낙관적으로만 상황을 바라보고, 문제 해결에 하등 도움이 되지 않는 감상적인 공감으로 일관하는 곳에서 더 이상 내가 얻을 수 있는 것은 없다고 판단했던 것이다.

슬슬 나가 봐야 할 것 같아 문 쪽으로 다가가는데 엄마의 질문이 이어졌다.

"그건 그렇다 치고, 어디 가는데?"

"뭐 할 게 좀 있어서."

"이 시간에 뭘 해?"

"참 나, 궁금한 것도 많으셔."

"쓸데없는 짓 말고 엄마랑 같이 교회에 나가면 얼마나 좋아. 기도를 해야 나쁜 일도 안 생기고……."

"나 급해. 지금 나가야 돼."

뻔한 패턴으로 대화가 진행될 것 같아 선수를 쳤다. 가만히 있으면 언제까지 잔소리가 이어질지 모른다.

바깥 날씨는 더 보태고 뺄 게 없을 만큼 화창했다. 일요일 아침이라 나다니는 사람도 별로 없어 단지 전체가 나른한 늦잠에 취한 것처럼 고요했다. 몸 상태도, 기분도 좋아서 실개울도서관으로 향하는 걸음이 빙상 위에서 스케이트를 타는 것처럼 쭉쭉 미끄러졌다.

낙원아파트 정문을 나와서 우회전을 했다. 그대로 조금 가다가 남쪽으로 횡단보도를 건넌 다음 같은 방향으로 쭉 내려가면 익숙한 새서울아파트 상가가 나온다. 그 앞에서 왼쪽으로 횡단보도를 건너면 3~7층 상가 건물들이 밀집한 이 지역의 대표적인 유흥가가 기다리고 있다.

초행자는 길을 잃을지도 모르지만 나랑은 상관없는 얘기다. 계속 왼쪽으로 방향을 잡고 건물들 사이의 복잡한 통행로를 요리조리 빠져나가면 얼마 못 가서 거짓말처럼 주변이 한적해진다. 앞으로 붉은 벽돌을 단단하게 쌓아 올린 성당이 있고, 그 맞은편이 10시에 강마로를 보기로 약속한 실개울도서관이다.

세상의 온갖 지식들이 실개울처럼 모여든다는 이 도서관 정문 앞에 서자 반가운 마음에 왈칵 눈물이 나올 것만 같았다. 부지에 나무를 많이 심어 놓아 마치 도심 속 산장 같은 분위기가 풍기는 도서관의 학습실에서 대학 졸업반 때와 그 이듬해 백수시절 거의 하루도 빠짐없이 먹고, 졸고, 공부했었다. 한마디로 내 청춘을 함께한 곳이라고 해도 과언이 아니었다. 그때 학습실 창가로 보이는 신록은 왜 그리 푸르렀는지, 손 꼭 잡고 놀러 온 연인들은 어쩜 그리 다정해 보였는지, 여기서 탈출할 수만 있다면 세상이 다 내 것 같을 듯했었는데…….

도서관 본관으로 향하는 계단을 오르며 그리움에 흠뻑 젖었다. 집에서 20분도 안 걸리는 이곳을 3년 만에 오다니. 옛날처럼 필요한 공부도 하고 책도 좀 읽었으면 오죽 좋아. 취직과 동시에 발길을 딱 끊은 게 한심하게 느껴져 얼굴이 뜨듯했다.

"여기예요, 지혜 씨!"

계단을 전부 오르면 나타나는 본관 앞 오른편에 휴게 테라스가 있는데, 그쪽에서 커다란 목소리가 들려왔다. 언제나처럼 활기찬 강마로였다. 나를 향해 반갑게 손을 흔드는 그는 테라스의 나무 벤치에 다리를 꼬고 앉아 있었다.

"안녕하세요."

내가 다가가며 고개를 숙이자 엉거주춤 일어선 강마로도 까딱했다. 오늘도 10분 전에 도착했건만 이 사람보다 늦었다. 진짜 할 일이 없거나, 무척이나 이 일이 흥분되거나 둘 중 하나이겠지.

"잠깐 앉아요."

강마로가 들고 있던 손을 뻗어 자기 앞의 벤치를 가리켰다. 코발트블루 계통의 스트라이프 신사복에 흰 와이셔츠, 파란 넥타이를 맨 그의 허세스런 패션 센스는 오늘도 변함이 없었다. 먼 곳을 나온 것도 아니라서 회색 라운드 티셔츠에 청바지 하나 걸치고 온 나와는 확실히 대비되는 차림새라 도서관으로 들어가는 사람들이 한 번씩 힐끔거리는 걸 견디기 힘들었다. 언제까지 우리 둘이서 이 일을 할지는 모르겠지만 다음 만남부터는 살짝 주의를 줘야겠다고 다짐했다.

"역시 시간 하나는 칼이네요. 확실히 지혜 씨는 뭔가 달라요. 30분 지각은 예사인 여자분들도 많던데."

나는 작게 고개를 끄덕였다. 윗사람 분부에 1분만 지체해도 불호령이 떨어지는 직장을 가진 사람이 그리 많지는 않았을 테니까.

"마로 씨야말로 시간을 잘 지키시네요. 30분 지각은 예사인 남자분들도 많던데요."

"지혜 씨 만날 때마다 흥분이 돼서 참을 수가 있어야죠. 그리고 보니 벌써 사흘째 매일 만나고 있네요. 이러다 정들겠어요, 하하."

강마로의 너스레를 가뿐히 무시했다. 농지거리나 나누려고 어젯밤 그리 굳은 결심을 한 건 아니지 않은가. 내 반응에 무안했던지 작은 헛기침을 한 강마로가 본론으로 들어갔다.

"자, 어디서부터 시작할까요?"

"어머, 제가 뭘 안다고. 탐정은 그쪽이잖아요."

"물론입니다. 계획은 당연히 확실하게 세워져 있어요. 혹시나 다른 생각이 있으실까 해서 여쭤본 거죠. 제 생각에 일단은 어떤 선입견도 없이 그 사건 자체만을 차근차근 들여다봐야 할 필요가 있을 것 같습니다. 다행히 저희보다 먼저 그 사건에 대해 조사해 본 사람들이 있으니 별 가치도 없으면서 시간만 잡아먹는 노가다는 생략할 수 있죠. 피해자의 신상 명세나 날짜, 범행 시간 같은 것 말입니다."

"그런 것도 중요하지 않을까요?"

"중요합니다. 하지만 그것들은 결국 사건을 해결하는 데 있어 여러 가지 재료에 불과할 뿐, 그것들을 잘 다듬어 먹음직스런 요리를 만드는 것은 본질적으로 요리사의 능력에 달려 있죠. 이 탐정 강마로가 지혜 씨에게 끝내주게 근사한 요리를 대접하겠습니다."

강마로는 이미 사건을 해결한 양 득의양양한 얼굴로 벤치에서 일어났다. 본관으로 성큼성큼 걸어 나가는 그를 재빨리 따라잡고 물었다.

"저기 탐정료, 아니 수임료라고 해야 하나요? 그건 얼마나……?"

주뼛주뼛 물어본 질문에 강마로는 헌걸차게 웃고 답했다.

"실은 이번이 직접 조사에 나선 첫 사건이라 돈은 별로 생각하고 있지 않습니다. 일종의 무사수행 같은 거죠. 앞으로 탐정밥을 먹고 살 수 있을지 제 자신을 한번 시험해 보고 싶어서요. 그래도 공짜라고 하면 오히려 지혜 씨가 부담스러우실 테니까 사건을 무사히 해결하면 실비 정도만 청구할게요. 일종의 성공 보수라고 생각하시면 되겠습니다.”

부담스런 수임료 문제를 그럭저럭 해결하고 정문으로 들어가자 훤히 열린 로비가 나왔다. 로비 왼쪽에 안내 데스크가, 오른쪽에는 열 명 넘게 둘러앉을 수 있도록 커다란 테이블을 마련해 놓은 공간이 있었다. 학습실에 빈자리가 나지 않아 대기하는 사람들이 테이블에서 공부를 하거나 노트북으로 인터넷을 하고 있었다.

한때는 나도 저곳의 일원이었다. 가끔 사무치게 답답할 때 어렵게 잡은 학습실을 일부러 빠져나와 탁 트인 저 테이블 빈자리에 앉곤 했다.

“어디로 갈 거예요?”

실개울도서관이 구석구석 익숙한 나와 달리 강마로는 눈동자만 굴리며 쉬이 행선지를 정하지 못했다. 보다 못해 묻자 강마로가 입을 열었다.

“어…… 그 사건의 구체적인 내용이 제일 잘 정리되어 있는 건 역시 신문일 겁니다. 먼저 신문을 찾아보러 갑시다.”

강마로는 장서와 신문, 잡지 등이 보관되어 있는 문헌정보실 쪽으로 향했다. 의아한 생각이 들어 뒤통수에 대고 물었다.

“왜 거기로 가요?”

“네?”

"인터넷으로 지난 신문들 다 볼 수 있잖아요. 카테고리 검색도 훨씬 편하고요."

"앗, 그렇죠! 인터넷. 요즘은 어딜 가나 인터넷 세상이죠. 그런데 도서관에서 컴퓨터도 할 수 있나요? 책 보는 데 아니었어요?"

대관절 언제 적 얘기를 하는 거람? 3년 만에 도서관에 온 걸로 부끄러워했던 나는 양반인 셈이었다. 내가 황당하다는 시선으로 쳐다보자 강마로는 어깨를 으쓱했다.

"원래 탐정은 세상사에 둔감한 겁니다. 이게 정석이에요."

말은 그렇게 하면서도 다소 어깨가 굽은 그를 데리고 로비 오른쪽의 너른 공간으로 향하자 강마로가 반문했다.

"인터넷 한다면서요?"

"여기 디지털자료실은 미리 예약을 해야 이용할 수 있어요. 회원증이 없으면 예약 자체도 안 되고요."

"지금 만들면 안 됩니까?"

"그럴 시간이 어디 있어요? 게다가 회원증 만들어도 오늘 자리가 다 찼으면 소용없어요."

나는 마침 두 개의 빈자리가 보이는 테이블에 메고 온 백팩을 내려놓았다. 그리고는 지퍼를 열어 노트북 컴퓨터를 꺼냈다. 강마로의 눈이 휘둥그레졌다.

"와, 준비해 오신 거예요?"

"필요할지도 모른다고 생각해서요. 문서 파일에 저희가 조사한 내용 정리도 해 놓을 겸해서 가져왔죠."

"준비성 한번 기막히네요. 지혜 씨, 의욕이 대단하군요."

"뭘요, 얼른 앉으세요."

물색없이 감탄하던 강마로가 착석했고, 나는 노트북을 켜서 인터넷에 접속했다. 포털 사이트의 익숙한 첫 화면이 모습을 드러냈다.

"에이, 어제 졌구나. 쯧, 선발들이 줄부상이라……."

"네?"

"아니요, 아닙니다."

이 중요한 순간에 대체 어딜 보고 있는 건지. 나는 살짝 고개를 젓고, 주요 신문 사이트의 검색을 시작했다. 날짜와 장소, 관련인의 이름을 정확히 알고 있으니 손쉬운 일이었다. 10초도 안 되어 나의 그 사건을 다룬 기사가 떴다.

## 강남 한복판에서 20대 여성 흉기에 찔린 채 발견

기사등록 일시: 2014년 12월 20일 권지우 기자

어젯밤 11시경 강남구 개포동의 한 아파트 앞에서 퇴근 후 집으로 귀가하던 20대 여성이 흉기에 찔린 사건이 벌어져 경찰이 수사에 나섰다. 20대 여성 A씨는 정체불명의 괴한으로부터 복부를 흉기에 찔려 사경을 헤매다 지나가던 행인에게 발견되어 순천향대병원으로 긴급 후송됐다. 여섯 시간의 대수술을 마친 A씨는 현재까지도 중태로 알려져 있다. 서울 수서경찰서는 사건 현장은 인적이 뜸하고, CCTV도 설치되어 있지 않아 범인 수사에 난항이 예상된다고 밝혔다.

이 간략한 기사가 제1보였다. 여기 나온 A씨가 멀쩡히 살아서 자기 기사를 읽고 있다는 걸 이 기자는 알고 있을까.

더 상세한 후속 보도를 기대하며 다음 기사들을 찾았다. 그러나 때는 모든 사람들의 발이 한 뼘 이상 둥둥 떠다니는 크리스마스 전후. 연예인도 아닌 한낱 직장녀가 피습을 당한 사건 따위는 신문에 실릴 가치조차 없는 모양이었다. 연말연시 불우이웃 돕기 모금액이 역대 최저라든지, 미국에서 활동하는 야구 선수의 천문학적인 계약금 소식, 그때나 지금이나 한 치의 변화도 없는 북한의 으름장 등의 기사에 밀려 사회면 귀퉁이에 네댓 줄 실리는 게 전부였다. 그 후로도 2014년 말과 2015년 초의 여러 신문을 샅샅이 훑어봤지만 A양이 회복했다는 단문 기사를 끝으로 더 이상 나의 흔적을 찾을 수는 없었다.

"검색이 무척 빠르시네요. 인터넷 전문가 같아요."

열심히 찾고 있지만 별 소득이 없어 시무룩해진 기색을 강마로가 느꼈나 보다. 의도가 뻔한 그의 칭찬에 대답 없이 검색에만 몰두했다. 비서 시절, 매일 아침마다 노회장님 책상에 그날의 주요 뉴스를 간추린 문서를 만들어 올려야 했기에 이런 일에는 꽤 단련이 된 편이었다.

A양 사건과 그 나흘 전에 거의 같은 장소에서 벌어진 교살사건이 일종의 연쇄범행일지도 모른다는 최초의 추측은 무려 열흘 만에 게재되었다.

### 강남에서 잇따른 '강력사건' 민심 흉흉…치안은 어디에

기사등록 일시: 2014년 12월 30일 라한준 기자

지난 19일 밤 11시경 강남구 개포동에서 일어난 20대 여성의 흉기 피습 사건이 연쇄범행일지도 모른다는 추측이 제기되고 있다. 15일 강남구 한 아파트 관리사무소에서 끈으로 목이 졸려 사망한 50대 여성과 19일 피습 사건이 일어난 장소가 동일한 아파트이기 때문이다. 중태에 빠졌던 두 번째 피해 여성은 목숨을 건졌지만 충분히 동일범을 의심해 볼 수 있는 상황이다. 현재 경찰은 여성을 대상으로 살인, 강도, 강간 등의 범행을 저지른 바 있는 인근 전과자들의 소재 파악에 나선 상태이며 두 사건의 정확한 경위를 파악하는 데 총력을 기울이고 있다.

이날 수서경찰서 주변을 지나던 김미영(37) 씨는 '대한민국에서 치안이 가장 좋은 줄 알았던 강남에서 살인사건이라니 믿기지 않는다'는 반응을 보였다. 강남에 거주하는 한 40대 남성은 '중학생 딸에게 당분간 학원도 가지 말라고 했다. 경찰은 뭐하고 있는 거냐'고 말했다.


무심코 스크롤을 내리다 이 기사에 달린 댓글을 보았다. 조용히 묻힌 기사였으면 댓글도 없었을 텐데, 강남이라는 배경과 연쇄 살인 가능성이라는 자극적인 내용 덕분에 포털 메인에라도 뜬 것인지 의외로 댓글이 많았다. 얼굴 한번 본 적 없는 사람들이 나를 대상으로 온갖 소문들을 쏟아내고 있었다. 젊은 처자가 평소 행실이 어땠기에 칼침이나 맞냐고 준엄하게 꾸짖는 사람도 있었고, 이게 다 젊은 남자들이 성적으로 너무 억압되는 바람에 생긴 부작용이라고 주장하는 사람도 있었다.

최고 걸작은 나와 고등학교 동창이라는 사람이 적은 글이었다. 그에 따르면 먼저 죽은 나이 많은 여자는 포주이고 나는 몸을 파는 창녀인데, 손님으로 온 남자에게 바가지를 씌우자 격분한 그에게 차례로 공격을 당했다고 한다. 한마디로 네티즌들의 입방아 속에서 나라는 존재가 머리부터 발끝까지 처참하게 붕괴당하는 인격 살해의 축제였다.

"아, 배고프다…… 지혜 씨는 배 안 고파요? 모처럼 일요일에 일찍 일어났더니 뱃속에서 천둥이 치는데요."

아직 11시도 채 되지 않았고, 강마로가 얘기한 천둥 치는 소리 따위는 듣지도 못했다. 이 작자들이 나를 어디까지 더 해부하나 지켜보고 싶은 마음에 고개를 저었지만, 강마로는 막무가내로 내 손을 붙잡고 일으켰다.

"도저히 못 참겠어요. 점심 먹고 합시다."

한두 차례 실랑이 끝에 포기하고 노트북을 정리해 지하식당으로 내려갔다. 점심시간 오픈이 11시라서 테이블에 앉아 잠시 기다리는 동안 강마로는 끊임없이 다양한 화제를 재잘거렸다. 하도 수다스럽게 떠드는 통에 댓글을 곱씹고 있던 정신이 흐트러졌다.

강마로는 돈가스를, 식욕을 잃은 나는 물냉면을 시켰다. 두 개 다 4000원. 밖에 나가면 턱도 없는 가격이지만 여기서는 만 원을 내도 거스름돈을 받는다.

"어제 돈가스를 너무 맛있게 먹어서 또 시켜 봤는데 역시 민들레 랑은 차원이 다르네요. 어젠 정말 맛있었는데⋯⋯."

말과 달리 강마로는 씩씩하게 접시를 비워 나갔다. 나는 냉면 면 발을 괜히 젓가락으로 휘휘 돌리며 한데 뭉쳤다 풀었다 했다.

"시원해 보이는데 안 드세요? 그럼 제가 먹을까요?"

어느새 돈가스 한 접시를 비우고 냉면까지 탐내다니 보기와는 달 리 먹성이 참 좋다. 체격만 보면 살집 있는 타입은 아니지만 180센 티미터 넘어 보일 정도로 큰 키를 생각하면 당연한 건가.

냉면 접시를 넘겨받은 강마로는 마구 젓가락질을 했다. 냉면도 바 닥을 보이기 시작할 즈음 강마로가 입을 우물거리며 말했다.

"지혜 씨 사건 밑조사는 이쯤 하죠. 신문에서 더 나올 것도 없어 보이고, 어차피 그 사건에서 가장 중요한 지혜 씨가 제 눈앞에 있으 니까요. 궁금한 게 있으면 직접 물어보면 되잖아요.

오후에는 그 50대 여자 사건을 집중적으로 파 봅시다. 자자, 그만 얼굴 펴고 기운 내세요! 고작 이 정도로 좌절하려고 시작한 일이 아 니잖아요."

강마로의 말이 맞다. 제대로 된 조사는 아직 시작도 안 했는데 벌 써부터 힘이 쭉 빠지다니 직무유기다. 나는 주먹을 불끈 쥐고 오후 의 2차 조사를 멋지게 해내겠다고 다짐했다.

안타깝지만 세상사가 미력한 개인의 다짐만으로 이뤄지는 건 아 니라는 사실을 또 한 번 절실히 깨달은 오후였다. 나보다 며칠 앞서 낙원아파트 관리사무소에서 일어난 교살사건의 자료가 참담하리만 큼 빈약했던 것이다.

아무래도 피살자가 나처럼 젊은 여자가 아니다 보니 사건의 후폭풍 자체가 약했던 모양이었다. 드물게 내 사건과의 연관성을 지적한 기사도 있었지만, 간단한 사실관계조차 틀리는 등 대부분 수박겉핥기식에 그쳤다. 마음속으로 실종된 기자 정신을 한탄하며 강마로를 쳐다보자 그 또한 실망한 기색이 역력했다.

"하루에 다 끝내면 내일 할 게 없으니까 오늘은 여기서 접죠. 바깥에서 바람이나 쐬면서 오늘의 수확에 대해 얘기해 볼까요?"

여덟 시간 가까이 실내에 있었던 터라 강마로의 제안이 반가웠다. 동의의 표시로 고개를 끄덕이고 한글 파일을 열어 문서 작성을 시작했다.

"나가자니까 뭘 또 해요?"

"잠깐이면 돼요. 이렇게 정리 안 해 놓고 머리로만 기억하면 금방 까먹어요."

호언장담한 대로 잠깐밖에 걸리지 않았다. 내 손이 빨라서가 아니라 거창하게 정리씩이나 할 만큼 정보량이 많지 않았던 까닭이다. 하지만 강마로는 홀린 듯이 내 손놀림을 바라보는 게 꽤나 감탄한 눈치였다.

"이야, 무지하게 빠르네요! 빠르기만 한 게 아니라 한눈에 딱 들어오게 정리도 잘하셨고요. 1차 피해자 이름, 최순자. 나이, 쉰일곱. 직업, 무직. 낙원아파트 106동 거주……."

"비서 일을 한 적이 있어서 그래요. 진짜 잘하는 비서님들이랑 비교하면 이 정도 문서 작성은 별것도 아니에요."

"제 눈에는 스티브 잡스입니다. 참, 저도 한 장 뽑아 주십시오. 원

래 저도 수첩에 대충 적은 내용을 집에 가서 제대로 옮겨 적으려 했
는데, 이거 한 장이면 굳이 제가 따로 만들 필요도 없겠어요."

"원래부터 출력해서 드리려고 했어요."

노트북을 백팩에 넣고 자리를 완전히 정리해 도서관에서 나왔다.
막 6시를 넘었지만 여름날 오후답게 바깥은 눈부시게 환했다. 본관
앞 나무들 아래 서자 탁한 공기만 꾸역꾸역 밀어 넣었던 폐가 이제
야 살겠다고 환호를 지르는 듯했다. 강마로가 오전에 앉았던 벤치
로 다가가기에 급히 말했다.

"여긴 아까 앉았잖아요."

나는 강마로를 벤치 옆 마루로 데려갔다. 평상처럼 나무 바닥을
깔고 지붕은 유리를 끼워 넣은 곳이라 아주 가끔 사람이 없을 때면
내 집 안방처럼 누워 밤하늘을 바라보곤 했었다. 낙원아파트 아지
트도 그렇고 내가 나이에 안 맞게 평상을 좋아하는 이유를 생각해
본 적이 있는데, 아마도 외가 느티나무 아래 평상에서 수박을 먹으
며 여름방학을 보냈던 어린 시절의 추억 때문인 것 같다.

마루에 나란히 앉은 강마로가 입을 열었다.

"어때요, 오늘 하루 조사해 본 소감이? 뭐 좀 건진 것 같아요?"

뭐야, 이 질문은 마땅히 의뢰인인 내가 탐정에게 해야 할 것 같은
데? 내가 머리를 살래살래 젓자 강마로는 그럴 줄 알았다는 양 고개
를 끄덕였다.

"솔직히 저도 그렇습니다. 뭐 신문 기사만 보고 범인을 척 지목할
만큼 간단한 사건이었다면 2년이 넘도록 미궁에 빠져 있지도 않았
겠죠. 오늘은 시작이라는 데 의미를 둡시다.

그래도 제 생각에 일단은 두 사건이 동일범에 의한 연쇄범행인지, 아니면 각기 다른 범인에 의해 일어난 단독사건들이 하필 비슷한 시기에, 비슷한 장소에서 일어난 건지 파악하는 게 가장 시급한 것 같습니다."

"마로 씨는 어떻게 생각하는데요?"

"아직은 뭐라 말하기 힘듭니다. 두 피해자가 어떤 공통점이 있다면 범인이 그거에 꽂혀서 둘을 차례차례 노렸다고 볼 수도 있겠죠. 하지만 딱 봐도 두 피해자는 너무나 달라요. 한 사람은 영락없는 동네 아줌마고, 다른 사람은 미모의 아가씨니까요.

경찰 말처럼 여성을 대상으로 범죄를 저지르는 변태성욕자라면 어느 정도 동일한 수준의 희생양들을 골랐겠죠. 근데 이 경우는 물과 기름처럼 달라도 너무 다르니. 여자라면 나이나 얼굴 상관없이 아무나 좋았던 건가……."

강마로는 아무렇지 않게 내뱉었지만 전혀 생각지도 못한 타이밍에 외모 칭찬을 들으니 당혹스러웠다. 붉어진 얼굴을 감추기 위해 두 손으로 얼굴을 가렸다가 진정이 되었다고 판단될 때쯤 손을 치우고 말했다.

"저기, 저랑 최순자 아주머니랑 공통점이 아예 하나도 없는 건 아닌데요."

"네?"

"저희, 같은 단체 회원이었어요. 낙원아파트 봉사단체요. 낙원회라고……."

강마로의 눈이 통방울만큼 커졌고 입에서는 거친 호흡이 쏟아졌다. 엄청나게 충격을 받은 듯해 걱정이 됐다.

"그, 근데 왜 여태 말 안 했어요?"

"어떤 선입견도 없이 조사해 볼 거라고 하시기에……."

망연자실한 강마로는 입을 떡 벌리고 내 얼굴을 들여다보았고, 나는 1분 넘게 계속되는 그의 시선이 부담스러워 고개를 푹 수그렸다.

# 7장
## 6월 12일 일요일 18시 50분

그 후로도 강마로를 진정시키는 데 무진장 애를 먹었다. 어느 정도 대화가 가능한 상황이 될 때까지 몇 번이고 사과해야 했다.

"저희가 손발을 맞춘 게 이번이 처음이니까 모르셨을 수도 있겠지만 의뢰인이 탐정에게 숨기는 게 있으면 절대로 사건을 해결할 수 없어요. 앞으로는 제발 주의해 주세요, 알았죠?"

"네, 네."

우는 아이를 달래는 심정으로 연신 고개를 조아렸다.

"그 얘긴 이제 됐고, 자세히 좀 말해 보세요. 그 최순자라는 아주머니랑 같은 봉사단체 회원이셨다고요? 근데 경찰이 왜 그걸 몰랐죠? 두 피해자의 연관성을 조사하면 금방 나왔을 텐데……."

"경찰도 알아요."

"네?"

내 천연덕스러운 대답에 강마로의 눈이 또다시 커졌다.

"제가 회복되고 나서 형사님들이 신문할 때 그 점에 대해 말했거든요. 그 바람에 저희 봉사단체 사람들도 다 조사받았고요. 경찰은 분명히 알고 있어요."

"허……."

한동안 생각에 잠겨 있던 강마로가 왼손 엄지와 중지로 딱 소리를 냈다.

"알겠습니다. 아무래도 경찰은 일부러 언론에 그 사실을 발표하지 않은 것 같네요. 일종의 히든 카드랄까요. 수사의 핵심 사항 한 가지를 숨겨두고 있다가 나중에 용의자를 압박할 때 써먹으려고 했었나 봅니다."

자기 말에 납득한 듯 고개를 끄덕이던 강마로가 불쑥 엉덩이를 들었다.

"오늘은 이만하려고 했는데 도저히 안 되겠어요. 첫날부터 놀라운 정보를 얻은 걸 보면 우리한테 행운이 따르는 것 같아요. 물 들어올 때 노 저으랬다고 기왕에 이렇게 된 거 조금만 더 해 봅시다."

강마로가 나를 향해 손을 뻗었다. 느닷없는 행동에 놀라 빤히 올려다보자 그는 내 손을 붙잡고 번쩍 일으켜 세웠다.

"왜, 왜요?"

"살인사건 수사의 기본은 누가 뭐래도 현장 수색입니다. 답은 언제나 현장에 있어요."

"지금 가자고요?"

"맞습니다. 흥분이 돼서 참을 수가 없어요."

젖을 보채는 아이처럼 발을 동동 구르는 강마로를 데리고 도서관을 나왔다. 우리는 오전에 내가 온 길을 고스란히 되짚어 낙원아파트로 향했다.

"참, 어제 마로 씨 블로그 봤어요."

한동안 아무 말 없이 걷다가 침묵이 부담스러워 던진 얘기였다. 알게 된 지 며칠 되지도 않은 처지라 이것 외에는 별달리 할 말도 없었다.

"앗, 별로 보실 것도 없었을 텐데."

강마로는 눈에 띄게 쑥스러워 하며 뒷머리를 벅벅 긁었다.

"왜요? 볼 것 많던데요. 서울대 공대 나오셨다니 정말 대단하세요. 마로 씨 같은 수재를 직접 보는 건 처음이에요."

"하하. 대단하긴요. 그래봐야 공돌이인데. 3년 동안 납땜이나 하다 졸업하는 거죠 뭐."

"너무 겸손하신 것 아니에요? 지금 로봇공학 박사 과정 중이라면서요. 실험실에서 가운 입고 뭔가를 창조하시는 모습 진짜 멋있었어요."

"창조는 무슨 말라비틀어진…… 사람들 생각만큼 그렇게 창조적이지 않아요. 다 선생님들이 시키는 대로 하는 거죠."

블로그에서는 자신의 학문에 대한 진지한 자세를 엿볼 수 있었는데, 뜻밖의 야멸찬 대답이 나와 놀랐다. 혹시 그 글을 게시한 3월 이후에 무슨 일이 생겼을까? 학문의 길에 염증을 느낄 만한 어떤 일 말이다.

"그럼 교수 안 하실 거예요? 아, 아까 탐정밥을 먹는다고……."

"왜요? 지혜 씨도 저희 부모님처럼 깡통 차기 딱 십상인 탐정 일을 반대하시려고요?"

"아뇨, 제가 왜요."

강마로의 날카로운 반응에 울 것 같은 심정으로 재빨리 고개를 저었다. 하지만 그는 입을 조개처럼 굳게 앙다물기 전 나직하게 한마디를 남겼을 뿐이었다.

"전 사람들을 돕는 게 좋아요."

불그스레한 노을 아래로 길쭉한 아파트들의 형체가 보이자 평소 같지 않게 반가웠다. 괜한 얘기를 꺼내 어색해진 분위기가 너무 불편했기 때문이다.

어제 새벽에 소동을 벌였던 정문을 지날 때는 힐끔 강마로의 눈치를 보았다. 그 부끄러운 얘기를 아무렇지 않게 꺼낼까 봐 걱정했지만 강마로는 열에 들뜬 사람처럼 벌건 얼굴로 두 발만을 재게 놀렸다.

정문 맞은편 102동에서 좌향좌를 하고 그대로 직진하면 101동이다. 다른 아파트 동과 마찬가지로 101동 건물의 한가운데를 자그마한 경비실이 지키고, 경비실 양옆으로는 각각 세 개씩 여섯 개의 주차 라인이 그려져 있었다. 일요일 저녁이라서인지 차들은 한 대도 비지 않고 자리를 채우고 있었다.

101동의 어느 1층 집에서 구수한 밥과 얼큰한 김치찌개 냄새가 솔솔 풍겨왔다. 점심도 건너뛴 거나 마찬가지인 판에 집밥 내음이라니 가혹한 고문이 따로 없을 지경이었다. 문득 밥도 못 먹고 돌아다니면서 이게 뭐하는 짓인가 회의가 들었다. 강마로도 비슷하지 않을까 싶어 슬쩍 훔쳐보았지만 그의 꽉 닫힌 입매와 턱에서는 굳건한 의지만이 느껴졌다. 아무래도 본의 아니게 그의 심기를 상하게 한 오늘은 빼도 박도 못하고 장단을 맞춰 줘야 할 모양이었다.

101동 아파트의 왼쪽 끝에 도달하자, 단지와 외부를 나누는 붉은 벽돌의 담벼락이 우리를 막아섰다. 우리가 걸어온 아스팔트길은 이 담벼락 앞에서 직각으로 꺾어 북쪽으로 이어졌다. 일방통행으로 자동차들이 다니는 이 길에서 갑자기 반바지를 입은 남자 아이를 필두로 대여섯 명의 아이들이 뛰어나와 흠칫했다. 우리를 지나고 나서도 횡 하니 바람 소리를 내며 달리는 게 무서운 괴물이라도 쫓아오는 기세였다. 아니면 얼음 땡 놀이라도 하고 있든가.

단지 왼편 담벼락과 101동 사이의 비좁은 길을 끝까지 올라가자 드디어 목적지가 눈앞에 등장했다. 최순자 아주머니가 시체로 발견된 관리사무소에 도착한 것이다.

관리사무소는 그리 크지 않은 2층 건물이었다. 원체 아파트 부지가 좁은 까닭에 단지 왼편 담벼락에 거의 딱 붙여 놓아 마른 사람조차 그 틈을 통과할 수 없을 정도였다. 관리사무소 오른쪽에는 모래판, 미끄럼틀, 그네, 철봉 등으로 겨우 구색만 맞춰 놓은 놀이터가 있었는데, 엄마의 손에서 벗어난 몇몇 행운아가 여태껏 놀고 있었다.

"어, 이 앞에는 문이 없는데요."

강마로가 붉은 벽돌 사이사이에 검은색과 갈색 벽돌을 박아 나름대로 멋을 낸 관리사무소의 뒷벽을 바라보며 말했다.

"반대로 돌아가야 돼요. 그쪽에만 문이 있어요."

"그리로 갑시다."

당당하게 걸어 나가는 강마로를 붙잡았다. 의아해 쳐다보는 그에게 물었다.

"저기…… 그런데 탐정 면허 같은 건 갖고 계신 거죠?"

아까부터 궁금했던 질문이었다. 어쩌다 보니 당장 본격적으로 조사에 임하는 상황이 됐는데, 괜히 아무 권한도 없는 사람과 같이 설치다가 나까지 피해를 보지 않을까 싶어서였다.

"어, 그게……."

확인해 보려는 차원에서 던진 질문에 강마로의 낯빛이 흐려지는 걸 보니 불길한 예감이 들어맞았구나 싶었다.

"하하. 그게 말이죠…… 없습니다."

"없다고요?"

"없습니다, 아직은. 근데 곧 갖게 될 겁니다. 우리나라에는 아직 사립탐정, 그러니까 민간조사원 제도가 없어요. 흥신소 같은 곳도 불법이 많죠. 한 10여 년 전부터 국민 편의와 신직업 창출을 위한 탐정업 법제화 논의가 이뤄지고 있는데, 잘되려다가도 무산되는 경우가 많았어요. 그래도 올해는 반드시 허가가 떨어질 겁니다. 그렇잖아도 바닥치고 있는 지지율 더 떨어지기 전에 일자리 늘려야 하니까요."(고용노동부에서 발표한 신직업 육성안에 사립탐정이 포함되어 있으며, 한국직업사전에도 새로운 직업으로 정식으로 등재되어 있기는 하지만 아직까지 민간조사원은 정부 공인의 직업군은 아니다. 다만 대한민간조사협회 (PIA) 등에서 실시하는 자격 취득 과정을 통해 자격증을 이수할 수는 있다.)

강마로의 혀가 매끄럽게 돌아갔지만 불안감은 전혀 가시지 않았다. 뭐라 포장해도 우리 둘은 현재 법적으로 공인받지 않은 일을 하고 있는 것이다. 눈치 하나는 빠른 강마로가 그런 기색을 읽었는지 제 가슴을 탕탕 치며 말했다.

"걱정하지 마세요. 전 준비된 탐정입니다. 대한민국 사립탐정 제1호가 되기 위해 엄청 열심히 수련을 했어요. 갈고 닦은 제 실력을 이번 지혜 씨 사건을 통해 멋지게 증명하고 꼭 탐정이 될 겁니다."

"저도 마로 씨가 우리나라 넘버1 탐정이 되실 거라고 믿어요. 근데 어쨌든 지금은 면허가 없으니까 수사에 참여하다가 무슨 문제라도 생길까 봐 솔직히 걱정돼요."

"아이고, 걱정 마시라니까요! 누구도 아닌 지혜 씨가 사건의 직접적인 피해자잖아요. 피해자가 자기를 찌른 범인을 직접 찾아보겠다는데 누가 뭐라겠어요? 뭣하면 제가 지혜 씨 사촌오빠라고 하면 되죠. 아, 전 서른두 살입니다. 오빠 맞죠? 아무 문제없을 거예요. 혹시라도 문제가 생기면 제가 다 책임지겠습니다. 저 믿으시죠?"

이렇게까지 나오는데 계속 뻗댈 수도 없어 고개를 끄덕였다. 기왕지사 이 남자와 함께 시작한 일이다. 결과가 어떻게 나오든 끝까지 한 배를 타는 수밖에…….

우리는 관리사무소와 놀이터 사이의 좁은 길을 걸어 건물의 정면으로 향했다. 밀어서 여는 유리문 옆에 '낙원아파트 입주자대표회의'라는 나무 간판이 붙어 있었다. 거의 1년 반 만에 오는 곳이었지만 반가움은 전혀 느낄 수 없었다. 아직 해결되지 않은 최순자 아주머니 사건의 영향 때문인지 건물 밖에 서 있기만 해도 왠지 꺼림칙하고 불길한 기운에 휩싸이는 것 같았다.

"참, 일요일에는 잠겨 있을 거예요."

다짜고짜 문으로 다가가는 강마로의 등에 대고 서둘러 말했다. 오랜만이라 잊고 있었는데 관리사무소는 일요일에 열지 않는다.

"어, 열리는데요!"

강마로가 무심히 민 유리문이 안쪽으로 스르륵 열렸다. 관리사무소 직원들이 휴일에도 특별히 나와 할 일이 있었던 모양이다.

다소 어두컴컴한 복도를 나아가는 동안 입에 침이 바싹 말랐다. 강마로가 옆에 없었다면 혼자서 이곳을 걷는 일은 엄두도 내지 못했으리라.

갑자기 실내가 환하게 밝아졌다. 어둠에 적응됐던 눈에 강렬한 빛이 스며들자 흡사 실명을 당하는 느낌이었다. 느닷없이 벌어진 일에 순간 패닉에 빠질 뻔 했는데, 강마로의 속삭임이 들렸다.

"동작감지 센서입니다. 놀랄 것 없어요."

간신히 뛰는 가슴을 다스리고 내리 걸었다. 그리 크지 않은 건물이라 금세 복도의 끝이 다가왔다. 2층으로 통하는 계단이 한쪽 옆에 있고, 정면에 방 하나, 그리고 양옆으로 마주 보는 두 방이 있다. 어느 방에서도 인기척은 느껴지지 않았다.

"여기는?"

"노인정이에요."

마주 보는 두 방 가운데 왼쪽 방 문패에 '할아버지방', 오른쪽 방 문패에 '할머니방'이라 쓰여 있었다.

"남녀칠세부동석 세대 분들이라 방을 나눈 건가요……. 그럼 여기 정면 방이?"

"맞아요. 낙원회 사무실이에요."

사실 정면 방 문패에 '낙원회'라고 쓰여 있어 굳이 그가 물어볼 필요도 없었다.

"2층에는 뭐가 있죠?"

"관리 사무실, 입주자 대표 회의실, 화장실."

"그렇군요. 사건 현장이 여기라고 했죠?"

"네."

"그럼 2층은 올라갈 필요가 아예 없겠고, 지금 이 사무실에 들어갈 수 있습니까?"

"열쇠를 안 바꿨다면요. 최순자 아주머니 사건 이후로 처음 오거든요."

나는 백팩을 뒤적여 지갑을 꺼냈다. 그러고는 지갑 속 지퍼로 여는 동전 보관함에서 열쇠 하나를 뺐다. 우리 집 현관이 도어록으로 바뀐 뒤부터는 유일하게 가지고 다니는 열쇠이다. 둥근 손잡이에 열쇠를 꽂아 넣고 돌리자 철컥 하는 소리와 함께 잠금이 풀렸다.

문을 열고도 선뜻 들어가지 못하고 머뭇대자 강마로가 기세 좋게 앞질렀다. 작게 심호흡을 하고 그를 따라 사무실 안으로 들어갔다. 최근 통 열린 적이 없는지 퀴퀴한 냄새가 코끝을 자극했다.

나는 문 옆에 붙은 스위치를 눌러 불을 켰다. 사무실의 모습이 똑똑히 드러났지만 막상 음침한 범죄의 향기가 떠도는 방이라기엔 딱히 특별할 건 없었다. 방 중앙의 길쭉한 8인용 테이블과 파이프 의자들, 그 너머의 회장용 책상과 회전의자, 옆벽의 사무용 캐비닛이 가구의 전부였다. 전체적으로 휑하고 초라한 사무실에 불과했다.

"그 사건 이후로 처음 오는 거라고 했죠?"

"네…… 뭐 사실은 그전에도 발길이 뜸했어요. 회사 일이 바빠서."

"아파트 봉사단체가 떡하니 사무실까지 있다고 해서 놀랐는데 생각보다 볼품없네요."

"그냥 관리사무소에 방이 하나 남는 김에 요청했대요. 의외로 쉽게 사용 허락을 받았다고 해요."

고개를 끄덕인 강마로는 검지를 들어 세로로 길게 배치한 8인용 테이블을 둘러싼 의자들을 차례로 훑었다.

"아까 신문기사에서 보니까 최순자 씨의 시체는 저 의자들 중 하나에 앉아 있었다고 했죠? 어느 겁니까?"

"그것까진 몰라요."

세차게 도리질을 쳤다. 구체적인 정황을 상상하자 비로소 이 방에서 사람이 죽어 나갔다는 실감이 찾아왔다.

"이 테이블 의자 여덟 개 중 하나인 건 분명한데……."

"왜요? 회장님 책상의 회전의자일 수도 있는데요."

"뒤에 공간이 없잖아요."

강마로의 짧은 설명에 내 머리를 쥐어박고픈 기분이었다. 회장님 책상의 회전의자는 쇠창살로 가로막힌 작은 창문이 나 있는 뒷벽과 거의 딱 달라붙어 한 사람이 서 있을 공간조차 없었다. 의자 뒤 공간이 너무 비좁아서 범인이 거기 서서 최순자 아주머니의 목을 조르는 만만찮은 작업을 수행하는 일은 불가능에 가까웠다.

"일단 여기라고 치고…… 여기 앉아 있는데 뒤에서 범인이 끈으로 목을 졸랐다……."

강마로는 문에서 가까운 테이블 왼쪽의 첫 번째 파이프 의자에 앉아 목이 졸리는 시늉을 했다.

"좁은 방이고 문 바로 맞은편이라 이 테이블의 어느 곳에 앉아도 누군가 문을 열고 들어오면 훤히 보일 겁니다. 만약에 최순자 씨가 모르는 사람이 들어왔다면 어느 정도 경계를 했을 테죠. 이렇게 가만히 앉아 있다가 등 뒤까지 내준 걸 보면 범인은 분명히 최순자 씨가 잘 아는 사람이었을 거예요. 일단 경찰에서 면식범을 의심하고 낙원회 사람들을 일일이 조사한 게 이치에는 맞는 것 같습니다. 어, 지혜 씨도 잠깐 앉으세요!"

차마 발이 떨어지지 않아 망설이다가 강마로의 맞은편 의자에 엉덩이를 내던지듯 주저앉았다. 슈트 속주머니에서 수첩을 꺼내 필기할 준비를 마친 강마로가 마주 앉은 내 얼굴을 가만히 응시했다.

"낙원회라는 아파트 봉사단체에서 며칠 사이에 한 명은 살해당하고, 한 명은 죽을 뻔했다. 아무리 범죄가 빈번한 서울이라고 해도 대단한 우연인데요. 한번 확률을 따져볼까요? 낙원회 사람은 모두 몇 명이었죠?"

"회장님까지 여덟 명이에요."

강마로는 이번에도 몹시 흥분했는지 엉덩이를 들썩이면서 말을 쏟아냈다.

"대단합니다, 대단해! 한 단체에 소속된 여덟 명 중에 두 명이나 강력범죄의 희생양이 되었다. 확률이 무려 4분의 1, 게다가 닷새 안에 둘 다…… 이쯤 되면 낙원회를 빼놓고 이번 사건을 논하기란 불가능할 것 같은데요?"

강마로는 숫제 휘파람이라도 불 태세였다.

"무엇보다 낙원회에 대해 자세히 알아야겠군요. 언제 생긴 겁니까?"

"글쎄요, 저도 중간에 들어온 거라서 자세히는 몰라요. 제가 비서로 취업하기 전에 1년간 놀…… 공부했는데, 그 1년 막바지 무렵 겨울에 우연히 주민공고를 보고 가입했거든요. 그 2013년 1월경에 처음 생긴 건지, 그전에도 있었던 건지는 잘 모르겠어요."

"1년간 놀…… 공부할 때 봉사단체까지 가입하셨다니 원래 그쪽에 뜻이 있었나 봅니다."

강마로는 무심코 던진 질문이었겠지만, 나는 부끄러운 나머지 시선을 회피하고 모기만 한 소리로 대답했다.

"취업이 잘 안 돼서요. 이력서에 봉사활동이라도 넣으면 좀 잘 보일까 싶어서……."

"아, 이해합니다. 신경 쓰지 마세요. 요즘 청년취업이 얼마나 힘든지는 잘 아니까요. 뭐 어떤 목적이든 봉사는 무조건 하면 좋은 거 아닙니까. 그래서 막 가입하셨을 때는 회원 수가 몇 명이었죠?"

"저 빼고 정식회원이 여섯 명 있었어요. 저 들어오고 1년 훨씬 지나서 마지막으로 한 분이 들어오셨죠. 어떻게 보면 우리 정식회원 여덟 명은 낙원아파트 운영진에 가까웠어요. 일일찻집이나 바자회, 노인정 국수 대접, 단지 내 나무 심기, 청소 같은 봉사활동을 할 때마다 저희가 주도적으로 나서고, 부녀회나 일반 입주민들의 협력을 받았죠."

"최순자 씨도 정식회원?"

"네."

"제가 볼 때는 지역사회에 하나쯤 있으면 든든한 단체인데요. 이런 대단한 모임을 만든 사람이 누굽니까? 회장님이란 분?"

"공군 대령이셨대요. 군대에서 은퇴한 후에 소일거리로 봉사활동을 시작하신 것 같아요."

"대령쯤 되면 보통 예편이라고 하죠. 봉사활동은 처음이셨대요?"

"아뇨. 원래 '강남사랑나눔본부'라고 강남구 전체를 커버하는 단체에서 부회장까지 하신 걸로 알고 있어요."

"그렇게 큰 단체에 계시던 분이 왜 굳이 자그마한 단체로 옮기셨을까요? 일부러 낮은 데로 임하신 건가요? 풀뿌리 봉사주의?"

나는 그걸 어떻게 알겠냐는 듯이 어깨를 으쓱했다.

한동안 강마로가 볼펜을 바쁘게 움직이는 쓱싹쓱싹 소리만이 사무실에 울려 퍼졌다.

"그 대령님이랑 최순자 씨, 지혜 씨…… 그리고요?"

"아, 유명하신 분도 계세요! 신영채 작가님! 그분이 방금 말한 낙원회에 마지막으로 들어온 분이세요. 아시죠?"

반색하며 호들갑을 떤 게 무색하리만큼 강마로의 반응은 시시하기 그지없었다.

"그게 누굽니까? 작가라면 소설가, 만화가?"

"아뇨, 드라마 작가요! 엄청 유명한데 모르세요? 「열애」, 「라일락 꽃말은?」 안 보셨나 보다. 둘 다 시청률 30퍼센트도 넘은 작품들인데……."

"죄송합니다. 드라마를 아예 안 봐서요. 그래서 라일락 꽃말은 뭡니까?"

"첫사랑이에요, 첫사랑!"

내가 쓴 것도 아니면서 괜스레 무시당한 기분에 언성을 높이자마자 곧장 멋쩍었다. 하긴 로봇 연구에 틈틈이 탐정 준비까지 하는 사람이니 드라마는커녕 마감 뉴스 볼 시간조차 없었겠지.

"저도 신영채 작가님이 이 아파트에 사시는지는 몰랐어요. 그분이 낙원회에 들어올 때만 해도 데뷔하기 전이셨거든요. 물론 몇 달만에 빵 뜨셨지만요. 작가님은 집필 들어가면 무지 바쁘셔서 자주 못 나오셨지만 이 단체의 얼굴이나 다름없었어요. 원체 유명인이라서요."

그래도 왠지 억울해 '유명인'에다가 한껏 힘을 줘서 말했다.

"다른 사람은요?"

"아…… 음대 교수님이 한 분 계시고요."

"여자분? 남자분?"

"남자분이에요. 그리고 평범한 30대 부부, 마지막으로 가수 지망생인 여자애가 있어요."

"온갖 사람들이 모여 사는 아파트답게 직업군도 다양하네요. 물론 지금 알려 주신 정식 회원 여섯 분과 전혀 상관없는 사람이 범인일 수도 있겠습니다만, 현재로서는 이분들이 가장 의심이 가는 게 사실입니다. 이들 중 선량한 시민의 가면을 쓰고 어둠 속에서 악행을 일삼는 사람은 과연 누구일까요? 이거 도저히 떨림이 가시질 않네요."

강마로는 두 손을 마구 비벼대다가 흥분을 주체 못하고 자리에서 벌떡 일어났다.

"지혜 씨가 열쇠를 갖고 있는 걸 보니까 정식 회원들은 모두 사무실 열쇠가 지급되는 것 같습니다. 맞죠? 자, 범행시간이 언제라고 했더라……."

그는 수첩을 앞으로 넘겨 도서관에서 대충 정리해둔 최순자 아주머니 사건 페이지를 찾았다.

"범행시간은 관리사무소 직원들이 퇴근한 15일 오후 8시부터 다음 날 오전 8시 사이로 추정. 이 시간대는 관리사무소 정문이 잠겨 있지 않습니까? 그럼 낙원회 사무실 열쇠만 가지고 있어서는 소용이 없는데…… 낙원회에서 관리사무소 정문 열쇠는 누가 갖고 있죠?"

"회장님은 관리사무소 직원들이 퇴근하고 나서도 남아 계실 때가 많아서 아마 열쇠 한 벌이 따로 있을 거예요."

"오케이! 범인이 미리감치 범행을 계획했다면 기회를 봐서 회장님 관리사무소 열쇠를 잠시 빼돌려 복사할 수도 있었겠네요. 물론 회장님이 범인일 수도 있을 테고요. 아니면 여기서 죽은 최순자 씨가 몰래 만들어 두었을 수도 있고요. 그 경우에는 최순자 씨가 모종의 이유로 범인을 이리 불렀다가 오히려 살해당했다고 볼 수 있겠죠. 어때요, 불가능합니까?"

잠시 기억을 더듬어보았다. 우리 사무실은 말할 것도 없고, 2층 관리사무실에도 귀중품이나 금고 따위는 보관하지 않는다. 따라서 그다지 꼼꼼하게 관리하지도 않았을 터. 특히 많은 사람이 들고 나는 행사 때는 얼마든지 기회가 있지 않았을까.

강마로는 내 표정에서 이미 답을 읽고 만족한 얼굴이었다. 그는

문에서 가장 먼 회장님의 책상으로 다가가 사무실에서 유일한 회전
의자에 등을 기댔다.

"회장님 책상에 무엇이, 무엇이 있을까요?"

콧노래를 부르던 강마로는 철제 책상의 서랍들을 하나하나 열어
보았지만 죄다 잠겨 있었다.

"관리를 철저하게 하나 보네요. 그 사건 전에도 이랬나? 참, 지혜
씨는 아마 빠지셨겠지만 요즘도 낙원회가 활동은 하고 있죠?"

"예전보다 뜸하지만 하긴 하는 것 같아요."

"어, 여기에 파일이 하나 있네요."

강마로는 책상 위의 책꽂이형 파일 보관함에 유일하게 꽂혀 있는
검은색 표지의 서류 파일을 꺼냈다.

"제1장 명칭과 목적. 제1조 명칭, 본회의 정식 명칭은 '낙원아파
트 봉사회'라 한다. 제2조 목적, 본회는 낙원아파트 주민을 대상으
로 봉사함을 목적으로 한다. 회칙 같은 건가요?"

돌연 귀에 거슬리는 마찰음과 함께 사무실 문이 벌컥 열렸다. 꺼
림칙했던 이 방에도 어느 정도 적응이 된 뒤라 마음을 놓고 있다가
갑작스레 당한 일격에 나는 뱃속 깊은 곳에서 끓어오르는 비명을
내질렀다.

"어이쿠, 뭐야!"

문을 연 사람 역시 예상치 못했던 아가씨의 비명에 화들짝 놀랐
다. 회장님 책상에 앉아 있던 강마로가 재빨리 내게로 다가와 어깨
에 부드럽게 손을 올리더니 토닥였다. 따스함이 느껴지는 그 손길
에 격렬하게 뛰던 가슴이 점차 진정되어 갔다.

"하이고, 무지하게 놀랐네. 낙원회 사람이에요? 지금 문 잠그려고 하는데……."

문단속 차 별 생각 없이 사무실 문을 열었다가 된통 봉변을 당한 사람은 위층에서 야근하고 있던 관리사무소장님이었다.

"저희도 이제 나갈 겁니다."

강마로가 온 얼굴에 미소를 띠고 대답했다. 우리는 짐을 챙겨 관리사무소를 나왔고, 곧바로 따라 나온 관리사무소장님은 우리에게 살짝 모자를 벗어 인사하고 사라져 갔다.

"오늘은 끝난 거죠?"

애걸하듯이 물었다. 아직도 심장이 빠르게 뛰고 다리가 후들후들한 게 얼른 집에 가서 눕고 싶었다. 그러나 강마로는 머리를 벅벅 긁으며 쉬 대답을 못하는 게 어려운 얘기를 꺼내려는 눈치였다.

"어, 여기까지 온 김에 지혜 씨가 상처 입고 발견된 곳도 가 보고 싶은데…… 괜찮겠어요?"

강마로의 말이 떨어지기 무섭게 몸이 뻣뻣하게 굳었다. 이 사건을 조사해 보기로 결심한 순간부터 언젠가는 그곳에 가야 한다는 것은 각오하고 있었지만 이렇게 빨리라고는 생각하지 못했다.

"혹시 아직도 겁나세요? 그래도 이겨 내셔야죠! 이 모든 게 그러려고 시작한 일 아닙니까? 혹시 위험한 일이 있을까 봐 그러는 거면 걱정 안 하셔도 됩니다. 이번에는 곁에 제가 있잖아요. 어떤 일이 있어도 지혜 씨 혼자 두지 않겠습니다."

강마로의 흔들리지 않는 눈동자 속에서 어떤 신뢰를 느낄 수 있었다. 나는 굳은 얼굴에 억지로 미소를 띠우며 약하게 고개를 끄덕였다.

우리는 단지 북쪽을 향해 나아갔다. 우리가 온 101동 방향의 길이 자동차가 다니는 아스팔트길이었다면, 104동과 단지 왼편 담벼락 사이의 좁다란 길은 바닥에 연두색 점토 벽돌이 깔린 인도였다. 담과 인도 사이에는 길쭉하게 화단이 조성되어 있었는데, 화단 안에 은행나무 몇 그루가 줄 맞춰 심어져 있었다. 무려 사반세기 넘게 자라서 그런지 은행나무들은 말도 못하게 거대했다. 은행나무들의 무성한 이파리 그늘 때문에 바로 옆에서 걷는 강마로의 얼굴조차 보이지 않을 정도였다.

몇 걸음 걷자 연두색 벽돌길이 끝나고 다시 아스팔트길이 나왔다. 여기서 우회전을 하면 104동의 앞베란다 쪽이었다. 다른 동과 마찬가지로 1층 집들의 넓은 창문 앞에 좁은 화단이 조성되어 있었고, 그 안에 일정한 간격으로 감나무, 대추나무, 은행나무 등의 유실수를 심어 놓았다. 화단 바로 앞은 104동이 끝나는 곳까지 주차라인이 그려진 주차장이었다. 일요일 밤답게 단 한 곳의 빈틈도 없이 자동차들이 주차되어 있었다.

우리는 계속 걸어 104동을 지나쳤고, 105동 한가운데쯤에서 12시 방향으로 걸음을 옮겼다. 여기서 몇 걸음만 더 가면 후문이 나 있는 단지 북쪽 담벼락이었는데, 역시나 담벼락 안쪽의 왼편 끝에서 오른편 끝까지 주차라인이 그려져 있었고, 차들이 촘촘히 들어차 있었다.

낙원아파트 정문과 달리 후문은 감옥 창살처럼 생긴 튼튼한 철문을 밀어 개폐하는 구조였다. 주민들의 편의를 위해 연중무휴로 열어 놓는 이 철문을 나서면 재작년 12월 이후 처음 밟아보는 후문 길이다. 솔직히 무사히 해낼 수 있을지 나 자신조차 반신반의였다.

"준비됐죠?"

강마로가 내 손을 확 붙잡고 앞으로 이끌었다. 예고 없는 그의 움직임에 허둥대느라 미처 주저할 틈도 없었다. 정신을 차려보니 어느새 후문 밖이었다.

"나와 보니 아무것도 아니죠?"

웃으며 묻는 강마로의 말마따나 아무것도 아닌, 흔한 길이었다. 연석으로 인도와 차도를 나눈 보통의 길. 일요일 밤 9시라 평소보다 인도와 차도 모두 통행이 뜸했지만, 이따금 달려오는 차들은 꽁무니도 보이지 않을 정도로 빠르게 4차선 도로를 누비고 있었다.

나는 무한한 감개에 사무쳐 주변을 둘러보았다. 중학교 때부터 하루도 빠짐없이 이 길을 걸어 학교를 가고 집으로 돌아왔다. 내가 어떻게 자라왔는지, 어떤 아픔에 번민했는지 속속들이 알고 있는 오래된 친구 같은 이 길 위에서 나는 배에 칼을 맞았던 것이다.

"여기가 두 번째 사건 현장인가…… 2014년 12월 19일, 정확히 몇 시였죠?"

강마로의 질문에 고개를 젓고 대답했다.

"그것조차 기억이 없어요. 그날 10시 반까지 야근을 하고 너무 피곤해서 택시를 탔는데, 회사가 있는 신사동에서 여기까지 20분쯤 걸리니까 10시 50분에 여기 도착했을 거예요. 마지막으로 경찰이 제가 흘린 피의 양을 역산해서 대충 11시 전후로 범행시각을 추정했어요."

"그렇군요······ 버스정류장은 저쪽이네요."

그때의 기억으로 우울해진 나는 아랑곳없이, 강마로가 왼쪽을 가리키며 쾌활하게 말했다. 우리가 있는 곳에서 50미터쯤 떨어진 왼쪽에 버스정류장이 보였다.

"그날은 택시를 탔지만 원래는 매일 저기서 내려서 후문까지 걸어왔어요. 저를 발견하고 신고해 주신 분도 저 정류장에서 내려서 이 길을 지나가다가 우연히 봤다고 해요."

"정말 고마우신 분입니다."

"네, 평생 잊지 못할 거예요."

마음속으로 나를 구해준 40대의 고등학교 기술 선생님에게 감사를 보냈다. 은인은 우리 가족이 부담스러워 할까 봐 딱 한 번 문병을 왔을 뿐, 연락처도 남기지 않고 일체의 사례금조차 거절한 멋쟁이셨다.

"그럼 발견된 곳은······?"

"후문 조금 못 미쳐서니까 여기쯤일 거예요."

아파트 단지 북쪽 담벼락 바로 뒤편과 후문 길 보도블록 사이에는 흙길을 따라 화단이 길쭉하게 조성되어 있었다. 성인의 무릎 정도까지 오는 회양목의 무수한 잔가지로 보도블록과 화단의 경계를 나눈 다음 안쪽에는 철쭉이나 목련, 라일락 등을 심은 평범한 길거리 화단이었다.

이 화단에는 흐드러지게 핀 꽃들 사이사이에 단풍나무도 점점이 심어져 있었다. 당시 삶과 죽음의 경계에서 방황하던 나는 어느 단풍나무의 밑동에 기대어 피를 흘리는 상태로 발견되었다.

"어떤 나무였는지도 기억이 없으신 거죠?"

"그날 밤 일은 하나도 생각이 안 나요."

"한겨울에 귀가하다 말고 이렇게 으슥한 곳에 왜 들어갔을까요? 혹시 쉬가……."

내가 날카롭게 째려보자 강마로는 즉시 얼토당토않은 얘기를 중단했다.

"하긴 조금만 더 가면 집인데 그럴 까닭이 없겠죠. 자, 그럼 지혜 씨가 귀갓길에 일부러 화단에 들어갈 리가 없으니 아무래도 범인이 발견을 늦추려고 이곳에 옮겨 놓은 것 같은데요. 보세요, 화단 안쪽은 불도 없고 아주 깜깜하잖아요. 오늘 같은 여름밤도 이런데, 12월에는 훨씬 더 했을 거예요."

뭐라 대답할 말이 없었다. 몇 번을 고쳐 생각해도 아무런 기억이 없으니까.

강마로는 내 반응에 기죽지 않고 어두운 화단을 이리저리 오가며 수색에 여념이 없었다. 그의 바쁜 뒷모습을 지켜보면서도 1년 반이나 지났으니 어떤 증거나 단서가 남아 있을 리 없다고 생각했지만, 저리 열정적인 걸 보니 혹시나 하는 기대감도 들었다.

"이거 보십시오."

흙바닥에 착 달라붙을 듯 쪼그려 앉아 있던 강마로가 내 쪽을 돌아보았다. 자신감이 절로 드러나는 목소리였다. 나는 강마로 옆에 앉아 그가 뭘 발견했는지 살펴보았다. 나뭇가지 두 개를 엮어 만든 조잡한 십자가였다.

"어쩌면 지혜 씨 사건에 종교적인 징후가 있었는지도 모릅니다.

사교 집단이나 광신도 같은 것 말입니다."

"저기, 이건……."

강마로는 듣는 시늉도 없이 십자가 밑의 땅을 파기 시작했다. 한동안 부산스럽게 손을 놀리던 그가 앗 하는 탄성을 발했다. 뭔가 제대로 걸린 모양이었다. 강마로는 수확물을 들어 올리고 그것에 묻은 흙을 탁탁 털어냈다. 이윽고 도금을 해놓아 반짝반짝 빛나는 하트 형태의 금속이 모습을 드러냈다.

"아롱아, 천국에서……."

작은 강아지 이름표에 적힌 글자를 읽어 내려가던 강마로가 별안간 입을 다물었다. 내 예상대로 반려동물의 무덤이었다.

강마로는 허리를 끙 하고 펴더니 주먹으로 몇 번 두들겼다. 10분 넘게 허리를 바싹 굽히고 있었으니 지금쯤이면 꽤나 쑤실 터였다. 그가 헛기침을 하고 말했다.

"10시도 다 되어 가니 이만하죠. 저녁도 못 드셨으니 배도 고프실 테고. 내일은 출근도 하셔야 되잖아요."

듣던 중 반가운 소리라 자동으로 고개가 끄덕끄덕했다.

"어떻게 가실 거예요?"

"지혜 씨 바래다주고 여기서 택시 탈게요. 아침부터 달렸더니 저도 은근히 피곤한데요."

그럴 필요 없다고 실랑이를 벌이다 후문 앞까지만 가기로 타협을 보았다. 둘 다 피로가 턱 끝까지 차올라 말없이 걷는데 자전거 한 대가 쏜살같이 우리 곁을 스쳐 지나갔다. 하마터면 부딪힐 뻔한 게 짜증이 나서 멀어져 가는 자전거를 쏘아보다가 별 생각 없이 하늘을 올려다보았다. 잘라낸 손톱같이 가느다란 초승달이 떠 있었다.

해가 중천일 때 나와 달이 뜰 때 돌아가다니 참으로 고달픈 하루였어…….

"후후. 내일은 비가 안 오니까 걱정 말아요."

"네?"

뜬금없는 강마로의 말에 토끼눈이 되었다. 의기양양하게 웃던 그가 왜 그런 말을 했는지 설명하기 시작했다.

"지혜 씨는 방금 우리를 지나친 자전거의 바퀴를 오랫동안 쳐다봤어요. 그러더니 하늘을 올려다보고 달을 찾았죠. 분명히 지혜 씨는 무의식중에 다음과 같은 연상활동을 한 거예요. 자전거의 바퀴는 둥글다, 둥근 것은 달, 그러고 보니 달무리가 지면 비가 온다는 말이 있지, 내일 출근할 때 비 오면 귀찮은데, 어디 한번 살펴볼까…… 사람의 무의식적인 행동은 반드시 내면을 반영하기 마련인 겁니다. 어때요, 제 말이 적중했죠?"

한동안 아무런 말도 할 수 없었다. 저토록 확신에 차 있는 사람 앞에서 진짜로 아무 생각 없이 달을 쳐다봤노라고 차마 대답할 수 없었기 때문이었다. 적선을 베푸는 마음으로 고개를 끄덕여주자 강마로는 뛸 듯이 기뻐하며 돌아갔다.

저 사람, 정말 믿어도 될까?

인적이 뜸한 아파트 단지를 걸으며 처음으로 강마로에 대한 회의를 느꼈다. 이 짧은 시간 동안 두 번이나 헛다리를 짚다니.

그래도 강마로 씨 아니었다면 애초에 시작도 못했을 일이었잖아. 이따금 날카로운 구석도 있었고. 부산 남매 살인사건도 결국 해결했다니 어쩌면 발동이 늦게 걸리는 타입인지도 모르겠다. 어차피 한 번 믿은 사람, 끝까지 믿어 보는 수밖에…….

결정을 내리자 마음이 조금 편했다. 우리 집이 있는 103동의 입구 홀로 들어서자 다행히 엘리베이터가 1층에 멎어 있었다. 날듯이 달려가 버튼을 눌렀다. 몹시 피곤할 때는 이런 소소한 일도 커다란 행운처럼 느껴진다. 8층을 누른 뒤 닫힘 버튼에 손을 뻗는데 우당탕 하는 발소리와 함께 누군가 엘리베이터로 뛰어 들어왔다.

"언니, 같이 가요!"

"아, 구슬이구나."

엘리베이터에 타서 숨을 헐떡이는 사람은 낙원회 정식회원 중 하나인 가수 지망생 구슬희였다.

"언니, 왜 이렇게 오랜만이야? 죽은 줄 알…… 헤헤."

눈치라고는 약에 쓰려도 없던 애가 모처럼 해서는 안 될 말을 구별해냈다. 이 야밤에 어디 갔다 왔는지 흰 원피스를 예쁘게 차려입은 슬희가 미안한 마음을 담아 내게 윙크했다. 짐짓 만들어낸 미소를 지으며 괜찮다고 답했다.

슬희가 내리는 5층까지 짧은 대화를 나누는 동안 평소에는 별 관심 없었던 그녀의 표정이나 말투, 태도 등을 유심히 살펴보았다. 내리는 슬희의 뒷모습에 손을 흔들어 주면서도 마음속으로는 그녀가 절대 짐작하지 못할 생각을 하고 있었다.

내일부터는 너도 조사 대상이야. 절대 내 눈을 피할 수 없을걸.

# 8장
## 6월 13일 월요일 9시

잠결에 귓전을 간질이는 음악을 꿈속에서 듣는 거라고 생각했다. 벨소리로 지정한 곡이 끝나갈 무렵 억지로 눈을 떠서 머리맡의 휴대폰을 보았다. 비몽사몽 중이었던 정신이 휴대폰에 떠 있는 이름을 확인하자 단번에 깨어났다. 행여나 꽉 잠긴 목소리가 나올까 봐 잠시 목을 가다듬고 전화를 받았다.

"안녕, 잘 잤어요?"

"아…… 네."

"죄송합니다. 제가 전화를 잘못……."

"아뇨, 저 맞아요! 유지혜."

"어, 목소리가 좀 달라서요."

"웬일이세요, 마로 씨?"

"왜긴요. 한 주의 아침이 밝았으니 기운차게 수사를 계속해야죠.

준비되셨죠?"

준비라니, 딱 달라붙어 떨어질 생각을 안 하는 눈꺼풀을 들어 올릴 준비조차 되어 있지 않았다.

"아침 일찍부터 무슨 조사를 하려고요?"

"오후에는 지혜 씨가 학원에 가야 하니까 자투리시간을 활용해야죠. 주말에만 할 수는 없잖아요."

"그건 그렇죠."

"우리 수사에서 순서를 정하자면 암만 생각해도 최순자 씨가 먼저예요. 두 사건 중에서 며칠이나마 시점도 앞서 있고, 결과도 더 끔찍하니 이른바 원점이라고 할 수 있죠. 그러니 최순자 씨를 먼저 파봅시다."

"알겠어요. 어디서부터 시작할 건데요?"

"피해자가 어떤 사람이었는지 조사하는 게 급선무입니다. 묻지마살인의 희생양이라면 몰라도 계획범죄였다면 제명에 못 살 만큼 남들한테 원한을 살 만한 성격이었는지, 혹은 최순자 씨가 사라지면 범인에게 어떤 금전적 이득이 돌아가는지, 뭐 그런 것들을 알아봐야죠."

점차 제 기능을 찾아가는 머리를 찬찬히 굴려보았다. 그럴듯한 계획 같았다.

"최순자 씨 유족 연락처 아세요? 아무래도 가족한테 물어보는 게 제일 확실할 것 같은데……."

"저한테는 없어요. 살아 계실 때도 그렇게 친한 편이 아니었거든요. 나이 차도 많이 나고, 솔직히 그분에 대해서는 아는 게 거의 없어요."

"그럼 어쩐다……."

"일단 있어 보세요. 한번 알아보고 연락드릴게요."

통화종료 버튼을 누르고 침대에서 일어났다. 문을 열고 거실로 나가자 보통의 평일 아침처럼 집 안은 텅 비어 있었다. 일어나면 늘 하는 대로 물을 한 잔 마신 나는 거실 식탁에 랩으로 덮어놓은 김밥 접시를 보고 혀를 찼다. 엄마가 또 아침 장사를 위해 새벽에 미리 만든 김밥을 식사용으로 남겨둔 것이다. 10년이 넘게 물리도록 먹어서 김밥은 제발 그만이라고 아무리 외쳐도 소용이 없다.

식탁 의자에 앉아 휴대폰의 전화번호부를 검색했다. '윤태일 회장님'이라는 이름을 찾아내 통화 버튼을 눌렀다. 전직 공군 대령 출신의 낙원회 회장님, 내 주변에서 그나마 최순자 아주머니의 유족 연락처를 알 만한 가능성이 가장 높은 분이었다.

"어, 이게 누구야? 오랜만이야, 지혜."

전화를 받은 회장님이 특유의 걸걸한 목소리로 인사했다. 명령에 익숙한 어른이라서 젊은이에게는 무조건 반말. 그냥 원래 그런 분이라 기분이 나쁘지는 않았다.

"안녕하세요, 회장님. 아침부터 죄송해요."

"나야 진작 일어났는걸. 잘 지냈어?"

"네."

"잘 지냈다니 다행인데, 요즘 왜 낙원회에 코빼기도 안 비쳐? 나 아주 섭섭해."

"죄송해요."

"그 사건 때문에 그러는 거면 벗어날 때도 됐잖아. 젊은 사람이 언제까지 그러고 있을 거야? 하여간 요즘 젊은이들은 한 번 좌절하면 인생이 끝나는 줄 알아요. 우리 때는 말이지……."

우려한 대로 회장님의 일장연설이 시작됐다. 밖에서 전화를 받는지 주변의 자동차 소음이 섞인 탓에 알아듣기도 힘들어 짜증이 딱 두 배였다.

"선공후사라는 말이 있어. 고작 자기의 사적인 문제 때문에 공공에 봉사하는 자랑스러운 기회를 놓쳐서야 되겠어? 하여간 앞으로는 걱정 말고 꼭 다시 낙원회에 나오라고. 나 믿고 있을 거니까. 그나저나 전화는 어쩐 일이야?"

"여쭤볼 게 있어서요. 회장님, 그…… 최순자 아주머니의 유족 보신 적 있으세요?"

"응?"

회장님의 놀란 기색이 전파를 타고 전해졌다. 생전 연락도 없던 애가 갑자기 전화해서 이상한 걸 물으니 당황되기도 할 터였다.

"외동딸이 하나 있긴 하던데. 최순자 씨 그렇게 되고 집 정리할 때 봤지, 아마."

"그래요? 혹시 연락처 아세요?"

"연락처도 그때 받긴 했지. 전할 내용이 있으면 이쪽으로 연락해달라고 하더군."

혹시나 하고 접촉해 본 건데 정말 연락처를 갖고 있다니 환호를 참기 힘들 만큼 기뻤다. 들뜬 기분을 숨기지 못한 채 연락처를 받을 수 있냐고 물었다.

"글쎄, 이유도 모르면서 함부로 내 줘도 되는지 모르겠어…… 오라! 피해자들끼리 짜고서 정부에 고소장이라도 내려는가 보지."

"네?"

"요즘 그런 일 많잖아. 내가 피해를 당한 거는 다 정부가 치안을 똑바로 못해서 그런 거니까 보상해 달라고. 그게 어떻게 다 정부 탓인가! 자력구제라고 했듯이 자기 스스로가 강해질 필요도 있는 거야. 보채기만 한다고 다 될 것 같으면……."

"아니에요, 회장님! 절대 아니에요!"

"응, 아냐?"

"그냥 그분께 좀 알려드릴 게 있어서요. 절대 회장님이 생각하시는 그런 거 아니니까 걱정 마세요."

"그럼 다행이고. 연락처는 집에 있으니까 한 10분 있다가 우리 집에다 전화해 봐. 내가 지금 운동 가느라 밖에 나와 있거든. 집사람한테 연락처 찾아서 지혜한테 전화오면 알려 주라고 해 놓을 테니까."

멍하니 기다리다가 엄마의 성의를 봐서 김밥 두어 개를 집어먹었다. 물리도록 먹은 맛이건만 일대를 휘어잡은 엄마 손맛답게 맛있었다. 얼추 시간이 됐을 때 회장님의 집으로 전화를 걸었다. 예전에 회장님이 급하게 연락할 일이 있을지도 모른다며 집 전화번호를 모든 회원들에게 알려준 바 있다.

"안녕하세요, 사모님."

"반가워요, 지혜 씨! 몸은 괜찮죠? 통 못 봐서 걱정했네. 하기야 그리 큰일을 당했으니 그 충격이 오죽할까."

"걱정해 주신 덕분에 완전 멀쩡해요. 일도 잘하고 있고요."

통화가 연결되자마자 따뜻한 말투로 관심과 걱정을 쏟아내는 사모님이었다. 정식회원은 아니었지만 남편이 회장님인 관계로 행사 때마다 모습을 드러냈기에 낯설지는 않았다. 위험한 일도 적지 않았을 군인의 아내로 평생을 인내하며 살아오면서 자연스레 몸에 배인 차분함과 수수한 척해도 은근히 풍겨 나오는 부티가 돋보이는 분이시다.

"최순자 씨 따님 말이죠? 이름은 이영옥. 주소는 서울시 영등포구 대림2동 신신빌라 101호. 휴대폰 번호는……."

메모지에 받아 적은 내용을 한 차례 반복해서 확인한 다음 감사를 전하고 끊었다. 무사히 목표를 달성했으니 서둘러 보고를 해야겠다.

"대단합니다! 지혜 씨에게 불가능이란 없군요. 이거 나중에 정식으로 탐정사무소를 열게 되면 조수로 채용하고 싶을 정도인데요."

강마로는 휴대폰 너머에서 기쁜 티를 팍팍 내며 나를 치하했다. 그의 너스레를 무시하고 이제 뭘 어떻게 해야 하느냐고 물었다.

"당연히 이영옥 씨랑 만날 약속을 잡아야죠. 오늘 오전 중에 말입니다."

"오늘 바로요?"

"시간은 돈이에요, 돈! 하루가 늘어나면 그만큼 제가 쓰는 경비도 늘어나니까 틀린 말도 아니죠. 그리고 다 떠나서 답이란 건 빨리 알수록 좋잖아요."

"그러네요. 그럼 바로 연락해 볼게요."

"지혜 씨가 하시게요?"

"전화하는 게 뭐가 어렵다고요."

비서 일을 하기 전의 나였다면 일면식도 없는 이에게 부탁 전화를 건다는 건 상상만 해도 얼굴이 빨개지는 일이었을 게다. 하지만 노회장님의 한마디 지시에 각계각층의 인물과 하루에도 수십 번 연락을 주고받다 보니 나중에는 그 누구든 친구에게 거는 것처럼 자연스러워졌다. 강마로와의 통화를 끊고, 최순자 아주머니의 유일한 혈육이라는 이영옥 씨에게 전화를 걸었다.

"이 번호는 현재 사용하지 않는 번호입니다."

다행인지 불행인지 녹음 멘트가 흘러나와 김이 팍 샜다. 그새 1년 반이나 지났으니 휴대폰 번호가 바뀐 듯했다. 회장님이나 사모님한테 다시 물어볼 필요도 없을 것 같아 강마로에게 전화를 걸었다. 강마로는 번호가 잘못된 것 같다는 말에 잠시 난감해 하다가 이내 활기찬 태도를 되찾았다.

"주소는 있으니까 무작정 쳐들어가 보죠. 주소도 바뀌었으면 헛일한 셈 쳐야죠."

달리 뾰족한 수도 없을 듯해 동의했다. 우리는 강마로의 집 근처인 선릉역에서 만나기로 결정하고 통화를 종료했다. 이영옥 씨가 산다는 2호선 대림역으로 가는 길에 마침 선릉역이 있으니 그곳에서 만나면 직방이었던 것이다.

현재 시간은 10시 10분, 만나기로 한 시간이 정오라서 여유는 충분했다. 제대로 씻고 화장품도 찍어 바르고 신경 써서 옷을 골라 입은 후 집에서 나왔다.

약속장소인 선릉역 2호선 플랫폼 맨 앞에 도착하니 나 못지않게 약속시간에 철저한 강마로가 그답게 벌써 도착해 있었다. 나를 발견한 강마로가 환히 웃으며 다가왔다. 어제 간곡하게 부탁한 덕분인지 강마로는 무난한 브이넥 반팔 티셔츠와 무릎에 구멍을 낸 데님 청바지 차림이었다.

곧 도착한 열차는 승객들이 드문드문해 자리에 앉아갈 수 있었다.

"와, 어제랑 다른 사람인 줄 알았습니다. 커리어우먼 느낌이 팍팍 나네요."

대림역에서 바로 출근할 생각이라 연분홍 블라우스에 검은 스커트를 입고 나왔더니 별 말을 다 듣는다.

"학원 강사가 무슨 커리어우먼이에요?"

"왜요? 직장 여성 맞지."

"이거나 받으세요."

강마로의 입을 다물게 할 요량으로 안고 있던 종이 가방을 휙 건넸다.

"뭡니까?"

그는 주섬주섬 종이 가방을 벌려 안에 든 플라스틱 밀폐용기를 꺼냈다. 밀폐용기에 2층으로 차곡차곡 쌓여 있는 것은 오늘 새벽 엄마가 싸 놓은 김밥이었다. 강마로가 뚜껑을 열자 차내에 김밥 냄새가 확 퍼졌다. 비록 주변에 대여섯 명뿐이었지만 음식물 냄새에 일제히 눈살을 찌푸리는 것 같아 바로 김밥을 입에 쑤셔 넣는 강마로를 황급히 말렸다.

"진짜 맛있네요! 직접 만드신 겁니까?"

"아니에요, 엄마가. 혼자 먹기는 많아서 맛이나 보시라고 가져왔어요. 얼른 닫으세요. 나중에 드시고."

"왜요, 맛있는데? 햄이 아니고 불고기랑 이건 뭐냐…… 멸치볶음, 오뎅! 이야, 이거 팔아도 될 것 같은데요!"

"팔고 있어요."

강마로 대신 뚜껑을 닫으며 대답했다.

"네?"

"저희 부모님, 분식집 해요."

"그렇군요. 언제 한번 직접 가서 먹어 봐야겠습니다. 김밥 맛이 이 정도면 다른 건 뭐 볼 것도 없죠."

강마로가 우리 분식집에 찾아와 호들갑을 떠는 일은 상상만 해도 끔찍했기에 어색한 웃음으로 넘겼다. 그 후로 몇 마디 잡담을 나눴는데, 대림역까지는 30분이 조금 안 되는 거리라서 어느새 내릴 준비를 해야 했다.

"제발 이영옥 씨가 여기 살고 있었으면 좋겠습니다."

"저도요."

"베스트는 이영옥 씨를 통해 최순자 씨와 지혜 씨를 연결하는 어떤 접점 같은 걸 알아내는 건데…… 그런 게 있다면 말이죠."

"참, 저랑 최순자 아주머니와 관련된 게 또 한 가지 있긴 해요."

"네? 그게 뭔데요?"

"최순자 아주머니가 그…… 살해당하기 전에 마지막으로 본 사람이 바로 저예요."

훤한 대낮에, 그것도 지하철 안에서 사람이 죽는 얘기를 하는 게 신경 쓰여 한껏 목소리를 낮췄지만 강마로의 입에서 비명 같은 괴성이 터져 아무런 소용이 없었다.

이번에야말로 모든 승객이 대놓고 우리를 노려보며 따가운 시선을 보내왔다. 전혀 그럴 의도는 없었지만 강마로에게는 내 이번 발언이 나와 최순자 아주머니가 같은 낙원회 소속이었다는 어제의 증언에 이은 두 번째 폭탄이었던 모양이다.

"쉿, 목소리 좀 낮춰요!"

"아니, 그 중요한 얘기를 왜 이제야 하는 겁니까? 어제도 말씀드렸다시피 저한테 숨기는 게 있으면 해결이 안 된다니까요!"

"숨긴 적 없어요. 마로 씨가 어제 하도 몰아쳐서 말씀드릴 틈이 없었어요. 별로 중요한 얘기도 아니라고 생각했고요."

"그게 왜 안 중요해요! 처음으로 지혜 씨하고 최순자 씨의 직접적인 접점이 드러난 건데."

"글쎄, 송년회 끝나고 집에 오는 길에 아파트 단지 안에서 살짝 스친 게 전부라고요."

그때 '이번 역은 대림'이라는 안내방송이 흘러나왔다. 티격태격하다가 내릴 역을 지나칠 뻔한 우리는 헐레벌떡 출입문으로 뛰었다.

열차에서 내려 지상으로 향하는 통로를 걷는 동안 강마로는 연신 긴 호흡을 내뱉으며 마음을 진정시키는 듯했다. 이윽고 그가 한결 차분해진 목소리로 물었다.

"정확히 몇 시였습니까? 마지막으로 최순자 씨를 본 시간이?"

"12월 15일 밤 11시쯤요."

"어디서 봤는데요?"

"최순자 아주머니가 살았던 106동 앞에서요. 저희 103동 바로 위라 마실이라도 다녀온 아주머니랑 자연스럽게 스친 것 같아요."

"평소보다 수상한 느낌 같은 건 못 받았어요?"

"전혀 없었는데요. 그리고 5초도 못 봤어요. 스치면서 제가 알아보고 목례나 드린 정도. 그날 좀…… 많이 마셔서."

"경찰도 이 사실을 압니까?"

"그럼요. 다 얘기했어요."

"음…… 지혜 씨 말대로 특별한 뭔가가 있는 것 같지는 않습니다만, 현재로서는 그나마 두 피해자의 유일한 연결고리이니 잘 기억해 두겠습니다. 그리고 제발 지혜 씨, 앞으로는 아무리 사소한 것도 꼭! 알겠죠?"

"네, 네."

대화가 얼추 정리될 때쯤 마침맞게 7호선 방면 12번 출구로 나올 수 있었다. 생전 처음 와본 이곳은 별천지였다. 눈을 둥그렇게 뜨고 주변을 정신없이 둘러보았다.

"여기는……?"

"중국 같죠."

강마로가 씩 웃으며 답한 대로였다. 트럭 한 대가 겨우 지나갈 법한 통로 양옆에 중국어 간판을 단 상점들이 즐비하게 늘어서 있었다. 양꼬치집, 여행사, 노래방, 미용실, 죄다 간판에 한자가 쓰여 있어 중국의 시장통이 고스란히 한국으로 옮겨온 모양새였다. 길가 좌판에 진열된 오리의 목과 발, 뭉텅이로 썰어 놓은 돼지고기, 순대, 과일 꼬치에 설탕을 바른 거리 음식 등의 오브제가 그러한 분위기를 더욱 부채질했다.

"중국 사람들 장사 수완 하나는 기가 막힙니다. 우리가 배워야 돼. 보세요, 한국으로 넘어온 지 얼마나 됐다고 벌써 이 일대를 점령해 버렸잖아요."

강마로가 인터넷으로 미리 정확한 주소를 알아온 덕분에 뒤만 따라가면 됐다. 그가 이끄는 길을 따르는 내내 놀이공원을 처음 가본 어린아이처럼 요리조리 눈을 돌리며 구경에 흠뻑 빠졌다. 사방에서 들려오는 중국어에 얼이 빠져 있다가 슬슬 도착해 간다는 강마로의 말에 비로소 정신이 돌아왔다.

시장 통로를 쭉 내려가다가 한 번 왼쪽으로 꺾자 방금보다 더 비좁고 가게들이 다닥다닥 붙은 골목이 나왔다. 오후 장사를 준비하는지 야채 박스를 한 아름 든 음식점 점원들의 바쁜 걸음을 피해가며 몇 번 더 골목을 돌았다. 점차 가게 수가 줄고 인적이 뜸해지는 게 여기서부터는 주택가인 듯했다.

"한중마트 옆이라고 했는데……."

강마로가 가리킨 곳에는 마트라고 이름 붙이기도 민망한 구멍가게가 보였다. 그 왼쪽은 무지하게 낡은 2층 양옥집, 오른쪽은 3층짜리 빌라였다.

"오, 저기 벽에 신신빌라라는 이름이 보이네요. 맞게 찾아온 것 같습니다."

역시나 빌라라고 이름 붙이기도 민망한 수준이었다. 건물 외벽에 부착해 놓은 붉은 타일들이 일부 떨어져 나간 탓에 마치 쥐가 파먹은 것처럼 허연 콘크리트 벽이 드러나 있었다. 경비실은 당연히 없었고, 빌라 정문을 열자 바로 101호와 맞은편의 102호였다.

이영옥 씨가 예전에 101호에 살았다지만 지금까지 살고 있는지도 모르고, 만약 산다 한들 예고 없는 우리의 방문에 어떤 반응을 보일지 몰라 선뜻 벨을 누르기 힘들었다. 하지만 그건 온전히 나만의 생각이었던 것 같다. 강마로가 곧장 벨을 누른 것이다.

쨰지는 벨소리에 심장이 쿵 뛰었다. 가만히 귀를 기울였지만 101호 안에서는 아무런 소리도 들리지 않았다.

"아무도 없는 거 아니에요?"

"그럴까요."

심드렁하게 대꾸한 강마로가 한 번 더 벨을 눌렀다. 여전한 무반응. 잠시 기다리던 강마로는 이번이 마지막이라는 양 고개를 절레절레 저으며 벨을 길게 눌렀다.

쿵쿵, 웬일로 집 안에서 소리가 들렸다. 쿵쿵거리는 소리가 점차 커지는 걸로 봐서 누군가 이쪽으로 다가오는 듯했다. 어떤 일이 펼쳐질지 예측불허라 침이 바싹 말랐다. 문 앞으로 다가올수록 커져갔던 발소리가 마침내 멎었다. 그리고 1초 후, 벌컥 문이 열렸다.

"뭐야!"

때려 부술 듯한 기세로 문을 열어젖히고 나온 사람은 우리 때문에 자다 일어났는지 머리가 삐죽삐죽 하늘로 솟구친 젊은 남자였다. 새벽까지 알코올을 들이붓기라도 했는지 새빨간 두 눈이 탁하기 그지없었다.

"어디서 아침부터 벨을 누르고 지랄이야! 자고 있는 거 안 보여?"

남자가 우리에게 삿대질을 하며 큰 소리를 쳤다. 내가 남자의 위협적인 움직임에 움찔해 한 걸음 물러선 반면, 강마로는 한 발 앞으로 나섰다.

"아이고, 죄송합니다. 연락을 미리 드리고 왔어야 했는데, 전화번호를 몰라서 그만 실례를 했습니다. 혹시 댁에 이영옥 씨라는 분이 사십니까?"

남자는 대답을 못하고 둔해빠진 눈만 뒤룩뒤룩 굴렸다.

"이영옥이 내 와이프인데, 왜 찾아요?"

세상에 자기 아내 이름마저 한참 기억을 더듬어서야 떠올리는 사람이 몇 명이나 될까. 아직 서른도 안 되어 보이는 남자가 어지간한 술꾼일 게 뻔해 무심코 혀를 찰 뻔했다.

"아, 여기 사십니까! 저희가 맞게 찾아왔네요. 이야, 걱정했는데 정말 다행입니다. 아내분 좀 잠깐만 뵙고 싶은데 괜찮겠습니까?"

"내 와이프를 당신들이 왜 만나는데?"

"이영옥 씨 어머님 사건 때문에 드릴 말씀이 있어서요."

"경찰 같지는 않은데, 뭐하는 놈들이야?"

"이영옥 씨 어머님이랑 같은 아파트 살았던 주민이에요. 꼭 좀 부탁드립니다."

강마로는 재삼재사 머리를 조아렸다. 끈질기게 달라붙는 숙취와 두통에 남자는 더 생각하기도 귀찮은지 인상을 팍 쓰다가 대뜸 집 안을 향해 버럭 소리쳤다.

"여보, 나와 봐! 여보, 여보!"

언뜻 보이는 집 안 풍경은 살풍경 그 자체였다. 가구라고는 텔레비전 하나뿐인 손바닥만 한 거실에서 남자가 밤새 술을 마셨는지 네댓 병의 빈 소주병이 바닥에 굴러다녔고, 술상으로 쓴 자그만 밥상 위에는 과자 봉지에서 쏟아진 과자가 쌓여 있었다. 때가 껴서 시꺼면 바닥에는 옷가지나 쓰레기들이 군데군데 작은 산을 이루고 있었다.

'여보'를 부르는 날카로운 외침이 몇 번 더 반복되었을 때 안방으로 보이는 문이 열렸다.

"왜 그래? 재희 깨면 어떡하려고?"

이영옥 씨가 문 쪽으로 다가오자 남자는 더 이상 귀찮은 일은 사절이라는 양 손을 흔들며 집 안으로 들어가 버렸다. 남편과 배턴을 터치해 문밖으로 나온 이영옥 씨를 보는 순간 나도 모르게 탄식이 흘러나왔다. 그녀의 왼쪽 눈두덩이 시퍼렇게 멍들어 있었던 것이다.

"무슨 일이에요?"

폭력이 일상화되어 별 느낌도 없는지 멍든 눈을 가리지도 않은 이영옥 씨가 물었다. 멍을 제외하고도 푸석푸석한 피부와 기미가 가득한 얼굴에서 신산스러운 삶의 흔적이 여실히 드러났다. 얼핏 망가진 얼굴 때문에 나보다 나이 들어 보였지만 가만히 뜯어보니 내 또래 같았다. 능력도 없는 연하남과 살면서 온갖 뒤치다꺼리를 다해주는 것도 모자라 심지어 맞기까지 하는 스토리가 그려졌다.

"어머니 일 때문에요. 저희가 그 사건을 조사하고 있거든요."

넉살이 좋은 강마로마저 우물쭈물 말을 못하기에 내가 나섰다. 얼굴에 멍이 든 여자에게 말을 붙이는 일은 남자보다는 역시 같은 여자가 낫지 않겠는가.

"그게 언제 적 일인데요. 기자예요?"

"아니요. 사정이 있어서……."

"무슨 사정요?"

"……아주머니랑 나흘 차이로 당한 여자가 바로 저예요."

이영옥 씨는 그제야 생각이 났는지 내 얼굴을 유심히 쳐다보았다.

"아, 그 얘긴 들었어요. 아가씨였구나……. 그때도 경찰이 몇 번이나 찾아왔어요. 근데 뭐 해 줄 말이 있어야지. 중학교 때부터 엄마싫다고 집 나간 년이."

"아……."

"집 나간 뒤로는 1년에 한 번도 안 볼 때가 많았어요. 어지간히 엄마가 싫었거든."

"왜……요?"

"전문대지만 그 시절에 대학물까지 먹은 여자였는데, 아빠 바람피워서 이혼하고 나서부터 사람이 싹 달라졌어요. 그 뒤부터 동네의 온갖 소문들 다 모아서 떠벌리기나 하고, 남 뒷조사하는 데만 미쳐 가지고 딸내미는 아예 거들떠도 안 봤죠. 학교를 가는지, 노래방을 가는지 관심도 없으니 말 다했지 뭐. 자기가 불륜 때문에 인생망가져서, 남의 불륜 얘기라면 눈이 뒤집혀 갖고 동네방네 떠들고다니니 창피해서 어디 살 수가 있어야죠. 완전히 미친년이었지…….

딱 하나 엄마 노릇한 게 죽고 나서 낙원아파트 상속해 준 건데, 그것도 저 인간이 도박으로 다 날렸으니 완전히 인연이 끊어진 거죠."

최순자 아주머니의 유일한 혈육의 입에서 쏟아진 극악한 말에 정신을 차릴 수 없을 지경이었다. 암담한 심정으로 감정이 느껴지지않는 그녀의 얼굴을 바라보는데, 또다시 집 안에서 남자의 외침이들려왔다.

"여보, 여보! 재희 깼다! 당장 못 들어와!"

한순간 사색이 된 이영옥 씨가 재빨리 말했다.

"애 울어서 가 봐야 돼요. 엄마에 대해서는 아무것도 모르고, 아무 관심도 없으니까 앞으로 찾아오지 마세요."

이영옥 씨는 몸을 돌려 집으로 돌아갔다. 철벽처럼 굳게 닫힌 문 앞에서 우리는 마주 보며 고개를 저을 수밖에 없었다. 신신빌라 밖으로 나와 잠깐 숨을 돌리는데 강마로가 물었다.

"최순자 씨가 정말 그런 사람이었습니까? 구제불능의 음험한 소문꾼?"

"잘 모르겠어요. 얼핏 그런 얘기를 들은 것도 같은데…… 저야 세대도 다르고 별로 친하지도 않아서 잘은 몰라요."

"음…… 추리 소설에서 엿듣기나 남의 뒤를 캐는 일을 즐기는 등장인물은 꼭 죽던데, 실제로도 그렇군요."

강마로는 심각한 얼굴로 뜻 모를 소리를 중얼거렸다.

더 이상 여기서는 볼일이 없어 대림역으로 돌아가기로 했다. 채 몇 발자국이나 뗐을까. 등 뒤에서 탁탁, 슬리퍼가 아스팔트 바닥에 부딪치는 소리가 들렸다. 고개를 돌려보니 놀랍게도 이영옥 씨였다. 얼마나 급하게 뛰어나왔는지 가쁜 숨을 몰아쉬던 그녀가 종이 한 장을 내게 건넸다. 휴대폰 번호가 적힌 쪽지였다.

"저기, 뭐 좀 알게 되면 나한테도 알려 줘요."

몇 분 전과 180도 달라진 이영옥 씨의 행동에 멍해진 내가 고개를 끄덕이자, 그녀는 얼굴을 붉히며 덧붙였다.

"오해하지 말아요. 범인 잡으면 보상금이라도 받을까 싶어서 그러는 거니까."

썹어뱉듯 말을 마친 이영옥 씨가 홱 몸을 돌려 사라져 갔다. 그렇게 미워했던 엄마와 똑같이 엄마가 되어 버린 그녀의 눈동자 속에 어린 간절한 빛을 읽고 어쩌면 그녀의 위악적인 말이 진심이 아닐지도 모르겠다고 생각했다.

그러고 보니 모녀가 꼭 닮았다. 작은 눈과 앞으로 조금 튀어나온 턱, 발달된 광대뼈, 통통한 체형까지…….

아주 오랫동안 그녀의 움츠린 뒷모습을 지켜보다가 마침내 입을 열었다.

"마로 씨, 우리 범인 꼭 잡아요."

"처음부터 그럴 생각이었습니다."

# 9장

# 6월 13일 월요일 22시 10분

마지막 수업을 끝내고 화장실에서 한숨 돌리고 있자니 그제야 살 것 같았다. 평소보다 서너 시간이나 일찍 일어나 강마로와 싸돌아 다닌 여파도 있었지만, 다음 주부터 기말고사 주간이라 단 한 시간 도 비는 타임이 없었던 것이다. 보통 때 주당 스물다섯 시간을 가르 치는 일정이 시험을 한두 주 앞둔 전시 상황에는 무려 서른여섯 시 간으로 늘어난다.

가르치는 보람이라도 있으면 말도 안 하지.

원장님은 강사 전원에게 애들의 시험 성적이 오르면 인센티브를 준다고 약속한 바 있다. 친구들이랑 패밀리 레스토랑 한두 번 가면 탈탈 털릴 액수지만 그게 어디냐 싶어 첫 중간고사 때는 제법 의욕 을 가졌었다. 지금은? 내가 가르치는 열등반에 기대 따위는 1퍼센 트도 하지 않는다.

백 번 양보해서 공부 까짓 거 못할 수도 있다. 적어도 수업에 참여하려는 의욕은 보여야 할 게 아닌가. 애들은 부모님이 어렵게 마련해 준 학원비 40만 원의 무게가 조금도 느껴지지 않나 보다. 공부보다 수업 방해에만 의욕을 불태우는 몇몇 밉살맞은 아이들이 떠오르자 물로 씻고 있던 손에 힘이 들어갔다. 신경질적으로 손을 박박 닦으면서 손보다는 차라리 귀를 씻고 싶다는 생각을 했다. 그 악마 같은 아이들 중에서 대장 격인 김기훈이 지껄였던 성희롱 발언이 떠올랐기 때문이었다.

강사 생활을 시작하면서 제일 당황한 부분은 다름 아닌 요즘 아이들의 지나치게 개방적인 성의식이었다. 쥐방울만 한 녀석들이 뭘 안다고 뭐가 꼴리네, 어쩌네를 예사로 일삼는데 놀랍게도 그 저렴한 말을 듣는 같은 반 여자아이들이 눈 하나도 깜짝하지 않았다. 만일 그 나이의 나였다면 훨씬 약한 뉘앙스의 단어에도 얼굴이 빨개졌을 텐데.

방금 전, 김기훈은 자기 것이 발기가 되면 지구 한 바퀴를 돈다고 호기롭게 떠들었다. 이러니저러니 해도 아직은 애라서 발상도 유치하기 짝이 없다. 예전 같으면 몸 둘 바를 몰랐겠지만 나도 이제 반년 차. 커서 좋겠네 하고 가볍게 받아치고 말았다. 물론 그렇다고 불쾌한 기분이 아예 안 드는 건 아니라서 혼자 있을 때면 이렇게 짜증이 새삼 치솟는다.

남은 평생을 이 악동들한테 시달리는 게 내 팔자일까……?

그 생각만으로도 토할 것 같아져 고개를 휘휘 젓고 문 쪽으로 향했다. 걸으면서 수업시간 중에 전화라도 왔는지 보려고 핸드백에서

휴대폰을 꺼냈다. 막 남은 손으로 문을 잡고 열려는데, 별안간 화장
실 내부가 손끝조차 볼 수 없을 만큼 깜깜해졌다.

숨이 턱 막히고 정신이 아찔해지는 순간, 다른 손에서 부르르 진
동이 일어 더 화들짝 놀랐다. 그야말로 경악의 연타였다. 하필 김기
훈, 이 악마가 저번처럼 멍청한 장난을 치는 상황에서 전화가 올 게
뭐란 말인가.

그래도 갑자기 켜진 휴대폰 불빛에 간신히 기절하지 않고 버틸
수 있었다. 전화를 건 이름을 확인했지만 아직 머릿속이 새하얘 생
각이 잘 정리되지 않았다. 왜 지금 이 사람이 나한테 전화를 걸었는
지 짐작도 할 수 없었다. 어둠 속에서 잠시 고민하던 나는 끈질기게
몸을 떨어대고 있는 휴대폰의 통화 버튼을 눌렀다.

"유지혜 씨, 오랜만입니다."

"안녕하세요, 김 형사님. 잘 지내셨죠?"

"저야 나쁜 놈들 잡느라 불철주야죠. 지혜 씨는 어때요? 사건 후
유증은 좀 괜찮아졌어요?"

누구에게는 인생이 걸린 문제인데 참 쉽게도 묻는다. 아주 약간
반감이 들었지만 이것도 걱정이려니 생각하고 넘기기로 했다.

"많이 좋아졌어요. 일도 해요."

"오, 그래요? 비서 다시 하는 겁니까?"

"아뇨, 학원에서 일해요."

"그렇습니까? 확실히 좋아졌네요. 들은 대로입니다."

"네, 뭘 들어요?"

"자세한 얘기는 만나서 하죠. 말씀드릴 것도 좀 있고요."

점점 더 수수께끼 같아지는 대화에 부쩍 호기심이 당겼다.

"만나요, 언제요?"

"길게 끌 것 뭐 있습니까. 마침 퇴근하는 길이니까 잠깐 동네로 들르겠습니다."

설마 당장 만나자고 하리라고는 생각하지 못해 당황스러웠다. 하지만 내가 조사를 결심한 시기에 개포동 사건의 담당자 중 한 사람인 김도형 형사가 하필 전화를 걸어온 게 예사롭게 느껴지지 않았다. 우리는 낙원아파트 정문 앞 길가에서 한 시간쯤 뒤 만나기로 약속하고 전화를 끊었다.

화장실을 나와 김기훈을 찾았지만 벌써 내뺀 뒤였다. 수업 분위기 망치고 강사를 괴롭히는 걸 봐주는 것도 한두 번이지, 내일은 반드시 그 녀석의 어머니에게 전화를 걸어 정식으로 항의하겠다는 결심을 하고 학원을 나왔다.

도합 네 번이나 갈아타야 하는 지하철과 버스의 환승시간이 딱딱 맞아 약속시간을 5분가량 단축했다. 아직 도착하지는 않았겠거니 하면서도 낙원아파트와 새서울아파트 사이의 양쪽 길에 죽 늘어선 차들을 훑어보았다. 그때 낙원아파트 길가 쪽에서 빵 하는 경적 소리가 들렸다. 막 운전석 문이 열리고 있는 뉴 스포티지가 보였다.

바깥으로 나온 김도형 형사는 손을 흔들어 아는 체를 하고 길을 건너 내게 다가왔다. 경찰이라면서 무단횡단 따위는 아랑곳하지도 않는다.

"일찍 오셨네요. 오랜만입니다."

"안녕하세요."

"와, 지혜 씨 얼굴 많이 좋아지셨네요. 건강하신 모습 보니까 찾아온 보람이 있는데요."

나는 서글서글 웃는 낯의 김도형을 지그시 관찰했다. 올봄에 마지막으로 봤을 때와 크게 달라진 건 없었다. 여전히 왁스를 잔뜩 발라 머리카락 한 올도 남지 않게 뒤로 넘긴 올백이었고, 부리부리한 눈매가 돋보이는 호남이었다. 검은색 반팔 티셔츠 소매 밑으로 탄탄하게 뻗은 두 팔에 잔 근육이 울퉁불퉁한 것도 시선을 잡아끌었다.

"근데 갑자기 웬일이세요?"

"어, 조용한 데 가서 얘기하죠. 어디 커피숍이라도 갈까요? 제 차로 가시죠."

"이 시간에는 좀 그런데……."

집 앞까지 다 와서 차 타고 다른 곳으로 이동하는 일은 내키지 않았다. 내가 난색을 표하자 당당했던 김도형의 얼굴에 당황스런 기색이 흘렀다. 나는 새서울아파트 상가 앞 편의점에서 얘기를 나누면 어떠냐고 제안했다. 그가 흔쾌히 받아들여 우리는 상가 쪽으로 슬슬 걸어 내려갔다.

말없이 걸으면서 대관절 그가 이 늦은 시간에 찾아온 의도가 뭘까 추측해 보았다. 한때는 스무 명 넘는 수사전담반에 연인원 400명의 인력이 동원되었던 개포동 사건은 현재 아무런 소득 없이 종결된 거나 마찬가지라서 김도형과 그의 선배라는 중년 형사만이 가끔 들여다보는 천덕꾸러기 신세였다. 혹시 무슨 결정적인 증거라도 나오지 않았나 싶었지만 수사 규모가 이렇게 축소된 마당에 그럴 것 같지도 않았고, 언론에서도 너무 조용했다.

어쩌면 나와 동갑인 걸로 알고 있는 이 젊은 형사가 나한테 딴마음을 품고? 나는 스스로의 망상에 코웃음을 치며 고개를 살래살래 저었다.

상가는 새벽까지 운영하는 치킨집이나 야식집 등을 제외하고 전부 불이 꺼져 있었다. 우리는 편의점 앞에 마련해 놓은 네 개의 파라솔 테이블 중 하나에 자리를 잡았다. 평소에는 시끄럽게 떠들며 컵라면을 먹는 고등학생들이나 과자 부스러기 안주로 캔맥주를 마시는 동네 아저씨들 때문에 빈자리가 잘 나지 않은 곳이지만 오늘따라 아무도 없어 다행이었다. 캔커피 두 개를 사온 김도형이 하나를 나누어주었다. 그가 한 모금을 마시는 걸 기다렸다가 선제공격에 나섰다.

"진짜 웬일이세요? 혹시 용의자가 새로 나왔나요?"

"아, 그건 아니고……."

그럴 의도는 없었지만 마치 김도형을 비롯한 경찰 조직의 무능을 질타하는 의도로 들렸던 모양이었다. 그는 고개를 꾸벅 숙여 사과의 뜻을 표했다.

"죄송합니다. 저희가 더 열심히 해서 범인 꼭 잡겠습니다."

고개를 든 김도형의 진지했던 얼굴이 순식간에 풀어지고 능글능글한 웃음기가 감돌아 깜짝 놀랐다.

"저희 경찰이 많이 부족한 건 인정합니다만, 그렇다고 피해자 본인이 직접 나서면 곤란하죠. 저희가 아무것도 안 하는 것 같아 보여도 뒤에서 끈질기게 수사를 계속하고 있는데 외부에서 자꾸 들쑤시면 어떻게 되겠어요? 망하기 딱 십상이지."

"네?"

"에이, 아시면서. 제가 들은 얘기가 있습니다."

"아니, 무슨 말씀을 하시는지 잘⋯⋯."

"아까 8시쯤에 이영옥 씨한테 전화가 왔습니다. 오늘 만나셨다면서요? 그분이 다른 피해자가 찾아왔는데 뭐 밝혀진 게 있어서 그런 거냐고 묻더군요."

그제야 내막을 알았다. 이영옥 씨가 같은 사건 담당자인 김도형에게 문의해 본 모양이었다. 생전 연락도 없던 또 다른 피해자가 1년 반 만에 뜬금없이 찾아와 어머니 사건에 대해 물어보니 싱숭생숭할 수밖에 없을 터였다.

"대체 왜 찾아가신 겁니까? 진짜 따로 수사라도 해 볼 계획이었어요?"

김도형의 얼굴에 어린애 소꿉놀이를 보는 듯한 미소가 감돌았다. 전문가인 그에겐 수사의 ㅅ자도 모를 여자가 탐정 흉내를 내면서 피해자 유족을 만나고 다니는 게 그저 유치하게 보일 따름이겠지.

"수사라고 할 것까진 없고요. 아직까지 밝혀진 게 하나도 없잖아요. 너무 답답해서 한번 만나 봤어요."

마음속을 가득 채운 반감과는 다르게 변명하듯 고분고분한 말투가 나의 한계였다. 그런데 이 말 또한 질책으로 들렸던지 제 발이 저린 김도형이 살짝 발끈했다.

"밝혀진 게 없긴요! 한국 경찰 그렇게 만만하지 않습니다. 아직 공표하지만 않았다 뿐이지 꽤 많은 성과가 있었어요."

워낙 나이도 젊은 데다 아직 초보 티가 풀풀 나서 노회한 형사의 행동거지와는 사뭇 다른 남자였다. 어쩐지 그가 이성의 끈을 놓아 버린 지금이 기회 같았다.

"그럼 그 성과가 어떤지 좀 들려주세요. 최순자 아주머니 사건에 대해서요."

"참 나, 그걸 왜 지혜 씨가 궁금해 합니까? 지혜 씨랑 직접적으로 관련이 있는 사건도 아닌데."

"왜 관련이 없어요? 제가 당하기 며칠 전에 당하셨는데."

"두 사건이 동일범의 소행이라는 증거는 현재까지 전혀 없습니다. 전혀 관계없는 두 놈이 두 분을 따로따로 노리고 저지른 범행일 수도 있어요."

"저도 알아요. 하지만 제 사건이랑 나흘 차이밖에 안 나고, 장소도 같은 낙원아파트라서 자꾸 신경이 쓰이는 걸 어떡해요. 신문에 나온 게 맞긴 한 거예요? 정말 최순자 아주머니가…… 목이 졸려 죽은 거예요?"

"그럼 소설을 써 놨겠습니까? 운동화 끈으로 추정되는 질긴 끈에 의한 경부 압박 질식사가 맞습니다."

"운동화 끈인지 어떻게 아셨어요? 발견될 때 운동화 끈이 여전히 목에 묶여 있었던 거예요?

"그건 아닙니다. 끈은 범인이 회수해 갔어요."

"그런데 어떻게 알아요?"

"거야 자국이 남아 있으니까 알죠! 감식반이 10초도 안 걸려 알아냈어요."

"의자에 앉은 상태에서 살해당하신 건가요? 아님 서 있을 때 죽여 놓고 앉힌 건가요?"

"앉은 상태에서 당했습니다."

"조사하면 그런 것도 나오나요?"

"참 나, 그걸 왜 모릅니까! 시체의 양쪽 귀밑부터 턱 바로 아래 윗목에 상흔이 집중되어 있으니 당연히 서 있던 범인이 앉아 있던 최순자 씨의 목을 위로 들어 올리듯이 조른 거죠. 만약에 둘 다 서 있었다면 상흔이 목 중간이나 아래쪽에 비교적 평행을 이루면서 나타났을 겁니다. 뭐 범인이 키가 한 2미터 50센티미터 되면 그럴 수도 있겠네."

내 질문이 수준미달이었는지 김도형은 언성을 높이며 짜증을 냈다. 그가 문답을 중단시키기 전에 최대한 많은 정보를 이끌어내려면 이 화제는 여기서 중단해야겠다 싶었다.

"그렇군요. 최순자 아주머니는 정확히 언제 돌아가신 건가요? 그러니까 사망 시각요?"

"비디오로 녹화한 것도 아닌데 어떻게 정확한 시간을 알겠습니까? 추정하는 거죠. 최순자 씨는 집에서 혼자 저녁을 먹었는데 그게 위에 남아 있었어요. 그 음식물 소화 상태랑 시체 경직 상태 등으로 판단해 봤을 때 대략 오후 10시부터 다음 날 새벽 2시까지로 보인답니다. 이건 어디까지나 추정일 뿐이에요. 사람마다 소화시키는 능력도 다르고, 한겨울에는 낮은 온도가 시체 경직에도 영향을 미치거든요."

"10시라고요? 제가……."

"맞습니다. 지혜 씨는 최순자 씨하고 11시에 마주쳤죠. 그러니까

11시 이후에 최순자 씨가 사망했다고 봐야 합니다. 다시 말해, 12월 15일 오후 11시부터 16일 오전 2시까지. 이 세 시간 사이가 사망 추정시각입니다."

이것은 신문기사에도 구체적으로 나오지 않은 내용이라 상당한 성과였다. 나는 만족스러운 표정을 숨기고 재차 질문에 나섰다.

"시체는 사무실의 어디에 있었는데요?"

"문 열고 들어가면 회의 테이블 나오잖아요? 문 바로 앞 테이블 왼편 첫 번째 의자에 앉아 있었습니다."

공교롭게도 어젯밤 강마로가 대충 가정했던 딱 그 자리였다.

"몇 시에, 누가 발견했어요?"

"16일 아침 8시에 관리사무소장이 발견했습니다. 원래 출근시간이 9시인데 그 양반은 다른 직원들보다 매일 한 시간씩 일찍 나와서 환기도 시키고 그런답니다. 낙원회 사무실도 점검하러 들렀다가 최순자 씨 사체를 발견하고 바로 신고했어요."

어젯밤 강마로와 함께 만났던 관리사무소장님의 얼굴을 떠올려 보았다. 머리가 벗어진 인자한 풍모의 50대 아저씨. 어디에도 수상한 구석은 없어 보였지만 사람 속은 그 누구도 알 수 없는 법이다.

"소장님은 수상한 데가 없나요?"

"경찰이 바봅니까! 발견자를 의심하라는 건 수사의 철칙 중 하나예요. 다 조사를 했습니다. 알리바이 확실해요. 전날 밤 8시부터 새벽 3시까지 망년회에서 술 푸고 있었답니다. 관계자 확인도 마쳤어요. 그런데 지금 이게 뭐하는 겁니까? 적당히 하고 이만 끝내죠."

마침내 김도형은 얼토당토않게 본인이 역으로 신문을 당하고 있었음을 깨달은 것 같다. 그러나 이대로 끝내기는 못내 아쉬웠다.

"마지막으로 하나만 더 알려 주세요. 최순자 아주머니가 낙원회 사무실에서 죽은 건 확실한가요? 어디 딴 데서 죽이고 시체만 옮겨 온 걸 수도 있잖아요."

"허…… 못 본 새 아주 명탐정 다 되셨네요. 좋아요. 마지막으로 이것만 가르쳐 드리겠습니다. 최순자 씨는 100퍼센트 사무실에서 죽었어요. 혹시 시반(屍斑)이라는 거 알아요?"

"시반?"

"사람이 죽으면 심장이 멎을 거 아닙니까. 그러면 심장이 피를 퍼 올리지 못하니까 피가 중력에 의해서 아래쪽으로 내려갑니다. 이해 하셨어요?"

나를 어지간히 바보로 생각하나 보다. 나는 대꾸 없이 고개만 끄 덕였다.

"최순자 씨는 의자에 앉아 있다가 뒤에서 다가온 범인에 의해 목 이 졸려 사망했고, 발견 당시에도 그 상태 그대로였어요. 그러면 내 려간 피가 어디에 모여 있겠습니까?"

"엉덩이…… 하고 다리?"

"맞습니다! 앉은 상태에서 몸의 가장 아래쪽은 엉덩이와 다리, 특 히 발 쪽이죠. 그 부분이 거무튀튀하게 변색되어 있었습니다. 아, 의 자에 직접적으로 눌린 엉덩이 부분은 혈관이 압박돼서 허옇게 남아 있었습니다."

"의자에 꽉 눌린 엉덩이에는 아예 피가 안 통한 거군요."

"네. 그러니까 최순자 씨는 사망 당시에도, 그리고 발견될 때까지 밤새도록 그 의자에 앉아 있었다는 결론이 나오는 겁니다."

"참, 진짜 한 가지만 더요! 수상한 지문 같은 건요?"

"없어요. 낙원회 사람 지문만 천지였고, 그 외 신원불상의 지문
은…… 아, 나 지금 뭐하는 거야. 자, 이제 그만! 오늘의 탐정놀이는
여기서 끝입니다."

김도형은 손을 내저으며 더 이상은 어떤 질문도 사절이라는 태도
를 분명히 했고, 나는 받아들인다는 뜻으로 선선히 고개를 끄덕거
렸다. 볕에 잘 그을린 김도형의 얼굴에 애초의 진지한 기색이 돌아
왔다.

"하루아침에 아무 죄도 없이 큰일을 치를 뻔한 지혜 씨 마음은 잘
압니다. 저도 보란 듯이 범인 잡아다 지혜 씨 앞에다 떡하니 대령해
드리고 싶은 마음이 굴뚝같아요. 조금만 더 마음 푹 놓고 기다리시
면 분명 좋은 소식이 있을 겁니다. 저희 경찰을, 그리고 저를 믿고
맡겨주십시오."

"믿어요."

"말로만 그러지 말고 확실하게 믿어 주세요. 괜히 또 나서서 일
벌이지 마시고요. 아셨죠?"

이 질문에는 확답을 할 수 없는 형편인지라 애매하게 미소 지으
며 살짝 머리만 숙였다.

우리는 김도형의 차를 세워둔 낙원아파트 앞 길가로 돌아왔다. 운
전석에 타기 직전, 주뼛주뼛 망설이던 그가 마지막 당부를 꺼냈다.

"저기, 오늘 제가 말씀드린 내용 어디 가서 함부로 말하지 마세요.
제가 입 잘못 놀린 거 우리 조장님 귀에 들어가면 저 죽습니다. 아

셨죠?"

몇 번이나 약속을 확인한 김도형은 차를 출발시켰고, 나는 오늘의 수확을 흐뭇하게 곱씹으며 집으로 향했다. 김도형이 저번처럼 조장 님이라는 중년 형사와 세트로 왔다면 이런 기회조차 없었을 텐데, 혼자 와 준 덕분에 행운이 넝쿨째 굴러 들어온 것이다. 나의 유도심 문에 보기 좋게 속아 넘어가 민간인에게 귀중한 수사 정보를 전달 한 김도형 형사가 약간 귀엽게 느껴졌다.

103동 앞에 도착했을 때 강마로에게 보고를 해야 한다는 생각이 들었다. 앞으로는 모든 수사 정보를 공유하겠다고 철석같이 약속하 지 않았던가. 그 자리에서 나의 탐정에게 전화를 걸었다.

강마로는 형사가 찾아왔었다는 이야기를 듣고 뛸 듯이 기뻐했다. 경찰만이 가지고 있는 몇 가지 내부 정보를 알아낸 것도 물론 그를 춤추게 했지만 진짜 날뛴 이유는 따로 있었다.

"이야, 사립탐정이 수사의 핵심에 접어들었을 때 경찰이 찾아와 서 방해하는 건 그야말로 탐정이야기의 정석이죠! 우리가 제대로 해내고 있다는 증거입니다!"

매번 느끼는 거지만 강마로 탐정은 역시 내 상식으로는 도무지 이해가 안 가는 사람이다. 우리는 내일 오전에도 만나 사건에 대해 논의하기로 하고 전화를 끊었다.

103동 입구 홀로 들어가자 마침 엘리베이터 표시판의 화살표가 아래로 내려오고 있었다. 4층, 3층…… 1층에 도착한 엘리베이터의 문이 경쾌한 벨소리와 함께 열렸다. 엘리베이터 안에 유일하게 타 고 있던 여자가 내렸다.

"어머, 언니! 요즘 자주 보네."

바로 어젯밤 비슷한 시간에 본 가수 지망생 구슬희였다. 유일한 차이라면 어제는 이 시간에 집에 들어오고, 오늘은 나가는 것뿐. 슬희는 보통 사람이라면 잠자리에 들 시간에 어디 멋진 곳이라도 가려는지 H라인의 롱 블랙 원피스를 입고 있었는데, 목과 어깨 라인 부분이 시스루로 되어 있어 다소 야해 보였다.

"어디 가?"

"응. 잠깐……."

문득 슬희가 오른손에 든 특이하게 생긴 물건에 시선이 갔다. 내 관심을 알아챈 슬희는 등 뒤로 그것을 감추며 배시시 웃었다.

"그건 뭐야?"

"됐어. 다음에 봐, 언니."

103동 바깥으로 총총히 뛰어나가는 슬희의 뒷모습을 한참 쳐다보다가 엘리베이터 버튼을 눌렀다. 801호 우리 집에 도착해 도어록을 해제하고 문을 열자 식탁에 앉아 있던 엄마가 나를 반겼다.

"왔어?"

"응. 아빠는?"

"안 들려?"

안방에서 들리는 코 고는 소리는 흡사 탱크가 지나가는 듯했다. 나는 아빠의 무지막지한 코골이에 밤새도록 시달려야 하는 고달픈 팔자의 엄마와 쓴웃음을 교환했다.

"피곤할 텐데 씻고 푹 자. 난 들어간다."

"안 돼, 엄마!"

"응?"

"금방 씻고 나올 테니까 기다려."

"왜?"

"물어볼 게 있어."

엄마는 모녀지간의 대화는커녕 퇴근하면 제 방에 들어가 눕기 바쁜 애가 왜 이러나 싶은지 눈을 동그랗게 뜨고 나를 쳐다보며 중얼거렸다.

"별일이 다 있네."

내가 생각해도 별일이긴 했다.

# 10장
## 6월 14일 화요일 8시

 병원 대기실은 사람이 많다 못해 넘쳐흐를 지경이었다. 밭은기침을 내뿜는 노인들부터 엄마 손을 붙잡고 칭얼대는 아이들까지 남녀노소를 가리지 않았다. 일렬로 줄을 선 환자들 중간쯤의 나는 치명적인 전염병의 해약을 받을 순서를 초조하게 기다리고 있었다. 잠시 후, 흰 모자를 쓴 간호사가 빠른 걸음으로 대기실에 들어왔다.

 "이 종이 울리면 순서대로 한 사람씩 와서 약을 타가세요."

 간호사는 손에 들고 있던 은종을 모두에게 보이며 말했다. 그녀가 첫 번째로 종을 흔들자 놀랍게도 종소리가 아닌 노래가 흘러나왔다. 노래를 들은 맨 앞줄 환자부터 차례로 약을 받아가기 시작했다. 줄이 점점 줄어들어 내 앞에 몇 사람밖에 남지 않았을 때 당연한 것에 생각이 미쳤다. 작고 평범한 종이 스마트폰도 아닐진대 어찌 노래가 나올 수 있단 말인가.

그제야 모든 게 꿈이라는 사실을 깨달았다. 급히 눈을 뜨자 휴대폰이 울려대고 있었다. 아마도 벨소리로 지정해놓은 노래가 잠든 의식에 영향을 미쳐 기이한 꿈을 꾸었나 보다. 휴대폰으로 손을 뻗으면서 어째 익숙한 장면이라는 생각이 들었다. 그도 그럴 것이 바로 어제 아침에도 강마로의 전화 때문에 잠을 설치지 않았던가.

그러나 어제 아침과 완벽히 똑같은 데자뷔(Deja vu, 기시감)는 아니었다. 전화가 걸려온 시각이 한 시간이나 일렀고, 전화를 건 사람도 강마로가 아니었던 것이다.

"왜, 엄마?"

간밤에 내가 붙잡은 통에 엄마 역시 나처럼 몇 시간 못 잤을 거라는 생각은 하지도 못한 채 짜증 섞인 목소리로 물었다.

"딸, 일어났어?"

"엄마가 깨우니까 일어났지! 왜 그러는데?"

"착한 딸한테 부탁 좀 하려고 그러지."

"이 시간에 뭘 부탁?"

"그럼 어쩌니. 너 아니면 장사도 못하게 생겼는데……."

예상보다 심각한 내용에 찬물을 끼얹은 듯 잠이 확 깼다. 나는 침대에서 몸을 일으켜 자세를 똑바로 하고 다시 물었다.

"무슨 일인데 그래?"

엄마의 설명인즉슨 이랬다. 우리 분식집에 쌀떡이나 어묵 같은 각종 식자재를 대주는 유통업체가 있는데, 최근에 전반적인 가격 인상을 요구해 아빠와 트러블이 있었단다. 최후통첩 기간이었던 어제까지 문제가 해결되지 않아 유통업체 측에서 오늘부로 거래를 끊은 모양이었다.

"어휴, 그래서 아빠는?"

"네 아빠가 어디 가만히 있을 사람이냐. 그렇다고 갑자기 거래를 끊는 놈들이 어디 있냐면서 사무실로 쳐들어갔다. 지금 엄마 혼자 있어."

노상 사람 좋다는 말을 듣지만 부당한 일을 당하면 절대 못 참는 아빠의 다혈질이 떠오르자 머리가 살살 아파왔다.

"문제는 잘 알겠는데, 부탁이 뭔데?"

"일단 점심 장사할 거리는 있어야 할 거 아니니. 지금 괜찮으면 누리마트 가서 좀 사와. 어제 엄마가 네 부탁 들어줬으니까 오늘은 네가 엄마 부탁 좀 들어줘라."

"그냥 근처 슈퍼 같은 데서 사면 되잖아?"

"그런 데는 비싸잖아. 1000원, 2000원어치 팔아봐야 얼마나 남는다고. 최대한 재료비를 아껴야지."

그러니까 엄마 부탁의 요지는 인근에서 제일 싼 새서울아파트 상가 지하의 대형마트에서 식재료를 사다 달라는 것이었다. 엄마 말마따나 어젯밤 부탁한 것도 있고 하니 입 싹 닫고 거절할 수도 없는 노릇이었다. 나는 엄마의 주문을 메모지에 옮겨 적은 다음 전화를 끊었다.

계산해 보니 네 시간 만의 기상이었다. 아직 온몸에 덕지덕지 달라붙어 있는 피로를 샤워로 털어 버리고 몸단장을 했다. 기왕에 나가는 마당이니 심부름 마치고 분식집에서 곧장 강마로를 만나러 갈 생각이었기 때문이다.

6월의 한가운데라 그런지 아침부터 더위가 제법이었다. 집에서 컴퓨터만 하고 있어도 등이 젖을 판이라, 가능한 가로수 그늘에 붙어 새서울아파트 쪽으로 걸어갔다. 상가 1층 로비에 들어서자 차가운 실내 공기가 땀에 젖은 이마에 닿아 쾌적했다. 지하에 있는 누리마트는 항상 에어컨을 쌩쌩 틀어놓아 이곳과는 비교도 안 되게 시원하다. 나는 기대감에 부풀어 계단을 뛰듯이 내려갔다.

누리마트는 '대형'이라는 단어가 무색하지 않은 거대한 면적에 제품도 다양해 일대의 주민들이 가장 많이 애용하는 곳이다. 이른 아침인 지금도 수많은 주부, 프리랜서 그리고 백수 들이 마트 곳곳에서 소비에 여념이 없었다. 누리마트 주인은 돈을 얼마나 많이 벌까 새삼 부러웠다. 이렇게 큰 건물의 지하층을 통으로 쓰고 있으니 원래부터 부자였겠지. 돈이 돈을 낳는다는 말이 틀린 게 아니다. 문득 이 마트의 100분의 1 크기도 안 될 것 같은 분식집에 하루 종일 갇혀 있어야 하는 부모님이 애처롭게 느껴졌다.

수첩을 펼쳐 엄마가 주문한 명단을 하나하나 정복해 나갔다. 쌀떡은 구입했으니 글자 위에 선을 찍 긋고, 단무지와 우엉은 방금 샀으니 찍…….

이제 어묵이랑 튀김용 오징어, 새우를 사러 가 볼까. 수산물 코너에서 쇼핑을 끝냈을 때는 장바구니가 썩 묵직했다. 무게가 만만찮은 이 아이들을 어떻게 들고 가나 한숨지으며 계산대로 가는데, '오늘의 특가' 코너가 시선을 잡아끌었다.

마트 안에서 제일 많은 사람이 모인 이 코너에서는 요즘 유행하는 요거트를 열 개 묶음으로 굉장히 싸게 팔고 있었다. 그전부터 맛이 궁금했던 터라 자석에 끌려가듯 어느새 줄을 선 사람들 쪽으로 다가갔다. 어쩜 마트에만 오면 널리고 널린 제품들에 홀린 나머지 계획에도 없던 것들을 사게 된다니까.

아침도 안 먹었으니 식사 대용으로 괜찮잖아. 부모님도 맛이나 보여드리지 뭐. 추가 소비를 합리화하고 있을 때 뒤에서 누군가가 내 팔을 톡톡 쳤다. 반사적으로 고개를 돌리자 오랜만에 보는 얼굴이 나를 보며 방긋 웃었다.

"어머, 사모님!"

"어제 통화하더니 오늘은 얼굴을 다 보네요."

"안녕하세요!"

나는 뜻밖의 장소에서 마주친 낙원회 회장님의 부인, 선정희 여사님에게 인사를 드렸다. 튤립이 옷 전체에 프린트된 화사한 핑크색 원피스 차림에 진주 목걸이로 포인트를 준 사모님은 도저히 예순 가까운 나이로 보이지 않았다. 심지어 아줌마 특유의 파마머리도 아니고, 아가씨처럼 긴 생머리가 허리께까지 닿아 뒷모습만 보면 젊은 늑대들이 뭣 모르고 따라올 정도였다.

"목소리도 밝더니 진짜 건강해졌네요. 다행이에요."

유일하게 제 나이가 보이는 부분은 지금처럼 환하게 웃을 때 어쩔 수 없이 드러나는 목주름과 입가의 팔자주름 정도랄까.

"어머니는 잘 지내나요? 장사 계속하시죠?"

내가 장바구니를 눈높이까지 들어 각종 분식 재료를 보여 주자, 사모님은 알아들었다는 양 미소를 지었다.

"아직도 하시는구나. 언제 가 봐야 하는데 미안하네요."

꼭 오시라고 인사치레를 하면서도 사모님을 우리 분식집에서 볼 일은 없을 거라고 확신했다. 중고생이 바글바글한 동네 분식집에 부잣집 마나님이라니, 고기 뷔페에 스님이 출몰한 것과 마찬가지다.

그리 친했던 것도 아닌 데다 연배 차이가 커서 인사 말고 딱히 할 말이 없었다. 잠시 대화가 끊기자 사모님은 대화를 이어갈 책임을 느꼈는지 자신도 장바구니를 들어 보이며 말했다.

"난 손자 간식 사려고 왔어요."

회장님 내외가 직장생활을 하는 딸이 맡긴 손자를 근무시간 동안 봐주는 것은 익히 알고 있었다. 과연 선 여사님의 장바구니 안에는 세 봉지를 테이프로 묶어 싸게 파는 과자 세트와 200밀리리터짜리를 덤으로 주는 1000밀리리터 우유가 들어 있었다.

"힘들지 않으세요?"

"힘들죠. 그래도 내년에는 초등학교 가니까 조금 나아지겠죠."

대화가 또다시 끊겨 어색해질 상황에 마침 내 차례가 왔다. 요거트 한 세트를 장바구니에 넣고 사모님에게 작별 인사를 건넸다. 사모님은 맛있는 거 해 줄 테니까 언제 한번 놀러오라고 말하며 내 손을 꼭 붙잡았다. 그 손의 온기에 마음까지 훈훈해지는 느낌이었다.

누리마트를 나서면서 묘한 생각에 사로잡혔다. 그러고 보니 내가 본격적으로 조사를 결심한 요즘 관련자들과 자주 마주치는 것이다. 어젯밤과 그젯밤 가수 지망생 슬희, 그리고 오늘 아침엔 사모님…….

당연한 결과였다. 누군가 나를 알아볼까 고개를 푹 수그리고 땅만 보며 걷던 그전에는 단 한 번도 주변 사람들을 눈여겨본 적이 없었으니까. 만약 근처에 슬희나 사모님이 있었다고 해도 볼 수가 없었을 것이다.

아니면 저주스런 내 운명이라는 녀석이 이제야 그 고집스런 의지를 꺾고 나를 도와주려는 건지도 모른다. 그간 많이 고통받았으니 앞으로는 너의 행보를 응원하마 하면서. 왜, 간절히 원하고 바라면 세상이 나를 중심으로 돈다고 하지 않나.

원래는 걸어서 가도 충분한 거리지만 짐이 버거워 택시를 타고 5분쯤 간 뒤 모교인 은파여고 앞에서 내렸다. 길가 오래된 3층짜리 상가 1층에 우리 분식집이 보였다. 여기 오면 언제나 그렇듯이 긴 한숨을 내뿜으며 '지혜네 분식'이라는 간판을 망연자실 올려다보았다. 부모님이 별 생각 없이 지은 가게 이름 때문에 예민한 사춘기 시절 얼마나 부끄러웠는지 모른다.

사실 뭣 모르던 중학교 저학년 때까지는 여기 와서 놀기도 했었는데, 막상 고등학교 진학 무렵에는 제발 은파여고만 아니길 빌었다. 물론 결과는…….

부모님은 지근거리에서 날 볼 수 있다고 좋아하셨지만 나는 진심으로 울고픈 기분이었다. 그래도 학교를 다니는 동안 누구에게도 놀림을 받거나 무시를 당하지는 않았다. 고등학생쯤 되면 다들 웬만큼 커서 남한테 상처 주는 행동은 잘 안 하니까. 다만 부유층이 많은 동네에서 분식집 딸로 살아가는 혼자만의 자격지심으로 살짝 힘들었을 뿐이다.

어렸을 때처럼 부품 대리점 계속하셨으면 좋았을 텐데.

젊은 시절, 청주에서 가난을 피해 구로공단으로 상경한 아빠는 눈에 띈 자동차 부품 공장에 무작정 쳐들어가 "나도 일 좀 합시다." 하고 외쳤단다. 사장이 그 패기를 좋게 봐서 취직이 성사된 아빠는 그야말로 무식하게 일해 빠른 시간 안에 기반을 닦았다. 근처 방직 공장에서 일하던 엄마를 성공리에 꼬여낸 것 또한 일생일대의 행운이었고.

아빠의 고달팠던 인생은 나를 낳은 시기를 전후로 착착 풀려 사장의 지원 하에 독립해 자동차 부품 대리점까지 냈다. 이 당시에 낙원아파트도 분양받아 비록 손바닥만 한 크기지만 서울에 마이홈도 가졌다. 무엇 하나 부러울 게 없는 시기였다. 대한민국의 수없이 평범한 가장들을 절망에 빠뜨린 IMF라는 마물이 닥쳐오기 전까지는……

그때 아빠는 경영난으로 직원을 넷이나 썼던 대리점을 정리하느라 은행에 아파트까지 담보로 잡히고 빚을 냈다. 그때보다는 많이 갚았지만 요즘도 아빠는 아파트 3분의 1은 은행 거라고 자조적으로 농담하곤 한다.

급한 불은 껐어도 앞으로 살길이 막막했던 부모님은 오랜 상의 끝에 마지막 남은 자산을 탈탈 털어 '지혜네 분식'을 차렸다. 직장에서 잘린 사람들이 치킨집이나 호프집 등 제2의 창업을 했다가 그나마 남은 퇴직금까지 털어먹기 일쑤라는 흉흉한 뉴스가 연일 신문지상에 오르내리는 판이라 부모님 친구들이나 친척들은 걱정을 많이 했다. 그러나 지혜네 분식은 여고 앞이라 목이 워낙 좋았고, 또 엄마 손맛도 기가 막혀 예전만은 못해도 살림에 크게 어려움은 없었다. 나한테도 갖고 싶은 걸 턱턱 사주실 만큼은 아니었지만 솔직히 크게 부족한 것도 없었다.

이러한 부모님의 인생 역정은 죄다 나중에 들은 것이다. IMF 때 나는 고작 열한 살, 초등학교 4학년에 불과했으니 집안 분위기가 어땠는지 알게 뭐겠는가. 그냥 집 밖에서 뛰어놀기 바빴지.

평범한 분식집을 하는 평범한 우리 집에도 알고 보면 발단, 전개, 절정, 위기, 결말의 드라마가 있구나 싶어 쓴웃음이 나왔다. 지금도 모든 가정에서는 각자 다른 그들만의 드라마가 펼쳐지고 있겠지…….

"얘, 안 들어오고 뭐해?"

"팔 빠져 죽는 줄 알았네. 빨리 받아!"

앞치마를 두른 엄마가 문을 반쯤 열고 부르는 바람에 상념에서 벗어났다. 바닥에 끌릴 듯 가득 찬 특대형 비닐봉투를 엄마에게 건네며 가게 안으로 들어갔다. 왼편에 작은 테이블 세 개가 열을 맞춰 놓여 있고, 오른편은 벽에 쿠션을 대고 그 앞에 테이블 세 개를 놓은 전형적인 동네 분식집 인테리어는 변한 구석이 하나도 없었다. 점심시간이 아직 먼 탓에 손님이 한 사람도 없어 편하게 왼편 테이블 하나를 점령하고 땀을 식혔다.

"이건 왜 사 왔어?"

"아, 그거 좀 갖고 와. 엄마도 하나 먹어보고."

모녀가 테이블에 마주 앉아 요거트를 먹었다. 하지만 엄마는 잠시 엉덩이를 붙였는가 싶더니 득달같이 일어나 장사 준비를 시작했다. 기왕 봉사로 연 하루, 화끈하게 하자 싶어 엄마를 도왔다. 쌀떡을 씻고, 어묵과 파, 양파를 썰고, 냄비에 기름을 붓고…….

"아빠는 언제 와?"

"그러게 말이다. 적당히 하고 오지, 괜히 싸움이나 벌이는 거나 아닌지 모르겠다."

엄마의 걱정이 끝나기 무섭게 문이 벌컥 열리고 아빠가 돌아왔다. 성질 때문인지, 날씨 때문인지 얼굴이 벌겋다.

"어, 지혜 왔구나!"

아빠는 카운터에 놓여 있던 전단지를 들더니 가슴께에 부채질을 했다.

"엄마한테 들었어. 잘 해결됐어?"

"해결은 무슨. 그거 아주 나쁜 놈들이야. 젊은 놈들이 벌써부터 돈맛은 알아 가지고."

"대체 얼마나 올려 달라고 그러는데?"

"낯간지러운 몇 만 원이긴 한데, 1년으로 따지면 꽤 크지."

"그래서 올려주기로 했어?"

"아쉬운 놈이 참아야지. 아빠가 힘이 없다, 힘이 없어."

"아이고, 유봉규 아저씨. 그럴 거면서 굳이 왜 아침부터 힘을 빼셔. 이 더운 날씨에."

아빠는 무안한지 별 대꾸 없이 앞치마를 입었다. 나는 장사 준비를 아빠에게 넘기고 점심을 만들었다. 밥장사하는 사람들이 자주 먹는 비빔밥. 있는 재료 대충 때려 넣고 고추장 넣어 쓱쓱 비비는 것이지만, 양푼 비빔밥은 맛이 없기도 힘들다.

식사를 마치고 상가 화장실에서 양치질까지 끝낸 나는 부모님께 인사를 드린 후 강마로를 만나기 위해 선릉역으로 출발했다.

어젯밤 약속했던 정오보다 10분 이르게 선릉역 근처 커피빈에 입성했다. 직장인들의 점심시간이 막 시작될 무렵이라 아직은 손님이 드물어 창가 쪽 구석자리의 강마로를 한눈에 알아볼 수 있었다. 그는 실실 웃으면서 스마트폰에 코를 박고 있어 내가 다가오는 것조차 몰랐다.

"마로 씨."

"앗, 지혜 씨! 오셨어요?"

당황한 강마로가 부랴부랴 스마트폰을 껐다. 그는 내가 못 봤기를 바랐겠지만 나는 똑똑히 보았다. 강마로의 스마트폰을 장식하고 있던 총천연색의 웹툰을…….

"전 커피 마실 건데, 뭐 드실래요?"

탐정이 의뢰인 앞에서 만화나 보다 걸린 게 얼마나 무안할까 싶어 아무렇지 않은 척 물었다. 강마로는 겸연쩍게 웃으며 질문을 되돌렸다.

"식사는요?"

"먹었어요. 안 드셨어요?"

강마로가 오른손으로 배를 쓸어 공복이라는 티를 냈다.

"아, 그럼 나갈까요?"

"아닙니다. 빵 같은 걸로 때우면 됩니다."

"그럼 제가 사올게요."

"아니, 제가!"

잠시의 실랑이 끝에 내가 가서 아이스 아메리카노 두 잔과 크림치즈와 블루베리 베이글을 사왔다. 먹성으로 둘째가라면 서러울 강마로는 양손에 베이글과 커피를 들고 우걱우걱, 벌컥벌컥 정신없이 먹어치웠다. 민망할까 봐 시선을 돌리고 있다가 조금 뒤에 보니 벌써 베이글 한 개가 사라지고 없었다. 내 황당한 눈빛을 알아챈 강마로가 변명조로 말했다.

"식충이 같죠? 밤새도록 지혜 씨 사건에 몰두하느라 몇 시간 못 잤어요. 오늘 첫 끼입니다."

"저도 오늘 새벽 늦게 잤어요."

"지혜 씨는 왜요?"

"여기 적힌 내용 알아보고 작성하느라요."

나는 핸드백에서 반으로 접은 A4 종이 두 장을 꺼내 강마로에게 한 장을 나눠주었다. 무심코 종이를 받아든 강마로는 '낙원회 정식 회원 프로필'이라는 제목을 보고 눈에 힘을 팍 주며 집중했다.

"멋집니다! 이런 적극적인 자세 아주 좋아요. 이제 지혜 씨도 좀 진지해진 것 같은데요. 어디 한번 같이 살펴볼까요."

"네."

"직책이 제일 높은 회장님부터 적으셨군요."

### 낙원회 정식회원 프로필

윤태일(男, 101동 304호) – 61세, 현 낙원회 회장, 전 강남사랑나눔본부 부회장, 공군 대령으로 예편, 아내 선정희와 단둘이 거주하나 워킹맘인 딸이 맡긴 손자를 오후까지 봐주고 있음, 꽤 부유한 편이라 낙원아파트 외 두세 채의 아파트와 경기도 쪽에 넓은 토지를 소유하고 있다는 소문.

"이야, 며칠 전에 알려주신 것보다 훨씬 자세한데요! 갑자기 어디서 이런 얘기들을 들은 겁니까?"

"엄마한테요. 제 생각보다 아파트 주민들에 대해 많이 알고 계시더라고요."

이것이 어젯밤 자러 들어가는 엄마를 몇 시간이나 붙잡고 늘어진 이유였다. 애당초 큰 기대는 하지 않았지만 아줌마들 특유의 네트워크는 전혀 무시할 만한 게 아니었다. 예상과는 반대로 정보들이 꽉꽉 쏟아져 질문을 던진 내가 당황할 정도였다. 하긴 엄마는 무려 사반세기 동안 낙원아파트에서 살아온 명실공히 이 지역의 터줏대감 아니던가. 부녀회나 계모임 등으로 다져진 인맥을 통해 낙원아파트의 모든 정보를 꽉 잡고 있었다.

"저번에도 물어본 것 같은데, 더 큰 조직인 강남사랑나눔본부에서 부회장까지 하던 윤 회장이 왜 동네에서 소규모의 낙원회를 만들었는지 그게 궁금합니다."

"그것도 알아냈어요. 강남사랑나눔본부의 회장이랑 총무, 운영진들이 횡령비리를 저질렀대요. 인터넷에서 찾아보니까 모 단체라는 명칭으로 기사도 떴더라고요."

"진정한 군인이라면 청렴이 생명이니까 환멸감을 느꼈겠군요. 그래서 따로 나와서 낙원회를 만들었나 보네요."

"아무래도 조직이 작으면 후원금이나 회비 자체가 적어서 돈 문제에서는 좀 자유롭잖아요. 후원금도 많아야 일이백이었고, 정식회원 회비도 한 달에 고작 3만 원이었으니까 훔쳐가고 말고 할 것도 없었죠. 회장님에겐 무엇보다 투명한 봉사단체 설립이라는 가치가 최우선이었던 것 같아요."

"음, 그럴듯합니다. 근데 공군 대령까지 했을 정도면 부유할 만합니다만…… 실례지만 낙원아파트는 좀…… 낡았고 평수도 작잖아요. 돈깨나 있는 집이면 더 좋은 곳에서 살고 싶지 않을까요?"

나는 조금도 신경 쓰이지 않았는데, 강마로는 내가 사는 아파트의 아픈 점을 찌르는 게 미안했던지 얼굴을 살며시 붉혔다.

"갖고 있는 집 중에서 딸 직장이랑 제일 가까운 게 낙원아파트래요. 자기 아들 맡기고 데려오기 편하니까 딸이 낙원아파트에서 사시라고 했겠죠. 그리고 노부부 두 사람이 살기엔 충분해요. 넓으면 청소하기나 힘들지 그 정도가 딱 좋을 거라고 엄마도 그러던데요."

"알겠습니다. 손자는 많이 어린가요?"

"마로 씨 만나러 오기 전에 사모님이랑 우연히 마주쳤는데요. 내년에 초등학교 간대요. 저도 아는 아이예요."

"오, 그렇습니까? 어떤 아이예요?"

"말도 못하죠. 잘 사는 집 애라 동네 꼬마들 다 이끌고 다니고. 한마디로 대장이죠."

나는 우리 학원의 으뜸 말썽쟁이 김기훈을 떠올렸다. 회장님 손자가 일고여덟 살 더 먹으면 그렇게 되려나?

"밤낮으로 놀이터에서 전쟁놀이한다고 떠드는데, 어찌나 소리를 빽빽 지르는지 주민들 불만이 장난이 아니에요."

"벌써부터 전쟁이라니 할아버지 닮았나 보네요."

"그런가요."

"자, 회장님은 넘어가고 다음 사람은……."

최순자(女, 106동 102호) - 57세, 피해자, 남편의 불륜으로 이혼, 위자료로 받은 낙원아파트에서 홀로 거주, 이혼 후 주민 뒷조사와 악성 루머 퍼뜨리기에 열중.


"우리의 주인공 최순자 씨군요. 낙원아파트는 전 남편에게 받은 거였네요. 아파트는 그렇다 치고, 생활비는 어떻게 벌었던 겁니까? 뒷조사하고 소문 줍기 바빠 일 다닐 여유도 없었을 것 같은데."

"구청에서 나오는 최저생계비 지원으로요."

"그거 몇십만 원밖에 안 될 텐데요."

"그래서 생전에 보기 좀 그랬어요. 옷도 다 떨어진 거 기워 입고, 주식이 거의 빵, 라면, 과자였을 걸요."

"아이고, 완전히 좀비처럼 깡말랐었겠네요."

물정 모르는 강마로의 말에 코웃음을 참기 힘들었다.

"아뇨. 인스턴트가 칼로리가 얼마나 높은데요. 조금…… 비만이신 편이었죠."

"어제 이영옥 씨도 뒷조사 운운하더니 그게 정말이었나 보네요."

"몰랐는데 저희 엄마도 당했다고 하더라고요. 분식집에 몇 번 와서 얼굴만 아는 아파트 남자랑 웃으면서 인사 한번 한 것 가지고 바람을 피운다고 소문을 냈대요. 엄마가 최순자 아주머니네 가서 대판 따지려다가 겨우 참았다고 해요. 그 아주머니 이상한 행동은 낙원아파트에서 모르는 사람이 없었던 것 같아요."

"제가 보기에도 약간 정신병 같은 느낌이 있습니다. 전 남편이 죽일 놈이죠 뭐."

무방비 상태에서 들은 '정신병'이라는 단어에 흠칫 놀랐다. 분명히 나를 가리키는 게 아님에도 이런 단어를 들으면 왠지 자신이 없어지고 위축된다. 그러나 강마로는 내 심경의 변화를 알아차리지도 못한 채 신을 내며 떠들었다.

"주변 얘기만 들어보면 봉사와는 백만 광년쯤 멀어 보이는 아줌마가 낙원회는 왜 가입한 건지 모르겠네요."

"저희 엄마 추측으로는 동네 사람들이 아예 말상대로 끼워 주지를 않으니까 어쩔 수 없이 가입한 게 아니냐고 그러던데요. 명색이 봉사단체에서 사람 가려 받을 수는 없잖아요. 저도 그게 맞는 것 같아요."

"일리가 있는 얘기입니다. 최순자 씨는 앞으로 조사하면서 좀 더 알아보기로 하고 다음 사람으로 가볼까요."


선우진(男, 101동 1003호) - 50대 초반으로 추정, 독신, 음대 교수, 중후한 풍채에 차림새도 근사한 중년 신사.


"선 교수님이로군요."

"선우요."

"네?"

"선우 씨라고요. 선 씨가 아니라."

강마로는 알아들었다는 양 고개를 끄덕거렸다.

"이분은 정보가 적네요. 나이도 정확하지 않고요."

"엄마도 선우 교수님에 대해서는 잘 모르시더라고요. 독신이라서 더 그래요. 보통 남편 홍보는 아내들한테서 뒷얘기가 많이 나오는데. 학교 일에 열심이셔서 집에도 잘 안 들어와 옆집 사는 사람들도 잘 못 알아볼 정도래요."

"대학은 서울에 있는 곳입니까?"

"아뇨. 경기도 어디에 있는 대학으로 알고 있어요."

"음대 교수라…… 왠지 젠체하고 허세 쩌는 사람 같아 보이는데, 선입견인가요?"

나는 거세게 손을 흔들어 강마로의 말을 부정했다.

"전혀 아니에요. 잘난 척 전혀 없고, 소탈하시고. 신사 중의 신사예요."

"중후한 미중년이라 괜히 좋게 보는 것 아닙니까?"

"말도 안 돼요. 1년 넘게 봤는데 느낌이 있을 거 아니에요. 정말 좋은 분이세요."

"그거야 파 보면 알게 되겠죠. 누구나 감추고 싶은 비밀 한 가지쯤은 있는 법이니까."

딱히 부정할 말이 없어 가만히 있었지만 마음속으로는 이분만큼은 절대 그럴 일이 없다고 자신했다.

"아, 이분이 그 드라마 작가님이군요!"

신영채(女, 104동 101호) - 39세, 유명한 드라마 작가, 재작년 「열애」로 데뷔해 대성공을 거둠, 작년 「라일락 꽃말은?」으로 연속 히트, 3년 전 어머니 병간호를 위해 낙원아파트로 이사, 현재 어머니 별세로 독신 거주.

"여기 사신 지는 얼마 안 됐네요?"

"저도 잘 몰랐어요. 낙원회 들어오셨을 때만 해도 「열애」 방영하기 전이라 무명이셨거든요. 근데 드라마 시작할 때는 관리사무소에서 방송까지 했죠. 저희 아파트에 사시는 작가님 드라마가 방영 중이니 많이들 시청해 달라고요."

"그런 내용도 방송하는지 처음 알았네요. 어머니 병간호 때문에 낙원아파트로 오셨다고요?"

"어머니가 다니셨던 병원에서 가까운 아파트 매물을 찾았는데, 제일 가까운 데가 낙원아파트였대요. 안타깝게도 이사 오고 얼마 안 돼서 돌아가셔서 별로 효과는 못 보셨지만요."

"그 후로 계속 싱글이시고?"

"워낙 집에 틀어박혀서 글만 쓰시는 분이라서요. 보조 작가 한둘만 드나들 뿐 거의 방콕이세요. 아마 연애할 시간도 없을걸요. 곧 신작 방영한다니까."

"성공한 작가면 작업실을 따로 둘 것 같은데 집에서 글을 쓰시는 게 특이하네요."

"왜요? 어차피 혼자 사는데 군이 작업실을 두면 이중으로 낭비이지 않을까요."

"알겠습니다. 저…… 이것도 편견일지는 모르겠는데, 여류 작가하면 까칠하고 신경질적인 분들이 많잖아요. 아닌가? 이분은 어떠세요?"

"절대 아니에요!"

나는 아까보다 더 빠르게 손을 내저어 강마로의 의견을 반박했다.

"선생님이 얼마나 좋은 분이신데요. 그렇게 성공했는데도 다른 사람 무시하는 일 절대 없고, 말투도 나긋나긋 부드러우세요. 아마 낙원아파트에서 싫어하는 사람 단 한 명도 없을 걸요."

"교수님도 그렇고, 작가님도 그렇고 낙원아파트는 이름처럼 좋은 분들만 사시네요. 진짜 낙원인가……."

"맞다니까요! 제가 병원에 있을 때 다음 날인가, 낙원회에서 제일 빨리 문병도 오셨어요. 스타들하고만 일하는 바쁜 작가님이 그러기 쉽겠어요? 작품에서 사람이 보이는 거예요. 사람이 따뜻하니까 작품도 따뜻한 거죠."

"언제 한번 그분 드라마를 몰아 봐야겠군요. 그나저나 유명하고 바쁜 분이면 만나기도 어렵겠네요. 모든 관계자들을 만나서 얘기를 들어보려 했는데……."

"걱정 마세요. 제가 부탁드리면 거절하진 않으실 거예요."

"다행입니다. 그럼 지혜 씨만 믿고 다음 사람으로. 아, 이분들은 커플로 묶여 있네요.

김우석(男, 104동 502호) - 37세, 제약 회사 영업 사원, 정은우의 남편.

정은우(女, 104동 502호) - 40세, 전업주부, 김우석의 아내.

"정식회원 중에 평범한 부부가 있다더니 정말 평범하기 그지없네요. 이게 다예요?"

어쩐지 빈약한 정보에 대한 질책으로 들려 속이 상했다.

"엄마하고도 별 접점이 없고요. 저도 그다지 친하게 지내지 않아 잘 모르겠어요."

"연상연하 커플이 유행이라더니 아내가 나이가 더 많네요?"

"실제로 봐도 티가 좀 나요. 은우 언니가 별로 꾸미지 않는 편이라. 그리고 표정도 좀 어두워서 더 그래 보이는 것도 있고요."

"표정이 어둡다고요?"

"네, 사람은 정말 편하고 좋아요. 말수가 적지만 주변 사람들 얘기잘 들어주고요. 차분하고 진중한 언니라 저도 그 사건 전에 진로 문제로 고민 상담한 적도 있어요."

"근데 왜 표정이 어두울까요? 무슨 고민이라도 있나요?"

"그것까진 모르죠. 다만 사람마다 느껴지는 기운이라는 게 있잖아요. 은우 언니는 처음 인사드렸을 때부터 어딘가 나른하고 음울한 분위기가 느껴졌어요. 남 얘기는 잘 들어주지만, 어쩐지 만사가귀찮고 세상 살기 싫다는 느낌이랄까. 솔직히 봉사활동도 하는 둥마는 둥 했고."

"그거 흥미롭네요. 그런 일에 관심도 없는 분이 왜 봉사단체에 가입한 걸까요?"

"모르겠어요."

"남편은요?"

"남편은 완전 다르죠. 인사성도 밝고, 바자회나 일일호프 같은 거할 때 낯선 사람들한테 척척 말도 잘 걸고요. 부부가 정말 극과 극이에요."

"영업사원이면 친화력이 생명이니까요. 음, 이 부부도 마냥 평범하다고는 볼 수 없겠어요. 세상 다 산 것 같은 사람이 왜 봉사단체에 가입해 활동했는지, 특히 정은우 씨에게 관심이 갑니다."

별로 대답할 말이 없어 어깨만 으쓱하고 말았다.

"마지막으로······."

구슬희(女, 103동 502호) - 25세, 예명 구슬, 가수를 꿈꾸는 화려한 외모의 소유자, 하지만 오디션에서 번번이 낙방. 부모와 함께 거주.

"제가 가장 궁금했었던 가수 지망생이네요. 구슬희라서 구슬인가? 본명도, 예명도 다 예쁘네요."

"왜 궁금했어요? 젊은 아가씨라서요?"

"아, 저 그런 사람 아닙니다!"

강마로는 억울했던지 얼굴까지 붉히며 도리질을 했다. 옛말에 강한 부정은 뭐라더라?

"아무래도 미모의 아가씨 주변에 사건이 많이 꼬이는 것 아니겠습니까? 그래서 주목할 뿐입니다."

"네, 네."

"프로필을 보니 솔직히 봉사활동이랑 어울리는 스타일은 아닐 것 같은데요. 가수 지망생은 놀기 좋아하고 약간 날라리 과가 많지 않나요? 아, 이것도 편견이겠죠?"

"이번에는 얼추 맞춘 것 같은데요. 낙원회에 가입한 이유는 아마저랑 비슷할 거예요."

"네?"

"가수 데뷔하고 나서 봉사단체에 몸담았었다는 사실이 알려지면 대중들이 얼마나 칭찬하겠어요. 그걸 노린 거겠죠."

"음, 그럴 수도 있겠네요. 얼굴은 예쁜데 오디션은 자꾸 떨어진다. 왜일까요? 노래 실력이 부족합니까?"

"글쎄요. 회식이나 뒤풀이 때 한두 번 노래방을 갔는데, 제 귀에는 정말 잘하는 걸로 들렸어요. 그렇지만 프로 기준에서는 아닐 수도 있겠죠."

"가수 연습 말고 따로 하는 일은 없고요?"

"커피숍에서 아르바이트 할 걸요. 연예기획사 사람들 자주 드나든다는 강남 커피숍에서요. 아마 돈벌이보다 어떻게 하면 그 사람들 눈에 들까, 그걸 더 신경 쓸 거예요. 알바비 받아봐야 몽땅 옷 살 테고. 엄마가 그러는데, 그래서 슬희 부모님이 고민이 많대요. 헛바람만 들어서 밖으로 나돌기만 하고 살림에 전혀 도움을 안 준다고."

"부모님은 뭐하시는데요?"

"건설회사 현장에서 임시 식당 같은 것 하세요."

"함바집 말인가요?"

"네. 슬희 엄마가 대체 어떻게 하면 좋겠냐고 저희 엄마한테 자주 하소연한대요."

"괜찮은 현장이면 돈은 꽤 벌겠지만 마냥 뒷바라지 할 수도 없을 테고 참 고민이겠습니다. 어, 지혜 씨랑 같은 동에 사네요?"

"그래서 어젯밤에도 봤어요. 아, 그제 밤에도."

"네? 이틀 밤을 연속으로 만났다…… 좀 이상한데요?"

강마로의 눈이 휘둥그레졌다. 그러고 보니 요즘 밤마다 그녀를 만나는 게 내가 봐도 조금 이상하게 느껴졌다. 강마로는 표정을 딱딱하게 굳히고 진지한 목소리로 말했다.

"어쩌면 구슬희 양은 밤마다 살인의 충동을 느끼고 집을 나서서 눈에 띄는 사람을 죽이는 악녀일지도 모릅니다. 지혜 씨도, 최순자 씨도 슬희 양의 표적이었을 수 있죠. 하나는 성공했고, 하나는 실패했지만……."

"설마요."

웃어넘기려 했지만 묘하게 뒷덜미가 싸늘했다.

"아니, 충분히 가능한 얘기입니다. 보통 연쇄살인범은 남자가 많지만 여자일 경우에 더 유리한 상황이 분명히 있죠. 지혜 씨나 최순자 씨가 슬희 양이라면 경계했겠어요?"

"그건 그런데요. 마로 씨 말대로라면 어제하고 그제, 슬희가 사람을 죽였다는 건데 뉴스에는 그런 얘기 없던데요?"

"운 나쁘게, 아니 운이 좋다고 해야 하나요? 운 좋게 목표 대상을 물색하는 데 실패한 걸 수도 있고, 아니면 당분간 목표를 뒤쫓으면서 계획만 세우고 있는 걸지도 모르죠."

잠깐 강마로가 제기한 가능성에 대해 생각해 봤지만 결론은 암만 생각해도 똑같았다.

"조금 엇나갈 수는 있어도 누굴 죽이고 그럴 아이는 아니에요."

"모르는 일입니다. 계속되는 실패에 정신의 균형이 무너졌을 수 있어요. 안 되겠습니다. 저희가 바로 오늘 밤 직접 확인해 보죠."

"네?"

"탐정이 긴가민가해서 망설이는 사이에 어마어마한 피해가 뒤따를 수도 있습니다. 만약 아니라면 그냥 하루 날린 셈 치면 되지만,

사실이라면요? 사실이라서 불행한 피해자가 발생한다면요? 그걸
어떻게 책임지겠습니까?"

헛소리 같으면서도 그 준엄한 논리를 거부할 방법이 없었다. 나는
어쩔 수 없이 고개를 끄덕여 허락의 뜻을 밝혔다.

# 11장
# 6월 14일 화요일 21시

보통 때보다 한 시간가량 먼저인 9시에 자리에서 일어났다. 애인을 뺏어간 연적이라도 노려보는 듯한 옆자리 이소영 선생님의 눈길이 무시무시했다. 제대로 눈도 마주치지 못하고 머뭇머뭇 인사하며 교무실을 나왔다. 오늘은 9시에 마지막 수업이 끝나 원장님에겐 별 무리 없이 한 시간 조퇴 허락을 받았는데, 왜 나한테 월급 주는 사람도 아닌 이 선생님의 눈치를 봐야 하는지 몰라 주눅이 든 와중에도 짜증이 났다.

신경질 나는 일은 그뿐만이 아니었다. 어제 깊이 다짐한 대로 짬을 내서 악마 김기훈의 어머니에게 전화를 걸었다. 원래 담임을 맡은 반의 학부모들에게 한 달에 한 번 전화를 걸어 자녀의 수업 태도나 현재 학력, 주의할 점 등에 대해 보고하는 건 강사들의 정규 업무이다. 하지만 오늘은 다른 얘기보다 기훈이 때문에 다른 애들이 피해를 보고 있으니 어머니가 좀 말려 달라는 당부가 우선이었다.

이 세상에 자기 아들이 쓴소리를 듣는 걸 좋아할 어머니가 어디 있을까. 기훈이의 어머니는 그 나이 애들이 장난도 치고 하면서 크는 게 아니냐는 식으로 나왔고, 나는 다른 아이 수준이라면 굳이 말씀도 드리지 않았을 거라고 항변했다. 타협점 없이 공전하는 대화에 지친 나머지 계속 기훈이가 이러면 학원비를 돌려주고 퇴원(?)시키는 수밖에 없다고 으름장을 놓았다. 그러자 기훈이 어머니는 역시 아가씨라 아무것도 모른다면서 애를 키워 보지 않아 인정머리가 없다고 나왔다.

만약 애를 키워도 그녀처럼은 안 키울 것이다. 앞뒤 따져보지도 않고 무조건 자기 자식만 편들면 그 아이가 뭘 보고 배우겠는가. 다시 그 일을 생각하자 짜증이 치솟아 1층 로비를 쿵쿵거리며 걸었다. 그러나 로비를 통과해 상가 밖으로 나오자마자 학원에서의 일은 바로 잊혔다. 지금부터 할 일의 심각성과 막중함이 진공청소기처럼 다른 생각을 싹 빨아들였기 때문이다. 잘하면 오늘 또 다른 살인 사건을 막고 범인을 잡을지도 모르는데 그깟 악마 모자가 대수인가.

지하철역으로 가지 않고 학원 앞에서 택시를 탔다. 강마로가 조퇴하는 즉시 낙원아파트로 오라고 했기 때문에 조금이라도 시간을 단축하기 위해서였다. 늦어도 9시 반이면 낙원아파트에 도착할 듯해 마음은 급하지 않았다. 고개를 돌려 차창 밖을 보니 밤의 이불을 덮은 서울의 고즈넉한 야경이 휙휙 지나가고 있었다.

일요일인 그제 슬희는 밤 10시 조금 넘어 집으로 돌아왔고, 어제는 12시가 다 되어 집에서 나갔다. 인터넷으로 슬희가 일하는 커피숍의 홈페이지를 찾아보고 그 이유를 깨달았다. 커피숍의 영업시간은 월요일부터 토요일까지는 11시, 일요일은 8시였다. 슬희가 커피숍에서 집으로 돌아오고, 다시 나갈 준비하는 시간을 합쳐 한 시간쯤 걸린다 치면 얼추 나와 만난 시간대가 나오는 것이다.

11시 전에만 낙원아파트에 도착하면 충분히 슬희를 감시할 수 있는데, 왜 조퇴를 해서라도 일찍 오라고 한 걸까? 하긴 내가 알 턱이 있나. 강마로의 모든 행동은 예측불허 그 자체인걸. 낮의 활기가 거짓말처럼 사라지고 안온한 잠자리를 준비하는 듯한 서울의 야경과 전혀 어울리지 않는 매사 흥분 상태의 강마로가 떠오르자 왠지 모르게 슬며시 웃음이 나왔다.

절반쯤 왔을 때 강마로에게 전화를 걸었다. 그는 이미 도착해 있다면서 내게 낙원아파트가 아닌, 새서울아파트 상가 앞에서 내리라는 주문을 했다. 아까는 서둘러 오라고 했으면서 이젠 중간에 내리라는 건 또 무슨 수작인지.

당최 의도를 알 수 없었지만 일단 그의 말에 따랐다. 새서울아파트 상가에 내려 휴대폰을 보니 9시 35분. 이 몸은 더할 것도, 뺄 것도 없이 정확하게 약속을 지켰는데 막상 강마로가 안 보였다.

문제의 강마로를 찾기 위해 주변을 두리번거렸다. 상가에 드나드는 사람들, 상가 오른쪽으로 더 나아가 새서울아파트로 진입하는 사람들과 차량들로 일대는 무척이나 혼잡했다.

"지혜 씨, 여깁니다!"

다급한 강마로의 목소리가 들린 곳은 상가 왼쪽 보도 부근이었다. 얼른 시선을 향했지만 귀신이 곡할 노릇으로 강마로의 모습이 보이지 않았다.

"여기요, 여기!"

재차 들려온 목소리에 다시 살펴보고 나서야 겨우 강마로를 발견했다.

평소 낙원아파트로 가기 위해 이용하는 보도 위에 짐칸을 개조해 붕어빵을 파는 소형 트럭이 불법주차 되어 있었다. 전에 몇 번 본적 있던 이 붕어빵 트럭 오른편 가로화단에는 느티나무 가로수들이 길을 따라 줄지어 심어져 있다.

"거기서 뭐하세요?"

강마로에게 다가가며 물었다. 하필 그가 맨 흙이 고스란히 드러난 화단 안에 들어가 있는 바람에 짙은 가로수 그늘에 가려져 밖에서 보이지 않았던 것이다.

"지갑을 떨어뜨렸는데 영 못 찾겠네요. 좀 도와주세요."

"네."

화단에 발을 들이자 이상한 기분이 들었다. 딱히 위험한 것도 없어 보이는데 묘하게 긴장이 되고 뱃속이 살살 간지러웠다.

"이 근처 어디에 있을 텐데……."

10미터도 넘는 한 느티나무 아래에서 바싹 허리를 굽힌 강마로는 휴대폰 불빛을 비춰가며 바닥을 뒤지는 데 여념이 없었다. 그에게 한 발 더 접근하자 나무 그늘의 한복판에 입성하는 셈이 되어 대번에 시야가 깜깜해졌다. 그 순간 불안감, 그리고 어딘가 익숙한 두려움이 찾아들었다.

"매일 갖고 다니시는 검은 가죽 지갑이죠?"

"네."

까닭 모를 공포를 털어 버리기 위해 마음을 다잡고 지갑을 찾기 시작했다. 1초라도 빨리 이곳에서 나가고 싶어 바닥에 잔뜩 깔린 낙엽을 헤집으며 열심히 찾았다.

"여기다 떨어뜨린 거 맞아요? 암만 찾아봐도 없는데요."

한참을 찾아도 수확이 없어 힘없이 말했다.

"당연하죠."

뜻밖의 대답에 놀라 고개를 들어보니 어느새 근처로 다가온 강마로가 빙그레 미소 지으며 나를 내려다보고 있었다.

"무슨 소리예요?"

"지갑은 여기 있거든요."

강마로는 여전히 웃는 얼굴로 뒷주머니에서 지갑을 꺼내 내 눈앞에서 흔들어 보였다. 어안이 벙벙해 말도 잘 나오지 않았다.

"지금 뭐하는 거예요? 장난친 거예요?"

"아니, 아닙니다."

내가 정색을 하자 강마로도 진지한 표정으로 고개를 저었다.

"한 가지 실험을 해 봤습니다. 아, 지갑은 실제로 여기 떨어뜨린 게 맞습니다. 금방 찾았지만요. 한 30분 전에 트럭 앞에서 붕어빵 사 먹으려고 뒷주머니에서 지갑을 확 잡아 빼다가 실수로 놓쳤더니 여기까지 날아와 떨어지던데요."

"찾았으면서 왜 계속 잃어버린 척을 해요?"

"밤에 나무 그늘 아래 있어 보니 엄청 어둡더라고요. 집중하지 않으면 저 바깥에서도 잘 안 보이고요. 그때 별안간 지혜 씨 사건이 떠올랐습니다."

"제 사건요?"

"네. 여기 어쩐지 좀 익숙한 것 같지 않으세요?"

여름밤 모기처럼 부유하는 강마로의 시선을 따라 주변을 둘러보다가 마침내 그의 말뜻을 깨달았다. 순식간에 등골이 서늘해지며 방금과는 비교할 수도 없는 공포가 온몸을 휘감았다.

"여기, 여긴…… 비슷해요."

"맞습니다. 지혜 씨가 피를 흘리고 누워 있던 낙원아파트 후문 길 화단이랑 거의 흡사한 곳이죠. 보도와 맞닿아 있지만 그늘이 워낙 짙어서 보다시피 가로등 불빛도 침범하지 못합니다. 이렇게 어두운 곳에 지혜 씨가 집에 가다 말고 일부러 들어갈 이유가 없죠."

"범인이 절…… 찌르고 옮겨놓은 것 아닌가요?"

"그럴 수도 있고, 아닐 수도 있죠. 만약 범인이 지혜 씨를 길 한가운데에서 찌른 후 옮기려 했다면 위험 부담이 너무 컸을 겁니다. 생각해 보세요. 사람을 칼로 슥 찌르고 사라지기만 한다면 아마 10초도 안 걸리겠죠. 하지만 완전히 의식을 잃은 사람을 길 가장자리까지 운반한다는 건……."

"훨씬 오래 걸리겠군요."

"그렇습니다. 1분 남짓만 걸린다고 쳐도 행인이나 지나가는 자동차들에게 발견될 확률이 비약적으로 높아지죠. 거기는 버스정류장 근처이고, 차들도 많이 다니는 도롯가 바로 옆에 있으니까요."

"마로 씨 말이 맞네요. 그러면 범인이 어떻게 했다는 거예요?"

"아마 제가 쓴 방법을 범인도 쓰지 않았을까 싶어요. 바로 유인책이죠."

강마로는 입도 벙긋 못하는 나를 지그시 바라보며 말을 이어갔다.

"며칠 안 됐지만 제가 본 지혜 씨는 남의 부탁을 냉정하게 거절하는 성격이 아닌 것 같아요. 따뜻하고 부드러운……."

"됐고, 설명이나 계속하세요."

"오늘도 보세요. 아무리 그날 일이 기억에 없다고 해도 제가 부탁하니까 그때와 거의 비슷한 공간에 한 치의 망설임도 없이 들어왔잖아요. 지혜 씨의 친절한 본성이 무의식중의 공포를 이겨낸 겁니다. 이런 사람이 아무 트라우마도 없던 그때 당시에 누구 부탁을 거절했겠어요? 제 생각에 범인은 미리 화단에 들어가 있다가 지혜 씨가 지나가자 부탁을 했을 거예요. 저처럼 지갑을 떨어뜨렸다거나 열쇠를 잃어버린 척하면서요. 지혜 씨가 흔쾌히 화단 안으로 들어온 순간 범인은 쾌재를 불렀을 겁니다. 행인이나 지나가는 자동차들에게 잘 보이지 않는 곳에 제 발로 들어온 셈이니까요."

실제로 그런 일이 있었을 거라는 증거는 전혀 없지만 강마로의 말이 사실일지도 모른다고 생각했다. 강마로와 함께 화단에 들어갔던 일요일과 달리, 먼저 화단에 들어가 있던 강마로가 나를 유인한 지금은 본능적인 공포가 들었으니까. 어쩌면 내가 기억하지 못하는 그날의 진실을 나의 무의식이 고발하는 것은 아닐까.

나는 범인의 행동에 강한 배신감을 느꼈다. 타인을 돕고자 하는 사람의 선의를 역이용해 범죄를 꾀하다니 완전 최악이다.

"범인은 호랑이 굴에 알아서 들어온 지혜 씨를 비웃다가 틈을 봐서 공격했겠죠. 지혜 씨가 쓰러지자 유유히 사라졌고요. 힘도 들고,

발각될 우려도 큰 운반을 생략해도 되니까 범인 입장에선 일석이조였던 겁니다."

"그만, 그만하세요!"

내게 벌어진 비극을 무슨 영화 줄거리 읊듯 하는 강마로의 무신경한 발언을 더 이상 듣기 힘들어 빽 소리를 질렀다.

"아, 죄송합니다. 화나게 하려던 건 아닌데 제가 중요한 걸 알아냈다고 생각해서 또 흥분을 했네요."

강마로는 머리를 꾸벅 숙이며 사과했다.

"마로 씨 때문에 그런 거 아니에요. 설명 다 끝났으면 여기서 나가요. 1초도 더 있기 싫어요."

"그래요. 빛이 있는 곳으로 나갑시다."

빛이 있는 곳은 고작 5미터도 걸리지 않았다. 가로등과 자동차 헤드라이트, 상가의 조명 등 빛을 내는 모든 것에 감사하는 마음이 들었다. 한편으로는 불과 몇 발짝에 안전과 위험의 경계선이 갈린다는 게 육체적으로 약한 여자들의 현실인 듯해 씁쓸했다.

"실험은 끝났으니까 저녁 먹어야죠. 식사 안 하셨죠?"

내 기분을 알 리 없는 강마로가 배를 쓰다듬으며 말했다.

"안 먹었어요. 마로 씨는 이때까지 뭐하셨기에?"

"다른 급한 볼일이 좀 있었거든요. 9시쯤 낙원아파트로 오다가 상가가 보여서 무작정 내렸습니다. 민들레 생각나서요. 근데 막상 내리자마자 붕어빵 트럭이 보이는 거예요. 하나 먹어 보려다 뜻밖의 발견을 하게 됐습니다."

"민들레는 9시면 닫아요."

"안 돼요! 민들레 돈가스 때문에 일부러 왔는데……."

살인사건 예방과 범인 체포 때문에 '일부러' 온 거라고 믿고 싶다.

"어쩔 수 없어요. 다른 것 드세요."

풀이 죽은 강마로를 데리고 상가로 향할 때 한 가지 납득이 가지 않는 내용이 떠올랐다.

"마로 씨, 이 실험 때문에 저보고 상가 정류장에서 내리라고 한 것 맞죠?"

"네."

"붕어빵 사먹으려다 우연히 화단에 지갑 떨어뜨리는 바람에 연상작용으로 제 사건이 떠오른 것도 맞고요?"

"네."

"그런데 왜 저보고 9시에 조퇴하라고 한 거예요? 지금 마로 씨가 범인의 유인책에 대해 밝혀낸 건 순전히 우연이었잖아요. 설마 오늘 밤 뭔가 중요한 걸 발견할 것 같다는 예감이라도 들어서 그런 거예요?"

"설마요. 제가 무슨 점쟁이도 아닌데."

"그럼 왜……?"

"그거야 혼자 밥 먹기 싫어서 그랬죠. 식당에 혼자 가면 뻘쭘하잖아요. 그래서 가능하면 일찍 나오시라고 부탁드린 겁니다. 저녁 같이 먹자고."

조퇴 때문에 눈칫밥을 배터지게 먹었는데 기껏 이런 이유였다니. 의뢰인의 직장생활을 진지하게 여겨 달라고 한마디 할까 하다가 이번은 그냥 넘어가기로 했다.

우리가 간 곳은 상가 2층의 육개장 전문점이었다. 요즘 급속도로 지점을 늘려가는 프랜차이즈 업소답게 얼큰한 국물 냄새가 근사했지만 별로 식욕이 당기지 않아 숟가락을 뜨는 둥 마는 둥 했다.

누군가의 좋은 의도를 자신의 나쁜 짓에 이용하는 사람이 있다는 현실을 믿을 수도, 이해할 수도 없었다. 사람은 누구나 착하게 태어났을 텐데 왜 나이를 먹으면서 악해지는지, 그렇게 변해 가는 것 또한 사람의 어쩔 수 없는 본성인지, 한마디로 정의하기 힘든 슬픔이 가슴속 깊은 곳에서부터 뭉게뭉게 피어올랐다.

우리가 상가를 나온 시간은 10시 30분이었다. 이제 슬슬 낙원아파트로 가 봐야 할 때였다.

"헛다리를 짚을지, 보란 듯이 범인을 잡을지 둘 중 하나네요. 지혜 씨는 어떨 것 같아요?"

"아니길 바라요. 성격이나 취향이 별로 안 맞아서 친하다고 할 수는 없지만 4년 동안 봐 온 아이예요. 정말 슬희가 그렇다면 너무 끔찍할 것 같아요. 마로 씨는요?"

"저도 아니길 바랍니다. 지금 한창 재미에 물이 올랐는데 여기서 팍 끝나면 허무하죠."

"어머, 누군 심각한데 마로 씨는 이걸 다 재미로 받아들이시는 거예요?"

"어…… 와, 벌써 정문에 도착했습니다! 딱 5분 걸리네요."

슬희가 퇴근하고 집에 오기까지 아직도 30~40분 가까이 남아 난감했다. 강마로에게 그때까지 뭐하냐고 문자 온 김에 최순자 아주머니의 집이나 가 보자고 한다.

"다른 집이 이사 온 지 1년도 넘어서 볼 것도 없을 텐데요."

"그냥 어떤 인상인지 분위기나 느껴 보자는 거죠."

정문 맞은편 102동 앞에서 오른쪽으로 방향을 잡고 조금 걷자, 102동과 103동 사잇길이 나왔다. 우리는 그 길로 진입해 위 세 개 동과 아래 세 개 동 가운데의 가로로 기다란 대지가 나올 때까지 쭉 나아갔다.

"저기 관리사무소가 보이네요."

강마로가 멀리 단지 왼편을 향해 손을 쭉 뻗으며 말했다. 그에게는 아직 낯설겠지만 내게는 너무도 익숙한 관리사무소와 놀이터, 주차장이 차례대로 보였다.

"저 건물은 상가입니까?"

"네."

이번에는 강마로의 손끝이 오른편을 가리켰다. 그리 멀지 않은 단지 오른쪽 끝에 2층짜리 상가가 있었는데, 새서울아파트 상가처럼 거대한 건물이 아니라 각 층에 점포 네다섯 개만 입점 가능한 작은 상가였다. 1층에 구멍가게, 속옷가게, 세탁소, 2층에 미용실, 복덕방, 문구점 등이 들어와 있는데, 상품을 대량으로 구매해 싸게 파는 새서울아파트 누리마트 때문에 대부분 고사 직전이었다.

"최순자 씨를 마지막으로 목격했다는 곳이 어디죠?"

"아, 이 근처예요."

지금 우리가 서 있는 곳에서 12시 방향으로 몇십 미터만 더 올라가면 내가 좋아하는 아지트가 나온다. 매일 그렇듯이 그날도 퇴근하면서 그 정자를 지나쳐 내려왔다. 그때 최순자 아주머니는 단지 왼편에서 자기 집이 있는 106동 쪽으로 다가오고 있었다. 나는 세로로 획을 내리긋고, 최순자 아주머니는 가로로 그은 셈으로, 두 선이 중간에서 딱 마주쳤던 것이다.

강마로와 나는 정자에서 얼마 떨어지지 않은 곳까지 조금 더 올라갔다.

"이쯤인가요?"

"맞아요."

이곳에서 나는 잠시 스친 최순자 아주머니에게 목례를 하고 103동 우리 집을 향해 내려갔다. 최순자 아주머니가 106동으로 들어갔는지는 끝까지 보지 않아 잘 모르겠다. 송년회 때 주량 이상으로 들이킨 술로 인해 그날은 영 컨디션이 좋지 않았다.

"최순자 씨가 왼쪽에서 왔다면 관리사무소나 104동, 105동에 있었다는 얘기인데…… 아무튼 알겠습니다. 집으로 가 볼까요?"

우리는 106동으로 향했다. 아파트 중앙에 해당하는 곳에 작은 경비실 한 채가 정면을 바라보고 서 있었다.

"지혜 씨가 만들어준 정식회원 프로필을 보니까 전부 001에서 004호까지만 있더라고요. 이제야 이유를 알겠네요."

모든 동이 10층인 낙원아파트는 각 층마다 4세대가 사는데, 아파트 전체의 출입구는 두 군데로 나뉘어 있다. 다시 말해 왼쪽 출입구로 001호와 002호 라인, 오른쪽 출입구로 003호와 004호 라인에 출입할 수 있는 것이다.

"최순자 씨가 106동 102호니까 1층 여기네요."

강마로는 1층 왼쪽 출입구의 오른쪽 집을 가리켰다. 닫혀 있는 작은방의 창문과 다용도실 창문이 나란히 보였다.

"여기까지 온 김에 한번 들어가 보죠."

산보하듯 느긋하게 왼편 출입구로 다가가는 강마로를 따라 안으로 들어갔다. 여느 아파트와 마찬가지로 지하실 계단을 지나치자 좁은 입구 홀이 나왔다. 입구 홀 한쪽에 위층으로 올라가는 계단, 정면에 엘리베이터가 보였다. 엘리베이터 앞 마주 보는 두 집 중 오른쪽이 한때 최순자 아주머니가 살았던 102호였다.

"벨 누를 거예요?"

"아뇨. 이 시간에는 실례죠. 그리고 다른 분들이 사신 지 1년도 넘었다면서요. 뭐가 남아 있겠습니까. 무엇보다 이곳은 사건 현장도 아니었고요."

무심히 입구 홀을 휘휘 둘러보던 그의 시선이 허공의 어느 한 점에서 뚝 멎었다.

"어, 저건……? CCTV 아닙니까?"

강마로가 쳐다본 것은 엘리베이터 왼쪽 벽의 꼭대기쯤 붙어 있는 반구형의 CCTV 카메라였다.

"신문에 얘기가 아예 안 나와서 낙원아파트는 CCTV가 없는 줄 알았습니다."

"그때는 없었어요. 사건 이후에 입구 홀이랑 엘리베이터 안에 단 거예요."

"2014년도라면 웬만한 아파트는 CCTV를 이미 설치하고도 남았을 텐데요."

"웬만하지 않으니까 그렇죠. 4~5년 전에 낙원아파트 건설사가 부도가 났거든요. 주민 관리비로 겨우 운영하고 있어서 사정이 여의치 못했대요."

"그래서 소 잃고 외양간 고친 거군요."

고개를 끄덕이던 강마로가 손가락을 부딪쳐 딱 소리를 냈다.

"아, 그럼 관리사무소에도 CCTV가 없었겠네요? 전혀 생각 못하고 있었어요."

"그때는 없었던 게 확실하고, 지금은 모르겠어요. 지난주 일요일 날 못 봤어요?"

"기억이 안 납니다. 없었던 것 같은데…… 뭐 현재 CCTV가 있든 말든 무슨 상관입니까. 우리가 알고 싶은 것들은 몽땅 과거에 있잖아요."

그때 101호 문이 빼꼼 열리고 초등학생 정도 되어 보이는 여자아이의 양 갈래머리가 불쑥 나타났다.

"저기, 여기서 뭐하세요? 엄마가 밖에 시끄럽다고 뭔 일 있는지 보고 오랬어요."

"응, 미안. 이제 갈 거야."

아이에게 대답한 강마로와 함께 106동을 나왔다. 마침 시간도 10시 55분이라 103동으로 내려오는 걸음을 재촉했다. 활기찬 내일을 위해 벌써 잠자리에 들었는지 이따금 들려오는 텔레비전 소리를 제외하면 단지 안은 고요했다. 바깥에 나와 있는 사람들도 거의 보이지 않아 내려오는 동안 담배 피우는 아저씨 딱 한 명만 지나쳤다.

"와, 여긴 아주 감시에 최적화된 장소네요."

강마로의 칭찬에 괜스레 낙원아파트에서 자란 보람이 있는 듯한 기분이 들었다. 우리가 자리를 잡은 단지 남동쪽 모퉁이의 분리수거 쓰레기장은 어린 시절 술래잡기할 때 나의 가장 강력한 비밀 무기였던 장소다.

"절대 못 찾아요. 여기 숨으면."

우리 아파트는 매일 배출되는 생활 쓰레기나 음식물 쓰레기 등은 각 동 경비실 옆의 쓰레기장에 버리지만 분리수거 쓰레기는 이곳 분리수거 쓰레기장에 따로 모아둔다.

분리수거 쓰레기장에는 종이나 빈 박스를 모아두는 컨테이너 박스가 하나 있다. 물에 젖으면 안 되는 종이류를 보관하는 곳이라 다른 곳과 달리 지붕이 있는 것인데, 그렇다고 출입문을 만들 필요까지는 없어 정면이 훤히 뚫려 있었다.

나는 강마로를 데리고 컨테이너의 뚫린 정면 맞은편 벽 앞으로 향했다. 내가 어렸을 때부터 이 벽에는 종이 한 장 크기의 구멍이 나 있어서 바깥이 훤히 내다보였다. 술래를 살피거나 오늘처럼 10시 방향의 103동을 감시하는 데 있어서 이 구멍은 완전 안성맞춤이었다.

우리는 허리를 숙이고 감시 구멍을 들여다보았다. 이미 오늘 치 쓰레기가 수거된 뒤라 공간은 충분했고, 다행히 빈 박스에서는 냄새도 전혀 나지 않았다. 여러모로 훌륭한 환경에도 불구하고 신경 쓰이는 게 딱 한 가지 있었다. 구멍의 크기가 그리 크지 않아 두 사람이 어깨를 나란히 할 수밖에 없는 상황이라 강마로의 몸과 딱 붙어 있자니 확실히 민망했다.

"군대 생각나는데요. GOP에서 경계초소 감시 지긋지긋하게 했었죠."

반면 강마로는 생전 처음 들어보는 군대용어까지 써 가며 희희낙락이었다. 어쨌거나 그에게서 전혀 성적인 긴장감이 느껴지지 않아 한결 마음이 편해졌다.

　10여 분 정도 기다렸을 때 강마로가 깜박 잊고 있었다는 양 얘기를 꺼냈다.

　"참, 정말로 슬희 씨가 감쪽같이 정체를 숨긴 살인마라면 추적 과정에서 위험한 일이 벌어질지도 모릅니다."

　"각오는 되어 있어요."

　"압니다. 근데 안전에 대해서는 다른 무엇보다 철저하게 준비하는 게 좋습니다. 그래서 이런 걸 준비했는데……."

　"뭔데요?"

　"혹시 우리가 추적 과정에서 서로 떨어지게 됐다고 가정해 봅시다. 그때 슬희 씨가 혼자 있는 지혜 씨를 노리고 달려든다면 어떻게 하실 겁니까?"

　"비명을 질러서 사람들을 불러야죠."

　"안 됩니다!"

　강마로는 단호하게 고개를 가로저었다.

　"그런 행동은 범인을 자극해서 더 위험한 상황에 노출되는 계기가 될 뿐입니다. 자, 지금부터 제가 알려주는 신호를 하나 외워 두세요. 'SOS(긴급구조신호)'라는 뜻의 모스 부호입니다.

　돈돈돈 쓰쓰쓰 돈돈돈. 간단하죠?"

　"그게 뭐예요?"

　모스 부호란 말을 안 들어 본 건 아니지만, 노래 가사 비슷한 돈

까스 어쩌고 하는 저건 뭐지? 머리털 나고 처음 들어보는 괴상한 말에 황당한 표정을 짓자 강마로가 차분하게 설명해 주었다. 원래 모스 부호는 전신연락용으로 만들어졌으며 작은 단위의 점(·, 돈)과 점보다 세 배 긴 선(-, 쓰)으로 알파벳의 음절 하나하나를 표현해 메시지를 전달하는 것이란다. 그중 'S'는 짧은 점 세 개, 'O'는 긴 선 세 개로 표현이 가능해, 'SOS'는 '돈돈돈 쓰쓰쓰 돈돈돈(· · · --- · · ·)'이 되는 모양이었다.

"잘 외워 뒀다가 만약에 슬희 씨랑 단둘이 있게 되면 어떤 방법으로든지 간에 저한테 이 신호를 보내 주세요. 슬희 씨가 절대 눈치채지 못하도록 교묘하게 말입니다. 크게 이목을 끄는 방법이 아니니까 슬희 씨를 자극할 일도 없을 겁니다. 무슨 일이 있어도 이 신호가 들리는 곳으로 제가 곧장 달려가겠습니다."

강마로는 재삼재사 중요성을 강조하며 외우라고 닦달을 해댔다. 어쨌든 간단한 신호에 불과해 머릿속에 담아두는 데는 그리 오랜 시간이 필요하지 않았다.

그 후로 한동안 지루하게 103동의 001-002호 라인의 출입구를 지켜보다가 고개를 위로 올려 5층을 보았다. 5층 왼쪽에서 두 번째 집, 그러니까 502호에 슬희가 산다. 슬희가 쓰는 작은방 창문에 불이 켜지지 않은 걸로 봐서 아직 도착하지 않은 게 분명했다.

시선을 내리려다 말고 조금 더 올려봤다. 세 층 더 올라간 8층의 801호. 저기가 바로 우리 집이다. 방 주인이 여기서 이러고 있으니 당연히 801호의 작은방에도 불이 꺼져 있다. 눈앞에 집 놔두고 이게 뭐하는 짓인가 싶어 회의가 들려는 찰나, 강마로가 빠르게 속삭였다.

"온 것 같습니다. 나이도 맞는 것 같고, 몸매도 가수 지망생답게 멋진데요."

반사적으로 시선을 내렸다. 트럼프 카드의 스페이드가 그려진 흰 배꼽티에 극단적으로 짧은 청 핫팬츠. 슬희가 틀림없었다.

"20분 만에 왔네요. 자, 기다려 볼까요. 과연 비밀스런 활동에 나설지 오늘은 쉬는 날일지 궁금해서 미칠 지경입니다."

강마로는 연신 손을 비벼대고 눈을 깜박이면서 노골적인 흥분을 드러냈지만, 나는 앞으로 어떤 것을 보게 될지 두려운 마음이 더 컸다. 침을 꿀꺽 삼키며 초조하게 기다리기를 30분, 마침내 슬희가 다시 출입구 밖으로 모습을 드러냈다. 낙원아파트 주민 대다수와 다르게 아직 하루를 마감할 생각이 없는 모양이었다. 노란 티셔츠에 흰 핫팬츠, 빨간 운동화라는 산뜻한 차림새의 슬희는 오른손에 여기선 잘 보이지 않는 뭔가를 꼭 쥐고 있었다.

"앗, 그러고 보니 어제도 뭘 들고 있었어요! 뭐냐고 물으니까 숨기더라고요."

"크기로 봐선 손칼이나 작은 과도 같은데요. 이거 진짜 심각한 일일지도 모르겠습니다. 무조건 안전이 최우선입니다. 위험할 것 같으면 저한테 맡기고 도망치세요. 자, 쫓아가 봅시다."

슬희는 102동 쪽으로 향했다. 우리는 숙이고 있던 몸을 일으켜 추격 태세를 갖췄다. 한 시간 가까이 웅크리고 있었던 탓에 온몸이 뻐근했지만 몸을 풀 여유도 없었다. 슬희가 102동 앞 정문에 막 가까워지고 있었기 때문이었다. 우리도 반쯤 뛰다시피 정문으로 다가갔다. 슬희가 정문을 나서자마자 택시라도 타면 눈앞에서 놓칠 수도 있었다.

정문을 나오자 이미 길을 건너 새서울아파트 쪽 길을 경쾌하게 걸어가는 슬희의 뒷모습이 보였다. 가벼운 옷차림도 그렇고, 아무래도 차를 탈 생각은 없는 것 같았다. 우리 역시 차량 통행이 끊긴 길을 건넜다.

약 50미터 간격을 두고 슬희를 뒤따랐는데 별로 경계하는 기색이 없어 의외로 편한 미행이었다. 영화에서는 이럴 때 미행 대상자가 느닷없이 뒤를 돌아봐서 미행하는 남녀가 급한 대로 얼굴을 숨기기 위해 키스를 해서 위기를 모면하고 그러던데.

미쳤다. 갑자기 웬 미친 생각이람.

새서울아파트 길을 서쪽으로 나아가던 슬희는 길 끝에서 모퉁이를 돌아 이번엔 남쪽을 향해 내려갔다. 당연히 우리도 그녀를 따라 길을 돌았다. 약 5분 후 슬희는 상가 앞에서 다시 길을 건넜고, 오른쪽으로 몇십 미터 더 간 다음에 아치형으로 된 통로로 쑥 들어갔다.

"저기는 공원 아닙니까?"

"네, 솔향공원 정문이에요."

아까 낙원아파트로 오면서 우리도 지나친 솔향공원이었다. 아무래도 이 공원이 슬희의 최종 목적지 같았다. 우리는 걸음을 서둘러 공원으로 들어갔다.

솔향공원은 공원 전체를 한 바퀴 도는 산책로와 배드민턴장, 족구장 등이 있는 도심 속의 작은 쉼터이다. 여름밤에는 늦게까지 조깅이나 산책을 하는 사람이 많지만 그것도 시간 나름. 12시가 넘은 지금은 인적이 전혀 없어 공원 가로등의 침침한 불빛만이 괴괴했다. 나도 곁에 강마로가 없었다면 이 시간에는 죽어도 오지 못했을 터였다.

반면 슬희는 겁도 없는 모양인지 산책로를 잘도 나아가 공원 중앙의 각종 운동기구와 족구장, 배드민턴장 등이 모여 있는 너른 장소까지 한달음에 도착했다. 그녀는 뭐가 그리 급한지 뒤도 돌아보지 않고 구석에 있는 남녀 화장실로 향했다.

놀라운 일은 그다음에 벌어졌다. 슬희가 정반대에 입구가 있는 여자 화장실 대신 남자 화장실로 들어가고 있었던 것이다. 몹시 당황해 강마로의 얼굴을 쳐다보았다. 강마로 역시 난감한 표정이었다. 그가 물었다.

"집 화장실에 문제가 있어서 공원 화장실을 쓰려고 왔을까요?"

"글쎄요. 좀 이상한데요. 만약 그랬다면 여자 화장실에 갔겠죠."

"워낙 급한 나머지 표시를 똑바로 못 봐서……."

"설마요. 그런 기색은 없었잖아요."

"그렇죠. 일단 숨어서 지켜봅시다."

우리는 남자 화장실 입구가 보이는 장소에 자리를 잡았다. 바로 옆에 높다란 소나무가 있어 그늘이 우리를 마침맞게 숨겨주었다.

한 5분쯤 그러고 있었을까. 드디어 애타게 기다리던 슬희가 화장실 밖으로 나왔다. 다소 홍조 띤 슬희는 콧노래라도 흘러나올 법한 밝은 얼굴로 이번에는 근처의 가로등으로 다가갔다. 가로등 아래선 슬희가 손에 들고 있던 물건을 위로 길게 잡아 뺐다.

"도대체 저게 뭐죠?"

질문을 던지며 강마로를 돌아보는 순간, 돌연 강마로의 눈이 휘둥 그레지며 얼굴이 벌게졌다. 입에서는 외마디 탄성까지 흘러나왔다. 깜짝 놀라 그의 시선을 따라 다시 슬희를 보았다.

강마로를 탓할 수 없었다. 나 역시 너무 놀라 혼백이 달아날 뻔했 으니까.

슬희는 노란색 티셔츠의 배 부분을 한 손으로 잡고 옷 안이 보이 도록 위로 올리고 있었다. 다른 손으로는 방금 길게 잡아 뺀 휴대폰 셀카봉을 든 채 말이다. 슬희는 브래지어도 하지 않아 하얗고 풍만 한 가슴이 고스란히 드러나 있었다. 오렌지색 가로등 불빛 아래 은 은하게 비치는 여체의 부드러운 곡선은 요염을 넘어 어딘가 신비스 럽게 느껴지기까지 했다.

"헉, 헉."

유감스럽게도 강마로는 잘 빚은 조각 같은 슬희의 몸에 조금 더 직접적인 반응을 보였다. 차마 더 훔쳐보고 있을 수 없어 나무 그늘 에서 뛰쳐나와 슬희에게 달려갔다. 슬희는 촬영에 열중한 듯 내가 뛰어오는 것도 알아채지 못했다. 막 슬희와 눈이 마주쳤을 때 셀카 봉에 부착한 휴대폰에서 찰칵 소리가 터졌다.

"언니!"

"너 지금 뭐하는 거야!"

내게 윙크를 보낸 슬희는 그다지 당황하는 기색도 없이 천천히 티셔츠를 내린 뒤 옷매무새를 정리했다.

"이 시간에 여긴 웬일이야?"

"네가…… 밤마다 나가니까 이상해서 쫓아와 봤지."

"어머, 그거 사생활 침해야."

"이런 변태적인 짓거리도 보호받아야 하니?"

"무슨 상관이야? 언니가 내 보호자라도 돼?"

대거리를 하면서도 진짜 화가 난 건 아닌 듯 슬희의 눈에는 웃음기가 가득했다.

"저기요."

다투고 있는 우리 곁으로 강마로가 비척비척 다가왔다. 민망한 장면을 훔쳐본 게 들통 난 셈이라 어색한 얼굴이었다.

"뭐야, 남자도 있었네? 언니 남친이야? 안녕하세요."

"네, 안녕하십니까."

"잘 보셨어요? 제 가슴이 언니보다 훨씬 낫죠?"

"네?"

언변이 좋은 강마로조차 대답을 못하고 입만 떡 벌렸고, 나는 슬희의 등을 찰싹 쳤다. 슬희는 아야, 하더니 깔깔 웃었다.

"우리 사촌 오빠야. 네가 무슨 짓을 벌일지 모르니까 무서워서 데려왔어."

"참 나, 내가 무슨 뱀파이어라도 되나."

나는 도대체 왜 매일 밤 위험하게 혼자서 이런 사진을 찍은 거냐고 물었다. 단 한 번도 기세가 꺾이지 않았던 슬희도 여기서는 한참을 주뼛댔다. 겨우 마음을 정한 슬희는 나체 상태에서도 보여 주지 않았던 부끄러운 얼굴로 더듬더듬 그 이유를 털어놓았다.

"우연히 찾은 인터넷 사이트가 있어. 여자들이 자기 벗은 몸을 올리면 남자들이 댓글을 달더라. 처음에는 뭐 이런 정신 나간 년들이 있나 싶었는데 계속 보다 보니까 호기심이 생기잖아. 몇 번을 망설이다가 속옷 걸친 사진 한 번 올려봤더니 댓글이 300개 넘게 달렸어. 여신이네, 몸매가 예술이네, 이런 여자랑 한 번만 자 보면 소원이 없겠네, 어쩌고 하면서 말이야. 좀 창피한데 나도 모르게 중독이 되더라고. 수위가 약하면 추천수랑 댓글수가 적어지니까 자연스럽게 속옷도 벗었어. 야외에서 찍으면 그림도 더 살고 강심장이라고 칭찬도 더 많이 받고 그래서 나왔지 뭐. 끊어야지, 끊어야지 하면서도 잘 안 되네."

슬희는 마지막 말을 하면서 혀를 날름 내밀었다. 그녀의 고백에 집중하던 나는 모든 얘기가 끝난 후 뭐라고 답해야 할지 알 수 없었다. 한참을 고민한 끝에 같이 집에 가자고 제안했을 따름이었다.

"조금만 더 찍고. 언니네 때문에 오늘 두 컷밖에 못 찍었어."

"잠깐만요. 한 가지만 물어볼게요."

뜻밖에 강마로가 나섰다.

"뭔데요?"

"최순자 씨 알죠? 같이 낙원회에 계셨던 분. 그분 돌아가실 때 슬희 씨가 뭐했는지 기억나세요?"

"기억나요. 그 사이트에 가입한 지 얼마 안 됐을 때인데, 마침 그날도 새벽 한두 시까지 사진 찍었어요. 다음 날 일어나서 사건에 대해 들었을 때 기분이 묘하더라고요. 내가 미쳐서 홀딱 벗고 셀카 찍은 시간대에 아는 사람이 살해당했구나 생각하니까 무섭기도 하고 씁쓸하기도 하던데요."

"지혜 씨가 공격을 당했을 때는요?"

"집에 있었을 거예요. 내가 아무리 노출에 목말랐다고 해도 설마 며칠 전에 동네에서 사람이 죽었는데 그러고 돌아다니겠어요. 한동안은 무서워서 딱 끊었죠. 몇 달 못 가긴 했지만."

슬희가 민망한지 다시금 혀를 쏙 내밀었다.

"그런데 그건 왜 물어요?"

"아닙니다. 위험하니까 조심해서 돌아가세요."

강마로의 질문이 대충 끝난 눈치라 슬희에게 다시 돌아가자고 채근해 보았다.

"너, 진짜 안 갈 거야?"

"먼저 가라니까. 어차피 마법 기간에만 며칠 찍는 거야. 왜 그때가 제일 당기잖아. 나 신경 쓰지 말고 언니나 잘 들어가."

어쩔 수 없이 슬희를 남겨두고 강마로와 함께 공원을 나왔다. 강마로가 낙원아파트까지 나를 바래다 준다고 해서 나란히 걸었다. 말이 없는 강마로에게 왠지 우울한 내 심정을 털어놓고 싶었다.

"가슴이 아프네요."

"네, 가슴이 멋…… 뭐라고요?"

"……."

됐다, 관두자. 여전히 아까의 장관을 되씹고 있는 그가 한심스러워 정문에 도착하자마자 서둘러 택시에 태워 보냈다. 집에 돌아와 씻고 내 방으로 와서 컴퓨터를 켰다. 슬희가 말해 준 그 사이트에 들어가 보기 위해서였다.

성인 사이트라 회원 가입이 필요했는데 가입 절차가 너무 간단해 놀랐다. 이름과 주민등록번호만 적으면 오케이라서 미성년자들도 얼마든지 들어올 수 있을 것 같았다.

회원 가입을 마치고 게시판에서 아까 슬희가 알려 준 아이디로 사진을 찾아보았다. 아이디는 섹시 마블(구슬, marble). 이런 데서도 '구슬'이라는 예명을 사용하는 슬희의 천진함에 기분이 더 가라앉았다.

슬희는 자기가 말한 대로 2014년 가을께부터 활동을 시작했다. 처음에는 한 달에 한두 번 꼴이었던 빈도가 점차 늘어나 2014년 겨울쯤에는 한 달에 열 번 가량 고정적으로 사진을 올렸다. 특히 나와 강마로의 관심사였던 12월 16일 새벽에도 틀림없이 사진이 올라와 있었다. 이 정도면 확실한 알리바이가 아닐까 싶었지만 나도 모르게 슬희의 사진들을 계속 검색했다.

얼굴을 모자이크로 가렸음에도 슬희의 몸은 예뻤다. 여자인 내 눈에도 이런데 남자들은 말할 필요도 없을 터였다. 꿀 피부다, 나이스 바디다, 연예인 급이다, 명품 몸매다 등 목적이 분명한 칭찬이 난무하는 현장이었다.

그러나 나는 슬희의 빛나는 육체를 보면 볼수록 왠지 슬퍼졌다. 가수를 지망하는 슬희는 절대 그녀의 것이 될 수 없었던 뭇 남성들의 칭찬과 환호에 굶주려 있었던 것이다. 화려한 무대의 주인공을 꿈꿨지만 누구 하나 쳐다봐 주는 사람이 없는 현실에 슬희는 지쳐 있었던 것이다. 그런 슬희에게 이곳은 천국이었을 터. 환호와 열광, 칭송을 한 몸에 받을 수 있는⋯⋯.

다만 갈증이 난다고 바닷물을 마시면 더욱 목이 타는 것처럼 슬희 역시 지독한 악순환에 빠져 있었다. 아무리 아름다운 몸이라도 자주 보면 익숙해질 수밖에 없다. 결국 슬희에겐 더 커다란 반응을 불러일으키기 위해 날마다 노출의 수위를 올려야 하는 중노동밖에 남지 않은 것이다.

이곳마저 슬희에게는 천국이 아니었다.

새벽 2시경, 슬희가 집에 돌아왔는지 남자 화장실 내부와 가로등 아래에서 찍은 사진이 차례차례 올라왔다. 별로 보고 싶지 않아 컴퓨터를 끄고 침대에 누웠다. 불 꺼진 방에서 멍하니 천장을 올려다보니 별별 생각이 다 들었다.

오늘 밤은 잠이 잘 오지 않을 것 같았다.

# 12장

# 6월 15일 수요일 13시

104동 101호의 벨을 누르기 직전, 강마로는 나를 돌아보았다. 상대방은 거물 드라마 작가, 막상 자신이 없어졌나 보다. 강마로는 한쪽 옆으로 물러서서 내게 벨을 양보했다. 거리낌 없이 벨을 누르려는데 나 역시 왠지 손에 힘이 들어가지 않았다.

"허락 받았다면서요?"

"그렇긴 한데 선생님이 빨리 전화 끊고 주무시려고 대충 알았다고 하신 듯한 느낌이라서요. 아마 제가 무슨 부탁을 드리는지도 몰랐을걸요."

"허, 왜 그러셨을까요?"

"작가들은 밤샘 작업을 많이 하잖아요. 완전 비몽사몽이라 누구랑 통화하는지도 헷갈려 하시더라고요."

어젯밤 슬희의 일로 잠을 설쳐 시체와 다름없이 뻗어 있던 아침 9시에 이제는 날마다의 행사처럼 당연하게 느껴지는 강마로의 전화가 걸려 왔다. 일어났으면 어서 빨리 수사를 해야 하지 않겠느냐고 보채기에 어이가 없었다.

오늘 계획은 뭐냐고 묻자 신영채 작가를 만나 보고 싶다고 해서 조금 정신을 차린 뒤에 연락을 드렸다. 신호음의 막바지 무렵, 역시나 시체와 다름없이 뻗어 있던 선생님이 전화를 받았다. 오후에 잠깐 찾아 뵈어도 괜찮겠느냐는 부탁에 네네 하고 답하시는 게 제정신이 아니시란 증거였다. 평소 선생님은 친한 내게는 반말을 쓰시니까.

약속시간을 오후 1시로 정하고, 다시 두 시간 더 잔 후에 우리 아파트 앞에서 강마로를 만나 선생님 댁으로 온 참이었다.

"계속 기다릴 거예요? 그냥 제가 누를까요?"

"아뇨."

고개를 젓고 벨을 꾹 눌렀다. 경쾌한 차임벨 소리가 울리기 무섭게 찰칵하고 내부 수신기를 집어 드는 소리가 들렸다. 여전히 시체 상태일 거라 지레짐작했는데 뜻밖이었다.

"누구세요? 아, 지혜구나. 문 열어 줄게."

아직도 목이 잠긴 티가 나는 게 일어나신 지 얼마 되지 않은 것 같지만 그런대로 활기차게 들리는 목소리였다. 괜히 문전박대를 걱정했나 싶어 안심이 되려는 순간 선생님이 날카롭게 물었다.

"잠깐, 옆에는 누구니?"

나는 고개를 돌려 강마로와 시선을 교환했다.

"사촌오빠예요. 아까 전화드릴 때 같이 간다고 했는데……."

"기억이 안 나. 저기 미안한데, 집 안도 지저분하고 좀 신경 쓰이네. 오늘은 지혜 혼자만 보면 안 될까?"

집주인이 이리 나오자 난감했지만 선생님의 입장은 충분히 이해가 갔다. 여류작가로서 나름대로의 품위를 지켜야 하는 것은 물론, 갑자기 찾아온 남자가 뭐하는 사람인지도 모르면서 함부로 들일 수는 없을 터였다. 기자나 팬들에게 일거수일투족이 화제가 되는 유명인이라면 이만한 조심성은 분명 필수일 것이다.

강마로에게 오늘은 나만 방문하는 게 좋겠다고 말하려는데, 느닷없이 그가 나를 살짝 제치고 송신기 앞으로 나섰다.

"안녕하십니까, 신영채 작가님. 거짓말을 해서 죄송합니다. 저는 이런 사람입니다."

강마로는 어느새 뽑아 들고 있던 명함 한 장을 카메라 렌즈에 갖다 댔다. 나와 전혀 교감한 적 없는 독단적인 행동에 우선 놀랐고, 둘째로 '지혜를 팝니다. 미궁 사건 전문' 운운하는 얼토당토않은 명함을 선생님께 보여드리는 게 민망했다.

영원처럼 느껴지는 정적 속에서 나는 손발이 오그라들어 영영 펴지지 않을 정도로 부끄러웠다. 그런데 별안간 선생님이 푸하하 하고 웃음을 터뜨렸다!

"소설 말고 실제로 탐정을 보다니 영광이네. 문 열 테니까 잠깐만 기다려요."

곧바로 허락이 이어지니 귀를 의심할 지경이었다. 선생님이 문을 열어 주러 오시길 기다리는 동안 강마로가 빠르게 속삭였다.

"작가들은 호기심이 많다잖아요. 탐정이라고 하면 궁금해 할 것 같아서."

문이 활짝 열리고 선생님이 모습을 드러냈다. 그 사건 이후 매사에 움츠러들고 부정적이었던 내게 끊임없이 관심과 배려의 손길을 내밀어 그나마 사람 노릇을 하게 만들어 주신 고마운 은인은 여느 때처럼 흐드러지게 웃으며 나를 반겼다.

항상 고수하는 어깨에 못 미치는 단발머리에 흰색 바탕에 검은색 줄무늬가 들어간 라운드 티셔츠 때문인지 선생님은 마흔이 다 되어 가는 중년 여성이라기보다는 소년 같은 느낌이었다. 특히 아직 접해 보지 않은 모든 것에 대한 설렘을 간직한 듯한 초롱초롱 빛나는 눈빛이 그런 느낌을 더욱 부채질했다.

"안녕하세요, 선생님."

"오랜만이야, 지혜야. 마음고생 심했을 텐데도 피부 좋고 예쁜 건 여전하네."

악수를 청한 손을 맞잡자 선생님은 기세 좋게 흔들어 반가움을 표했다. 나는 거세게 고개를 저으며 그럴 리 없다고 답하고는 이어 말했다.

"선생님도 여전히 날씬하신데요. 아니, 두 달 전보다 더 빠지신 것 같아요."

"나? 이게 날씬한 거니? 비린내 나는 거지."

아닌 게 아니라 160센티미터를 조금 넘는 키에도 불구하고 50킬로그램도 안 나갔던 선생님이 더욱 홀쭉해져 안쓰러울 지경이었다.

"어디 편찮으신 건 아니죠?"

"신작 들어갈 땐 늘 그렇지 뭐. 날 더워져서 입맛도 없고, 평소보다 예민해져서 잠도 잘 못 자고. 참, 아까 지혜 전화 받았을 때도 수면제 먹고 죽어 잔 지 한 시간도 안 됐을 때였어. 용케 받았으니 망정이지 까딱했으면…… 아, 우리만 얘기해서 소외감 느끼시겠다. 안녕하세요, 탐정님.”

“정식으로 인사드리겠습니다. 사립탐정 강마로입니다.”

강마로가 고개를 숙이며 정중하게 인사하자, 선생님도 미소 띤 얼굴로 살짝 목례했다.

“어서 와요. 이 집에 남자가 온 것도 오랜만인데, 그것도 탐정님이라니 떨림을 주체 못하겠네요. 그나저나 집이 좁아서…… 이쪽으로 오세요.”

선생님은 주방을 지나 거실 쪽으로 우리를 안내했다. 같은 평수에 3인 가족도 무리 없이 사는 마당에 혼자 사는 사람이 집이 좁다고 말하는 게 웬 겸양이냐고 해야겠지만 실상은 정확히 선생님 말대로였다.

아파트를 좌우로 반분했을 때 왼쪽에 작은방, 화장실, 안방이, 오른쪽에 다용도실, 주방, 거실이 남쪽부터 차례대로 위치하는 건 우리 집과 똑같았지만 한 가지 결정적으로 다른 게 있었다. 거실에 발을 디디자마자 3면을 둘러싼 책장과 그 속을 꽉꽉 채운 책들 때문에 숨이 꽉 막히는 기분이었다.

“서점도 아니고, 개인 집에서 이렇게 책이 많은 건 처음 봅니다.”

강마로는 책꽂이에 가로세로로 가득 꽂힌 책들과 책꽂이 공간이 모자라 바닥에 수십 권씩 쌓여 있는 몇 개의 책 더미를 바라보며 감탄했다.

"다 짐이죠. 다시 안 볼 책은 버려야 하는데 혹시 자료로 쓸 수도 있을까 봐 버릴 수가 없네요. 거의 그럴 일도 없긴 한데…… 만약에 버렸다가 갑자기 필요해지면 큰 낭패잖아요. 어휴, 병이야 병. 구제 불능의 불안증."

"이 많은 걸 다 보셨어요?"

강마로의 수준 이하 질문에 선생님은 미소만 지을 뿐 대답하지 않았다. 선생님은 그나마 거실에서 유일하게 빈 공간인 4인용 식탁에 우리를 앉히고 당신도 맞은편에 앉았다. 엉덩이를 식힐 새도 없이 강마로가 물었다.

"여기가 작업실인가요?"

"작은방도 책들이 점령해서 여긴 보조 작가들이 써요. 고정은 한 명인데 바쁠 때는 두어 명 더 늘리죠. 노트북 연결해서 옹기종기 머리 맞대고 작업하는 거 보면 얼마나 귀여운지 몰라요. 그렇잖아도 오늘도 새벽에 집에 갔어요."

"그럼 작가님은요?"

"저기 안방."

선생님은 왼손을 들어 안방과 거실을 나누는 벽 쪽을 가리켰다. 오늘은 낯선 강마로 때문에 안방 문을 닫아 놓으신 듯했다. 예전에 들어가 본 적이 있는 안방은 이 아파트에서 유일하게 내밀한 선생님만의 공간임에도 컴퓨터를 올려놓은 작업 책상과 침대, 장롱 외에 거대한 서가가 가구의 전부였다.

"여기랑 똑같이 전쟁터예요. 마감 때는 도저히 쓸고 닦을 시간이 안 나서."

"대단하십니다."

"난 마로 씨가 더 대단한데요. 한국에서 사립탐정이라니 셜록 홈즈 같아요."

"셜록 홈즈! 제 우상입니다. 지금은 비록 아마추어지만 언젠가는 꼭 홈즈 같은 프로 명탐정이 될 겁니다."

"뭐야, 아마추어였어요?"

강마로는 선생님의 눈길을 피하며 딴청을 피웠다. 상대방이 부끄러워하는 걸 눈치 챈 선생님이 빙그레 웃으며 말을 이었다.

"아마추어라니까 더 멋진데요. 어렸을 때 봤던 추리 소설에서도 제일 멋있는 탐정은 프로가 아니라 대부분 아마추어였죠. 무능한 경찰을 농락하는 천재 탐정들. 브라운 신부, 이지도르, 마플 양……."

"와, 마플 양도 아세요?"

"그럼요. 사랑스런 노처녀 할머니 명탐정. 제일 좋아하는 탐정이에요. 고등학교 때 수업시간에 몰래 읽다가 선생님한테 뺏긴 적도 있답니다. 애거서 크리스티, 그때는 참 많이 읽었는데……."

"요즘은 안 보세요?"

"추리 소설은 나이 먹고는 잘 안 보게 되네요. 그래도 어렸을 때 추리 소설 많이 읽은 게 도움이 되긴 해요. 추리 기법을 활용해서 이야기를 풀어가니까 시청자들이 끝까지 호기심을 잃지 않고 집중해서 보시더라고요."

"추리 기법요?"

"거창한 건 아니고, 그냥 소소한 미스터리를 드라마 전반에 깔아두는 거죠. 지혜는 「열애」 봤지?"

모처럼 내게 던져진 질문이 반가워 크게 고개를 끄덕였다. 선생님은 나를 보며 설명을 계속했다.

"왜 1회 첫 장면이 여주인공 세희 결혼식이었잖아. 거기서 세희 얼굴은 나오는데 남자는 뒷모습만 나오죠. 그런데 입장할 때 남자가 다리를 절어요. 그러고는 3년 전으로 점프!

이러면 시청자들의 뇌리 속에는 한 가지 정보가 분명히 남아요. 세희랑 맺어지는 남자는 다리를 전다. 자, 그럼 시청자들은 그 남자가 도대체 누구인지, 그는 언제, 어떻게, 왜 다리를 다치는지 궁금해서라도 끝까지 볼 수밖에 없죠.

봐요, 이렇게 초반부에 간단한 미스터리 한 가지를 깔아두는 것만으로도 극의 재미를 확 올릴 수 있어요. 인간은 누구나 호기심의 노예거든. 재미있는 미스터리라면 사족을 못 쓰죠. 여기 강마로 씨처럼 말이에요."

선생님은 마지막 말을 하면서 눈을 찡긋했지만 나는 숨도 못 돌릴 만큼 열중해 있었다. 확실히 창작자이다 보니 자기 자식이나 다름없는 작품에 대해 논할 때는 박력이 남다르다.

"추리 기법을 활용하지만 말고, 아예 정통 추리 드라마를 써 보시는 건 어떠세요?"

강마로가 불쑥 던진 질문에 선생님은 또다시 활짝 웃으며 답했다.

"글쎄, 특집극이면 몰라도 정규로는 힘들 것 같은데요. 추리극같이 작위적인 내용을 우리 시청자들이 쉽게 받아들일 것 같지도 않고요."

"작위적이라뇨!"

"아닌가요? 서양식 별장같이 우리나라 실정이랑 동떨어진 배경, 때마침 불어 닥친 폭풍우로 고립된 사람들, 그 안에서 벌어진 불가능한 살인, 산사태 때문에 경찰도 오지 못해 모두들 당황한 와중에 혜성처럼 등장하는 명탐정⋯⋯ 이 정도면 작위의 끝판왕 아닌가요? 우연의 요소가 너무 짙어요. 열 몇 명의 한정된 등장인물 속에 피해자도 있고, 범인도 있고, 탐정도 있고. 또 인물들 성격도 지나치게 전형적이죠. 천재적인 범죄자라고 칭찬받는 범인은 알고 보니 엉뚱한 실수로 단서나 줄줄 남기고, 용의자들은 괜히 수상해 보이는 냄새나 팍팍 풍기고, 탐정은 도저히 정상적인 생활은 못할 것 같은 괴짜 일색이고⋯⋯."

강마로는 선생님의 추리극에 대한 단상을 입을 떡 벌리며 들었다. 얘기가 어느 정도 일단락되었을 때 항변을 하려는지 손을 번쩍 들었지만, 여전히 웃는 낯의 선생님이 선수를 쳤다.

"드라마로도 작위적인 추리극을 실제로 펼쳐 보이러 오신 거죠? 기대하고 있답니다. 차 한 잔 하면서 계속 해 봐요. 뭐로 줄까요? 커피하고 밀크 티 있는데?"

"아무 거나 괜찮습니다."

선생님이 자리에서 일어서기에 나도 따라 일어섰다.

"뭐하려고 일어서, 손님이? 그냥 앉아 있어."

"제가 끓일게요. 저 차 잘 타요."

"알지, 유 비서. 오죽 타 봤겠어."

실랑이를 벌이며 주방까지 함께 갔다. 끝까지 내가 쫓아오자 포기한 선생님이 냉장고에서 물병을 꺼냈다.

"밀크 티로 하자. 나 요즘 중독이야. 집필 때문에 스트레스 받아서 그런지 허구한 날 달달한 게 당기네."

선생님이 티포트에 물을 담는 동안, 나는 싱크대의 머리 높이 찬장을 열어 찻잔을 꺼내려 했다. 그런데 찬장이 텅 비어 있었다. 선생님은 싱긋 웃으며 내 쪽으로 다가와 허리 아래쪽 찬장을 열었다. 아래쪽 찬장에는 예쁜 찻잔과 그릇, 크리스털 글라스 등이 보기 좋게 정돈되어 있었다.

"자기도 속았구나. 엄마가 여기다 정리했거든. 돌아가신 지도 꽤 됐는데 버릇처럼……."

선생님이 어머니를 언급하는 바람에 분위기가 숙연해졌다. 엄마 없는 삶은 1초도 상상해 본 적이 없는 나라서 뭐라 드릴 말씀이 없었다. 하지만 선생님은 아랑곳없이 척척 일을 해 나갔다.

먼저 끓는 물에 홍차 잎을 넣고 얼마간 우려낸 뒤 우유를 첨가해 다시 끓인다. 찻잎을 거른 다음 찻잔에 따르고 설탕을 듬뿍 넣자 냄새부터 끝내주는 밀크 티 완성!

나는 선생님이 꺼내 준 프랑스제 쿠키를 그릇에 모양 좋게 담았다. 우리는 각각 차 쟁반과 쿠키 접시를 들고 거실로 가져갔다.

강마로는 다시금 환대에 감사하며 밀크 티와 쿠키를 무서운 속도로 먹어 치웠다. 막 옆구리를 꼬집어 제지시키려는 찰나, 그가 입안의 음식물 때문에 불분명한 발음으로 물었다.

"제가 추리극을 펼치러 왔다고 하셨죠? 어떻게 아신 겁니까?"

"지혜 주변엔 두 개의 범죄가 위성처럼 맴돌고 있죠. 그런 아이가 하필 탐정이랑 같이 용의자의 집을 방문했다? 그럼 뻔한 거죠."

"용의사 아니에요!"

나는 울상이 된 얼굴로 선생님에게 항의했다. 천만다행으로 선생님이 농담이라는 듯 윙크를 했다. 그러나 강마로는 이 집에 온 이래 가장 진지한 표정으로 질문을 계속했다.

"낫을 놓으면 기역 자를 척척 대시는 분이라 좋네요. 그럼 제대로 해 보겠습니다."

"어렸을 때 좋아했던 추리 소설 속에 들어온 것 같아서 너무 흥분돼요. 빨리 시작해요."

선생님은 이 모든 상황을 진심으로 즐기고 있는지 원래도 총기가 서린 눈빛이 더욱더 반짝거렸다.

"낙원아파트에 사신 지는 얼마나 되셨습니까?"

"보자…… 2014년 초에 왔으니까 햇수로 3년이네요."

"그전에는 어디 사셨는데요?"

"성북동요. 서울 끝에서 끝으로만 왔다 갔다 했네요."

"사서 오신 겁니까?"

선생님은 강마로에게 살짝 눈을 흘겼다.

"여기 집값이 얼마인데요. 전세였죠. 전세비도 만만치 않았어요."

"그 만만찮은 전세비를 어떻게 마련하신 겁니까?"

"그런 것까지 말씀드려야 하나요?"

선생님이 불쾌한 기색을 비치자 당황스러웠다. 말리기 위해 끼어들려는데 선생님이 쾌활하게 웃고 나서 말했다.

"장난이에요, 장난. 왜 형사 영화 같은 것 보면 이런 대목에서 용의자가 꼭 한번 튕기잖아요. 흉내 좀 내봤어요. 그 몇 년 전에 아버지가 돌아가셨는데, 그때 받아서 가지고 있던 보험금이랑 드라마 계약금 합치니까 얼추 계산이 맞던데요."

"드라마 계약금이라면?"

"아까 얘기 나온 「열애」. 입봉작인데 2014년 초에 정식 계약하고 그해 말 방영됐어요."

선생님의 말에 틀림이 없어 무심코 고개를 주억거렸다. 내가 피습당한 2014년 말쯤에 「열애」는 굉장한 인기리에 중반부를 방영 중이었다.

"연예 뉴스 같은 데서 보니까 드라마 작가는 돈 엄청 많이 벌던데, 아파트 사기에는 모자랐습니까?"

"어머, 민감한 부분을 너무 훅 밀고 들어오시네. 신인 작가한테는 돈 그렇게 많이 안 줘요. 데뷔작으로는 방송계에 이름 알리고 운 좋게 잘 되면 그다음 기회를 얻는 거지, 첫 작품으로 대박 나고 그러지는 못해요."

"실제로는 대박 나셨다면서요?"

"효자 노릇 톡톡히 했죠. 마흔이 다 돼 가도록 월급 한번 제대로 못 타고, 골방에서 키보드만 두드리던 사람을 그래도 이름 석 자만 대면 알 만한 드라마 작가로 만들어 줬으니까요. 「열애」 계약할 때 엄마도 참 좋아하셨는데……."

"어머니 말씀이 나온 김에 여쭤볼게요. 지혜 씨한테 들었는데 어머니 병간호 때문에 이사를 오셨다면서요?"

무난하게 진행되던 신문(?)에서 내 이름이 튀어나와 기함을 했다.

설마 강마로가 정보의 출처를 이런 식으로 가감 없이 밝힐 줄은 꿈에도 몰랐다. 이러면 나는 영락없이 남의 뒷소문이나 여기저기 옮기고 다니는 제2의 최순자 아주머니 꼴이 되는 게 아닌가.

"어머, 지혜도 알고 있었구나. 엄마 돌아가시고 난 다음에 지혜를 처음 봐서 모르는 줄 알았지."

선생님은 별 책망 없이 넘어가는 듯했지만 나는 새빨개진 얼굴로 사과를 드렸다.

"저희 엄마한테 들었어요. 죄송해요. 선생님께는 아픈 얘기일 텐데 함부로 떠들었네요."

"괜찮아, 괜찮아."

선생님은 아무렇지 않게 웃으며 손을 내젓고는 설명을 이어갔다.

"병간호 때문에 이사 왔는데 막상 와 보니 북향이잖아요. 병자 있는 집에 햇볕 한 점 없는 북향이 웬 말이에요. 냉큼 공인중개사에 따지러 갔더니 여기가 북쪽에 양재천이 흐르고 남쪽에 구룡산이 있는 배수임산 지형이라 배산임수로 바꾸려고 창을 북쪽에 냈다는 거예요. 그러면서 오히려 찾아서 이사 오는 사람도 있다고 적반하장으로 나오더군요. 하도 어이가 없어 그냥 왔는데, 정작 어머니는 시원하다고 좋아하시더라고요. 덕분에 낙원아파트에서 기분 좋게 사시다 가셨죠."

사태가 이쯤 진정돼서 불행 중 다행이라고 생각할 때 강마로가 또다시 폭탄을 투척했다.

"그래서 말인데 어머님 병은 어떤 것이었나요?"

무례함이 도를 지나친 듯해 더 이상 참을 수 없었다. 나는 강마로의 옆구리를 온 힘을 다해 꼬집었다.

"악!"

강마로가 비명을 지르며 옆구리를 비벼 댔다. 선생님은 우리가 연출한 덜떨어진 촌극이 우스워 견딜 수 없는지 눈물까지 흘리며 웃었다. 배를 부여잡고 한참을 웃던 선생님이 나를 보며 말했다.

"아, 너무 웃겨. 너희들 추리극 하지 말고 코미디 해라. 대단한 비밀도 아닌데 뭘 그렇게 몸을 사리겠어. 당뇨병이었어요."

제대로 스타일을 구긴 강마로가 애써 진지한 얼굴을 복원하며 질문을 재개했다.

"지혜 씨한테 작가님께서 마지막으로 가입한 낙원회 정식회원이셨다고 들었습니다. 낙원회는 언제 들어오셨는지, 또 가입하신 계기가 무엇이었는지도 궁금합니다."

"엄마 돌아가시고 두 달 있다가니까 5월이네요. 그러니까 2014년 5월. 계기는…… 엄마가 그렇게 되고 나니까 엄마 또래 어르신들이 눈에 밟히더라고요. 기회 닿는 대로 따뜻한 밥이라도 해 드릴까 싶어서 가입했는데, 일이 바빠지다 보니까 거의 나가지도 못했죠. 솔직히 이름만 걸어 놓은 거예요. 많이 미안하죠."

"돌아가신 최순자 씨와의 사이는 어땠습니까?"

"사이라고 하고 말 것도 없을 정도죠. 낙원회 가입하고 얼마 안 있어서 「열애」 4분의 4분기 편성이 확정되는 바람에 두어 번밖에 활동을 못했으니까요. 한 5분 이상 대화해 본 기억도 없어요."

"최순자 씨가 이웃의 소문에 민감하고 남의 뒤를 캐는 걸 즐겼다는 얘기가 있습니다. 혹시 겪어 본 적 있으세요?"

"그런 얘기를 들어본 것 같기도 한데 내가 피해를 당한 적은 없어요. 그때는 「열애」 쓰는 데만 정신이 팔려 있어서 다른 생각할 여유도 없었죠. 다른 선생님들은 대개 4회 정도 미리 써놓고 방영 후의 반응을 보면서 작업하거든요. 근데 난 신인이니 덜컥 겁이 나더라고요. 뒷부분을 못 써서 방송 펑크 낼까 봐. 반은 써 놓자 싶어 8회까지 사전에 해 놓느라 죽는 줄 알았어요."

"최순자 씨가 살해당한 시각은 2014년 12월 15일 밤 11시부터 16일 오전 2시 사이입니다. 그날 뭐하셨는지 기억나십니까?"

"변죽만 무지하게 울리더니 드디어 핵심으로 들어왔군요. 분명하게 기억나죠. 당시에 경찰한테 몇 번이나 말한 내용이니까요. 시간 순서대로 자세하게 말해 줄 테니까 잘 들어요. 탐정님이랑 지혜가 소름이 쫙 설 만큼 흥분되는 얘기일 걸요."

누가 드라마 작가 아니랄까 봐 예고 하나는 기가 막혔다. 우리는 침을 꿀꺽 삼키며 선생님이 펼쳐낼 이야기에 집중했다.

"15일 날 밤 10시 30분쯤에 최순자 씨가 여기로 찾아왔어요."

"네?"

나와 강마로의 합창이었다. 우리는 서로의 얼굴을 쳐다보며 경악에 찬 눈빛을 교환했다.

"지혜한테는 한두 번 말해 줄까 했는데, 그동안 많이 힘들어 보여서 사건 관련된 얘기를 하기 좀 그랬어."

여전히 충격을 감추지 못하는 표정의 강마로가 나에 대한 사과는 아랑곳없이 물었다.

"아까는 안 친했다면서요?"

"그러니까 기가 찰 노릇이죠. 아무 연락도 없이 찾아왔더라고요. 그 아줌마 음험한 취미를 나중에 듣고 보니 이해가 갔는데, 아마 나한테서도 무슨 정보를 빼낼 게 없나 싶어 무작정 쳐들어온 게 아닌가 싶어요."

"그래서 어떻게 됐습니까?"

"바빠 죽겠는데 그 아줌마랑 노닥거릴 여유가 어디 있어요. 믹스 커피나 한 잔 타주고, 한 20분 상대하고 돌려보냈죠. 마침 같이 밤샘 작업하기로 했던 보조 작가 예지가 와서 그 핑계로 이만 가 보시라고 했어요."

강마로는 모두에게 들릴 정도로 크게 침을 삼켰다.

"그러고는요?"

"그러기는 뭘 그래요. 그 후로 다신 못 봤죠. 후반부 작업할 때라 미친 듯이 바빠서 장례식도 못 가 봤어요. 이 부분은 좀 고인께 죄송하네요."

"다시 말해 그날은 밤새도록 보조 작가분이랑 같이 작업을 하셨다는 거군요. 경찰한테도 증명이 된 겁니까?"

"네."

선생님은 일말의 망설임도 없는 말투로 답했다. 하긴 이 점에 있어 무슨 의문점이 남아 있었다면 경찰이 지금까지 가만히 나뒀을 리도 없을 터였다.

"그럼 지혜 씨 사건의 알리바이는 있습니까?"

"그때는 없어요. 최순자 씨 며칠 뒤였을 텐데……."

"나흘 뒤입니다."

"제 기억에 그날은 오후 6시쯤 대본 보내고 죽어 잤어요. 송고 직전까지 붙잡고 늘어져서 완전히 탈진 상태였거든요."

"증명은 안 된다는 거군요?"

"6시에 감독님께 이메일 보낸 기록은 남아 있을 텐데, 지혜는 밤에 그렇게 되지 않았나?"

선생님이 나를 보며 동의를 구하기에 고개를 끄덕여드렸다.

"보조 작가 예지도 돌려보낸 후라 증인은 없어요. 근데 혼자 사는 사람은 다 비슷하지 않을까요?"

"그렇겠죠."

몇 가지 질문이 더 이어졌지만 최순자 아주머니가 살해당한 날 이 집을 방문했었다는 폭탄선언이 터진 후라 확실히 분위기가 식었다. 강마로도 했던 질문을 또 하는 등 제대로 집중하지 못하는 눈치였다.

"어…… 들을 내용은 다 들은 것 같습니다. 오늘은 이만 하죠. 저기 혹시 그 예지라는 분 얘기도 나중에 들어볼 수 있을까요?"

"그럼요, 대질신문도 추리극에서 필수죠. 한예지라는 친구인데, 일정 봐서 연락 한번 드릴게요. 작업 때문에 금방 시간이 나려나 모르겠지만요."

"꼭 좀 부탁드립니다."

아파트를 나서기 전에 신작에 관해 물어보았다. 작품 얘기를 할 때면 늘 그러하듯이 선생님은 어둠 속의 고양이처럼 눈동자를 빛내며 대략의 줄거리를 얘기해 주었다. 보육원에서 자란 세 남녀가 요리계에 투신하며 펼쳐지는 일과 사랑이 어우러진 드라마였다.

"너무 기대돼요, 선생님. 병원에 있을 때도 「열애」 때문에 버텼어요. 이번에도 그때처럼 뒷얘기가 궁금해서 잠도 안 오는 드라마 써주세요."

"당연하지. 새 드라마 할 때는 전국의 사망자 수도 줄어들걸. 어떻게 끝나는지 궁금해서라도 눈을 못 감을 테니까."

선생님의 농담에 한바탕 웃고 집을 나섰다. 현관 앞에서 선생님이 마지막 인사를 건넸다.

"드라마 끝나고 한가할 때 꼭 놀러와. 맛있는 파스타 해 줄게. 저번에 취재하다가 셰프한테 배워서 반 프로 솜씨야."

나는 웃으며 꼭 그러마고 답했다. 나같이 별 볼일 없는 애한테도 늘 친근하게 대해 주시는 선생님이 얼마나 감사한지! 남 흠집 잡기만 좋아하는 일부 평론가들은 삼중, 사중으로 얽히고설킨 애정관계와 불륜에만 집착하는 막장드라마 작가라고 선생님을 폄하하는데 이분의 따뜻한 마음씨를 알고도 그렇게 쓸 수 있을지 궁금할 따름이었다.

한편 104동 출입구를 나온 강마로는 몸을 부르르 떨며 두 주먹을 불끈 쥐었다.

"왜 그래요?"

"지혜 씨, 저희가 진실의 문에 한 걸음 접근했습니다. 15일 밤 10시 50분경에 단지 왼쪽에서 오는 최순자 씨를 만났다고 하셨죠? 신 작가님의 증언으로 분명히 밝혀졌네요. 최순자 씨는 10시 30분에 이곳 104동 101호에 왔다가 허탕을 치고, 20분 만에 106동 자기 집으로 돌아갔어요. 그때 후문에서 내려오던 지혜 씨랑 스친 게 틀림없습니다."

"네, 저도 그렇게 생각해요. 아까 그 얘기 들을 때 막 온몸에 전율이 오더라고요. 근데 다시 생각해 보니까 그게 중요한가 싶기도 해요. 저하고 선생님한테 증언을 전부 들은 경찰도 아무것도 못 밝혀냈잖아요."

"경찰은 경찰이고, 우리는 우리죠. 천릿길도 한 걸음부터! 최순자 씨의 행적이 하나 밝혀졌으니 앞으로 끈질기게 조사해 보면 두 개, 세 개도 밝혀낼 수 있을 겁니다."

말은 그렇게 했어도 나 또한 오늘의 소득에 적이 만족했다. 기분 좋게 휴대폰을 보니 2시라서 슬슬 출근해야 할 것 같았다.

"마로 씨는 뭐할 거예요? 학교?"

"아, 네. 학교 가야죠."

2호선 서울대입구역으로 간다는 강마로와 선릉역에서 헤어지고, 이따 밤에 추가 수사를 재개하기로 했다.

창동역에서 용문학원 앞까지 10분도 안 걸렸지만 날씨가 무더워 등이 척척했다. 얼른 들어가 에어컨 바람이나 쐬려는데 핸드백 안의 휴대폰에서 진동이 느껴졌다. 요즘 자주 통화하는 사람이 강마로밖에 없어 별 확인도 하지 않고 전화를 받았다.

"지혜 씨? 나 박 대리야."

꿈에도 예상치 못했던 박기태 대리님의 목소리에 나는 학원 건물로 들어가던 걸음을 멈출 수밖에 없었다. 미래로자전거 비서실에서 내 선임이었던 박 대리님은 같이 일하는 동안 항상 뭐 하나라도 더 가르쳐 주려고 열심이셨던 내가 가장 좋아하는 선배였다.

"왜, 지금 전화 받기 힘들어?"

모처럼 들은 반가운 대리님의 목소리에도 쉽사리 대답이 나오지 않았다.

"……아니요."

"근데 왜 이렇게 힘이 없어? 어디 아파?"

"아니에요."

"비서실 성희 씨한테 들었어. 몇 달 전에 교대역에서 둘이 우연히 만났다며. 요즘 학원 강사 한다고 들었어. 마침 창동역 근처에 외근 나올 일 있어서 혹시 시간 괜찮으면 잠깐 얼굴이나 볼까 하고 전화 해 봤는데……."

성희 언니, 그리고 박 대리님…… 그리운 이름들이 떠오르자 가슴 한구석에서 알싸한 감정이 통증처럼 서서히 번져갔다. 이제야 겨우 비서 흉내는 내는구나 칭찬 들었던 일이며, 실수해 눈물이 쏙 빠지도록 혼난 일, 노회장님이 안 계실 때 사다리타기로 분식 내기했던 일, 수학여행처럼 들떴던 베트남 출장 등 미래로에서의 여러 추억들이 밀물처럼 한꺼번에 밀려 들어와 내 작은 가슴으로 온전히 감당하기 힘들었다.

"지혜 씨, 지혜 씨?"

"……네."

"만나기 힘들면 다음에 봐. 부담 주려고 한 건 아니야."

"괜찮아요. 부담 안 느껴요…… 오늘은 좀 그렇고 제가 다음에 연락드릴게요."

"그래, 부담은 아니었다니 다행이고. 회장님도 가끔 지혜 씨 얘기

꺼내는 게 지혜 씨 생각 많이 나시는 눈치니까 몸 괜찮아지면 언제든 연락 줘. 우리 비서실 팀 전부 다 지혜 씨 기다리고 있어. 알지? 힘내고, 파이팅이야!"

어떻게 인사를 드렸는지도 모르는 채 전화를 끊고 길 한복판에서 망부석처럼 굳어 버렸다. 비서실 사람들은 누구 하나 뺄 것 없이 죄다 좋은 분들이셨지만, 그중에서도 늘 웃는 낯에 친절이 몸에 배인 박 대리님이 최고였다.

물론 박 대리님의 나에 대한 친절에 다른 뜻이 있다는 걸 짐작 못하는 바는 아니었다. 세상에 어느 남자 직장인이 전혀 관심이 없는 여자 동료의 일까지 기쁜 마음으로 떠맡겠는가.

그뿐만이 아니다. 박 대리님은 최순자 아주머니가 살해당한 그날도 송년회가 끝나고 술과 한파에 취해 덜덜 떠는 내게 자신의 투박한 검은색 오리털 점퍼를 벗어 주고 민망해하며 휑 하니 사라졌었다.

친절한 성품과 깔끔한 매너에도 불구하고 내 이상형의 스타일은 아니라서 그분의 마음을 받아주진 않았지만 직장 동료, 신뢰할 수 있는 인생 선배로서의 고마움만은 평생 잊지 못할 것이다.

문득 미래로 비서실이 아닌 용문학원으로 출근하는 게 진저리나도록 싫어졌다. 심지어 밤에 재개하기로 한 수사마저 부질없이 느껴졌다. 적어도 오늘은 탐정놀이를 할 기분이 아니었다. 나는 같은 건물 1층에 위치한 편의점으로 향해 파라솔 의자에 앉았다.

오늘 밤은 쉰다고 문자하려다 약속을 일방적으로 취소하는데 문자는 예의가 아니라는 생각이 들어 전화를 해 봤더니 하필 받지 않는다. 잠시 고민하던 나는 스마트폰으로 인터넷에 접속해 강마로의 블로그에서 그의 소속 연구실을 확인했다. 그 연구실 전화번호를 다시 검색한 다음 전화를 걸었다. 선릉역에서 서울대까지는 얼추 한 시간도 안 걸릴 텐데, 지금은 헤어진 지 한 시간 가까이 지났으니 벌써 도착했을 터였다.

"서울대 로보틱스 및 지능 시스템 연구실입니다."

묵직한 저음의 남자 목소리가 받았다.

"안녕하세요. 혹시 강마로 씨 통화 가능할까요?"

"잠시만요."

전화에서 입을 뗀 남자가 주변 누군가에게 묻는 소리가 나직하게 들려왔다.

"해성아, 강마로 씨 어디 계신지 알아?"

"마로 형요? 클린룸(공기 흐름이 완전히 차단된 항온항습 실험실)에서 와이어 본딩(전자회로 기판 위의 칩들을 금이나 알루미늄 실로 접합하는 작업)하고 있어요. 한창 불붙어서 전화 받기 좀 그럴 걸요."

다시 남자가 전화를 받았을 때 그냥 다음에 연락한다고 끊었다. 연구에 바쁘다는데 굳이 통화할 필요까지 있을까 싶어서였다. 이 정도로 노력했으니 할 도리는 했다 싶어 다소 홀가분해진 마음으로 강마로에게 문자를 보냈다.


갑자기 몸이 좀 안 좋아졌어요. 오늘은 쉴게요.


근처라도 한 바퀴 돌고 오려고 편의점 의자에서 일어났다. 정신없이 배회하면 몸이 지쳐서라도 우울한 생각을 할 여유 따윈 없을 것이다.

꼭 그렇게 되기를…….

# 13장

## 6월 16일 목요일 8시

만두 찜통 속에 들어간 듯 아침부터 푹푹 쪘다. 땀을 뻘뻘 흘리며 자고 있는데 여지없이 전화가 울린다. 볼 것도 없이 강마로였다.

"……마로 씨, 웬일이에요?"

처음 한두 번은 목소리도 가다듬고 나름 이미지 관리를 하며 받았지만 이제는 지하 2층까지 잠긴 목소리가 나와도 신경조차 쓰이지 않았다. 매일 아침 강마로의 목소리로 하루를 여는 일은 처음엔 예전 연애들이 떠올라 달콤한 기분이 살짝 들더니만, 하도 통화를 자주 하다 보니 요즘은 그저 귀찮을 뿐이었다.

"왜긴요. 어제 몸이 안 좋다고 하셔서 좀 괜찮아지셨나 물어보려고 했죠."

"많이 좋아졌어요."

"오, 정말입니까! 잘됐네요. 그럼 준비하고 나오시죠."

"네? 당장 어딜 나가요?"

"저 지금 103동 지혜 씨 집 앞입니다."

기가 막히고, 말문도 막혀 버렸다. 이미 와 있다는 사람 나무라기도 뭐해서 부글부글 끓어오르는 화를 삭이며 전화를 끊었다. 빛의 속도로 20분 만에 대충 준비하고 103동 밖으로 나가자 편한 트레이닝복 차림의 강마로가 태평스럽게 손을 흔들었다.

"하루 푹 쉬니까 확실히 살아나신 것 같은데요."

"그보다 이 시간에 뭘 하려고 연락도 없이 오신 건데요?"

세상에서 가장 소중한 단잠을 방해받은 터라 말이 곱게 나가질 않았다.

"구슬희 씨랑 신 작가님을 만났지만 아직 낙원회 정식회원 중 네 명이나 못 봤잖아요. 부지런히 해야죠."

"오늘은 누군데요?"

"원래 어젯밤에 만나려고 했던 윤태일 회장님요. 괜찮겠죠?"

"알았어요. 연락 드려 볼게요."

청바지 주머니에서 핸드폰을 꺼내려는 내 손을 강마로가 덥석 붙잡았다. 깜짝 놀라 쳐다보자 그가 다른 손 검지를 흔들며 말했다.

"슬희 씨도 그렇고, 신 작가님도 엉겁결에 만나니까 더 내밀한 얘기가 나왔던 것 같아요. 미처 준비할 시간을 주지 않게 그냥 쳐들어가는 것이 좋을 듯합니다."

"이 시간에 다짜고짜 집으로 가자고요?"

"그건 아니고요. 저번에 이영옥 씨 만나러 갈 때 지혜 씨가 회장님한테 9시쯤에 전화를 했잖아요. 그때 아침 운동 나가는 길이었다면서요. 직업군인들은 매일 정해진 시간표대로 일과를 보낼 확률이 높아요. 은퇴했어도 크게 바뀌지는 않았을 겁니다."

운동을 나가는 회장님을 중간에서 낚아채자? 짧은 시간이나마 곁에서 지켜본 회장님은 예의범절을 중시하는 성격이었다. 차라리 정식으로 약속을 잡고 만나 뵈는 게 깔끔할 것 같았지만 강마로가 고집을 부려 어쩔 수 없었다.

우리는 단지 왼쪽을 향해 걷다가 101동 오른쪽 출입구 앞에서 멈췄다. 회장님은 1004호, 즉 003-004호 라인에 살기 때문에 여기서 기다려야 한다. 8시 30분이 넘어 직장인들은 이미 집을 나섰고, 가까운 학교에 다니는 중고생 몇 명만이 우리가 기다리는 출입구를 바쁘게 빠져나갔다.

일어난 지 한 시간 가까이 됐지만 여전히 몽롱한 상태였다. 나는 잠을 쫓을 요량으로 하품을 하며 주변을 두리번거렸다. 왼쪽으로 20여 미터 더 나아간 곳에 101동 경비실이 보였다. 아파트의 두 출입구에서 공평하게 딱 중간에 위치한 그 경비실에서 늙수그레한 경비 아저씨가 밖으로 나오더니 담배를 입에 물었다.

기분 탓인지 경비 아저씨가 피우는 담배 연기가 이쪽으로 다가오는 것 같아 오른쪽으로 조금 이동했을 때 출입구에서 윤태일 회장님이 나왔다. 왁스를 발라 2대8로 정확하게 가르마를 굳힌 머리, 현역을 떠난 지 오래지만 아직도 날카로운 눈매와 평균보다 커다란 코와 귀가 한눈에 들어왔다.

나는 소매와 목깃에 회색 테두리가 들어간 흰색 트레이닝복을 입은 회장님에게 얼른 다가갔다. 군인다운 단호한 걸음걸이로 걸어오던 회장님은 나를 보고 그 자리에서 멈췄다.

"어, 지혜. 어쩐 일이야?"

"안녕하세요, 회장님."

"그래, 반갑구만. 얼굴은 좋아 보이네. 이제 다시 낙원회 나와도 되겠어."

실제로 대면하는 건 정말 오랜만이었음에도 당신 말만 하는 회장님의 여전한 성격에 쓴웃음이 나왔다. 다시금 한두 마디 인사치레를 건네려고 할 때 내 뒤의 강마로가 나섰다.

"안녕하십니까, 윤태일 회장님. 처음 뵙겠습니다."

강마로가 90도로 정중하게 고개를 숙이자, 회장님은 생면부지 남자의 인사에 떨떠름해 하면서도 오른손을 내밀어 악수를 청했다.

"반갑소. 그런데 누구신지?"

강마로는 왼손을 배에 올리고 오른손을 내밀어 한껏 예의 바르게 악수를 받았다.

"강마로라고 합니다. 지혜 사촌오빠입니다."

"지혜는 유가일 텐데."

허를 찌른 회장님의 말에 강마로는 답이 궁한지 얼굴만 붉혔다. 보다 못한 내가 외사촌 오빠라고 답해 궁지에서 구해 주었다.

"그래, 사촌오빠가 지혜 잘 좀 지켜봐 줘요. 그런 일 두 번 다신 없도록. 이러니저러니 해도 믿을 건 핏줄밖에 없지."

"명심하겠습니다. 그래서 말씀인데, 혹시 괜찮으시면 그때 사건에 대해 몇 가지 여쭤 봐도 되겠습니까?"

"응?"

회장님은 왼쪽 눈을 찡그리며 강마로를 수상쩍게 쳐다봤다. 전직 대령의 강렬한 안광에 강마로는 머리를 긁적이며 힘겹게 답했다.

"아직 범인이 잡히지 않았잖습니까. 지혜가 여전히 많이 걱정하고 있습니다. 그래서 일상생활도 힘들고요. 부족한 저라도 도와주고 싶어서 실례를 무릅쓰고 찾아온 겁니다."

"어떻게 도우려고?"

"범인을 잡으면 되지 않겠습니까. 그런 의미에서 당시 사건의 관계자 중 한 분이셨던 회장님의 도움이 꼭 필요합니다."

"마로 군이라고 했나?"

"네, 강마로입니다."

"마로 군, 직업이 뭐지?"

강마로는 몹시 당황하며 안절부절못했다. 내 앞에서는 그렇게 당당했던 탐정 이야기는 꺼내지도 못한 채, 현재 대학원생이라고 더듬더듬 답했을 따름이었다.

"동생 돕는다는 취지는 좋다만, 그런 전문적인 일을 아무나 할 수 있나. 자네가 경찰이나 그에 준하는 교육을 받은 것도 아닐 테고. 자네, 군대 다녀왔나?"

"네, 51사단 행정병 출신입니다."

느닷없이 강마로가 차렷 차세를 취했다. 좀 있으면 경례도 올려붙일 태세였다.

"그럼 잘 알겠구먼. 군에서도 마찬가지지만 세상 살면서도 다 각자가 맡은 자리가 있는 거야. 경계병이 경계를 똑바로 안 서고, 포병이 아니라 군악병이 포를 쏘면 전쟁에서 이길 수 있겠어? 자네하고 지혜 마음을 모르는 바는 아니네만 지금은 그저 전문가를 믿고 모든 걸 맡길 때야. 협력할 일이 있으면 두말하지 말고 잘해 주라고. 요즘 수사기법도 과학화가 많이 돼서 몇 년 지난 사건도 전부 해결돼. 하여간 조금만 더 꾹 참고, 젊은이답게 힘내서 사회생활 잘하기 바라. 자, 그럼."

일장연설을 마친 회장님이 우리 곁을 지나쳐 가는데도 강마로는 입도 벙긋하지 못했다. 나는 정신없이 뛰어가 회장님의 앞을 막아섰다.

"회장님, 제발 부탁드려요! 저 꼭 범인 잡아야 해요. 그러지 못하면 살 수가 없어요. 자는 도중에 범인이 몰래 숨어 들어와 칼로 찌를까 봐 잠도 제대로 잘 수 없고, 아침에 눈을 떠서도 오늘은 또 어떻게 버텨야 하나 한숨으로 하루를 시작해요. 회장님은 나라 지키는 군인이셨잖아요. 저는 비록 나라까지 지킬 능력은 안 되지만 적어도 저 자신만큼은 안전하게 지키고 싶어요. 더 이상 이렇게 살고 싶지는 않다고요."

격정적으로 토로하다 보니 뜻하지 않게 눈가에 눈물까지 맺혔다. 여느 남자들처럼 회장님도 여자의 눈물에 약한지 난감한 표정을 지었다.

"거참. 빚쟁이 빚 받으러 오듯이 다짜고짜 와서……."

"회장님, 제발 부탁드릴게요!"

나는 숫제 두 손을 싹싹 비비는 시늉까지 했다. 이윽고 회장님이 장탄식을 내뱉고 말했다.

"다른 사람도 아니고 지혜가 이렇게까지 나오면 들어줘야지. 오늘은 너무 느닷없으니까 다음에 날을 잡아서 제대로 보자고. 내 연락할게."

"안 돼요, 회장님! 다음에 또 언제 봐요. 만난 김에 몇 마디만 들려주세요, 네?"

"허, 몰랐는데 지혜 참 막무가내야. 이 시간엔 운동가는 게 규칙이라 곤란하다니까."

"어디로 가시는데요?"

"근처 솔향공원이긴 한데……."

"그럼 저희랑 같이 가요."

끈질기게 거듭되는 읍소에 회장님은 끝내 두 손을 들었다. 간신히 허락이 떨어지자 회장님의 기세에 허옇게 질려 있던 강마로의 얼굴에 핏기가 돌아왔다.

우리 셋은 나란히 솔향공원으로 향했다. 예순이 넘은 회장님의 걸음이 어찌나 빨랐는지 나는 물론이고 강마로도 숨을 헐떡거렸다. 솔향공원에 입장해 가까운 벤치에 앉고 나서야 간신히 한숨 돌릴 수 있었다.

"회장님, 진짜 걸음이 왜 그렇게 빨라요? 힘 안 드세요?"

"허허. 이 정도야 뭐. 군에 몸담았을 때도 난 다른 영관들하고 달랐어. 휘하 장병들이 행군 돌 때 운동 삼아 꼭 같이 갔다고. 한창 쌩쌩할 놈들이 줄줄이 넘어지고 자빠져도 난 끄떡없었지. 요즘 젊은 사람들은 말이야, 기초체력이 너무 부족해. 지혜는 푸시업 몇 개나 할 수 있지?"

"해 본 적은 없는데 한두 개 정도요."

"거 보라고. 아무리 여자라고 해도 최소 열 개는 할 수 있어야지. 그래야 자기 몸도 지킬 수 있는 거야. 학교에서 공부만 가르친다고 능사가 아니지. 지덕체를 아울러 배양해야……."

어렵사리 부탁을 수락해 준 회장님의 비위를 맞추기 위해 칭찬한마디 던졌다가 또다시 연설을 듣고 말았다. 그 후로도 오랫동안 이어진 회장님의 담화가 얼추 끝날 즈음 혼신의 힘을 다해 참고 있던 강마로가 드디어 사건과 관련된 질문을 꺼냈다.

"간단한 질문 몇 가지만 드리겠습니다. 낙원아파트에는 언제 이사 오셨습니까?"

"5년 전, 2011년 3월 2일."

"와, 날짜까지 정확히 기억하시네요?"

"우린 숫자에는 확실하거든. 하루가 아니라 한 시간만 오차가 있어도 작전이 제대로 되겠어? 숫자 외우는 건 버릇이 돼 있지. 퇴임하기 한 달 전부터 미리 준비했다가 퇴임식하고 바로 여기로 왔네."

"어…… 제가 듣기로는 집이 여러 채 된다고 하시던데, 낙원아파트를 고르신 이유를 알고 싶습니다."

누구를 만나도 자신만만했던 강마로가 회장님 앞에서는 바짝 군기가 들어 머뭇머뭇 질문하는 모양새가 우스웠다. 남자들은 누구나 제대를 하고 나서도 군대의 높은 계급을 만나면 주눅이 드는 걸까?

"우린 부대 따라 장돌뱅이처럼 옮겨 다니는 신세라 젊었을 때는 내 집이 그렇게 필요하지 않았어. 돌아가신 매형께서 투자 쪽에 빠삭하신 분이라 전적으로 믿고 맡겼지. 돈이 모일 때마다 강남에 아파트를 샀는데, 스물세 살 때 소위로 임관해서 이때까지 피땀 흘려

가며 굴렀던 덕분인지 퇴임할 때는 세 채가 되더군. 그중에서 여기 낙원아파트가 시집 간 우리 딸이 사는 동네랑 가장 가까워서 고른 걸세."

"잘 알겠습니다. 낙원아파트에서 낙원회를 만드시기 전에 강남사랑나눔본부라는 단체에 몸담으셨다고 들었는데요?"

"하, 그놈들! 그것들 순 못된 놈들이야!"

마치 스위치를 켠 것처럼 한순간에 회장님의 얼굴이 붉으락푸르락해졌다.

"뉴스에서도 나왔으니까 자네도 잘 알 거야. 왜 역삼역 바로 앞에 파란 빌딩 하나 있잖아, 20층짜리. 사무실을 그 비싼 데서 한 층 통으로 썼다고. 기업들하고 정치권, 노동부 같은 데서 후원금이 말도 못하게 많았거든. 그걸 이사장 그 새끼랑 간부 몇 놈이 착복을 한 거야. 2년간 4억 9000만 원이나. 아주 개 같은 놈의 새끼들이지. 그 돈이 어떤 돈인데 말이야. 하루 벌어 하루 사는 사람들도 봉사활동 한번 해 보겠다고 참가비 내고 그랬는데, 그 소중한 돈을 인 마이 포케트(주머니에 쏙, in my pocket)해 버려? 내가 직책상으로는 거기 넘버 2였거든. 화딱지가 나서 그날로 박차고 나왔지. 내 명색이 군인으로 한평생 가진 건 없어도 떳떳하게는 살아 왔는데, 어찌 그 개만도 못한 놈들하고 같이 이름을 올리겠어."

"가진 건 많으시잖아요."

"뭐야!"

무심코 던진 대꾸에 회장님이 날카롭게 쏘아보자, 다시 움츠러든 강마로가 조심스럽게 말했다.

"그래서 강남사랑나눔본부보다 규모는 작아도 횡령 염려가 일절 없는 소박한 동네 봉사단체를 만드신 거군요."

"그렇지!"

회장님은 내 말이 그 말이라는 양 힘차게 고개를 끄덕거렸다.

"2012년 가을에 낙원회를 창립했지. 우리 낙원회는 1년 예산이 1000만 원도 안 돼. 누가 그 정도 액수에 나쁜 마음을 먹겠나."

"한데 안타깝게도 그 낙원회에서조차 범죄가 발생했네요?"

낙원회의 치부를 언급한 강마로는 2차 폭발을 예상했는지 말을 마치고 눈을 질끈 감았다. 그런데 이번에는 회장님이 장탄식으로 넘어가 한시름 놓았다.

"거참. 뭐 좀 해 보려고 해도 하늘이 돕질 않아."

"저기…… 그 최순자 씨 사건 때는 뭐하시고 계셨는지 혹시 기억 나세요?"

"암, 기억나지. 2014년 12월 15일. 그날 밤 10시에 군 시절 부하들 하고 설악산에 갔네. 며칠 전부터 약속이 되어 있었지."

"한겨울에요?"

"이 사람아, 12월이 무슨 한겨울이야. 그리고 잘 모르나 본데 산 행은 겨울이 참맛이지. 눈이 소복하게 쌓인 산길을 꾸준히 한 걸음 씩 올라가서 기어이 정상을 정복했을 때의 기쁨은 그 무엇 하고도 바꿀 수가 없는 거야."

"15일 밤 10시에 여기서 출발하신 겁니까?"

"그래. 다 해서 네 명이 갔는데, 차 갖고 가기로 한 부하가 낙원아 파트 앞으로 날 태우러 왔지. 그 친구가 원래 잘 밟기로 유명해. 10

시에 출발해 그날 12시도 안 돼서 설악산에 떨어졌네. 차에서 잠깐 눈 좀 붙이고 16일 새벽 5시부터 산행에 나섰지."

"정상까지 가신 거예요?"

"이 사람아, 우린 안 갔으면 안 갔지 가면 무조건 정상이야. 오색 약수터에서 대청봉까지 올라갔다가 내려왔네. 보통 사람 같으면 한 일고여덟 시간 걸렸을 텐데, 우린 군인 아닌가. 딱 여섯 시간 만에 끊었지."

"와, 대단하세요!"

나는 회장님의 기분을 북돋기 위해 일말의 관심도 없는 맞장구를 쳐 주었다. 속 보이는 칭찬에 뭐라 할까 걱정했지만 회장님은 당신 의 오른쪽 넓적다리까지 탕탕 치며 말했다.

"이래 봬도 아직 무늬만 젊은 놈들하고 비할 바가 아니지!"

"서울에는 언제 올라오셨어요?"

눈치 없는 강마로가 회장님의 고조된 흥을 끊는 바람에 또다시 눈총을 받았다.

"운전자 빼고 다들 막걸리 한 잔 걸치고 그날 밤에 올라왔지."

"절대 회장님 말씀 의심하는 건 아니니까 오해하지 마시고요. 그 때 경찰이 회장님 알리바이를 확인했겠죠?"

"당연하지. 사람이 죽었는데 내 말만 믿고 고분고분 넘어갈 수야 있나. 같이 간 부하들한테 사정청취를 해서 내 말에 거짓이 없다는 사실이 확실하게 증명됐지. 서울춘천도로 카메라에도 우리 자동차 사진이 찍혀 있었고."

강마로는 뉘 말씀인데 여부가 있겠냐는 양 고개를 조아리다가 내 사건 당시의 알리바이를 물었다.

"19일 지혜 사건 때는 저녁 7시부터 집에 혼자 있었을 거야. 그날 우리 손자가 아침부터 아파서 안사람이 퇴근하고 온 딸내미 집으로 같이 가서 돌봐줬거든. 나를 닮았으면 골골댈 리가 없을 텐데 말이야. 애들은 흙밭에서 강하게 키워야 하는데, 그저 모녀가 싸고도니……."

회장님의 손자는 골골대기는커녕 일대에서 유명한 악동으로 성장하고 있는데 회장님만 모르고 있는 모양이었다.

"말씀 잘 들었습니다. 회장님 덕분에 사건이 금방 풀릴 것 같습니다. 진심으로 감사드립니다."

별로 많은 얘기를 들은 것 같지도 않은데 허겁지겁 끝내는 걸 보니 아무래도 강마로는 전직 대령님이 부담스러워 견딜 수 없는 모양이었다.

"그렇다면 다행이지만 너무 큰 기대는 말라고. 전쟁은 군인이 하는 거고, 범인은 경찰이 잡는 거야. 피해자인 자네들이 직접 나서서 사건을 돌아보는 것까지야 내 말릴 자격 없지만 행여 경찰이 하는 일 방해할 생각은 말아. 진득하게 참아보면 좋은 소식이 있을 거야. 하여간 그렇게 믿고 기다리라고. 알았어?"

"명심하겠습니다."

마지막까지 못난 청춘들에게 인생 베테랑으로서의 충고를 던진 회장님이 자리에서 일어나 오늘은 30분가량 지연된 운동을 하러 떠나갔다. 회장님의 등에 대고 고개를 숙이고 있던 강마로가 머리를 들자 이마에 땀이 번들번들했다.

"어휴, 진땀 뻘뻘 흘렸네요. 그래도 지혜 씨가 애걸복걸하는 바람에 신문을 할 수 있어서 다행입니다."

강마로가 손으로 땀을 닦으며 말했다. 나는 발끈해서 소리쳤다.

"애걸복걸까지는 아니었다고요! 진심을 담아 간절하게 부탁드린 거죠."

"네, 네. 맞습니다. 일단 여길 좀 벗어나죠."

우리는 솔향공원을 빠져나와 낙원아파트로 돌아왔다.

"하도 일찍 시작했더니 아직도 10시네요. 이제 뭘 할 거예요?"

내가 물었다.

"그 선우진 교수님이랑 김우석이라는 제약회사 직원은 출근했을 테니 김우석 씨의 와이프 정은우 씨를 만나러 가 보죠. 전업주부인데 집에 있겠죠."

"설마 아까 그 난리를 치고도 무작정 쳐들어가려는 건 아니죠?"

"설마 평범한 가정주부가 전직 대령님처럼 우리를 쥐 잡듯 잡겠습니까."

우리는 어제 신영채 선생님의 댁을 방문했던 104동으로 갔다. 은우 언니의 집은 5층 502호라서 선생님과 같은 001-002호 라인 출입구를 이용한다. 입구 홀에서 엘리베이터를 기다리는 동안 자연스레 선생님의 101호 문으로 시선이 갔다. 또 밤샘을 하고 주무시는지 집 안에서는 자그마한 소음조차 들리지 않았다.

10층에 머물러 있던 엘리베이터가 7층까지 내려왔을 때 강마로가 주머니 속의 휴대폰을 꺼냈다. 전화가 온 모양인지 화면을 보던 그가 다급하게 말했다.

"앗, 급하게 전화를 좀 해야 할 것 같습니다. 아무래도 정은우 씨는 지혜 씨 혼자서 만나보셔야겠어요."

"저 혼자 어떻게요?"

"그동안 제가 한 걸 보셨잖아요. 그대로 따라서 하면 됩니다. 요령껏 잘 해 봐요."

강마로는 뒤돌아서 아파트 밖으로 부리나케 달려갔다. 출입구 밖에서 강마로가 통화하는 소리가 드문드문 들려왔다.

"엔진 다 나가고, 미션까지 먹고 들어갔다니까. 그래, 한 며칠 더걸린대. 어차피 당장 급하게 쓰지도 않잖아. 나한테 며칠만……."

그때 1층에 도착한 엘리베이터 문이 열렸다. 이렇게 된 이상 혼자가는 수밖에 없었다. 5층으로 올라가는 동안 차라리 잘됐다는 생각도 들었다. 아무래도 여자끼리 대화하는 게 난생처음 보는 남자 하나 달고 가는 것보다야 낫겠지. 사고 이후로 거의 못 봐서 그렇지원래 은우 언니랑 사이가 나쁜 것도 아니니까.

안타깝게도 502호의 벨을 몇 번이나 눌러 봤지만 응답이 없었다. 결국 포기하고 돌아서려는 순간, 옆집 501호의 문이 빼꼼 열리며 50대 초반 아주머니의 고불고불한 파마를 한 머리통이 모습을 드러냈다.

"무슨 일이에요?"

"죄송해요. 502호 좀 만나러 왔는데 댁에 안 계시나 보네요."

내가 오전부터 시끄럽게 한 걸 사과했음에도 501호 아주머니는 듣는 둥 마는 둥하며 입을 달싹이는 게 뭔가 하고 싶은 말이 있는 눈치였다. 내가 다가가자 501호 아주머니가 속삭였다.

"502호 뭔 일 있어요?"

"네?"

"아니, 맨날 시끄러워서. 무슨 놈의 부부싸움을 하루도 안 거르고 하나 싶어서 말이지."

"그렇게 자주 싸워요?"

"응. 요즘 특히 더 그렇다니까."

501호 아주머니는 옆집의 은밀한 실상을 알 수만 있다면 영혼까지 내놓을 기세로 눈빛을 반짝였다. 그 염원이 하도 간절해 보여 거짓말로라도 아주머니의 호기심을 충족시켜 주고 싶은 기분까지 들 정도였다. 내가 502호 김우석 씨의 첩이고, 지금 본처와 담판을 지으러 왔다고 하면 만족하려나?

내가 별 얘기가 없자, 제2의 최순자 아주머니 후보로 적합할 듯한 501호 아주머니는 눈에 띄게 실망한 표정으로 문을 닫고 들어갔다.

엘리베이터로 가서 내림 버튼을 눌렀다. 그새 1층에 가 있던 엘리베이터를 기다리는 동안 당연한 사실을 깜빡했다는 걸 깨달았다. 바보처럼 은우 언니의 휴대폰 번호를 알고 있으면서 전화를 걸어볼 생각을 못했던 것이다.

바로 전화를 거니 뜻밖에도 502호 안에서 벨소리가 흘러나왔다. 주의를 기울이지 않으면 듣지 못할 정도로 작은 소리였지만 틀림없이 집 안이었다.

뭐야, 집에 있었던 거야?

그러나 벨소리가 멈추고 음성 메시지를 녹음하라는 멘트가 나올 때까지 아무도 전화를 받지 않았다. 한 번 더 걸어볼까 하다가 포기하고 이미 도착해 있던 엘리베이터의 열림 버튼을 눌렀다.

어쩌면 은우 언니가 휴대폰을 집에 놓고 외출했는지도 모르고, 또 지금은 손님을 받을 기분이 아니라서 일부러 피하고 있는지도 모를 일이었다. 내가 떳떳하게 초대받고 온 손님도 아니고, 어디까지나 회장님 말대로 빚쟁이처럼 무식하게 쳐들어온 불청객 신세가 아니던가. 다음 기회를 기약하며 엘리베이터에 탔다.

104동을 나오자 001-002호 라인 출입구 앞에서 전화를 받고 있던 강마로가 보이지 않았다. 주변을 두리번거리자 104동 맞은편에서 조금 오른쪽에 위치한 놀이터에 그의 뒷모습이 보였다.

"뭘 그렇게 열심히 봐요?"

강마로는 곁에 내가 도착한 것도 모를 정도로 열중해 있었다. 뭔가 싶어 나도 쳐다보니 놀이터에서 대여섯 명의 사내아이들이 플라스틱 장난감 칼을 들고 전쟁놀이를 하고 있었다. 요즘 눈병 때문에 아이들을 어린이집에 안 보낸다고 하더니 여기 다 모여 있구나.

"저 녀석이 회장님 손자인가 봅니다."

강마로가 리더 격으로 보이는 덩치 큰 아이를 가리키며 말했다. 덩치는 감히 자기 명령에 따르지 않고 항명한 부하를 눈물이 쏙 빠지도록 혼내고 있는 중이었다. 리더보다 머리 하나는 작고, 체구도 비쩍 마른 부하의 주눅 든 모습이 애처로웠다.

"쿠데타가 벌어진 것 같은데요."

내가 말했다.

"네?"

"잠깐만요."

나는 의아한 눈빛으로 쳐다보는 강마로에게 한 손을 들어 제지시키고, 들고 있던 휴대폰으로 어딘가에 전화를 걸었다. 상대방은 꽤 바쁜지 30초 가까이 전화를 받지 않았다.

"여보세요?"

마침내 익숙한 그 목소리가 흘러나왔을 때는 박수라도 치고 싶은 심정이었다.

# 14장
## 6월 16일 목요일 22시 5분

출전을 준비하는 장수의 마음으로 정갈하게 손을 닦고 있는데 불이 또 꺼졌다. 아니, 또또또라고 해야 하나? 세 번이나 반복된 김기훈의 장난에 더는 기겁하지 않고 침착하게 여자 화장실의 문을 열었다. 이번에는 단단히 혼내 주려고 복도로 나가면서 있는 힘껏 소리를 질렀다.

"야, 김기훈!"

화장실에서도 놀라지 않았던 내가 오히려 복도에서 깜짝 놀라고 말았다. 복도의 모든 조명이 꺼져 사방이 깜깜했기 때문이었다. 멍하니 그러고 있는데 몇 초 후 다시 불이 들어왔다. 아무래도 정전을 김기훈의 장난으로 착각한 듯했다.

"지혜 쌤, 괜찮아?"

복도에 있던 도연 언니가 황당한 표정으로 나를 아래위로 훑었다.

불 꺼진 화장실에서 갑자기 누가 튀어나와 소리를 질러대니 어지간히 놀랐을 터였다.

"아, 죄송해요. 애들이 장난치는 줄 알고."

"누구, 기훈이?"

"그런 애가 두 명이면 앓느니 죽죠. 저 들어갈게요. 언니도 조심해서 들어가세요."

학원 건물을 나와 길가로 향했다. 마침 바로 근처에서 손님을 내려주는 택시를 향해 후다닥 달려갔다. 내리는 손님과 교대하듯 택시에 올라타 낙원아파트를 불렀다.

그러고 보니 요즘 들어 택시를 자주 타고 있다. 지난주까지만 해도 택시 타는 게 돈 낭비로 여겨졌는데. 그러나 사건을 몸소 수사하기로 결심한 순간부터 그깟 푼돈 따위는 전혀 관심사가 아니었다. 진실, 오직 그것만 알 수 있다면 내가 갖고 있는 어떤 것이든 아깝지 않았다.

낙원아파트 정문에서 내리자 강마로가 기다리고 있었다. 거스름돈을 받기 위해 잠시 지체하고 있을 때 그가 매너 좋게 택시의 문을 열어 주었다.

"일찍 왔네요."

"네. 그분은요?"

내가 학원에 매어 있을 동안 강마로는 우리의 목표 대상이 사는 집을 감시하기로 했었다.

"9시쯤 귀가했습니다. 집에 있을 거예요."

"잘 됐네요."

"자, 가 봅시다."

우리는 정문을 지나 목표 대상이 이제부터 무슨 일이 벌어질지도 모르는 채 하루를 마감하고 편안히 쉬고 있을 그곳으로 향했다.

출입구 앞에서 휴대폰을 꺼내 목표 대상에게 전화를 걸었다. 이분은 속 썩이지 않고 딱 두 번의 신호음 뒤에 받았다.

"어, 지혜. 요즘 자주 보는구먼."

"밤늦게 쉬시는데 죄송해요, 회장님."

"그렇잖아도 자려고 누웠네. 무슨 일인가?"

"저기, 드리고 싶은 말씀이 있어서 잠깐 뵙고 싶은데요."

"언제?"

"지금요."

"지금?"

어이가 없는지 회장님의 굵은 목소리가 한 옥타브 올라갔다. 이어지는 깊은 숨소리가 애써 화를 억제하는 듯했다.

"이러면 곤란해, 지혜. 오전에도 딸 같은 사람이 애걸복걸하는 게 안쓰러워서 상대해 줬더니만 한밤중에 이게 무슨 민폐야? 요즘 젊은 사람들은 예의도 없나?"

회장님의 태도가 완강해 다음 할 말을 고민하고 있을 때 강마로가 내 휴대폰을 휙 낚아채 갔다.

"안녕하세요, 회장님. 오전에 인사드렸던 강마로입니다. 퉁기지 말고 잠깐 나오시죠? 저희 101동 앞입니다."

존댓말은 쓰고 있지만 느물느물한 말투가 일부러 신경을 자극하려는 심산인 것 같았다. 과연 회장님의 폭발적인 호통이 휴대폰을 빼앗긴 내 귀까지 전해졌다.

"이 자식, 이거! 어린놈이 어른한테 예의도 없이 뭐가 어째? 튕겨? 이 새끼야, 너 몇 살이야?"

"에이, 그러지 마시고 어린놈 부탁 한 번 들어줍시다."

"오냐, 이 자식아! 당장 내려갈 테니까 너 거기서 기다려!"

고요한 출입구 앞을 떠르르 울렸던 목소리가 끊겼다. 회장님을 슬슬 긁어 이쪽으로 유인해 내는 데는 성공했지만 막상 후환이 두려운지 강마로는 누렇게 뜬 얼굴이었다.

폭풍전야의 긴장감이 감도는 2분이 지나고 쿵쾅거리는 발소리가 출입구 안쪽에서 들려왔다. 강마로가 침을 꿀꺽 삼켰다. 마침내 회장님이 돌풍처럼 어마어마한 속도로 출입구에서 우리 쪽으로 쏟아져 나왔다. 잠자리에 들었다는 말이 빈말은 아니었던지 잠옷 반바지와 반팔 티셔츠 차림이었다.

"그래 왔다, 이 자식아! 뭐가 어째? 어디 내 얼굴 똑바로 보고 아까처럼 지랄해 봐!"

인생의 태반을 수천 명을 호령하며 지내온 회장님은 모욕감에 새빨개진 얼굴로 강마로의 코앞에 연신 삿대질을 했다. 위태위태하게 회장님의 검지 칼을 피하던 강마로는 두 손을 내뻗어 상대방을 물리는 시늉을 하며 빠르게 주절거렸다.

"회장님, 잠깐만요. 진정하시고 제 말씀 좀 들어보세요. 아이, 그만하세요."

"새파랗게 어린놈한테 그딴 소리 듣고 진정하게 생겼어, 응!"

"자자, 회장님. 제발 진정하세요. 저희 얘기 안 들으면 후회하실 것 같아 실례 좀 했습니다. 진짜예요."

"뭐, 후회? 그래도 이 자식이 정신을 못 차리고 날 협박해! 너 도대체 뭐하는 놈이야?"

강마로의 애원도 폭주하는 회장님을 막을 수 없었다. 회장님이 강마로의 멱살을 강하게 붙잡고 흔들자 그는 캑캑거리며 밭은 숨을 토해냈다. 아닌 밤중에 펼쳐진 활극에 1층 103호의 작은방 창문이 열리며 누군가가 내다보는 기척이 들렸다. 뿐만 아니라 왼쪽 경비실 문이 삐그덕 열리면서 경비 아저씨까지 나왔다. 이러다가는 동네에서 단단히 망신살이 뻗칠 것 같아 여전히 멱살을 잡은 채 용을 쓰고 있는 회장님에게 속삭였다.

"회장님, 그만하세요. 경비 아저씨랑 101동 사람들 다 구경 나오겠어요."

불같은 성질 못지않게 전직 대령의 명예도 중시하는 회장님은 내 말에 정신이 번쩍 든 것 같았다. 두 손을 놓은 회장님이 더러운 물건이라도 잡았던 양 손을 탈탈 털었다.

"너, 두 번 다시 내 눈에 띄지 마!"

나는 출입구로 들어가려는 회장님의 앞을 막아섰다.

"회장님, 저희가 무례했던 건 용서해 주세요. 그렇지만 마로 오빠 말에 거짓은 없어요. 꼭 회장님께 드리고 싶은 말씀이 있고, 아마 그 얘기 안 들으면 분명히 후회하실 거예요."

회장님의 두 눈을 꼿꼿이 응시하며 최대한 진심을 담으려 애썼다. 회장님이 걸음을 우뚝 멈추는 게 내 노력이 어느 정도 마음을 움직인 모양이었다.

"거참, 야밤에 이게 대체 웬 봉변이야. 알았네. 어디 할 말 있으면 해 봐."

그 순간, 조금 전부터 바깥에 나와 우리를 살피던 경비 아저씨가 다가와 무슨 일이냐고 물었다. 아무것도 아니라고 답하고는 조용한 곳으로 회장님을 모시고 갔다. 내가 그토록 좋아하는 아지트, 다시 말해 105과 106동 사이에 위치한 정자로 말이다.

"여기 앉으세요, 회장님."

"됐어, 열이 뻗쳐서 서 있겠네. 그보다 늦었으니 어디 할 말이나 빨리 해 보라고."

회장님이 자리를 거부해 나와 강마로도 앉지 않았다. 강마로가 내게 어서 시작하라는 눈빛을 보냈다. 살짝 고개를 끄덕이고 다시금 마음을 굳게 먹은 뒤 입을 열었다.

"오전에 회장님 말씀 잘 들었습니다. 빈말이 아니고 진짜로 저희에게 큰 도움이 됐어요."

"그런 사람한테 대접이 이 모양이야?"

나는 여전히 골을 내고 있는 회장님에게 회심의 일격을 날렸다.

"어쩔 수 없었어요. 회장님 말씀에 몇 가지 사실과 다른 점이 있다는 걸 알게 돼서 부득이하게 실례를 범했습니다."

"뭐, 사실과 달라? 지금 내가 거짓말이라도 했다는 거야?"

"네."

회장님의 짐승 같은 으르렁에도 눈을 피하지 않고 있는 힘을 다해 마주 보았다. 10초쯤 흘렀을까. 내 기세에 눌렸는지 회장님이 슬그머니 눈을 내리깔았다.

"이런 말씀드려서 죄송해요. 하지만 사건을 제대로 풀어가려면 관계자 중 한 분이신 회장님 증언이 무엇보다 중요한데, 그중에서 사소한 것 하나라도 거짓이 발견되면 다른 내용도 믿을 수 없게 되니까요. 그래서……."

"그래서 그 거짓이 뭔데? 멀쩡한 사람 우습게 만들지 말고 당장 말해 봐!"

"회장님의 경제 상태요."

"뭐!"

원래도 큼지막했던 회장님의 눈이 한층 커졌다. 어차피 하기 힘든 얘기를 꺼내는 마당이니 눈 질끈 감고 내처 쏟아내었다.

"회장님께서는 낙원아파트에서 알부자로 소문나 있어요. 집도 여러 채에 토지도 좀 있다고 저희 엄마도 알고 계시고요. 오전에도 회장님은 그 사실을 부인하지 않으셨죠."

"……그래서?"

회장님이 큰 눈을 끔벅이며 힘겹게 물었다.

"요 며칠 동안 몇 가지 이상한 점이 눈에 띄었어요. 그저께 화요일 아침에 엄마 심부름 때문에 새서울아파트 누리마트에 갔었거든요. 거기서 마침 사모님을 뵙게 되었습니다. 원체 성격이 좋으신 사모님답게 제 걱정도 해 주시고 따뜻하게 대해 주셔서 진심으로 감사했어요.

그러다 우연히 선 여사님의 장바구니를 봤죠. 손자 줄 과자랑 우유를 담으셨던데 과자는 세 개를 한 묶음에 파는 할인 상품이었고, 우유도 큰 걸 사면 덤으로 작은 걸 껴주는 원 플러스 원 상품이었어요. 그때는 그냥 일대에서도 알아주는 재력가 집안 사모님치곤 손이 좀 작으시다고 생각했죠."

"나 참, 고작 그거였나? 우리 집에서는 사치하다 걸리면 나한테 큰일 치르는 거야. 알아? 어찌 군인이 돼서 돈을 펑펑 쓰나. 우리 집 사람도 나한테 귀에 못이 박히도록 들어서 그런 점에서는 아주 확실하게 훈련이 돼 있다고. 어디 검소한 것도 잘못인가?"

"맞아요. 저도 그때는 단순히 보기 좋다고만 생각하고 넘어갔어요. 그런데 오늘 오전에 회장님 손자를 보고 나서……."

"우형이를 봤다고?"

"네, 놀이터에서 친구들이랑 놀고 있는 우형이를 봤어요. 회장님께서는 모르셨겠지만 우형이는 우리 동네에서 골목대장으로 통해요. 동네 아이들을 손아귀에 넣고 대장 행세를 톡톡히 하고 있죠. 회장님 말씀처럼 골골대고 덩치도 작은 우형이가 어떻게 그럴 수 있었을까요?"

회장님은 분신처럼 아끼는 손자 얘기가 나옴과 동시에 더 이상 강직한 퇴역 군인이 아니었다. 혹시라도 손자가 잘못한 게 있나 걱정하는 평범한 할아버지 얼굴이었다.

"정답은 또래 중 제일 두둑한 용돈이었어요. 자기 말을 잘 들으면 과자나 아이스크림을 사주고, 그렇지 않은 애들은 국물도 없는 거죠. 맛있는 걸 먹고 싶으면 우형이한테 잘 보여야 하니까 자연히 우형이가 대장이 될 수밖에 없는 거예요."

"혼구멍을 내 줘야겠구먼. 돈 좀 있다고 친구들한테 자랑하고, 함부로 대하라고 가르치지는 않았는데 말이야."

"혼내실 필요 없어요. 벌써 쿠데타가 일어났으니까요."

내 말에 회장님은 입을 동굴처럼 쩍 벌렸다.

"우형이보다 덩치가 크고, 싸움도 더 잘할 것 같은 아이한테 단단히 혼나고 있던데요."

"허……."

"아이들 세계에서 권력 순위가 바뀐 거예요. 그럼 그동안 최고 권력자였던 우형이가 왜 실각했을까요? 돈으로 세력을 모았던 아이가 갑자기 세력을 잃은 걸 보면 뻔하죠. 아마 우형이 용돈이 줄어들어 더 이상 애들에게 간식을 사 줄 수가 없게 돼서일 겁니다."

이다음이 회장님이 듣기 싫어할 게 분명한 얘기의 하이라이트라 눈치를 살피며 말했다.

"두 가지 일을 겪고 보니 혹시 회장님께서 사모님은 물론이고, 금이야 옥이야 아끼는 손자 우형이에게도 만족스런 생활비와 용돈을 주지 못하는 상황이 된 건 아닐까 하는 추측이 들었어요."

회장님의 꽉 쥔 주먹이 부들부들 떨리는 게 치밀어 오르는 화를 삭이는 듯했다. 한동안 씨근덕거리던 회장님이 한 문장씩 씹어뱉듯이 말했다.

"이봐, 지혜. 자네가 왜 내가 쫄딱 망했다고 생각하는지 그 이유는 충분히 알았네. 하지만 그건 사실이 아니야. 우형이 버릇 나빠질까 봐 용돈 좀 줄인 것하고, 평소 집사람의 검소한 성품만 가지고 어떻게 그런 억측을 할 수가 있나. 전부 지혜 상상일 뿐이지."

"맞아요. 그 모든 게 제 상상에 불과할 수도 있죠. 그래서 사실인지 상상인지 확실히 알아보기로 했어요."

"어떻게?"

여기서부터는 나도 그리 떳떳한 입장이 아닌지라 얼굴을 붉히며 주뼛주뼛 말했다.

"먼저 사과부터 드릴게요. 너무 진실을 알고 싶은 마음에 해서는 안 될 일을 했어요."

"감질나서 못 듣겠군. 대체 무슨 짓을 했길래 그래?"

"제 친구 수미에게 전화를 걸었어요. 기억하시죠? 세계은행 다니는 애. 제가 친구 중에 은행원 있다고 하니까 마침 거래은행 하나 늘릴 셈이었는데 잘 됐다며 연결해 달라고 하셨잖아요. 수미도 은행 들어간 지 얼마 안 됐을 때라 제 덕분에 거물 고객 한 분 유치했다고 엄청 좋아했었죠."

"너!"

흥분이 극에 달한 회장님은 내게 다가오면서 강마로에게 한 것처럼 삿대질을 했다. 폭력이라도 당할까 겁나 나도 모르게 한 발짝 물러섰는데, 나와 회장님 사이에 강마로가 날쌔게 끼어들었다.

"회장님, 진정하시고 지혜 씨 얘기를 끝까지 들어보시죠."

꽤나 키가 큰 강마로가 바위처럼 단단히 버티고 서서 제지하자 회장님도 더 다가오지 못했다. 회장님의 거친 숨소리가 차츰 정상으로 돌아오는 기미가 보였을 때 이야기를 재개했다.

"수미 말에 따르면 2014년 여름에 이미 회장님은 예금을 이용할 수 없었대요. 은행 용어에 대해서는 잘 모르지만 채권 때문에 압류가 걸렸다나요. 가을에는 추심을 당해 예금 전액을 잃었고요. 아무래도 큰 빚을 지셨는데 막지를 못하신 것 같다고……."

회장님은 부모의 원수라도 되는 양 나를 노려보았다. 미간과 이마에 깊게 팬 주름 때문에 실제 나이보다 열 살은 들어 보였다.

"요즘 젊은 사람들은 참. 하나같이 무례한 건 당연하고 직업정신도 없군. 명색이 은행원이라는 게 고객의 비밀을 이렇게 쉽게 유출해도 되는 건가? 나 이거 그냥 넘어가지 않을 거야. 반드시 항의해서 은행에서 쫓아내 버릴 테니까 그렇게 알아."

이럴까 봐 수미가 회장님의 재정 상황에 대해 알려 달라는 내 부탁을 극력 거부했나 보다. 수미는 안 좋은 일이 생기면 책임지겠으니 딱 한 번만 도와 달라고 끈덕지게 달라붙는 내게 결국 두 손을 들면서도 몹시 찜찜해 했었다.

"그러지 않으시는 게 좋을 겁니다. 만약 이 일로 인해 지혜 씨 친구분이 피해를 당하게 된다면 저희도 가만히 보고만 있지는 않을 거니까요."

"아직도 정신을 못 차리고 오히려 피해자를 협박해? 좋아, 그 은행 친구 말처럼 요즘 우리 집안 상태가 안 좋은 건 사실이야. 그렇다고 내가 자네들한테 이런 취급을 당해야 하나? 돈 없으면 사생활 침해당해도 괜찮다는 거야? 무엇보다 애당초 그 사건하고 우리 집안 사정이 무슨 관계가 있다는 건지 당최 알 수가 없구먼."

"사건과 관련된 거짓말도 하지 않으셨습니까."

"뭐!"

"제 말이 틀렸습니까? 회장님, 2014년 12월 15일에 설악산 안 가셨잖아요?"

"무…… 무슨 소리야, 그게?"

나와 공격자의 역할을 교대한 강마로가 날린 카운터펀치에 회장님은 다운 직전의 권투 선수 같이 휘청거렸다.

"회장님 말씀대로 회장님 댁 사정이랑 낙원아파트 사건과는 직접적인 관계는 없죠. 하지만 작은 거짓말을 하셨던 분이 큰 거짓말이라고 못할까요?

지혜 씨가 친구분에게서 회장님의 경제 상태를 정확하게 알아본 뒤에 저는 2014년 12월 15일과 16일의 회장님 알리바이를 조사했어요. 인터넷에서 찾아보니 1분도 안 걸릴 만큼 간단하던데요. 15일 오전부터 설악산에 폭설이 쏟아져 그 주 내내 입산 통제가 되었더라고요. 위험하다고 입구에서부터 못 올라가게 막는 산을 무슨 재주로 오르셨는지 궁금합니다."

강마로의 설명에 직전부터 위태위태했던 회장님의 당당한 태도는 송두리째 무너져 버렸고, 이제는 땀을 뻘뻘 흘리며 안절부절못하는 가련한 노인에 다름 아니었다.

"아직은 추측에 불과합니다만 회장님은 15일 밤에 설악산 근처에도 가지 않으셨어요. 분명히 그 시간에 설악산 핑계를 대고 꼭 해야 할 다른 일이 있었기 때문이겠죠. 그게 뭔지는 몰라도 무사히 그 일을 마치고 나서 경찰에겐 부하들과 설악산에 갔다고 주장하면 끝입니다. 부하들에겐 경찰이 찾아오면 같이 설악산에 갔다고 증언하라 하셨겠죠. 설마 부하들이 군대에서부터 이어진 위계질서를 무시하고 진실을 폭로할 리는 없을 테고, 또 핵심 용의자도 아니고 참고인 정도에 불과했으니 신문 강도도 그다지 강하지 않았을 겁니다. 이 모든 게 잘 맞아떨어져 오늘까지 회장님의 거짓말이 들통 나지 않은 거죠."

"거짓말이라니! 그래, 그 고속도로 카메라는 어떻게 설명할 텐가? 거기 똑똑히 찍혀 있었다고."

"자동차가 찍힌 거지 사람이 찍힌 건 아니잖아요. 지위가 가장 높은 회장님은 보통 뒷자리 상석에 앉으실 텐데 카메라에 뒷자리까지 찍히지는 않죠. 그러니 부하들만 잘 입을 맞춰주면 걱정할 필요가 없는 겁니다."

이런 것조차 설명이 필요하냐는 양 강마로가 빙긋 웃었다.

"차가 찍혀 있는 걸 보면 회장님 부하들이 15일 오전에 입산 통제가 된 걸 모르고, 15일 밤에 설악산에 갔던 건 사실인 것 같습니다. 하지만 도착하고 보니 등산을 할 수 없는 상태였던 거죠. 그분들이 굳이 위험을 무릅쓰고 통제를 피해서 산에 오를 이유도 없고요. 아마 근처에서 시간 좀 때우다 16일 밤에 서울로 올라왔겠죠. 회장님 말씀처럼 막걸리나 한 잔 하면서요.

거짓말을 잘 못하는 사람의 특징이 괜히 현실성을 높인답시고 쓸데없는 곁가지를 추가하다가 마각을 드러내는 겁니다. 바로 오색약수터나 대청봉 같은 것 말입니다."

강마로의 날 선 논리에 회장님은 더 버티지 못하고 고개를 푹 수그렸다. 강마로의 말마따나 현실성을 높이려는 이유도 있었겠지만, 어쩌면 젊은 아가씨에게 아직 늠름한 자기 몸을 피력하고 싶어 거짓말까지 주절거린 게 아니었을까. 정말 그랬다면 그저 한심스러울 뿐이다.

"자, 이제 거짓 말고 진실을 들려주세요. 도대체 그날 어디에 계셨

고, 거기서 어떤 일을 하셨는지 말입니다. 끝까지 저희 부탁을 외면
하시면 유감스럽지만 이 얘길 들고 경찰에 갈 수밖에 없습니다. 지
금이라도 재조사를 해 달라고 요청할 겁니다."

"……좋아. 다 말하겠네."

입을 떼는 게 마치 바위를 들어 올리는 것처럼 힘들어 보이는 회
장님이었다.

"듣고 보면 별일 아닌데 자네들이 괜히 오해하는 거야. 설마 내가
아무 원한도 없는 최순자 씨를 죽이기라도 했겠나."

회장님은 우리가 차마 입에 담지 못했던 말을 꺼내며 선수를 쳤
다. 강마로와 나는 회장님의 증언을 한 마디라도 놓칠세라 귀를 쫑
긋 세웠다.

"그래, 자네들 말대로 난 15일 밤에 설악산에 가지 않았지. 할
일……이 좀 있었거든."

"그게 뭡니까?"

강마로의 물음에 회장님은 난처한지 자꾸 귓불을 어루만졌다.

"방금 자네들이 우리 집 경제 사정은 직접적인 관련이 없는 것 같
다고 했지만 전부 그런 건 아니야. 지혜 은행 친구 말대로 2014년
여름에 큰 문제가 터졌지. 여주 웨딩홀에 투자했던 게 부도가 나서
그야말로 전 재산을 털어먹었네.

오전에 돌아가신 매형이 투자에 빠삭했다고 했지? 원체 실적이
좋았던 터라 매형 말만 믿고 질렀다가 그동안 일군 모든 걸 날렸어.
매형께선 자살을 했고. 투자가로 평생 승승장구하면 뭐하나. 최후의
고비를 넘지 못했는걸. 끝내는 목숨도 부지 못하는 신세가 됐어."

매형이 떠오르는지 회장님이 눈을 질끈 감고 한숨을 내쉬었다.

"그래도 매형이 빼돌려준 덕분에 운 좋게 낙원아파트 하나는 살렸지. 아니, 운이 좋다고 하는 것도 웃기는군. 아무튼 그때부터 우리 윤씨 집안엔 좋은 날은 사라지고 고난만 남은 거지. 젊었을 때 같으면 잃은 재산 복구한다고 발버둥이라도 쳤을 텐데, 힘 다 빠진 노인네가 뭐를 할 수 있겠나. 매달 군인연금 받아서 입에 풀칠이나 하는 거지.

문제는 지금부터야. 내가 솔직하게 주변에 이런 얘기를 했어야 하는데 그놈의 자존심이 뭔지 차마…… 우린 또 자존심 빼면 시체 아닌가. 동창회라도 가면 알부자가 계산하라고 성화를 부려. 그럼 두말없이 긁는 거야. 파산은 해 놓고서 막상 씀씀이는 잘 살 때랑 똑같이 하니 버틸 수가 있나. 나날이 쪼들리는 생활이었지."

집안이 망해 본 경험이 있는 나로서는 가진 게 없어도 허세를 부리는 생활양식을 도저히 이해할 수 없었지만, 강마로는 자꾸 고개를 끄덕이는 게 어느 정도 공감이 가는 눈치였다. 하긴 우리 아빠도 부품대리점이 망한 뒤에도 친구들에게 술을 턱턱 사곤 해 엄마하고 부부싸움을 자주 했었다. 정말이지 남자들의 금전 감각은 구제불능이다.

"그러다 해서는 안 될 짓을 하게 됐어. 워낙 돈이 부족해서 그랬지만 정말 쥐구멍에라도 들어가고 싶네."

느닷없이 회장님이 허리까지 깊숙이 머리를 숙였다.

"이 얘기는 어디 가서 제발 하지 말아주게. 이게 알려지면 난 살 수가 없어. 꼭 약속해 줘. 안 그러면 매형 뒤를 따라갈 수밖에 없네."

나이 지긋한 회장님이 몇 번이고 간청하는데 당황하지 않을 수가 없었다. 강마로가 회장님을 달랬다.

"알겠습니다. 꼭 비밀을 지켜드리겠습니다. 단, 사건과 관련이 있거나 범인을 잡는 데 반드시 필요한 정보라면 그때는 경찰에 말해야 할 것 같습니다. 만약 그런 경우라도 먼저 회장님과 상의하고 난 후에 말하겠습니다."

"후…… 알겠네. 이거 부끄러워서 입이 떨어지지가 않아. 내가 그…… 공금에 손을 댔네. 낙원회 운영비랑 후원금을 돌려쓴 거지."

"네?"

너무 놀란 나머지 외마디 탄성이 절로 터져 나왔다. 횡령 사건이 터진 강남사랑나눔본부에 학을 떼서 비슷한 사건은 꿈도 꿀 수 없는 낙원회를 만든 회장님이 아니었던가.

"정식회원인 지혜 보기 창피해서 살 수가 없구먼. 진짜로 처음부터 그랬던 건 아니니 믿어 줘. 낙원회 처음 만들었을 때만 해도 남부럽지 않게 살 때라 그런 푼돈에 손을 댈 이유조차 없었지. 부도가 난 2014년 여름 이후에 딱 서너 번 그랬을 뿐이야. 그것도 한 번에 20~30만 원 정도였고."

공금 운용의 투명성을 지고의 가치로 강조한 회장님이 횡령을 저질렀다니 솔직히 실망이었다. 다만 회장님 말처럼 낙원회는 규모 자체가 크지 않아 공금을 유용하려고 해도 그 파이가 워낙 적었다. 그 정도면 신문지상을 장식하는 온갖 흉악한 범죄와 비교해 그리 중한 범죄라고 볼 수는 없을 것이다.

"강남사랑나눔본부에서 본의 아니게 횡령 수법을 익힌 셈이라 그 정도 액수를 티 안 나게 돌려쓰는 건 간단한 일이었지. 그렇게 별 문제 없이 지내고 있다가 12월 일일호프 준비회의 때 그 일이 벌어진 거야."

갑작스레 이야기가 핵심으로 접어드는 듯해 긴장이 고조되었다.

"지혜는 기억 안 나나? 2014년 12월 임시회의 말이야. 13일 토요일에 했었는데, 기억나지?"

뜻밖에 질문의 화살촉이 나를 가리켜 기억을 더듬어보았다. 내가 얼른 대답을 못하니 회장님이 답답해하며 먼저 입을 열었다.

"그 다음 주 토요일에 자선 일일호프가 예정되어 있어서 그 준비 때문에 모였잖아. 왜 그날따라 불참자가 한 사람도 없어서 시작할 때 박수까지 쳤지. 심지어 출석률이 가장 저조했던 신영채 선생도 어디 갔다 오는 길에 마침 시간대가 맞는다고 들렀잖아. 끝나고 새 서울아파트 상가 보쌈집에서 단체로 저녁도 먹었는데……."

회장님의 자세한 설명에 어렴풋이 기억이 돌아오는 듯해 작게 고개를 끄덕였다.

"그 보쌈집에서 말이야. 우리 테이블에 앉았던 최순자 씨가 실실 웃으면서 이상한 얘기를 꺼냈지. 얼마 전에 재미있는 일을 알게 됐다고 굉장히 호들갑을 떨더군. 막 손을 허공에 빙빙 돌리고 이리저리 휘저으면서 신바람까지 내더라니까. 슬희가 물었어. 뭔데 그러냐고, 같이 좀 재미있자고."

"최순자 씨가 뭐라고 답했습니까?"

궁금증을 참다못한 강마로가 끼어들었다.

"나 원, 기가 막혀서. 그 재미있는 얘기를 뜸도 안 들이고 먹을 순

없다면서 다음 주 일일호프 끝나고 알려주겠다는 거야. 지혜도 그때 그 자리에 있었는데, 못 들었어?"

"네, 전 못 들었어요."

계속 이야기를 듣다 보니 어느 정도 기억이 선명해졌다. 지금은 없어진 새서울아파트 상가 2층의 보쌈집, 분명히 나도 그곳에 있었다. 하지만 당시 직장 2년차의 나는 구직에 도움이 될 듯해 가입했던 낙원회가 주말 자유시간만 잡아먹는 불필요한 족쇄로 느껴져 어떻게 하면 무리 없이 탈출할 수 있을까만 고민하던 처지였다. 그 자리에 있었어도 딴생각만 하고 있었을 게 뻔해 구체적인 정황까지는 기억나지 않았다.

"최순자 씨가 자세한 얘기는 그날 하고 오늘은 한 가지 다른 얘기를 들려주겠대. 뭔데 그러나 싶었는데, 갑자기 나귀 얘기를 꺼내서 깜짝 놀랐지."

"나귀요?"

나와 강마로가 합창하듯 물었다.

"글쎄, 그렇다니까. 나귀가 사자의 가죽을 둘렀더니 사람도 동물도 나귀를 사자로 알고 도망을 쳤다나. 그러다 한 줄기 바람이 가죽을 벗기는 바람에 나귀가 알몸이 됐고, 그제야 속은 걸 안 모두가 달려와서 몽둥이로 나귀를 두들겼다는 거야."

우리는 회장님의 얘기가 진행 중이라는 사실도 잊은 채 서로를 황당한 얼굴로 쳐다보았다. 강마로가 물었다.

"정말 최순자 씨가 그런 얘기를 했어요?"

"의심 가면 다른 정식회원들한테 물어봐. 다들 어이없어 했으니까 기억하고들 있을 거야."

"지혜 씨, 이거 이솝 우화 같은데요?"

자세히는 모르겠지만 맞는 것 같아 고개를 끄덕였다. 나는 궁금증을 참지 못하고 회장님에게 물었다.

"근데 왜 갑자기 그런 우화를 꺼냈을까요?"

"난들 아나. 하여간 집에 와서도 잠이 오질 않는 거야. 그 잘난 소문쟁이가 이번엔 또 뭘 주워들었나 싶어서. 그러다 혹시 내…… 횡령을 눈치 챈 게 아닌가 하는 생각이 들더군. 우화 내용이 왠지 위선자를 비판하는 것 같잖아.

얼음물에 들어간 것처럼 온몸에 한기가 퍼졌지. 그래도 내가 이 동네에서는 군인의 표상으로 존경받고 봉사단체까지 이끌고 있는데, 이제는 한낱 회비나 슈킹(收金)치는 쥐새끼 취급을 받겠구나 싶으니까 딱 죽고 싶더라고.

일요일에도 하루 종일 방에 틀어박혀서 되짚어 봤지. 그 여자가 어떻게 이 사실을 알게 됐을까. 암만 생각해 봐도 장부밖에 없는 거라. 그런데 난 틀림없이 배운 대로 했거든. 평생 꼼꼼하게 부대 살림 챙겨온 내가 실수할 리도 만무하고. 어쩔 수 없이 다음 날 내 눈으로 직접 확인하기로 했네."

"다음 날이면 최순자 씨가 사망한 15일입니까?"

"그렇게 되지. 낮에도 얼마든지 갈 수 있었지만 장부 조작이라는 검은 목적으로 가는 거니까 괜히 켕기더라고. 아무래도 몰래 밤에 가서 보는 게 낫겠다 싶었지. 때마침 15일에 부하들이 설악산 간다고 했던 얘기가 떠올라서 그걸 이용하자 생각했어.

그래, 집사람한테는 설악산 간다고 해놓고 솔향공원 으슥한 데 숨어 있다가 16일 오전 1시에 맞춰서 관리사무소에 있는 낙원회 사무실로 향했지.”

“잠깐만요! 지금 16일 오전 1시라고 하셨습니까?”

너무나도 엄청난 증언에 강마로가 목청을 높여 부르짖었다.

“당연하지. 아마 1분도 오차가 없을 거야. 일종의 작전 개시시간인데 나 같은 군인이 틀릴 리 있겠나. 갖고 있던 열쇠로 관리사무소 정문 따고 들어가서 낙원회 사무실로 갔지. 그 문도 열쇠로 열고 들어갔다네.”

“그럼 보셨겠네요? 사무실 안의 최순자 씨 시체를!”

강마로의 경악에 찬 외침에도 회장님은 침착하게 고개를 가로저을 뿐이었다.

“아니야. 불이 꺼진 사무실에는 아무도 없었어. 자네들이 왜 이리 놀라는지는 나도 알고 있네. 나중에 경찰 쪽 친구에게 들어보니까 15일 오후 11시부터 16일 오전 2시 사이에 최순자 씨가 살해됐다고 하더군. 한데 내 눈으로 16일 오전 1시 전까지는 사무실에 아무도 없었다는 걸 명백히 확인하지 않았나.”

“그렇다면 오전 1시 이후에 사건이 벌어졌다는 뜻입니다. 사망 추정시각이 무려 한 시간 이내로 줄어드는 엄청난 결과인데, 왜 경찰에 이 사실을 말씀 안 하셨습니까?”

“그러면 횡령과 장부 조작에 대해서도 고백해야 하잖나. 젠장, 용기가 안 나서…….”

참된 군인이라는 가면 속에 감춰둔 회장님의 맨 얼굴이 살살이 드러나는 순간이었다. 나는 강렬한 경멸을 참지 못하고 회장님의 다 죽어가는 얼굴을 외면했다.

"더 못하겠으니까 결론만 빨리 말하겠네. 곧바로 장부를 살펴보니 별 문제가 없더군. 장부엔 이상이 없는데 대체 그 여자가 어디서 냄새를 맡은 건지 모르겠다고 생각하면서 사무실을 나왔어. 그때가 딱 1시 10분이었지.

설악산 간다고 나온 길이니 바로 들어갈 수는 없고, 택시 타고 근처 모텔에 가서 하룻밤 잤네. 아침에 일어나서는 강화도 사는 사촌 형님 댁으로 갔지. 혼자 사는 분이고 치매 끼도 좀 있어서 들통 날 염려는 없었어. 형님이랑 막걸리 한 잔 하고 16일 밤 10시쯤 집에 돌아왔지.

도착하자마자 집사람을 통해 최순자 씨 사망 소식을 들었네. 내가 얼마나 놀랐는지 짐작도 못할 거야. 간밤에 내가 갔었던 사무실에서 최순자 씨가 시체로 발견됐다니. 그것도 내가 갔었던 때하고 거의 비슷한 시간대에…… 도대체 무슨 일이 생긴 건지 완전히 안갯속이었어. 잘못하면 범인으로 몰리겠다 싶어 차마 경찰에 말할 수도 없었지.

부랴부랴 부하들에게 전화를 돌려 경찰이 내 행적에 대해 물어보면 같이 설악산에 간 것으로 하라고 했지. 사촌형님한테도 나는 오지 않은 거라고 당부를 시켰고. 나중에 경찰이 사정청취를 했을 때 부하들은 한 사람도 빠짐없이 나와 등산을 갔다고 증언했어. 우린 또 의리 하나는 끝내주니까. 폭설 때문에 그 친구들이 등산을 하지 못한 건 오늘 처음 알았네만.

솔직히 경찰이 깊이 파고들면 금방 밝혀질 거짓말이라 속깨나 썩였는데, 아까 이 친구 말대로 너무 간단해서 놀랐을 지경이야. 내가 이 동네에서 명망도 있고, 또 최순자 씨하고 별다른 원한도 없어서인지 한두 번 찾아오고 말더군. 부하들한테 사정청취도 간단히 전화 한 통화씩으로 끝냈고.

하여간 그렇게 최순자 씨 사건에서 완전히 발을 빼고 2년 가까이 지났는데, 오늘 자네들 덕분에 진실을 털어놓게 되는구먼.”

나는 속으로 생각했다. 억지로 진실을 털어놓은 거겠죠.

회장님은 몇 번이나 정말 부득이한 경우가 아니라면 꼭 비밀을 지켜 달라고 당부한 뒤 축 늘어진 걸음으로 돌아갔다.

“엄청난 성과입니다! 낚시로 치면 오징어 잡으러 갔다가 고래를 낚은 거예요. 저희가 처음으로 경찰을 앞질렀습니다. 경찰은 아직 최순자 씨의 사망 추정시각이 16일 오전 1시 10분부터 2시, 단 50분으로 좁혀졌다는 사실을 모르고 있어요.”

강마로는 여전히 흥분이 가시지 않은 표정으로 펄쩍펄쩍 뛰었다.

“마로 씨 덕분이에요. 마로 씨가 그날 밤 회장님이 설악산에 가지 않았다는 사실을 입증한 덕분에 이렇게 중요한 정보를 얻은 거죠.”

“하하, 별것 아닙니다. 다행히 회장님이 그 거짓말에 속아 주시는 바람에……”

“네?”

“인터넷 찾아보니 폭설은 사실이었지만 입산 금지는 전날인 12월 14일까지였습니다.”

“근데 회장님한테는 왜 15일이 입산 금지라고 한 거예요?”

"한번 떠본 거죠. 암만 고민해 봐도 회장님이 그날 설악산에 가지 않았다는 걸 증명할 방법이 없더라고요. 2년이나 지났는데 무슨 증거가 남아 있을 리도 없고요. 그래서 에라, 모르겠다 하고 던져 본 게 요행히 먹혔네요. 하하."

강마로의 천진난만한 폭소에 차마 따라 웃을 수 없었다. 우리 수사에 결정적인 정보가 될지도 모를 최순자 씨의 정확한 사망 추정 시각을 순전히 요행에 기대 얻어냈다는 게 기가 막힐 따름이었다. 뿐만 아니라 만약 회장님이 진짜로 그날 설악산에 다녀왔다면 애꿎은 수미만 친구 잘못 만난 탓에 실업자가 될 뻔했던 것이다.

"근데 아직 백 퍼센트 확신하기에는 이르지 않을까요? 회장님이 위기를 모면하려고 거짓말을 한 걸 수도 있잖아요."

철없이 방방 뜨는 강마로를 진정시키기 위해 던진 말에 그의 어깨춤이 뚝 멎었다. 강마로의 어찌할 바 모르는 표정에 어이가 없었다. 설마 회장님의 말을 액면 그대로 전부 믿었단 말인가?

"음…… 지혜 씨 말은 그날 회장님이 최순자 씨를 직접 죽였거나, 아니면 이미 시체가 되어 버린 최순자 씨를 발견했지만 우리에게 거짓말을 했다는 건가요?"

"그럴 수도 있죠. 전자라면 자기가 범인이라는 걸 은폐하기 위해서일 테고, 후자라면 사건에 연루되는 게 싫어서겠죠."

"아!"

강마로는 이제야 깨달았다는 듯 찰싹 박수까지 쳤다.

"알겠습니다. 회장님은 혐의를 완전히 벗은 게 아니군요. 또한 사망 추정시각도 우리가 생각한 1시 10분부터 2시까지가 아닐 수도 있고요."

관계자의 말을 무턱대고 믿는 탐정이라니. 보기와 달리 강마로는 참으로 순진한 사람이다.

강마로와 사건과 관련된 논의를 한 시간쯤 더 하자 우리를 둘러싼 주변 어둠의 농도가 살짝 옅어진 느낌이었다. 핸드백 속의 휴대폰을 꺼내 시간을 확인하니 새벽 4시가 넘었다.

"언제 이렇게 시간이 됐지? 저 들어가 봐야겠어요."

한창 흥이 오른 강마로가 노골적으로 아쉽다는 표정을 지었지만 마음이 급했다. 엄마에게 늦을 거라고 얘기는 해 놨지만 이 시간까지일 줄은 몰랐을 터였다. 지금껏 전화나 문자 한 통 없는 게 외려 용한 일이었다.

강마로가 집 앞까지 바래다주겠다고 나서기에 같이 갔다. 우리 동인 103동 경비실 옆 쓰레기장에서 생활 쓰레기와 음식물 쓰레기를 수거하고 있는 쓰레기 수거차를 보자 얼마나 늦었는지 새삼 실감이 들었다. 매일 새벽을 연다고 알려진 이 차를 실제로 만나게 될 줄이야……

최대한 소리를 내지 않고 도어록을 해제해 집에 들어갔다. 문을 열 때부터 불호령을 각오했지만 싱겁게도 집 안에 깨어 있는 사람은 하나도 없었다. 아빠의 코 고는 소리와 엄마의 쌕쌕 규칙적인 숨소리가 들려 마음이 놓였다.

딸내미 걱정하는 척은 다하면서 잠만 잘 자네 뭐. 괜히 입을 삐죽여 보다가 문득 나를 둘러싼 세계가 아주 조금쯤은 정상적으로 돌고 있는 것 같아 흐뭇한 기분으로 잠자리에 들었다.

268

# 15장
## 6월 17일 금요일 23시 50분

똑똑. 문을 두드렸지만 방 안에서는 아무런 응답이 들리지 않았다. 고개를 들어 문짝에 붙은 명패를 올려다보았다. '선우진 교수님'이라는 명패 아래 상황에 맞게 '재실'과 '부재중'을 돌려서 표시할 수 있는 표시판이 붙어 있었는데, 지금은 재실로 돌아가 있었다.

다시 한 번 노크했지만 여전히 감감무소식. 기다리다 못해 살짝 문고리를 돌려보니 문이 부드럽게 열려 방 안으로 조심스레 걸음을 옮겼다.

문 바로 안쪽엔 나무로 된 가림막이 앞을 막아 내부를 볼 수 없었고, 교수님의 목소리만 드문드문 들려왔다.

"꽁지가 잘못된 거지…… 다섯 장…… 걱정이야…… 앞으로는 신경 써서 관리해야지……."

계속 남의 말을 엿들을 수는 없어 가림막을 두 번 두드리고 돌아

나갔다. 창가에 서서 휴대폰으로 통화 중이던 교수님이 이번에는 내가 낸 기척을 알아차리고 돌아보았다. 나를 발견한 교수님의 입이 알파벳 'O'자 모양이 되었다.

"내가 나중에 전화할게. 아니, 손님이 오셔서. 그래, 들어가."

나 때문에 괜히 전화까지 끊을 건 없었는데 죄송스러웠다. 언제나처럼 정장을 잘 차려입은 교수님에게 꾸벅 인사하고 미리 준비한 건강 음료 박스를 내밀었다.

"안녕하세요, 교수님."

"아, 지혜 씨. 이게 얼마 만이지? 어떻게 여길 다 왔어?"

박스를 받아든 교수님은 가식이 아니라 진심으로 깜짝 놀란 표정이었다. 꼬박 1년 반 만에 본 교수님은 예전과 별로 달라진 점이 없었다. 그때와 다름없이 남자답게 각진 턱 선에 윤기가 도는 피부, 이마를 반쯤 덮은 제법 긴 머리가 누가 봐도 근사한 예술가 풍모였다.

"마침 근처에 올 일이 있어서 생각난 김에 들러봤어요. 바쁘신데 폐가 아닐지 모르겠어요."

"아니야, 잘 왔어. 서서 그러지 말고 앉지 그래. 이리."

교수님의 안내에 따라 교수실 중앙의 4인용 응접세트에 앉았다. 교수님은 곧바로 내 맞은편에 앉지 않고 뭘 마시겠느냐고 물었다. 굳이 그럴 것 없다고 손사래를 치자 그래도 손님인데 어떻게 가만히 있냐고 한다.

"교수실이 누추해서 딱히 대접할 것도 없네. 커피나 한 잔 타 줄 테니까 잠깐만 기다려."

교수님은 다시 창가로 다가가 창턱에 올려놓은 커피머신에서 드립커피를 내렸고, 나는 그 틈을 타서 처음 와 본 선우진 교수님의 사무실을 훑어보았다. 오기 전에는 음대 교수실이니 당연히 피아노 한 대쯤은 있을 거라 생각했지만, 실제로는 엊그제 갔었던 신영채 선생님의 방만큼이나 많은 책으로 뒤덮여 있었다. 창가를 제외한 3면의 벽에 원목 책장이 놓여 있었고, 책장 안에는 우리말보다 영어나 독일어 제목이 쓰인 책들이 꽉꽉 들어차 있었다. 간간히 아마 러시아어인 듯한 글씨로 된 제목이 붙은 책도 보였다.

교수님이 찻잔에 커피를 따르자 향긋한 원두커피 향이 코끝을 간질였다. 교수님은 커피를 가지고 소파로 오기 전에 책상 오른쪽의 오디오 테이블에 올라 있던 오디오의 재생 버튼을 눌렀다. 어디서 들어본 적은 있지만 제목은 알지 못하는 피아노곡이 교수실 안에 은은하게 울려 퍼졌다. 깨나른한 오후에 커피와 클래식이라니 참으로 황홀한 조합이다.

"식기 전에 마셔. 근데 맛이 있으려나 모르겠네."

"아니에요. 밖에서 사 먹는 것보다 더 향이 좋은데요."

"그럼 다행이고. 지혜 씨 같은 미인을 앞에 두고 마셔서 그런지 나도 평소보다 훨씬 맛이 좋은걸."

교수님 또래의 다른 아저씨가 했다면 김치 국물이 필요할 것 같은 얘기도 교수님의 부드러운 저음으로 들으니 거부감이 덜했다.

"이 곡, 제목이 뭐예요? 분명히 어디서 들어봤는데……."

"제목이 뭐가 중요해. 음악이 좋게 들리면 그냥 흠뻑 젖어서 들으면 되는 거지. 바흐의 「골드베르크 변주곡」이야."

"아, 클래식은 잘 모르지만 정말 좋은 것 같아요."

"그렇지?"

교수님은 바흐가 아니라 당신이 칭찬이라도 들은 양 흡족한 미소를 지었다. 우리는 잠시 아무런 말없이 음악을 감상하며 커피를 홀짝였다.

아니, 지금 음악 감상실에 온 게 아니잖아. 불현듯 머나먼 수원까지 찾아온 진짜 이유를 떠올리고 마음속으로 전열을 가다듬었다. 일단은 가벼운 대화로 시작해 점점 핵심에 접근해 들어가기로 결심했다.

"교수님 방에 책이 이렇게 많을 줄은 몰랐어요."

"왜, 피아노라도 있을 줄 알았어? 난 실기가 아니라 음악이론이나 음악사를 가르치는 선생이잖아."

"신영채 선생님이랑 누가 더 많은지 대결해 보면 재미있을 것 같은데요."

"그래? 하긴 작가 선생님이니까 많겠지."

별 뜻 없이 언급한 신영채 선생님 애기에 눈을 빛내며 엉덩이까지 들썩이는 게 이것 봐라 싶었다. 순간 남녀상열지사에 대한 관심이 사건 조사를 하러 온 본 목적을 눌러 버리고 말았다.

"네, 2층에 사셨다면 위험했을 거예요."

"왜?"

"책 무게 때문에 바닥이 꺼질지도 몰라서요."

분위기를 조성하기 위해 던진 어설픈 농담이었지만 교수님은 껄껄 웃었다.

"그러고 보니 신 선생님 뵌 지도 오래됐어. 낙원회에도 통 안 나오시네."

"교수님은 계속 나가셨어요?"

"올해는 한 번도 안 빠졌지."

"신 선생님은 곧 신작 들어가신대요. 당분간은 눈코 뜰 새 없이 바쁘실 거예요."

"오, 신작이 방영된대? 이번엔 또 얼마나 재미있을지 기대되네."

"자신만만하시던데요."

"날짜 체크해 뒀다가 꼭 봐야겠어. 그나저나 그렇게 바쁘시면 당분간 만나 뵈는 건 꿈도 못 꾸겠네."

"왜요? 언제 만나기로 약속하셨어요?"

"구체적인 건 아니고. 신 선생님이 클래식에도 조예가 깊더라고. 아주 전문가 수준이야. 우리 교수님 중에 이재영이라는 피아니스트가 한 분 계시는데, 내가 그분 얘기를 꺼내니까 관심을 보이셨어. 그렇잖아도 주목하고 있었다고. 다음에 만나면 사인해 놓은 음반 드리기로 했는데……"

"작품 끝나면 시간이 나실 거예요."

"음, 그렇겠지……"

중년의 로맨스도 궁금했지만 슬슬 사건과 관련한 질문을 던져야겠다고 생각한 찰나 교수님이 화제를 원점으로 돌렸다.

"지혜 씨는 신 선생님하고 친하지?"

"아뇨, 친하긴요. 그냥 좀 귀여워해 주시는 정도죠. 그것도 무지 영광이에요."

"그…… 왜 가끔 내 얘기하기도 하나?"

소리 내어 웃음이 터질 뻔 하는 걸 참느라 힘들었다. 두근거리는 감정에 설레거나, 내 맘 같지 않은 상대방의 반응에 좌절하는 건 나이를 떠나 짝사랑을 하는 모두에게 적용되는 모양이다. 신 선생님이 따로 교수님을 언급한 적은 전혀 없었지만 교수님이 귀여워 선의의 거짓말을 던졌다.

"그럼요. 꽃중년이시라고, 멋있다고 하셨어요."

"그래? 설마……."

반신반의하는 것 같으면서도 교수님의 얼굴 위로 웃음꽃이 활짝 폈다.

"아무튼 이사 와서 제일 잘한 게 낙원회에 가입한 것 같아. 좋은 사람들도 많이 만나고, 좋은 일도 많았고…… 아, 지혜 씨 앞에서 실례를 했네. 그 아주머니도 그렇고, 다 좋은 일만 겪은 건 아니었지. 괜히 상처 건드려서 미안해."

교수님은 정중하게 사과했지만 미안하기는커녕 고마웠다. 이야기의 물꼬를 알아서 터 주시다니.

"미안하시긴요…… 그러고 보니 참 이상해요. 스릴러 영화 같은 일이 우리 주변에서 실제로 일어난 게 말이에요. 제가 술에 취해 자고 있었던 그 시간에 같은 아파트 단지 안에서 최순자 아주머니가 살해당했다니 정말 끔찍해요."

"어휴, 끔찍한 일이었지. 나만 해도 그때가 12월 중순이라 학생들 기말고사 시험지 채점하느라 정신없었거든. 정신 차리고 보니 자정이 훌쩍 넘었더라고. 그래서 귀가도 포기했지. 밤새도록 이 방에서 수준 미달의 답안지랑 씨름했는데, 그때 누구는 단지 안에서 살해

됐다니, 끔찍한 일이야."

"와, 대단하세요! 저 같으면 꿈도 못 꿀 걸요. 한밤중에 이 큰 건물에 혼자만 남아 있으면 엄청 무서울 것 같아요."

"하하. 뭐가 무서워. 다른 교수님들 얘기 들어보면 집에서 기다리는 마나님이 귀신보다 더 무섭다던데. 나야 싱글이니 그런 쪽에서는 자유롭지. 집에 가 봐야 어차피 논문 쓰거나 학회 일 하는데, 어차피 그럴 바에야 자료가 많은 여기서 하는 게 낫지 않겠어?"

"저도 그랬었는데, 경찰에서 교수님께도 찾아왔었죠?"

"응, 헛걸음하러 한두 번 왔었지. 나야 그…… 최순자 씨? 그분이랑 잘 아는 사이도 아니었고, 낙원회 안에서도 데면데면했잖아. 지혜 씨 때는 정말 놀랐지만 말이야. 어떤 사이코가 낙원회 사람들을 한 명, 한 명 노리나 싶어서 솔직히 겁도 좀 나더라고."

"제 말이요. 범인이 빨리 잡혀야 안심이 될 것 같아요. 제 사건 때는 어디 계셨는지 기억나세요?"

"경찰 조사 받느라 말했었으니까 다 기억하지. 그땐 모처럼 서초동 사는 학부 때 친구 집이 빈다고 해서 동기 몇 명이서 놀러갔거든. 겨울방학도 했겠다, 홀가분한 기분으로 저녁부터 부어라 마셔라. 다 같이 널브러져서 뻗어 있다가 다음 날 아침에 해장술까지 또 했으니 징그럽게 달렸지."

"어머, 교수님들도 친구 집에서 그렇게 드실 때가 있으세요? 대학생들 같아요."

"이거 섭섭한데. 우리한테도 청춘이 있었다고."

교수님은 당신의 청춘을 알아주지 않아 섭섭하다는 양 짐짓 익살

맞은 표정을 지었다.

"몇 년에 한 번씩 청춘이 되돌아오는 거지. 아니, 주책이 되돌아오는 건가? 하하."

"혹시 두 사건 전후로 뭔가 수상한……."

"자자, 이제 그 얘기는 그만하지. 밖에 날씨가 이렇게 화창한데 끔찍한 얘기는 안 어울리잖아. 안 그래?"

"아…… 네."

"지혜 씨 그때 고생 많이 하고, 아직도 심적으로 힘들 거라는 것도 이해해. 그래도 이젠 지난 일이니까 싹 잊고 미래를 봐야지. 나도 도와줄 테니까 지혜 씨도 마음 단단히 먹고 힘내."

교수님이 이렇게까지 단호히 이야기를 중단시키니 나로서도 용 빼는 재주가 없었다. 그 후로는 일상적인 화제가 두서없이 오르내렸는데, 나로서는 영 관심이 생기질 않아 제대로 대화가 이뤄지지 않았다.

소득 없는 대화가 지루하게 느껴져 무심코 창가로 시선을 돌렸다. 교수님이 언급한 것처럼 따사로운 햇빛이 색색의 꽃과 나무, 품격 있는 석조 건물들로 보기 좋게 꾸며진 교정을 데우고 있었다. 그 평화롭고 아늑한 풍경에 청량한 피아노 소리까지 더해지자 수면제가 따로 없을 지경이었다. 나도 모르게 하품을 하자 교수님이 다 안다는 듯 씩 웃었다.

"원래「골드베르크 변주곡」은 바흐가 불면증 퇴치용으로 쓴 거야. 바흐가 정확히 쓴 모양이네."

"죄송해요. 어제 너무 늦게 자는 바람에…… 저 이만 가 볼게요. 4시까지 출근이라 두 시간밖에 안 남았거든요."

"그래? 모처럼 얼굴 봐서 반가웠는데 아쉽네. 다음에 또 놀러와. 그때는 맛있는 식사 대접할게."

교수님은 말리는 내 손짓을 무시하고 문 앞까지 배웅을 나왔다. 다시 한 번 인사하고 떠나려는데 선우진 교수님이 기어코 한마디를 보탰다.

"나중에…… 신 선생님 시간 될 때 셋이서 볼까? 아니, 다른 뜻은 아니고 우리 지혜 씨 재기를 축하하는 차원에서. 우리가 그래도 같은 봉사단체에 몸담았는데 그냥 넘어갈 수는 없잖아. 알았지?"

'다른 뜻'이 빤히 보이는 교수님에게 꼭 그러마고 응답하고 입가에 감돈 미소를 숨기기 위해 얼른 뒤돌아섰다.

실외로 나와 창가에서 보던 햇빛을 직접 받아 보니 상상했던 것 이상으로 뜨거웠다. 출근까지 남은 시간이 빠듯해 어서 걸음을 옮기려는 순간 인상적인 것이 눈에 띄었다. 정문 옆 알림판에 아까 들어올 때만 해도 없었던 대자보가 붙어 있었던 것이다.

**꼭 읽어 주세요**

수년째 계속되고 있는 음악대학교 선우진 교수의 만행을 동수원대학교의 모든 학우 여러분들께 폭로합니다.

1. 상습적인 성희롱

선우진 교수는 친목을 핑계 삼아 학부생 및 대학원생들과 잦은 술자리를 가졌음. 불이익이 걱정되어 참석한 여학생들에게 볼에 뽀뽀를 하는 등 노골적인 스킨십과 따로 단둘이 만날 것을 요구함. 이와 같은 행태는 2014년 1학기에 처음 노출되어 교원징계위원회에 회부됨. 그러나 동료 교수들의 제 식구 감싸기로 유야무야 넘어감. 그 결과 선우진 교수의 성희롱은 매 학기 반복되고 있음.

2. 불성실한 수업 태도

선우진 교수는 매 수업시간마다 20분 이상 늦게 들어옴. 수업 내용의 대부분은 농담 따먹기로 일관하고 제대로 된 수업을 거의 하지 않음. 몇 가지 유형으로 나누어진 동일한 시험 문제를 몇 년째 고스란히 재사용함.

이상이 선우진 교수의 만행입니다. 저희 음악대학교 학생들은 더 이상 비인격적이고 불성실한 선우진 교수의 수업을 거부하며, 퇴임을 강력하게 요구하는 바입니다. 저희의 요구가 관철될 때까지 끝까지 투쟁할 것을 다짐합니다.

동수원대학교 음악대학교 학생 일동

대자보를 다 읽고 나서도 충격에 자리를 뜰 수 없었다. 방금 전까지 그토록 화기애애하게 대화를 나눴던 교수님이 입에 담기도 싫은 성희롱을 저질렀다니…… 그동안의 신사답고 품위 있던 모습은 전부 위선이었던 걸까?

아직 어린 학생들이니 혹시 오해가 있었던 건 아닐까 싶기도 했지만, 직간접적인 경험상 이런 일은 대개 피해자의 말이 맞는 경우가 많았다. 게다가 나는 이미 어제 회장님의 경우를 통해 한 사람이 공들여 가꾼 가면이 벗겨지는 모습을 통렬하게 목격하지 않았던가.

서울로 올라오는 내내 혼란스런 감정에 머리가 복잡했다. 수업을 하면서도 교수님의 일이 머리에서 떠나지 않았다.

"이상이에요."

선우진 교수님을 방문했던 긴 이야기를 마치자 몹시 목이 탔다. 집에서 병에 담아온 커피를 홀짝이며 강마로를 보았다. 가로등이 먼 탓에 다소 침침한 어둠 속에 떠오른 그 얼굴은 깊은 생각에 잠겨 있었다. 수다스런 강마로가 웬일로 조용하니 풀벌레가 때를 놓치지 않고 우리가 앉아 있는 정자 주변에서 일제히 울어대기 시작했다. 드러난 내 맨다리를 끈질기게 탐하는 모기 한 마리를 찰싹 내쫓았을 때 강마로가 입을 열었다.

"잘 들었습니다. 아주 흥미롭네요. 솔직히 선우 교수는 별로 주목하지 않는데, 지혜 씨 얘기 듣고 나니 범인 후보 최선두권에 올려도 될 것 같아요."

"그렇게 생각하세요?"

"그렇잖아요. 벌써 저지른 범죄가 몇 개입니까. 도박 중독에 성희롱에 업무 태만에…… 거기에 살인과 살인미수를 더하지 못할 까닭이 없죠."

나는 고개를 갸우뚱했다.

"다른 건 그렇다 쳐도 도박 중독은 어디서 나온 거죠?"

"지혜 씨가 말해줬잖아요."

"제가요?"

"이야기 초반에 꽁지가 잘못됐다고 하지 않았어요? 도박하는 사람들이 돈을 다 잃으면 업주들한테 아주아주 비싼 이자로 돈을 빌리는데 그걸 은어로 '꽁지'라고 합니다. 제 생각에 선우 교수는 같이 도박을 하는 친구에게 꽁지돈 때문에 문제가 생겼다는 얘기를 했던 것 같아요. 다섯 장이라고 했으니까 500, 아니면 5000쯤 되겠네요. 그러다 마침 지혜 씨가 방에 들어와서 허겁지겁 전화를 끊은 거죠. 그렇잖아도 상황이 안 좋은 판에 도박까지 한다는 소문이라도 새어나가면 어떻게 되겠어요?"

강마로의 설명에 내가 얼마나 어이없는 오해를 했는지 알아차리자 헛웃음이 튀어나왔다.

"하, 전 교수님이 애완용으로 새라도 기르는 줄 알았어요. 키우는 새 꽁지에 문제가 있는 것 같다고 생각했죠. 나 진짜 멍청하다……."

"아닙니다. 사실 일반인이라면 알 수도 없고, 알 필요도 없는 거죠. 아무튼 교수가 애들 가르치는 데 불성실한 것도 이해가 가네요. 도박에 미쳐서 자기 미래도 저당 잡힌 사람이 남의 애들 미래까지 신경 쓰겠습니까."

망연히 교수님의 악덕 목록에 또 한 줄이 추가된 것을 개탄하다가 지금 이럴 때가 아니라는 걸 깨닫고 강마로의 수확에 대해 질문했다. 벌써 자정이 넘었는데 이러다가 또 오늘처럼 새벽에 들어갈까 걱정되었던 것이다.

"정은우 씨, 정말⋯⋯."

강마로가 땅이 꺼져라 한숨을 쉬었다.

"왜요, 일이 잘 안 풀렸어요?"

"아뇨. 그건 아닙니다. 그냥 캐릭터가 좀⋯⋯ 피곤한 스타일이더라고요."

익히 알고 있는 은우 언니의 성격과 다른 얘기에 놀랐다. 별 자기주장 없이 남의 얘기 찬찬히 들어주는 언니가 피곤하게 굴었다니 낯선 강마로가 부담스러워서였을까?

"그냥 제가 은우 언니를 맡을 걸 그랬나 봐요."

오늘 아침, 우리는 전화로 각자 담당할 용의자를 나누었다.

"어쩔 수 없었잖습니까. 어제 오전에 지혜 씨가 찾아갔을 때 없는 척하는 것 같았다면서요?"

어제 은우 언니의 집 안에서 들려온 휴대폰 벨소리를 떠올리며 고개를 끄덕였다.

"아무래도 지혜 씨를 피하는 눈치이기도 했고, 또 어쩔 때는 친한 사람보다 오히려 낯선 사람한테 내밀한 얘기를 털어놓기도 하잖아요. 그래서 제가 정은우 씨를 맡은 겁니다."

"잘 알았어요. 그보다 은우 언니한텐 어떻게 접근했어요?"

"이렇게요."

강마로가 내민 것은 명함이었다. 설마 그 유치한 명함을 보여 준건가 싶었는데 받고 살펴보니 문구가 달랐다.

프리랜서 르포라이터 강마로.

의외로 장식이 전혀 없고, 멀쩡해 보이는 명함에 놀라 물었다.

"마로 씨, 글도 쓰세요?"

"그럴 리가 있겠습니까. 위장입니다, 위장."

"아……."

강마로는 또다시 주머니에서 주섬주섬 볼펜을 꺼냈다. 늘 갖고 다니는 수첩에 필기라도 하려는가 싶었는데 왠지 그의 표정이 득의양양하다.

"이런 건 처음 보셨을 겁니다."

"볼펜 아니에요?"

"하하. 볼펜형 녹음기입니다."

신기해서 냉큼 받아들고는 앞뒤로 꼼꼼히 살펴보았다. 누가 봐도 영락없는 고급 검정색 볼펜이라 눈앞에서 대놓고 녹음해도 전혀 모를 듯했다.

"이걸로……?"

"백문이 불여일견이죠. 아니, 불여일청인가요? 지혜 씨에게 은우 씨와의 대화를 고스란히 들려 드리려고 전자센터 문 열자마자 부랴부랴 달려가서 사 왔습니다. 확인해 보니까 녹음이 잘 됐더라고요."

강마로는 볼펜의 뚜껑 부분에 달린 재생 버튼을 눌렀다. 치익 하는 잡음에 이어 강마로의 목소리가 또렷하게 들려왔다.

"……실례가 많습니다. 아, 여기 앉으면 되나요?

"네, 앉으세요."

늘 그렇듯 피죽 한 그릇도 못 먹은 것처럼 들리는 은우 언니의 목소리였다. 목소리만 그런 건 아니고 실제로 봐도 창백한 피부에 마치 병자처럼 생기가 별로 느껴지지 않는 사람이다.

　강마로: 흔쾌히 들여보내 주셔서 감사합니다.

　정은우: 괜찮아요. 그보다…… 기자라고 하셨나요?

　강마로: 여기 제 명함입니다. 신문사 같은 데 다니고 있는 건 아니고요. 프리랜서예요. 저 혼자 취재해서 기사를 완성해 언론사에 파는 거죠. 책으로 낼 때도 있고요.

　정은우: 아. 그런데 저희 집엔 어떻게……?

　강마로: 왜 2014년 겨울에 이 아파트 단지에서 살인사건 있지 않았습니까. 그 사건을 취재하기 위해 찾아왔습니다.

　정은우: 그거 저희랑 아무 상관도 없어요. 경찰에서도 아무 문제없었는데…….

일시정지 버튼을 누른 강마로가 내 눈을 보며 말했다.

"말은 이렇게 하면서도 눈이 파르르 떨리고 몸이 굳는 게 심상치가 않더라고요. 딱 올 것이 왔구나 하는 느낌이었어요. 오호, 이것 봐라 했죠."

말을 마친 강마로가 다시 녹음기를 재생시켰다.

　강마로: 그럼요, 정은우 님 부부를 의심해서 온 게 아닙니다. 아직 범인이 밝혀지지도 않았는데, 제가 뭐라고 엄한 사람들을 괴롭히고 다니겠습니

까. 저는 단지 그 사건이 일어난 과정이나 원인, 그리고 사건이 불러온 여파 같은 것을 사회학적으로 연구하고 싶을 뿐입니다. 낙원아파트는 평범한 사람들이 사는 서민 아파트죠. 우리나라 전체에 널리고 널린 이 평균적인 서민 아파트를 일종의 실험대로 놓고, 거기에 범죄라는 비일상적인 균이 침투했을 때 사람들의 반응 같은 걸 냉철하게 관찰해 보고 싶은 겁니다.

"와, 마로 씨 말 끝내주게 잘하네요!"
"정은우 씨를 속이려고 무슨 말인지도 모르고 떠오르는 대로 지껄였어요. 지금 들어보니 좀 부끄러운데요."

정은우: 내용이 어렵긴 한데 대충 알아들었어요. 그럼 제가 뭘 도와드리면 되죠?
강마로: 어려울 것 없습니다. 사건에 대해 알고 계신 것 몇 가지만 들려주시면 됩니다.
정은우: 알겠어요.
강마로: 먼저 낙원아파트에 사신 지는 얼마나 되셨습니까?
정은우: 결혼하고 바로 왔으니까 어느새 7년쯤 됐네요.
강마로: 아, 김우석 씨와 이곳에서 신접살림을 꾸린 거군요.
정은우: 저희 남편 이름도 알고 계시네요?
강마로: 아, 사전 취재를 해서 관련자들 이름하고 나이 같은 기초적인 사항은 파악하고 있습니다. 꽤 오래 사신 걸 보니 여기가 마음에 드셨나 봅니다.
정은우: 그렇지도 않아요. 남편 고집 때문에 억지로 사는 거죠. 꼴에 죽

어도 강남에서 살고 싶다고 시아버지 졸라서 여기로 온 거예요. 남편이 부
지런히 돈 모아 강남의 더 큰 집으로 이사 가자고 했는데 그게 될 턱이 있
나요. 살림살이도 빠듯할 월급만 가져다주는데…….

강마로: 저런.

정은우: 게다가 어쩜 그리 헤픈지 돈 모을 성격도 못 되거든요. 좀 있으
면 마흔인데 아직도 정신 못 차리고 애들처럼 친구들이랑 몰려다니면서
게임에, 당구에, 술담배에…… 정말 내가 왜 이 사람하고 결혼을 했는지 모
르겠네요.

강마로: ……왜 하셨는데요?

"솔직히 전혀 궁금하지 않았는데, 은우 씨 눈빛이 하도 간절해서
어쩔 수가 없었어요. 물어봐다오, 제발 물어봐다오, 아주 텔레파시
를 보내더군요."

강마로가 고개를 절레절레 저었다.

정은우: 제 친구 결혼식장에서 처음 만났어요. 친구 남편의 대학 후배였
는데, 이 사람이 저한테 반해서 뒤풀이 때 끈질기게 대시를 했죠. 원래 연
하는 남자로 생각 안 하는 편이라 웃어넘겼더니 친구한테 제 연락처 알아
내서 날이면 날마다 연락을 하는 거예요…….

은우 언니한테 이미 들은 얘기인 데다 그리 대단한 로맨스도 아
니라서 시큰둥했다. 그러나 은우 언니의 목소리에서는 일생일대의
기로에서 선택을 잘못하는 바람에 나락으로 떨어진 여인의 절박한

기색이 묻어났다.

정은우: 결혼하기 전부터 약간 수상했어요. 같이 살고 보니 바로 알겠더라고요. 남편은 동정심이나 공감 능력이 전혀 없어요. 죄책감도 그렇고요. 아뇨. 흔히 말하는 나쁜 남자 수준이 아니에요. 저는 길에서 죽어가는 고양이만 봐도 눈물이 철철 나는데, 그 사람은 뭐 그런 것 갖고 우냐고 면박을 줬어요. 요즘 흔히 말하는 그…….

강마로: 사이코패스요?

정은우: 네, 사이코패스가 분명해요. 그러니까 아무 거리낌 없이 바람이나 피우고 돌아다니죠. 집에서 살림하느라 고생하는 내 생각은 요만큼도 안 하고 그저 발정 난 짐승처럼 눈을 희번덕거리면서…….

강마로: 바람이라니. 증거가 있습니까?

정은우: 증거는 없지만, 그냥 알아요. 기자님은 결혼하셨어요?

강마로: 아뇨, 아직.

정은우: 그것 보세요. 이런 일은 결혼을 안 해 봤으면 잘 몰라요. 매일 살맞대고 사는 사람이 딴생각하는 걸 눈치 못 챌 것 같아요? 특히 여자들은 더 잘 알아요. 여자들만의 느낌이라는 게 있는 법이거든요.

강마로: 네, 네. 그럴 것 같습니다.

정은우: 낙원회도 그래서 따라 들어간 거예요.


지지부진한 남편 성토에 지쳐갈 무렵 갑자기 튀어나온 '낙원회'라는 단어에 눈이 번쩍 뜨였다. 강마로가 이제부터가 중요하다는 시선을 보냈다.

강마로: 그게 무슨 뜻입니까?

정은우: 미리 알아보고 오셨다면서요? 말씀하신 사건들은 낙원회라는 봉사단체 안에서 일어났어요.

강마로: 낙원회는 알고 있습니다. 따라 들어갔다는 게 무슨 뜻인지 여쭤 보는 겁니다.

정은우: 남편이 우리 아파트에 봉사단체가 생겼다며 자기도 가입하겠다는 거예요. 생전 봉사같이 거룩한 단어랑은 거리가 먼 사람이. 왠지 수상해서 나도 같이 하자고 했죠. 분명히 뭔가 있다. 아내로서, 여자로서의 예감이 딱 들더라고요.

강마로: 뭐가 있었는데요……?

정은우: 그야 당연히 봉사를 핑계 삼아 바람이나 피워 보려는 것 아니겠어요? 좋은 일 한다고 이미지 좋게 포장해서 골빈 여자애들이나 낚아 보려는 속셈이 뻔히 보였죠. 내 남편, 내가 안 지키면 누가 지키나요?

강마로: 그, 그렇죠. 그래서 그런 여자들이 정말 있었습니까?

정은우: 있더라고요. 자기들 망가진 인생이나 신경 쓸 것이지, 무슨 남을 돕는다고 꼴값들을 떠는지. 그거 다 일종의 패션이에요. 명품 두를 능력이 안 되니까 봉사라는 세련된 이미지를 대신 두르는 것뿐이죠.


평소 있는 듯 없는 듯 얌전했던 은우 언니가 신들린 것처럼 쏟아내는 수다에 놀라고 있다가 낙원회에 대한 야멸찬 평가에 큰 충격을 받았다. 하지만 진짜는 조금 뒤에 있었으니…….


강마로: 낙원회에 미혼 여성은 세 분인 걸로 알고 있습니다. 특별히 의심

가는 사람이 있나요?

정은우: 구체적인 증거는 없어요. 가정 있는 남자랑 바람피우는 간 큰 여자가 꼬리를 그렇게 쉽게 밟히겠어요? 그리고 그 사건 이후로는 자주 모이지도 않으니까 한시름 놓긴 했죠.

강마로: 뭐 아내 입장에서는 충분히 걱정할 만하다고 생각합니다. 가수 지망생에, 미모의 비서에…….

정은우: 미모요? 말도 안 돼요. 그냥 어린 맛에 봐주는 거지 별로 대단하지도 않아요. 가수 지망생? 슬희 걘 백 퍼센트 화장발이고 코도 세웠어요. 솔직히 그렇게 외모가 괜찮으면 벌써 데뷔했겠죠. 그럴 수준이 안 되니까 저 모양, 저 꼴로 사는 거죠. 그리고 비서 쪽이라면…….

강마로: 유지혜 씨요?

정은우: 네. 지혜는 좀 촌스럽게 생겼거든요. 요즘은 얄쌍하고 갸름한 얼굴형이 대세잖아요? 하도 동그래서 달덩이 같아요. 지금이 조선시대라면 모르겠는데, 2016년이잖아요? 어른들은 좋아하겠네요. 맏며느리 감이라고. 게다가 술을 얼마나 먹는지는 몰라도 피부가 말도 못해요. 이제 서른일 텐데 나중에 어쩌려고…….

강마로: 하하, 유지혜 씨에게 반감이 좀 있으신 것 같네요.

정은우: 솔직히 없다고는 말 못하죠. 그렇잖아도 어제 우리 집에 왔더라고요. 꼴도 보기 싫어서 있는 척도 안 했어요. 그 나이에 얼마나 행실이 안 좋았으면 배때기에 칼까지…….

"그만, 그만 꺼요!"

내가 소리를 빽 지르자 강마로는 즉시 정지 버튼을 눌렀다. 가슴 깊은 곳에서부터 화가 치솟아 전신이 부들부들 떨렸고, 강마로는 안절부절못하며 내 눈치만 살폈다.

"아니, 다른 사람도 아니고 은우 언니한테 이딴 말을 듣는 게 기가 막히네요. 저 그리고 요즘 불면증 때문에 잠을 못 자서 그런 거지 무슨 술을 마신다고. 친구들 만나서 술집 가도 맥주 한두 잔밖에 안 마셔요."

"네, 네. 저야 잘 알죠."

"정말 기도 안 차네요. 앞에서는 친한 척하면서 뒤에서 이따위 말을 하고 다닐 만큼 인간성이 저럼한 사람인 줄은 꿈에도 몰랐네요."

하도 열이 받은 나머지 은우 언니의 증언에 대한 호기심은 순식간에 휘발되어 버렸고 그냥 집에 가고 싶었다. 이런 뜻을 내비치자 강마로가 손을 격렬하게 흔들며 말렸다.

"그러지 말고 조금만 더 들어보세요. 아주 중요한 내용이 남아 있습니다. 그리고 제가 보기에 정은우 씨는 약간 신경쇠약 증세가 있어요. 세상 모든 예쁜 여자들이 전부 자기 남편을 유혹하려는 꽃뱀 같이 보이는 것 같아요."

"말도 안 돼요. 김우석 씨를 누가? 머리숱도 별로 없는 아저씨예요. 거저 줘도 안 가져요!"

"당연히 그렇죠. 지혜 씨가 그럴 분도 아니고요. 정신적으로 살짝 문제가 있어 보이는 사람 얘기이니까 너무 귀담아 듣지 말라는 뜻입니다."

"저도 정신적으로 문제가 있어요!"

"아, 죄송합니다."

한번 기분이 상하니 매사에 삐딱해진다. 사과의 뜻으로 강마로가 머리를 조아리는 모습조차 눈에 거슬렸다.

"됐어요. 그만하세요."

"네, 네."

"중요하다는 내용이나 빨리 들려주세요. 피곤하기도 하고, 엄마가 기다릴 거예요."

"알겠습니다. 어차피 이다음부터 또 한 10분 동안 근거 없는 낙원회 멤버 뒷담화만 있어요. 그런 건 건너뛰고 중요한 부분만 들려드릴게요. 더 들을 내용도 없어 보여서 제가 일어나려고 하니까 한참 동안 머뭇대다가 한 얘기에요."

정은우: 사실 이런 말씀까지 드리고 싶지는 않았는데요. 저 요즘 무서워요…….

강마로: 아, 무슨 일이 있었습니까?

정은우: 그게…… 이런 얘기 해 봐야 제 얼굴에 침 뱉는 거라 좀 조심스럽긴 한데…… 말씀 나눠보니 기자님이 신뢰도 가고 괜찮은 사람 같아서 털어놓는 거예요.

강마로: 아무 걱정 마시고 말씀해 보세요. 비밀을 지키라 하시면 그렇게 하겠습니다.

정은우: 저 아무래도…… 저희 남편이 범인인 것 같아요.

강마로: 네?

정은우: 깜짝 놀랐잖아요!

강마로: 죄송합니다. 너무 놀라서 그만…… 어떤 계기로 그런 생각을 품

게 되신 겁니까? 특별한 이유가 있나요?

　정은우: 증거가 있어요. 최순자 아줌마가 살해당한 그날 밤, 저희 남편이 집에 없었어요. 그날도 평소랑 비슷하게 12시 조금 넘어서 잠자리에 들었거든요. 그런데 새벽에 쿵 하는 소리가 들려서 눈을 떴죠. 아마 새벽에 오는 쓰레기차 소리였을 거예요. 조심성 없이 쓰레기를 싣는 바람에 시끄러운 소리가 난 거겠죠. 아무튼 그 소리 때문에 깨서 비몽사몽한 정신으로 옆을 보니까 분명히 아까까지 침대 옆에서 같이 누워 자던 남편이 안 보이더라고요. 언제 사라졌는지도 모르게 말이에요.

　강마로: 아…….

　정은우: 그때는 잠이 안 와서 담배라도 피우러 나갔나 보다 했죠. 너무 피곤하기도 해서 찾아볼 생각도 않고 눈을 감았는데, 왜 한 번 깨면 좀처럼 다시 잠이 안 오잖아요? 한 이삼십 분 그러고 누워 있었던 것 같은데 계속 안 들어오더라고요. 뭐 결국 다시 자긴 했어요. 7시쯤 일어나보니 그때는 와 있더라고요.

　강마로: 밤새 어디 갔었냐고 물어보셨어요?

　정은우: 아뇨. 그때는 별로 대단한 일이라고 생각을 못해서요. 남편이 출근하고 나서야 최순자 아줌마 소식을 들었어요. 간밤에 이 아파트 관리사무소에서 죽었다고 그러데요. 그 순간 얼마나 놀랐는지 말도 못해요. 어쩌면…… 남편이 제가 잠든 걸 확인하고 집을 나서서 그 아줌마를 죽인 걸 수도 있잖아요.

　강마로: 충분히 그런 의심이 들 수 있죠. 그럼 경찰 조사 때는 왜……?

　정은우: 그래도 남편인데 어떻게 그런 얘기를 해요. 그냥 입 다물었죠. 남편도 그날은 나하고 일찍 잠들었다고 증언했고요.

강마로: 부부가 일종의 위증을 한 셈이네요.

정은우: 그렇긴 한데…… 어쩔 수가 없었어요. 근데 벌은 충분히 받고 있
다고요!

강마로: 벌을요?

정은우: 네. 그날 이후로 저희는 정상적인 부부가 아니에요. 내가 지금
살인자랑 살을 부대끼고 있는 게 아닌가 하는 생각이 문득 들면 온몸에 소
름이 끼치고 닭살이 확 돋아요. 잠도 잘 못 자고, 남편이 뒤에서 어깨만 건
드려도 오줌이 찔끔 나올 정도예요. 부부관계요? 꿈도 못 꾸죠. 신혼 때는
하루에…….

은우 언니가 주책스럽게 민망한 얘기를 꺼낼 것 같아 걱정하고
있는데 강마로가 절묘하게 끊었다. 그는 조금 뒤의 내용이 나오도
록 녹음기를 조정했다.

강마로: 최순자 씨 사건만 있었던 게 아니잖아요. 유지혜 씨 사건 때는
남편분께 알리바이가 있습니까?

정은우: 웬걸요. 그때라도 알리바이가 있으면 제가 이렇게까지 의심은
안 하죠. 야근한다고 1시 다 돼서 들어왔는데, 제 눈치를 슬슬 보는 게 그
런 것 같지도 않더라고요.

강마로: 은우 씨는요?

정은우: 저요? 집에 혼자 있었죠. 왜요, 제가 그랬을까 봐서요?

강마로: 하하. 아닙니다. 관련자 모두에게 의례적으로 드리는 질문일 뿐
이죠.

강마로가 녹음기의 종료 버튼을 눌렀다. 주머니에 녹음기를 넣는 걸 보니 더 이상 내가 꼭 알아야 할 내용은 없는 모양이었다. 그는 우리 수사에 또 다른 결정타가 될지도 모를 정보에 단단히 흥분했는지 연신 입술에 침을 발랐다.

"어때요, 충격적이죠?"

"네. 은우 언니가 저처럼 불안 증세에 시달리고 있었는지는 몰랐네요."

"아니, 그게 아니라 김우석 씨 말입니다. 사건 당일 밤에 종적이 묘연했던 사람이 경찰에는 거짓 진술까지. 이 정도면 범인 후보 1위예요!"

"그럴까요?"

"당연하죠! 우리 찬찬히 한번 따져보자고요."

그때 우려하던 일이 터졌다. 엄마가 전화를 걸어 새벽 2시까지 뭐 하면서 안 들어오느냐고 성화를 부리셨던 것이다. 집 근처니까 당장 들어가겠다고 한 뒤 전화를 끊었다.

오늘 밤도 강마로는 노골적으로 아쉬운 기색을 드러내며 103동 우리 집 앞까지 바래다 주었다. 오늘은 토요일이니 한숨 자고 만나 못 다한 얘기를 나누기로 하고 헤어졌다.

나보다 앞서 입구 홀에서 엘리베이터를 기다리는 여자의 뒷모습이 왠지 익숙했다. 물어보나 마나 슬희였다. 슬희는 이제 그녀 하면 반사적으로 떠오르는 셀카봉을 쥐고 있었다. 오늘도 촬영을 나갔겠구나 싶어 눈짓으로 물어보니 겸연쩍게 고개를 끄덕인다.

"안녕."

"잘 가, 언니."

5층에서 슬희를 내려 보내고 8층 우리 집으로 올라왔다. 엄마의 잔소리를 등 뒤로 흘리면서 잘 준비를 마친 다음 침대에 누웠지만 묘한 생각이 떠올라 곧바로 일어났다. 불을 끈 방에서는 방금 내가 켠 컴퓨터의 파리한 화면만이 유일한 조명이었다.

한 가지, 딱 한 가지만 확인하고 자기로 하자.

그리 오랜 시간이 걸릴 일도 아닐 테니…….

## 16장

# 6월 18일 토요일 14시

"아, 겨우 자리 하나 찾았네요. 여기 앉죠."

강마로의 말처럼 주말을 맞은 솔향공원에서는 비어 있는 벤치를 찾기 힘들었다. 공원을 한 바퀴 돌고 나서야 간신히 찾아냈다. 우리는 벤치에 나란히 앉아 숨을 돌렸다. 벤치 앞으로 운동복을 입은 사람들이 바닷가 파도처럼 끊임없이 밀려왔다 밀려갔다.

"괜찮으시죠?"

"네?"

"아니, 민들레에서부터 표정이 별로 좋지 않으셔서요. 식사도 거의 안 하시고…….'

강마로의 표정에 진심 어린 걱정이 배어 있는 듯해 기분이 조금 나아졌다. 막 내가 별일 아니라고 말하려는 순간 그가 입을 열었다.

"혹시 어제 정은우 씨의 외모 지적 때문에 그러는 거라면 웃어넘

기세요. 그 여자가 뭐라고 지껄이든 남자인 제 말이 더 정확하답니다. 제가 볼 때 지혜 씨는 특급 미모예요. 연예인 빼놓고는 여태껏 살면서 제가 본 여자 중에 최고로 아름다우십니다."

강마로의 장황한 칭찬이 먹혀서라기보다 내 기분을 어떻게든 풀어주려는 노력이 가상해 피식 웃음이 나왔다. 딱히 내 외모에 대한 험담 때문에 화가 났던 것은 아니었다. 그래도 낙원회에서 어느 정도는 친하다고 믿었던 은우 언니에 대한 신뢰가 박살난 게 허무하고 유감스러웠을 뿐.

"그냥 좀 피곤해서요. 요즘 매일같이 몇 시간 못 잤잖아요. 누구 때문에."

"앗, 은근히 돌려 까시네요. 죄송합니다. 그래도 고생한 덕분에 딱 일주일 만에 많은 진척이 있었잖아요. 며칠만 더 꾹 참으시면 미궁에 빠져 있던 사건이 멋지게 해결될 거라고 장담합니다."

"믿고 있어요. 사실은 이것 때문에 컨디션이 좀 그랬어요."

강마로에게 내 휴대폰을 내밀었다. 화면에는 강마로와 점심을 먹기 직전에 받은 문자 하나가 떠 있었다.

김도형입니다. 자꾸 이러시면 곤란해요. 마지막으로 가르쳐 드리는 겁니다. 지혜 씨 혈흔은 길에서는 한 점도 발견되지 않았습니다. 혈흔은 지혜 씨가 발견됐던 화단에만 떨어져 있었어요. 이제 궁금증이 풀렸으면 제발 가만히 저희 수사 결과를 기다려 주시길 부탁드립니다.

저번에 강마로가 피력한 유인책이 맞는지 확인하기 위해 보낸 문자에 대한 답장이었다. 김도형 형사는 꽤나 망설였는지 며칠이 지나서야 답장을 했다.

"과연! 아무래도 지혜 씨를 잘 아는 사람에 의한 유인책이 맞는 것 같아요."

휴대폰을 유심히 들여다보던 강마로가 고개를 들고 말했다.

"왜요?"

"어쩌면 범인이 지혜 씨를 길에서 칼로 찌르고 화단으로 옮길 때 운 좋게 피가 한 방울도 안 떨어졌을 수도 있습니다. 그 가능성은 일단 논외로 하고, 정말 우리 생각대로 어두컴컴한 화단에 미리 들어가 있던 범인이 어떤 도움을 요청해서 지혜 씨를 유인한 후 칼로 찌른 거라면 범인은 분명히 지혜 씨 성격을 매우 잘 아는 사람일 거예요."

"어째서요?"

"일반적으로 상대가 낯선 사람이라면 아무리 도와 달라고 부탁해도 그 밤중에 화단으로 쉽게 들어가지 않죠. 지혜 씨같이 태생적으로 친절한 성격을 가진 분만이 가능한 일입니다. 만약에 범인이 지혜 씨 성품을 전혀 모른다면 지혜 씨가 들어올지도 안 들어올지도 모르는데 어떻게 가능성만 믿고 도박을 하겠어요? 그러니까 범인은 지혜 씨가 웬만하면 부탁을 잘 거절하지 않는 성격이라는 걸 이미 알고 이런 살인 계획을 짰다는 결론이 나오는 겁니다."

나 또한 문자를 받자마자 강마로와 같은 결론에 도달했기에 점심 내내 우울했던 것이다. 내 선의를 마치 쥐덫처럼 이용해 나를 함정에 빠뜨린 사람이 나의 지인일지도 모른다는 사실이 죽을 만큼 괴로웠다.

"아, 아직 확정된 건 아닙니다. 여전히 묻지마 범죄의 가능성도 남아 있어요. 범인이 지나가는 여자 아무나한테 부탁해서 걸려들면 범행을 저지르고, 거절하면 그냥 패스한 걸지도 모릅니다."

"정말 그럴까요?"

제발 나를 아는 사람이 아니기를 바라는 마음으로 간절히 물었지만 강마로는 머리를 긁적이며 난처한 표정을 지었다.

"솔직히 지인설에 무게를 두고 있습니다. 화단에서 무작정 기다리면서 불특정 희생자를 물색하는 방식은 현실적으로 좀 무리가 있어요. 만약 범인이 지혜 씨 사건 때 딱 한 번 시도해서 한방에 성공한 게 아니라면 며칠은 그 화단에 죽치고 있었을 텐데, 그러면 우선 지나가는 행인들에게 목격될 염려도 있고요. 수사가 본격적으로 개시된 후에 나 역시 그 화단에서 누군가한테 이상한 부탁을 받은 적이 있다는 다른 여자들의 증언이 나올 수도 있으니까 범인 입장에선 아무래도 위험 부담이 크죠.

실제로 어디서도 비슷한 증언이 나온 적이 없으니 아마 지혜 씨를 단독으로 노린 범행일 겁니다. 이상의 모든 단서를 종합해 보면 역시 범인은 지혜 씨의 성격과 이 부근의 지리를 잘 아는 낙원회 정식회원 안에 있을 확률이 높습니다."

나는 어두운 낯빛으로 고개를 끄덕였다. 차디차게 식은 분위기를 감지한 강마로가 짝짝 박수를 치며 기운을 돋웠다.

"자, 그런 의미에서 오늘은 그간 낙원회 정식회원들에 대해 파악한 정보들을 차근차근 정리해 보는 시간을 갖도록 하죠. 일종의 수사회의라고 보시면 될 것 같습니다."

강마로는 주머니에서 익숙한 수첩을 꺼낸 뒤 양쪽으로 펼쳤다. 수첩 중간에 두 번 접은 A4 종이 한 장이 끼어 있었다. 강마로가 종이를 펴자 며칠 전에 내가 작성한 낙원회 정식회원 프로필이었다.

"여기 적힌 순서대로 한 명씩 논의해 보죠. 먼저 윤태일 회장님입니다."

"네."

"우리 사건은 시간이 많이 지났잖아요. 덕분에 남아 있는 직접적인 증거도 거의 없고요. 이럴 때는 어쩔 수 없이 정황증거에 의존해야 합니다."

"정황증거요?"

"네, 정황증거. 오직 범인만이 그 범행을 저지를 수 있는 기회와 동기가 있음을 명실상부하게 입증해 내면 꼭 직접적인 증거가 없어도 법적인 책임을 물을 수 있습니다. 그러니 우리는 반드시 용의자들의 기회와 동기에 집중해야겠죠?"

"1절만 하세요. 어디 강의 나오셨어요?"

내 질책 아닌 질책에 강마로는 무안했던지 너털웃음을 지었다.

"어렵게 배운 걸 안 써먹으면 아깝잖아요. 자, 이제 농담은 그만하고 진지 모드로 들어가겠습니다. 윤태일 회장님은 낙원회 사무실에서 최순자 씨를 살해할 기회가 있었을까요?"

"사무실에서 회계장부만 보고 곧장 나와서 모텔에 갔다는 회장님의 증언이 거짓이라면 그렇겠죠."

"정답입니다! 지혜 씨가 그 점을 날카롭게 지적했죠. 원래 회장님은 범행이 있었던 그 밤, 친구들과 함께 설악산에 갔었다고 주장했습니다. 하지만 그건 사실이 아닌 걸로 밝혀졌어요. 만약 그저께 우리에게 했던 두 번째 증언 역시 거짓말이라면 진짜 사무실에서 일어난 일은 아마 이렇지 않을까요?

회장님은 미리 최순자 씨와 낙원회 사무실에서 만나기로 약속을 합니다. 아마도 15일 밤 11시부터 16일 새벽 2시 사이가 되겠죠. 설마 그 시간에, 그 으스스한 장소에서 둘이 우연히 마주칠 가능성은 거의 없으니까요. 게다가 범행 도구인 신발 끈을 봐도 우발적인 살인은 아닌 것 같아요. 회장님이 현장에서 자기 신발 끈을 일일이 풀어서 최순자 씨를 죽였겠습니까? 그건 너무 부자연스럽잖아요. 철저한 계획을 세우고 미리 신발 끈을 준비해 갔다고 봐야겠죠.

아무튼 회장님은 그전부터 최순자 씨가 소문에 무척 관심 많은 걸 알고 있었으니 솔깃한 떡밥 한두 개 던져줘서 유인하는 게 어렵지는 않았을 겁니다. 최순자 씨가 신바람을 내며 사무실에 온 순간, 짜잔! 그분의 운명은 결정된 거죠."

"생생하네요. 혹시 마로 씨는 회장님이 그랬을 거라고 확신하는 거예요?"

"설마요, 아닙니다. 지금은 단지 가설이죠. 모든 용의자에게 공평하게 혐의를 두고 가상으로 범행을 재구성하는 것뿐입니다. 결론적으로 회장님이 최순자 씨 사건의 기회를 갖고 있었다는 사실만큼은 분명한 것 같습니다. 동기는 아마도……."

"횡령 사실을 들켜서요?"

"그것밖에 없겠죠. 사실 돈 100 정도 횡령했다고 법적으로 강한 처벌을 받지는 않을 겁니다. 벌금이나 조금 맞겠죠. 하지만 회장님은 전직 군인으로서의 명예를 목숨보다 소중히 여기는 타입 같더군요. 자신의 명예를 지키기 위해서라면 살인도 불사할 성격으로 보였습니다. 최순자 씨가 그런 회장님 앞에서 재미있는 일을 알게 되었다고 희희낙락했으니 이거야말로 자기 손으로 사형판결을 내린 셈이죠."

"정말 최순자 아주머니가 알았다는 재미있는 일이 회장님의 횡령일까요?"

강마로는 내가 어찌 알겠냐는 듯 두 손을 들어 보이며 어깨를 으쓱했다.

"아직 우리가 모르는 게 많으니까 너무 단정하지는 맙시다. 지금은 어디까지나 가상이에요, 가상. 자, 다음으로 지혜 씨 사건의 기회와 동기를 보자고요."

"제 사건 때는 특별한 알리바이가 없었잖아요. 별로 눈에 띄는 동기도 없었고요."

"맞아요. 지혜 씨 사건 때는 집에 혼자 있었다고 했죠. 얼마든지 몰래 나가서 지혜 씨를 공격할 기회가 있었던 셈입니다. 딸뻘인 지혜 씨를 노린 동기는…… 특별히 떠오르는 게 없네요. 지혜 씨 역시 횡령에 대해 알았다면 몰라도."

"저는 전혀 몰랐어요."

내가 도리질을 하자 강마로는 자기도 뾰족한 게 없다는 듯 멍한 얼굴로 턱을 쓰다듬었다.

"아무튼 우리의 가상놀이에서 회장님은 두 사건에 걸쳐 기회와 동기가 꽤 큰 편이라고 봐도 좋을 것 같습니다. 범인 가능성이 한 80퍼센트쯤?"

한 사람에게 가혹한 멍에가 될지도 모를 혐의를 씌우면서도 싱글벙글한 강마로가 살짝 마음에 들지 않았다. 그는 내가 얼굴을 찌푸리는 것도 깨닫지 못한 채 다음 용의자로 넘어갔다.

"다음은 우리의 악덕 선생 선, 아니 선우진 교수군요. 솔직히 저는 어제 지혜 씨가 만나고 오기 전까지만 해도 크게 주목하지 않았습니다. 학생들 가르치는 독신 교수하고, 남 흉보는 데 목숨 거는 동네 아줌마랑 무슨 접점이 있겠나 싶었거든요. 하지만 이분 역시 두 얼굴을 가지고 있다는 게 밝혀진 만큼 앞으로는 제법 주의를 기울일 필요가 있습니다."

"선우 교수님도 기회와 동기를 따지나요?"

"그럼요. 일단 최순자 씨 사건에서는 교수실에서 홀로 밤을 새워가며 일했다고 했으니 뚜렷한 알리바이가 없는 셈입니다. 야근하는 척하면서 낙원아파트로 와서 최순자 씨를 죽이고 다시 교수실로 돌아갔을 수도 있으니까요. 어차피 교수실에 혼자 있었다고 하니 자기 말을 증명할 방법이 없는 거죠."

"제 사건에서는 알리바이가 있어요. 친구 분 집에서 다른 친구 분들하고 저녁부터 술을 마셨다잖아요."

내 말이 끝나기 무섭게 강마로가 작게 코웃음을 쳤다.

"친구 집이 서초동이었다면서요. 정확히 어딘지는 몰라도 여기서 그리 멀지는 않았을 겁니다. 밤이니까 한 10여 분? 게다가 다들 만취 상태였다고 하고요. 몰래 나가서 잠깐 지혜 씨를 찌르고 돌아왔다고 해도 아무도 눈치 못 챘을 걸요."

"그럴지도 모르겠네요. 그럼 저와 최순자 아주머니 둘 다 기회가 있었을 거라 정리하고, 동기는요?"

"실은 어제까지만 해도 동기 면에서 선우 교수의 혐의가 약했습니다. 그런데 지혜 씨가 물어온 따끈따끈한 정보 덕분에 한 가지를 상상해볼 수 있게 됐어요."

물어오다니, 내가 무슨 제비인가.

"도박은 확실하지 않지만 선우 교수의 성추행은 적어도 2014년 겨울 이전에 이미 학내에서 문제시되었습니다. 대자보에 2014년 봄에 성추행이 처음 일어났다고 써 있었다면서요?"

나는 대답 없이 고개만 까닥거렸다.

"선우 교수가 당시에도 도박빚 때문에 힘들어 하고 있었다고 가정해봅시다. 월급도 빤한 판에 어디서 돈 나올 데 없나 하늘만 보고 있는데, 이게 웬걸! 좋은 사람 코스프레 하러 가입했던 낙원회에서 평소 무시했던 작가 지망생 나부랭이가 난데없이 드라마 작가로 데뷔한 겁니다. 잘만 낚으면 곤란한 문제도 한방에 해결할 수 있고, 앞으로도 계속 달러 박스로 이용할 수 있죠."

"심하네요. 사람을 너무 부정적으로만 보는 것 아니에요?"

바로 어제 중년의 풋풋한 로맨스에 심취했던 나는 강마로의 가정이 마음에 들지 않았다.

"그래서 가정이라고 하지 않았습니까. 아무튼 절박한 사정에서 벗어나기 위해 신 작가와 가까워질 기회만을 노리고 있는데, 최순자 씨가 그만 성추행이나 도박에 대해 알게 된 겁니다. 다 된 밥에

재 뿌릴 게 뻔한 사람이 재미있는 일을 알게 됐다고 놀리면서 위선자를 풍자하는 우화 얘기까지 하니 참을 수가 없었던 거죠. 어때요, 이 정도면 충분히 살의가 생길 만하지 않겠습니까?"

"글쎄요, 막장드라마도 아니고……."

"원래 드라마보다 현실이 더 막장인 법입니다. 요약하자면 선우 교수는 신 작가와 가까워지는데 치명적인 방해가 될지도 모를 최순자 씨의 입을 막기 위해 죽인 거죠."

내가 고개를 절레절레 흔들며 말했다.

"도저히 믿을 수 없어요. 2년 전에 도박빚 때문에 큰 문제가 있었다면 지금까지 교수를 어떻게 하고 있었겠어요?"

"모르죠. '로티플'이라도 떴는지."

"그게 뭐예요?"

"포커에서 제일 센 패입니다. 아무튼 당시에는 개인적으로 어찌어찌 막았을 수도 있죠. 하지만 요즘도 도박을 끊지 못해서 여전히 신 작가님에게 관심을 보이는 게 아닐까 싶습니다. 올해 낙원회 모임을 한 번도 안 빠진 이유도 거기 있겠죠. 하이에나처럼 주변을 맴돌며 계속 기회를 엿보는 겁니다."

"그럼 제 사건의 동기는요?"

"음, 그건…… 도무지 그럴싸한 게 안 잡히는데요. 지혜 씨는 뭐 없어요?"

"도박이니 성희롱이니 전부 어제 알았는걸요. 최순자 아주머니처럼 제 입도 막으려고 그런 거라면 저 역시 어느 정도 알고 있었어야 하잖아요?"

강마로가 더 생각하기도 귀찮다는 양 한 손을 내저으며 시원스레 말했다.

"없으면 넘어갑시다. 어차피 오늘 안에 범인을 잡을 것도 아니니까요. 다음은 선우진 교수가 연모하는 히트 드라마 작가 신영채."

"선생님도 해요? 선생님은 아무것도 없잖아요. 기회도, 동기도."

"그런가요? 최순자 씨 사건이 벌어졌던 시간대에 보조 작가와 함께 밤새도록 집필하고 있었다고 했죠. 아직 보조 작가를 만나서 얘기를 들어보지 못했으니 확신할 수는 없습니다만, 신 작가의 증언이 사실로 밝혀진다면 낙원회 정식회원 중에 가장 강력한 알리바이를 가지고 있는 셈입니다."

"맞아요!"

낙원회 사람 중에 내가 제일 믿고 좋아하는 선생님이 혐의를 벗은 듯해 경쾌하게 외쳤다. 그러나 강마로는 표정을 풀지 않고 심각한 분위기를 유지했다.

"좋아하기는 일러요. 분명히 지혜 씨 사건 때는 알리바이가 없습니다. 원고를 보내놓고 잠들었다고 했으니까요."

"그게 왜요? 얼마든지 그럴 수 있죠. 그리고 설마 선생님이 저를 칼로 찔렀겠어요? 말도 안 돼요. 그것만큼은 가정이라도 절대 받아들일 수 없어요."

강마로가 무슨 말을 더 하려고 입을 달싹거리다가 그냥 다물었다. 아마도 선생님을 절대적으로 신뢰하는 내게 더 의심을 불어넣으면 필시 말싸움이라도 벌어질까 걱정해서이리라.

"동기 면에서도 마땅한 게 없잖아요. 저는 말할 것도 없고, 방영

초반부터 대박이 나서 앞으로의 성공이 예정된 드라마 작가가 왜 별 볼일 없는 동네 아주머니를 죽이겠어요?"

"……인정합니다. 아직까지는 기회와 동기 양면에서 우리 사건과 가장 동떨어진 용의자로 보입니다. 그렇지만 너무 마음을 놓지는 말자고요. 추리 소설을 보면 제일 아닐 것 같은 사람이 자주 범인으로 밝혀지거든요."

"그건 소설 얘기일 뿐이죠."

강마로는 신 선생님 얘기만 나오면 유독 날을 세우는 나와 부딪치기 싫은지 선선히 고개를 끄덕이고 다음으로 넘어갔다.

"앗, 정은우 씨네요!"

이름만 들어도 어제의 기억이 떠오르는지 강마로의 얼굴에 벌써부터 질린 기색이 묻어났다.

"역시나 어저께 많은 사실이 밝혀졌죠. 그 과정에서 제 귀가 좀 혹사당하긴 했지만요."

"고생했어요."

"세상 다 산 것 같이 매사 의욕이 없어 보이는 정은우 씨가 낙원회에 가입한 이유가 특히 흥미로웠습니다."

"남편 감시요?"

"네, 남편 김우석 씨가 바람을 피우기 위해 낙원회에 들어갔다고 판단해서 본인도 감시 목적으로 따라 들어갔다고 했죠. 어때요, 정은우 씨의 의심이 사실일까요?"

"글쎄요. 낙원회에 은우 언니를 제외한 여자라면 저랑 슬희, 신영채 선생님, 최순자 아주머니인데, 솔직히 우리 중에서 김우석 씨하고 바람 날 여자가 과연 있을까 싶네요. 빈말로도 잘생겼다 하기 어려운 사람이기도 하고요."

"뭐 사람의 매력이란 것이 꼭 얼굴에서만 나오는 건 아니니까요. 인간성이나 매너가 좋을 수도 있고, 다른 면에서 장점이 있을지도 모르죠."

대체 무슨 생각을 하는지 강마로의 얼굴에 잠시 흐뭇한 미소가 감돌았다.

"일단 저는 절대 아니고요. 슬희같이 화려한 삶을 동경하는 애가 그랬을 것 같지도 않아요. 더 젊고 훨씬 잘나가는 남자도 얼마든지 만날 수 있을 텐데. 설마 신 선생님같이 고상하고 유명하신 분이 불륜을 저질렀을 리도 없고요. 천신만고 끝에 작가로서 성공했는데 별로 잘나지도 않은 남자 때문에 모든 걸 잃을 위험을 저지를 이유가 없잖아요."

"최순자 씨는 왜 빼요?"

"최순자 아주머니라면 아마 김우석 씨가 거절했을 걸요."

내 말이 우스웠는지 강마로가 폭소를 터뜨렸다. 한참을 웃느라 얼굴까지 새빨개진 그는 몇 번 헛기침을 하고 대화를 이어갔다.

"신경쇠약 증세나 의부증이 있는 것 같은 정은우 씨 얘기는 액면 그대로 믿기 힘들죠. 어느 선에서 거를 건 거르고 들어야 할 겁니다. 우리 요리의 메인인 기회와 동기에 대해서는 어떻게 생각하세요?"

"잘 때 남편이 없었다는 은우 언니 말이 사실이라면 김우석 씨가 많이 의심스럽죠. 확실한 기회가 있었다고 봐도 되지 않을까요?"

"맞습니다! 너무 의심스러워서 오히려 이걸 죄다 믿어도 되나 싶을 정도입니다. 야근하고 왔다는 지혜 씨 사건 때도 마찬가지로 분명한 알리바이가 없어요. 범인이 되려고 기를 쓰고 노력한 것도 아닐 텐데 온갖 수상한 요소는 다 갖고 있네요."

"근데 이렇다 할 동기가 없지 않나요?"

"아내가 바람을 의심하는 것과 관련이 있다고 치면, 하나 있긴 합니다. 김우석 씨가 낙원회 여성 중 한 명과 불륜관계라는 걸 최순자 씨가 알게 되었다고 하면 어떨까요? 약한가요?"

"그럼 제 사건은요?"

"그게 문제네요. 그런 이유라면 지혜 씨까지 당할 까닭이 없으니까요."

"지금도 그렇지만 그때도 그 문제에 대해서는 아는 게 없었어요."

"대체 지혜 씨가 낙원회 사람들에 대해 아는 게 뭡니까?"

막막한 분위기를 풀기 위해 웃는 낯으로 던진 농담이었지만 나는 얼굴을 붉혔다. 강마로의 말마따나 낙원회 사람들에 대해 이토록 아무것도 몰랐다는 사실이 부끄러웠던 것이다. 취업에 이용할 생각으로 별 뜻 없이 가입했다고는 하나, 어찌 됐든 같은 모임에 적을 둔 처지. 동료들에 대해 무관심으로 일관하는 게 결코 칭찬받을 행동은 아니니까.

"앗, 장난입니다. 진지하게 한 얘기 아니니까 인상 펴세요. 아직 김우석 씨는 만나 보지도 못했으니 속단하기는 이릅니다. 우리가 모르는 동기가 따로 있을지도 모르고요. 정은우, 김우석 부부는 여기서 보류하고 마지막으로 넘어가죠."

"슬희요?"

"네, 인터넷상에서 뭇 남성들의 칭송을 한 몸에 받는 섹시 마블 슬희 양입니다. 요즘도 꽉꽉 잘 나가고 있더군요. 조회수도, 댓글도 죄다 1등이던데요."

"그걸 어떻게 아세요?"

"아……."

"들어가 봤죠?"

강마로는 명치를 가슴으로 두들겨 맞은 양 머리를 푹 숙였고, 나와 교대라도 하듯 이번에는 그가 귀까지 얼굴이 빨개졌다.

"진짜 일부러는 아니었고요. 조사를 위해 어쩔 수 없이……."

"하여간 남자들은."

되도 않는 변명을 주워섬기는 강마로를 날카롭게 흘겨보자 거북이처럼 목을 쏙 움츠린다. 그 모양이 귀여워 넘어가주기로 했다.

"됐으니까 얼른 시작하세요."

"네, 네. 슬희 씨는 기회가 있었을까요? 본인 증언에 따르면 최순자 씨 사건 때는 예의 그 사진을 찍었다고 했죠. 확인해 본 결과, 그날 밤 여지없이 사진이 올라와 있었고요. 이 정도면 집에 혼자 있었다는 지혜 씨 때는 몰라도, 최순자 씨 때만큼은 확실한 알리바이가 있는 것 같습니다."

"그렇지 않아요."

"네?"

"어젯밤에 제가 뭘 좀 알아낸 것 같아요."

"뭡니까?"

강마로는 눈을 반짝이며 대답을 기다렸다. 나는 그 눈빛에 부담감을 느끼면서 어젯밤 발견한 사실에 대해 설명을 시작했다.

"제가 사진을 찍고 아파트로 돌아오는 슬희를 직접 만난 건 6월 12일 일요일, 6월 13일 월요일, 저희가 같이 현장을 목격했던 6월 14일 화요일이었어요. 또 오늘 새벽 2시에도 봤죠."

"요즘 유달리 빈도가 잦네요. 아, 마법 기간……."

"중요한 건 그게 아니고요! 자려고 누웠다가 혹시나 해서 그 사이트에 들어가 봤어요. 한 가지 확인할 게 있었거든요."

"그게 뭔데요?"

"슬희가 사진을 올릴 때의 일정한 패턴을 알아보고 싶었어요. 확인해 보니 슬희는 저와 엘리베이터 앞에서 만나고 나서 아무리 늦어도 한 시간 내에 사진을 올렸더군요. 네 번 모두요. 아무래도 포토샵으로 사진 보정을 하고 얼굴에 모자이크 씌우는 데 그 정도 시간이 걸리는 모양이에요. 하지만 슬희가 새벽 한두 시까지 사진을 찍고 올렸다던 2014년 12월 16일 화요일에는……."

"계속하세요!"

강마로는 두 눈을 부릅뜨며 주먹을 불끈 쥔 채로 다음 말을 재촉했다.

"새벽 6시에 올렸더군요. 제가 목격한 네 번과는 달리 그날은 네다섯 시간 이상 늦은 거예요. 결론적으로 슬희의 증언에는 약간의 시간차가 있었던 거죠."

"미치도록 흥미롭습니다! 왜 세 살 버릇 여든까지 간다는 속담처럼 사람들은 누구나 습관의 노예 아닙니까. 아침에 출근 준비할 때를 생각해 봐요. 이빨 닦고, 머리 감고, 대충 요기 때우고 나오는 데 걸리는 시간이 매일 거의 비슷할 걸요. 자기만의 일정한 행동 양식에 따라 움직이니까요. 그런데 슬희 씨의 경우에는 평상시에 한 시간 걸렸던 일이 그날따라 왜 네다섯 시간이나 걸렸을까요? 혹시 사진 찍는 것 말고 그 정도로 오랜 시간이 걸릴 만한 다른 일을 했던 건 아닐까요? 이를테면, 살인 같은 것……."

강마로가 말을 끊은 지점이 공교로워 오싹 소름이 돋았다. 그러나 강마로는 두 손을 격렬하게 비벼대며 콧노래를 흥얼거리는 게 영락없이 복권이라도 당첨된 사람의 태도였다.

"재미있어요, 재미있어! 지혜 씨가 또 제대로 한 건 하셨네요. 지혜 씨가 중대한 발견을 한 덕택에 용의자 선상에서 살짝 벗어났던 슬희 양이 다시 한 발짝을 걸치게 된 셈입니다."

"별로 대단한 것도 아닌데 너무 치켜세우지 마세요. 무엇보다 슬희는 저한테나 최순자 아주머니한테나 딱히 동기가 없어요."

"없긴 왜 없습니까? 그런 사진 찍는 걸 최순자 씨에게 들켜서일 수도 있죠."

"우리에게도 걸렸지만 그다지 신경 쓰지도 않던데요. 부끄러워하지도 않고 당당했잖아요."

"그렇긴 합니다만, 그때하고 지금의 상황이 달랐을 수도 있어요. 제가 그날 보니까 슬희 씨는 더 이상 가수라는 꿈을 진지하게 여기는 느낌이 아니었어요. 물론 아직도 간절하긴 하겠지만 내심은 이미 어렵다는 걸 어렴풋이 깨달은 듯했죠. 하지만 두 살 어렸던 2년 전에는 지금보다 훨씬 가수의 가능성에 목숨을 걸었을지도 모릅니다. 1센티미터만 더 손을 뻗으면 가수라는 타이틀이 손 안에 쏙 들어올 거라 믿고 있는데, 지망생에게는 치명적인 셀카 스캔들이 터진다고 상상해 봐요. 저 같으면 눈이 확 돌 것 같은데요."

강마로의 말을 곱씹어봤다. 그런대로 일리가 있는 의견으로 보였지만 실상 뒷받침할 수 있는 증거랄 게 전혀 없었다.

"모르겠어요. 아무리 가상이라고 해도 너무 나간 것 같기도 하고요. 게다가 만약 그렇다고 쳐도, 저에 대한 동기는요?"

"하도 상상을 많이 해서인지 상상력이 고갈됐나 봅니다. 전혀 떠오르는 게 없는데요."

"그것 보세요."

"앞으로 추가 조사를 해 보면 슬희 양에 대해서도 새로운 사실이 밝혀지겠죠. 전 걱정 안 합니다. 지금처럼 우리가 힘을 합쳐 열심히 조사하면 몽땅 알아낼 수 있어요."

또 저 대책 없는 낙관론.

"아무튼 그동안 알아낸 걸 정리해 보니 머리가 좀 맑아지는 느낌입니다. 수사회의를 하길 잘했어요. 제가 특히 관심이 가는 건 낙원회 정식회원들이 모두 최순자 씨에게는 일정 부분 살의를 품을 만한 요소가 있는데, 지혜 씨에게는 그런 요소가 거의 없다는 겁니다. 어떤 원인이 있었기에 이런 결과가 나왔는지 참으로 흥미롭네요."

나 역시 그 점이 궁금해 생각에 잠겨 있었는데, 강마로가 또 다른 질문을 던졌다.

"용의자들을 하나씩 검토해 봤더니 누가 범인 같으세요?"

"글쎄요…… 마로 씨는요?"

"전 아무래도 김우석 씨가 유력한 것 같습니다. 하필 살인이 일어났던 밤에 집을 비운 게 암만 생각해도 수상해요. 아직 못 만나 본 유일한 정식회원이기도 하니까 당분간은 김우석 씨를 직접 밀착 마크할 예정입니다."

"밀착 마크?"

"저랑 지혜 씨가 찾아가도 불륜이 얽혀 있는데 다른 회원들처럼 순순히 고백하겠습니까. 몰래 쫓아다니면서 증거를 잡아야죠."

"어떻게요? 마로 씨는 김우석 씨 얼굴도 모르잖아요."

강마로가 씩 웃으며 뒷주머니에서 지갑을 꺼냈다. 기세 좋게 지갑을 벌린 강마로가 꺼낸 것은 반을 접은 사진이었다. 사진을 펴 보니 통통한 김우석 씨와 네모난 하관이 돋보이는 은우 언니가 팔짱을 끼고 있었다. 한창 좋았을 신혼 때 찍은 사진인지 부부는 바닷가에서 한 점의 그늘도 없이 웃고 있었다.

"이건 어디서 났어요?"

"어제 은우 씨 집을 나오면서 슬쩍했죠. 지혜 씨 말대로 김우석 씨 얼굴도 모르면서 어떻게 감시를 하겠습니까."

"불법 아니에요?"

"이건 정의를 위한 일이에요. 진실을 밝히기 위해 어쩔 수 없었습니다."

강마로의 단호한 표정에서 자기가 하는 일은 무조건 옳다고 믿는 꼰대의 고집이 묻어나는 것 같아 불편했다. 그러나 나 역시 수미를 시켜 회장님의 재정 상태를 불법으로 조사한 전과가 있으니 그 밥에 그 나물인 셈이다. 비록 자격은 없었지만 어느 정도 반성하는 나와 달리 너무도 당당한 강마로가 얄미워 한마디 하지 않고는 견딜 수 없었다.

"정의를 위하는 사람이야말로 더 정의를 지키셔야죠."

내 말에 얼굴만 붉히며 아무 대꾸도 못하는 강마로와 헤어져 집으로 돌아오는 길. 내 주변의 모든 사람들을 의심해야 하고, 온갖 협잡이란 협잡은 전부 저질러야 하는 탐정 일은 나하곤 영 맞지 않는다는 생각만이 온통 머릿속을 지배했다.

# 17장

# 6월 22일 수요일 11시 20분

공원에서 강마로를 만나고 난 후로 사흘이 흘렀다. 거짓말처럼 이 기간 동안 강마로에게선 한 차례의 연락도 오지 않았다. 우연히 알게 된 지지난주 금요일부터 지난주 토요일까지 9일을 단 하루도 빼놓지 않고 만났다는 사실이 새삼 신기하게 느껴졌다. 웬만한 애인 사이라도 우리처럼 자주 만나지는 않을 거라는 생각에 피식 웃음이 나왔다.

그동안 나는 강마로가 선사해 준 휴가를 충실히 즐겼다. 살짝 회의가 들었던 탐정활동에 대해서는 일체 떠올리지 않고 모처럼 푹 쉬면서 심신을 재충전했다.

점심 먹기 전까지는 침대에서 계속 뒹굴어야지 마음먹고 머리맡 휴대폰을 켜서 담겨 있던 팝송 「This is Love(Feels Alright)」를 재생시켰다. 언젠가 인터넷에 올라온 추천곡 명단을 통해 단번에 사랑에 빠져버린 영국 그룹의 노래였다. 경쾌하면서도 왠지 서글픈 선율에 실린 여성 보컬의 나른한 목소리에 흠뻑 젖으며 한가로운 오전을 만끽했다.

노래가 절정에 접어들었을 때 부르르 휴대폰이 진동했다. 불길한 예감이 든다 했더니 걱정했던 바로 그 이름이 떠 있었다.

적어도 오늘 하루는 더 쉬었으면 좋겠다는 바람 때문에 망설였다. 하지만 독감에라도 걸린 사람처럼 끈질기게 덜덜 떠는 휴대폰을 차마 무시할 수 없었다.

"마로 씨?"

"아, 지혜 씨! 지금 어딥니까?"

오랜만에 들은 강마로의 목소리는 그 어느 때보다 다급해 정신이 번쩍 들었다.

"집인데요."

"잘됐습니다! 지금부터 20분 안에 103동 앞에 도착 예정이니까 빨리 준비하고 나오세요."

"네? 저 아직 씻지도 않았는데요."

"무지하게 급한 일입니다. 시간 안에 무조건 나오세요, 알겠죠?"

"아니, 무슨 일인데 그래요? 갑자기 이렇게……."

"설명할 시간 없습니다. 무조건이에요!"

강마로의 목소리가 사라진 휴대폰을 붙들고 어이없어 할 시간조차 없었다. 방을 박차고 나와 화장실로 달려갔다. 예능 프로그램에서 본 군인들의 출동 장면처럼 초스피드로 씻고 옷을 꺼내 입으면서 대체 이게 무슨 난리인가 싶었다. 모처럼 평화로웠던 일상이 한 순간에 재난영화로 변질된 게 언짢았지만 강마로가 저토록 몰아치는 데는 심각한 이유가 있을지도 모르니 주문에 따르는 수밖에 없었다.

화장도 못하고 머리도 못 감아 모자 하나 질끈 눌러 쓰고 간신히 시간에 맞춰 103동 앞으로 나갔다. 근처에 강마로가 보이지 않아 참아왔던 화가 불끈 치솟았다. 곧 죽을 것처럼 급하게 불러놓고는 정작 자기가 늦다니.

씩씩거리며 강마로에게 전화를 걸려 할 때 경비실 근처에서 클랙슨 소리가 들렸다. 나 말고 다른 사람을 부르는 것이겠지 하며 신경 쓰지 않는데 소리가 멈추지 않는다.

"지혜 씨, 여기입니다!"

줄기차게 빵빵 대는 흰색 YF 쏘나타의 운전석 창문이 열리고 강마로의 머리가 반쯤 드러났다. 차로 달려가자 그가 옆자리를 가리키기에 반 바퀴를 돌아 조수석에 탔다. 안전벨트를 매기도 전에 출발하는 바람에 머리를 찧을 뻔했다.

"잠깐만요! 갑자기 출발하면 어떡해요?"

"아, 죄송합니다. 촌각을 다투는 일이라서요."

강마로는 내가 안전벨트를 다 매고 아파트 단지 정문을 벗어날 때까지는 서행을 했지만 도로로 나서자마자 고삐 풀린 종마였다.

"위험해요! 좀 천천히 가요!"

"걱정 마세요. 제가 이래 봬도 10년 넘게 운전한 베스트 드라이버입니다."

"차 있는지 몰랐네요. 매일 택시랑 지하철만 타고 다녔잖아요?"

"그게…… 약간 문제가 있어서요. 하하."

강마로는 낙원아파트 앞길과 큰길인 삼성로와 만나는 교차로에서 핸들을 오른쪽으로 꺾었다. 시내치고는 지나치게 세게 밟는 감이 있었지만 호언장담한 대로 운전 솜씨가 꽤 좋은 편이라서 어느 정도 마음이 놓였다.

"이렇게 급히 어딜 가는 거예요?"

"논현동요. 지금 11시 40분이죠? 12시까지 꼭 도착해야 합니다."

"왜요?"

"12시에 김우석 씨가 누군가를 만나기로 했거든요."

"그게 누군데요?"

"아직 모릅니다."

"뭐예요!"

고작 김우석 씨가 누군지도 모르는 사람을 만나는 것 때문에 이 난리를 치러야 한단 말인가. 강마로는 운전에 열중하면서도 날카롭게 쏘아보는 내 시선을 느꼈는지 우물쭈물 변명을 늘어놓았다.

지난주 토요일 수사회의 때 공언한 것처럼 그는 월요일부터 사흘간 김우석 씨를 지근거리에서 감시했다고 했다. 아침 8시 논현동에 위치한 백세제약으로 출근할 때부터 달이 뜬 밤에 퇴근할 때까지 신발 밑창에 붙은 검처럼 찰싹 달라붙었단다.

"제약회사 영업사원은 정말 바쁘더라고요. 병원 거래처다, 바이어 미팅이다, 메뚜기처럼 얼마나 돌아다니던지 택시비만 해도 수억 깨졌습니다."

"그런 데를 전부 쫓아다니신 거예요? 엄청 고생했겠네요."

"별 수 있나요. 무려 최유력 용의자신데 꼬리를 잡으려면 그 정도 수고는 감수해야죠."

그 꼬리가 바로 오늘 오전에 잡혔다는 것이다.

"10시에 논현동에 있는 스타벅스에서 미팅이 있었습니다. 간단한 용건이었는지 20분도 안 돼서 얘기가 끝나고 상대방 쪽은 일어났죠. 보통 때는 자기도 같이 나가는데, 오늘따라 홀가분한 표정으로 흡연실로 가는 겁니다. 수상해서 따라 들어갔죠."

"마로 씨는 담배 안 피우잖아요?"

"이 양반이 어찌나 골초인지 요 며칠 쫓아다니면서 저도 한 갑 샀어요. 옆에 가려면 피워 무는 시늉이라도 해야겠더라고요. 아, 걱정 안 하셔도 됩니다. 입담배로 피웠으니까."

"그게 뭔데요?"

"연기를 폐까지 안 마시고 입에다만 머금고 뱉는 거죠. 중요한 건 그게 아니고요. 제가 흡연실에 들어갔더니 김우석 씨는 담배를 피면서 통화 중이더군요. 거리가 제법 있어서 '반차', '미사리', '논현동 스타벅스', '12시' 등의 단어만 띄엄띄엄 들렸습니다. 뭐 그 정도만 있어도 충분히 내용 파악은 할 수 있죠. 오늘 반차 썼으니 미사리에 가자. 논현동 스타벅스로 12시까지 오라는 뜻 아니겠습니까? 그 길로 집으로 달려가서 차 갖고 지혜 씨 데리러 간 겁니다. 미사리까지 쫓아가야 할지도 모르는 상황인데, 택시 타고 추적할 순 없잖아요."

"그건 알겠는데, 왜 꼭 저를요?"

"김우석 씨 태도가 엄청 수상했거든요. 행여 들릴세라 휴대폰을 꼭 막고 통화하는 게요. 어쩌면 오늘 김우석 씨의 은밀한 비밀이 싸그리 밝혀질지도 모르는 판에 지혜 씨를 빼놓고 갈 수는 없죠. 모름지기 사건 해결의 결정적인 장면을 의뢰인에게 보여드리는 게 탐정의 의무 아니겠습니까."

설명을 마친 강마로는 본격적으로 운전에 집중했다. 몇 차례 차선을 변경해 앞의 차들 사이로 요리조리 끼어드는데 그 솜씨가 하도 교묘해 마치 테트리스 게임을 보는 것 같았다. 한두 번은 앞차와 지나치게 가까이 붙는 바람에 내가 운전을 하는 것처럼 손에 꽉 힘이 들어가기도 했다. 암만 현재 시각이 11시 52분이라도 이건 너무 위험하잖아. 다시는 강마로의 차에 타지 않겠다고 다짐하며 머리 위의 손잡이를 꽉 붙들었다.

봉은사로와 만나는 사거리에서 신호를 기다리며 강마로는 이마의 땀을 닦았다. 카레이서도 아닌 사람이 그 곡예를 펼쳤으니 진땀이 나기도 할 것이다.

"됐어요. 이제 한 5분만 직진하면 됩니다.

신호가 떨어짐과 동시에 핸들을 왼쪽으로 돌린 강마로가 말했다. 겨우 시간에 맞춰 도착하자 비로소 안심이 됐다. 나는 조수석 창문으로 빠르게 지나가는 상점들의 간판 속에서 익숙한 스타벅스의 로고를 찾기 시작했다.

"앗, 저 차입니다! 방금 봤어요?"

"네?"

"저 차요, 저 검은색 아반떼!"

정면을 가리키는 강마로의 손끝을 시선으로 따라가 보니 도로변에 주차되어 있는 검은 자동차의 꽁무니가 보였다. 뒤창에 흰색으로 프린트된 '건강한 삶을 100살까지 백세제약'이라는 문구를 통해 김우석 씨의 영업용 차량이라는 걸 확인할 수 있었다.

"방금 웬 여자가 조수석에 탔어요. 아, 10초만 빨리 왔어도 누군지 봤을 텐데……."

강마로의 목소리에서 짙은 아쉬움이 느껴졌다.

"은우 언니 아니에요?"

"아니, 머리가 훨씬 길었어요. 정은우 씨는 어깨까지 오는 길이잖아요. 방금 탄 여자는 등허리까지 내려오던데요."

그때 아반떼가 출발했고 우리는 서로의 얼굴만 쳐다보며 몹시 당황해 했다.

"쫓아갑시다!"

그 짧은 순간에 결심을 굳힌 강마로가 액셀러레이터를 밟으며 말했다. 곧바로 우리가 탄 차 역시 부드럽게 전진했다.

"안 돼요! 좀 이따 출근해야 한다고요!"

"괜찮습니다. 어차피 행선지를 알잖아요. 미사리 여기서 얼마 안 멉니다. 원래 만나는 사람 얼굴만 확인하고 돌아올 계획이었는데 못 봤잖아요. 이런 기회가 언제 또 올지 몰라요. 지금 반드시 쫓아가야 됩니다."

조바심을 태우며 격렬하게 고민했다. 솔직히 김우석 씨가 어떤 여자랑 만나는지 알고 싶은 마음이 굴뚝같았지만 역시나 출근이 걸렸다. 하지만 결국 호기심에 졌다. 나는 다짐을 받듯이 물었다.

"진짜 여기서 안 멀죠?"

"올림픽대로 타고 가다가 미사대로에서 한 번만 꺾으면 됩니다. 한 시간도 안 걸려요. 그리고 올 때는 제가 학원 앞까지 모셔다 드리겠습니다."

출근시간이 아직 네 시간이나 남았으니 갔다 와도 큰 무리는 없을 듯했다. 나는 살짝 고개를 끄덕여 미사리행에 동의를 표했다.

"탐정 이야기엔 미행도 필수죠."

강마로의 이상한 소리를 한 귀로 듣고 흘리며 머리 위쪽의 선바이저를 내려 거울을 보았다. 화장을 못하고 나온 탓에 노리끼리하고 생기 없는 피부가 고스란히 드러나 자신감이 급격히 떨어졌다.

"아이, 미리 말해줬으면 간단하게라도 화장하고 기다렸을 거 아니에요."

"죄송합니다. 상황이 너무 급박하게 진행돼서요."

"창피해서 얼굴을 못 들겠어요."

"왜요? 화장한 거랑 별로 차이도 없는데. 똑같이 예뻐요."

참 나, 말은 잘해……. 그러고 보니 오랜만에 드라이브다. 비록 애인과 교외로 바람 쐬러 나가는 낭만적인 상황은 아니었지만 이 화창한 오후에 먼지 낀 서울을 벗어나는 것만으로도 못지않게 상쾌한 기분이었다.

"음악 틀어도 돼요?"

드라이브에는 음악이 필수라 카오디오에 손을 뻗으며 물었다. 아반떼에 온통 정신이 팔린 강마로는 나를 쳐다보지도 않은 채 그러라고 했다. 재생 버튼을 누르자마자 강렬한 기타 사운드와 함께 목소리에 옹골찬 힘이 느껴지는 남자 가수의 노래가 차 안에 울려 퍼졌다. 그런데 남자가 부르짖는 가사의 대부분에 '안타'와 '홈런'이 들어 있는 게 아닌가.

"아이고, 왜 이게 나오지?"

황망히 노래를 끈 강마로가 멋쩍게 웃었다.

"죄송합니다. 그냥 라디오 트시죠."

"와, 차에서도 야구 응원가 듣고 다니는 사람 처음 봐요."

"하하. 골수 팬이라서요."

다행히 라디오에서는 편하게 들을 만한 노래들만 흘러나왔다. 내가 아는 노래는 콧노래로 따라 부르기도 하면서 모처럼의 드라이브를 즐긴 데 반해, 강마로는 혹시 김우석 씨의 차를 놓칠까 안달하며 운전에만 집중했다.

한낮의 올림픽대로는 비교적 차량 통행이 적었지만 한밤중처럼 텅텅 비지는 않아 미행에 안성맞춤이었다. 만약 뒤따르는 차가 우리 차밖에 없다면 김우석 씨에게 발각될 염려도 있을 테지만, 김우석 씨와 우리 차 사이에 적절하게 다른 차 두세 대가 항상 끼어 있어 크게 걱정할 필요가 없었던 것이다.

문제는 미사교차로에서부터였다. 직전까지는 적어도 한 대 이상의 다른 차를 꼭 끼워 넣을 수 있었지만, '미사리경정장'으로 꺾어지면서는 두 차만 앞뒤로 가게 되었다.

"조심하세요. 까딱하면 걸리겠어요."

"네."

강마로는 속도를 줄여 아반떼의 후미가 간신히 보일 만큼의 간격을 유지했다. 나는 그의 집중을 돕기 위해 라디오를 껐다. 왼쪽으로 조정경기장의 긴 수로가 보일 때까지 초긴장 상태를 유지했지만 싱겁게도 김우석 씨의 차에서는 별 반응을 느낄 수 없었다. 하긴 김우석 씨 직업이 스파이인 것도 아닌데 본인이 미행당할 거라고 꿈엔들 생각했을까.

길가 양옆으로 고급 한정식집이나 사람들이 득시글거리는 간장게장집 등이 즐비한 장소에 도착했을 무렵에는 강마로나 나나 완전히 긴장을 풀고 있었다.

"미사리, 미사리 말만 들어봤지 처음 와 보는데 장사 잘되네요."

한 시간 남짓 차에 갇혀 뻐근해진 몸을 기지개로 풀며 말했다.

"많이 죽은 거예요. 카페촌 전성기 때는 불륜의 성지였는걸요."

"어떻게 그리 잘 알아요?"

"다 아는 수가…… 어, 저기 들어갈 모양인데요!"

아반떼는 2층 건물을 통으로 쓰는 이탈리안 레스토랑 '톰 소여'로 향하는 진입로로 막 접어들고 있어 군이 강마로가 외칠 필요도 없었다. 곧바로 따라 들어가면 의심을 살까 봐서인지 잠시 기다린 강마로가 부드럽게 핸들을 돌려 흰 자갈이 깔린 톰 소여의 안마당으로 진입했다. 아반떼를 비롯해 다섯 대가 이미 주차된 건물 앞쪽 주차장에 차를 세운 강마로가 나를 돌아보았다.

"준비됐죠? 가 봅시다."

차에서 내리자 뜨거운 열기가 훅 끼쳤다. 에어컨으로 쾌적했던 차 안과 달리 바깥은 열기가 대단했다. 김우석 씨가 어떤 여자를 만나는지 알고픈 마음 반, 얼른 시원한 실내로 들어가고 싶은 마음 반으로 걸음을 재촉했다.

조도를 낮춘 톰 소여 안은 낮임에도 어두컴컴했다. 짙은 갈색 계열의 색으로 통일된 테이블과 의자, 고색창연한 느낌을 물씬 풍기는 벽돌 벽 등 내부가 꽤 고급스러워 음식 가격도 만만찮을 것 같았다. 주방에는 화덕이 있는 모양인지 피자 냄새가 한 끼도 못 먹은 배 속을 자극했다. 손에 땀을 쥐는(?) 추격전의 절정에서 피자 타령이라니 내 식탐도 어지간하다고 반성하며 주변을 둘러보았다.

"어서 오세요. 두 분이세요?"

기계적으로 반기는 점원을 물리고 날카롭게 테이블들을 스캔했지만 김우석 씨나 묘령의 여인은 눈에 띄지 않았다.

"저 안쪽에 있는 것 아닐까요?"

강마로가 물었다. 그의 말처럼 가게 맨 안쪽의 테이블은 포도 잎사귀 장식이 된 나무 칸막이로 가려져 있어 입구에서는 잘 보이지 않았다. 우리는 조심스럽게 칸막이 쪽으로 접근했다. 얼굴만 보고 몰래 빠져나올 계획이라 들키면 큰일이었다. 한 시간 넘게 뒤쫓았지만 이렇게 가까이 가는 건 처음이다. 막바지까지 와서 일을 그르칠까 조마조마했다.

마침내 칸막이 근처에 도착해 힐끔 너머를 들여다봤다. 괜히 걱정했다 싶어 헛웃음이 나올 지경이었다. 문제의 칸막이 너머에는 빈 테이블 두 개가 앞뒤로 놓여 있을 뿐이었다.

"2층으로 올라간 것 같은데요?"

강마로의 말에 고개를 끄덕이고 우리도 저쪽 계단을 통해 2층으로 가 보자고 하려는 순간, 뒤쪽에서 제법 큰 목소리가 들려왔다. 귀에 익은 남자의 목소리에 우리의 두 발은 접착제라도 바른 양 딱 굳어 버렸다. 아마도 김우석 씨와 여자는 입구 근처의 화장실에 다녀온 모양이었다. 결과적으로 나중에 들어온 우리가 그들을 앞질러버린 셈이었다.

강마로는 사색이 된 얼굴로 나를 바라볼 뿐 뾰족한 방법을 제시하지 못했다. 하여간 정작 중요할 때는 도움이 안 되는 인간이다. 뒤돌아서면 그들과 마주칠 게 뻔하니 방법은 한 가지뿐이었다.

대뜸 강마로의 손을 붙잡고 앞으로 나아가 벽 바로 앞의 테이블 의자에 주저앉혔다. 그러고는 나 역시 그의 옆에 앉았다. 우리 곁으로 다가온 점원 앞에서 나는 애인에게서 단 1센티미터라도 떨어지면 견디지 못하는 여자친구 흉내를 냈다.

"오빠, 뭐 먹을래?"

"으응. 아무 거나……."

"아무 거나가 뭐야?"

강마로의 숨결이 느껴질 만큼 가까이 얼굴을 들이대며 가게에 들어왔을 때부터 당겼던 고르곤졸라 피자와 봉골레 파스타를 주문하고 점원을 보냈다. 벽을 똑바로 보는 방향으로 나란히 앉은 우리 뒤에서 김우석 씨가 같은 점원에게 음식을 시키는 소리가 들린 뒤에야 비로소 긴장이 풀렸다.

"간발의 차이로 안 들킨 것 같습니다."

얼마나 놀랐는지 강마로는 손까지 떨고 있었다. 고개를 끄덕여 동의했지만 이래서는 여자 쪽의 얼굴을 볼 수 없어 답답하다. 어떤 방법을 강구해야 하나 고심하고 있는데, 뒤에서 또 하나의 낯익은 목소리가 화살처럼 날아와 우리의 귓가를 매섭게 관통했다.

"드, 들었어요?"

"네."

바로 며칠 전에도 들은 목소리를 어찌 못 알아들을 수가 있을까. 생기가 자연스레 발산되는 그 쾌활한 목소리를⋯⋯.

"시간 한 번 내기 정말 어렵다, 슬희야."

"내가 바빴나, 오빠가 바빴지."

그렇다. 김우석 씨와 함께 있는 여자는 다름 아닌 슬희였던 것이다. 대화의 내용과 분위기로 봐서 둘은 불륜관계임이 틀림없는 듯했다. 아니, 젊고 예쁜 슬희가 왜 하필 김우석 씨 같은 아저씨와 바람을 피우지? 충격으로 멍해져 있는데 강마로가 속삭였다.

"놀랍게도 정은우 씨 말이 맞았습니다. 혹시 우리 사건에 관해 얘기할지도 모르니 계속 들어보죠."

우리는 음식을 먹는 둥 마는 둥하며 뒤쪽에서 들리는 대화에 집중했다. 두 사람, 특히 슬희는 주변을 신경 쓰지 않고 목소리를 높여 7~8할은 알아들을 수 있었다.

"어제 회사에서 일하다가 갑자기 네 생각이 들더라⋯⋯."

"오빠, 나 어제 주현 오빠한테 칭찬 들었다! 이제 노래에 감정을 싣는 법을 깨우쳤다나. 주현 오빠 알지? 내 노래 선생님 말이야."

"시도 때도 없이 떠올라서 일에 집중할 수가⋯⋯."

"이번만큼은 믿어 봐도 된대. 큰 기획사하고도 통하는 사람이니까 아무 걱정 말고 연락 기다려보래. 아, 나 이러다 진짜 가수 되는 거 아니야!"

슬프게도 대화의 대부분이 이와 비슷한 흐름으로 진행됐다. 근본

적으로 슬희는 김우석 씨가 어떤 말을 해도 전혀 아랑곳하지 않았다. 오로지 자신의 관심사만이 화제에 올라야 직성이 풀리는 것 같았다. 몇 번이나 말이 씹히고 무조건 슬희의 말에만 맞장구쳐야 하는 김우석 씨의 목소리에 점차 씁쓸한 기운이 배어나 듣기 민망할 정도였다.

"와, 나 이 목걸이 진짜 갖고 싶었는데! 역시 오빠밖에 없어. 꼭 사달라는 것도 아니고, 그냥 해 본 말이었는데 그걸 기억했네. 이리 와, 착한 일했으니까 뽀뽀해 줄게."

단 한 번 김우석 씨가 사람 취급을 받았을 때였다. 그 뒤로도 한참이나 둘의 대화를 엿들었지만 강마로가 기대하는 사건 얘기는 일체 나오지 않았다. 볼링 핀처럼 이리저리 튀는 슬희의 먼지만큼 하잘것없는 얘기에 김우석 씨 못지않게 지쳐 휴대폰으로 시간을 확인했다. 이럴 수가, 벌써 2시가 넘지 않았는가!

"마로 씨, 2시예요. 당장 가야 될 것 같아요."

"아, 벌써 그렇게 됐습니까?"

역시나 단단히 귀를 혹사당한 강마로가 축 늘어진 몸을 곧추세우며 일어날 채비를 했다. 당황한 내가 얼른 그의 팔을 붙잡아 끌어앉혔다.

"무작정 나가다 들키면 어떡해요!"

"아, 그럼 어쩌죠?"

나라고 신통한 계획이 있을 리 만무했다. 저 커플이 우리보다 먼저 일어나길 마냥 기다리는 수밖에……

"2시 반입니다."

강마로의 나직한 말이 사형선고처럼 들렸다. 본의 아니게 밀실에 갇힌 꼴이 되어 30분을 더 기다렸지만 두 사람은 전혀 일어날 생각이 없어 보였다. 지금 나가지 않으면 죽음보다 무서운 무단결근이 기다리고 있을 뿐이다. 어쩔 수 없이 모험을 하기로 결심을 굳혔다.

"최대한 얼굴 가리고 빠져나가요."

"그래도 될까요?"

"그럼 어떡해요? 결근해서 학원 잘리면 책임질 거예요!"

한마디로 강마로의 입을 다물게 한 뒤 계산서를 챙겨 들고 일어섰다. 슬희 커플에게 보이는 왼쪽 얼굴을 계산서로 가리고 날듯이 그들의 테이블을 지나쳤다. 입구의 카운터까지 가는 동안 목구멍으로 쏟아져 나오려는 심장을 부여잡느라 애썼다.

뒤를 돌아보면 돌기둥으로 변할 것처럼 앞만 쳐다보고 계산을 마친 다음 가게 밖으로 나오자 간신히 참았던 숨을 쉴 수 있었다. 우리는 잠시 서로의 땀이 번진 얼굴을 확인하며 놀란 가슴을 진정시켰다.

"입구에서 얼쩡거리다 만날 수도 있으니까 얼른 가요."

강마로의 등을 밀다시피 해서 쏘나타가 주차된 곳으로 향했다. 운전석 문을 연 강마로가 차 안에서 훅 끼쳐오는 열기에 주춤거렸다.

"바깥에 세워놓았더니 엄청 뜨거운데요. 바로 타면 철판구이 되겠어요."

"참 나, 기다릴 시간이 어디 있어요? 참고 그냥 타요!"

한시가 급한 형편에 쓸데없는 말을 하는 강마로가 못마땅해 기어이 한 소리를 던졌다. 인상을 찌푸리며 운전석에 몸을 구겨 넣는 강마로를 보고 조수석으로 이동하려 할 때였다.

"어딜 그렇게 급하게 가?"

단언컨대 생애를 통틀어 세 손가락 안에 들어갈 만큼 놀란 순간이었다. 완벽하게 벗어난 줄 알았던 슬희의 목소리가 갑자기 등 뒤에서 들리는데 어찌 평정을 유지할 수 있겠는가.

"어, 슬희야…… 안녕."

가능한 한 자연스러운 태도를 보이려 했지만 몸을 돌려 슬희를 똑바로 보자 어색한 웃음밖에 안 나왔다.

"여기까지 쫓아와 놓고 안녕은 무슨."

슬희는 나를 향해 믿지 않게 눈을 흘겼다. 특유의 애교 넘치는 눈웃음을 보니 대노한 건 아닌 듯해 살짝 마음이 놓였다.

"저도 있습니다."

운전석에서 나온 강마로가 고개를 숙여 인사했다. 눈을 찡그리며 강마로를 유심히 살피던 슬희가 손뼉을 치며 아는 체를 했다.

"아, 그때 그 오빠구나! 지혜 언니 남자친구!"

"사촌오빠라니까."

내가 손사래를 치며 끼어들었지만 슬희는 다 안다는 양 또다시 눈웃음을 쳤다.

"남자친구든 사촌오빠든 여기까지 왜 따라온 거야? 설마 우연히 만난 건 아닐 거 아니야?"

"그냥……."

대답이 궁해 우물쭈물하자 슬희가 선수를 쳤다.

"은우 언니한테 부탁받은 거야?"

"아니, 그건 절대 아니야."

"그럼 다행이고."

뜻밖에 선선히 넘어가 다행이었다. 다시금 슬희가 눈을 흘기며 말했다.

"갑자기 두 사람이 후다닥 나가길래 얼마나 놀랐는지 애 떨어지는 줄 알았어."

"처음에는 몰랐어?"

"나갈 때 알았지. 두 사람, 나란히 벽 보고 앉아 있었잖아."

젠장, 젠장, 젠장! 하기야 암만 계산서로 얼굴을 가린다 한들, 한 동네 사람이 바로 옆을 지나치는 것도 못 알아볼까.

"언니 진짜 빠르더라. 무슨 100미터 달리기 선수인 줄 알았어."

슬희의 조롱에 몸 둘 바를 모르다가 역공에 나섰다.

"그보다 애 떨어질 뻔했다니? 너, 가정이 있는 남자랑 임신까지 한 거야?"

"세상에! 언니, 대학 나온 거 맞아? 비유도 몰라?"

또다시 나의 케이오 패였다. 연달아 펀치를 적중시킨 슬희는 득의양양한 표정으로 말을 이었다.

"내가 방금 나간 여자, 지혜 언니였다고 하니까 오빠가 노발대발하더라. 사생활침해로 고소한다고 생난리 피우길래 내가 좋게좋게 말해서 돌려보낸다고 하고 나온 거야. 비밀 지켜줄 거지?"

"그건 아직 확답은 못 해. 그나저나 김우석 씨랑 언제부터 만난 거야? 난 정말 꿈에도 생각 못했네."

슬희는 자기도 낯간지러운지 헤헤 웃었다.

"한 3년 됐어."

"너 눈 높잖아? 근데 왜 하필 김우석 씨야? 솔직히 별로……."

"뭘 그렇게 예의 차려. 못생겼지 뭐. 그냥 귀여워서."

"이 세상에 귀여운 사람 다 죽었다."

"동네에서 봉사활동하는 내 모습에 반해서 낙원회까지 쫓아 들어왔다는데 얼마나 귀여워? 요즘 그런 순정남이 어디 흔한가?"

"그렇다고 바람을 피우니?"

"바람이라고 하기에도 그래. 사실은……."

느닷없이 슬희가 손가락을 하나씩 접으며 숫자를 세기 시작했다.

"써드(third)…… 아니다. 써드도 못 돼. 그냥 동네에서만 만나는 사이랄까. 왜 가끔 급하게 몸이 뜨거워질 때가 있잖아? 좀 못 났어도 급한 불 꺼주기에는 제일 가까운 데 사니까 메리트가 있지."

"어이가 없다, 정말."

톰 소여 안에서 초조하게 우리 대화의 결과를 기다리고 있을 김우석 씨가 들으면 기함을 할 얘기가 아닐 수 없었다.

"그렇잖아도 슬슬 정리하려고 했어. 3년쯤 만나니까 흥미도 없고 같이 다니기에 외모도 창피해서. 오늘도 봐. 얼마나 촌스러워. 나 같은 공주를 데리고 미사리가 뭐야, 미사리가. 완전 아저씨 스타일. 어휴, 정말 정 떨어져서."

나는 말없이 슬희를 쏘아보았다. 아까보다 기가 팍 죽은 슬희는 두 손을 싹싹 비는 시늉을 했다.

"진짜 다시는 안 만날 테니까 꼭 비밀로 해 줘, 응? 이거 소문나면 우리 엄마아빠 드러눕고 나 머리 빡빡 깎인다니까. 좀 있으면 데뷔

할지도 모르는데, 훼방 놓으면 언니가 내 인생 망치는 거야. 안 그럴
거지?"

끈질기게 늘어지는 슬희의 부탁이 듣기 싫어 고개를 홱 돌려 강
마로를 보았다.

"가요."

"언니, 제발!"

"몰라."

그러나 조수석으로 터벅터벅 걷는 나와 달리 강마로는 그 자리에
꼿꼿이 서 있었다.

"가기 전에 한 가지만 묻겠습니다. 저번에 했던 것과 같은 질문입
니다. 대신 이번에는 꼭 진실을 들려주시기 바랍니다."

"뭔데요?"

"최순자 씨가 살해당한 날 밤에 슬희 씨는 뭘 하고 있었죠?"

"아, 그거요? 언니오빠들한테 잘 보여야 하니까 이번에는 제대로
대답할게요. 저번에 거짓말한 건 미안해요."

강마로는 고개를 끄덕여 진실을 재촉했다.

"오빠가 저희 집에 왔어요. 마침 엄마아빠가 거제도 사는 친척 장
례식 간다고 집을 비웠거든요. 오빠가 은우 언니 자는 거 확인하고
16일 새벽 1시쯤 왔죠."

강마로가 묻기 시작했을 때부터 제자리로 돌아와 있던 내가 참지
못하고 끼어들었다.

"너 참 겁도 없다. 같은 아파트 단지에 부인이 뻔히 있는 남자랑
어떻게…… 들킬까 봐 겁도 안 났니?"

"그게 진짜 스릴인데, 언니가 뭘 모르네."

슬희가 나를 보며 눈을 찡긋하는데, 흡사 몸에 벌레가 기어가는 느낌이었다.

"말을 말아야지, 내가."

또다시 헤헤 웃는 슬희를 무시하고 강마로가 질문을 이어갔다.

"김우석 씨는 몇 시에 나갔습니까?"

"새벽 4시 전후해서 나갔을걸요."

"그다음에는 뭘 했죠?"

"몸이 달아올라서 잠이 와야 말이죠. 그 밤에 사진 찍으러 나갔어요. 다 찍고 사이트에 올리고 나서 잔 것 같은데요."

"새벽 6시쯤 말이죠?"

"그럴 거예요. 어떻게 아세요? 아, 보셨구나!"

누가 봐도 당황한 기색이 드러난 강마로가 허둥지둥 신문을 종료했다.

"됐습니다. 오늘은 일단 여기까지 하죠. 조만간 다시 연락드리겠습니다."

"나도 한 가지 질문! 오빠는 저번부터 왜 그 사건에 대해서만 물어봐요?"

"아, 제가 사실 이런 사람입니다."

강마로가 뒷주머니에 손을 넣고 뒤적이는 게 그 어처구니없는 명함을 꺼내려는 것 같아 나도 모르게 손을 찰싹 때렸다. 움찔하는 강마로를 운전석에 밀어 넣고 슬희에게 말했다.

"어쩔 수 없는 경우 아니면 비밀 지킬 거니까 너무 걱정하지는

마. 하지만 김우석 씨 계속 만나면 그때는 나도 어쩔 수 없다, 너."

"알았다니까."

떠나는 쏘나타의 꽁무니에 대고 여전히 비는 시늉을 하는 슬희가 점점 멀어졌다. 슬희의 충격적인 얘기에 시간 가는지도 몰랐는데 어느새 3시가 넘었다.

"빨리 가요. 한 시간도 안 남았어요."

"시간 딱 맞춰 학원 앞까지 모실 테니까 안심하세요."

한동안 운전에 몰두하다 나를 돌아본 그의 입꼬리에 감출 수 없는 웃음기가 배어 있었다.

"오늘도 수확이 컸습니다. 역시 지혜 씨와 함께하면 공치는 날이 없네요."

"그게 왜 저 때문이에요. 끈질기게 감시한 마로 씨 덕분이죠."

"누구 덕이면 어떻습니까. 중요한 건 진실의 문에 또 한 걸음 접근했다는 거죠. 조금만 더 가면 손잡이 앞까지 도착해서 금방 열 수 있을 것 같습니다."

지금 당장은 사건보다 출근이 중요한 입장이라 입 다물고 운전에만 집중했으면 하는 소망이 있었지만 강마로는 쉬지 않고 입을 놀렸다.

"세상에 별일이 다 있어요, 그렇죠? 미녀와 야수도 아니고. 낙원회도 슬희 씨 쫓아서 가입했을 줄이야. 아무튼 최순자 씨 사건 당시 슬희 씨와 김우석 씨의 행적에 대해서는 꽤나 정보가 쌓인 셈입니다. 아, 물론 두 사람이 미리 입을 맞추고 거짓말을 하지 않았다는 전제가 필요합니다만."

"……."

"그래도 슬희 씨 증언의 신빙성은 꽤 높아 보입니다. 그날 새벽 김우석 씨가 집을 비웠다는 사실과 슬희 씨가 사진을 찍고 새벽 6시에 사이트에 올렸다는 사실을 저희는 이미 알고 있었죠. 하지만 저희가 그 두 가지 사실을 알고 있었다는 걸 몰랐던 슬희 씨의 증언 역시 그와 일치하니 어느 정도는 믿어도 될 것 같습니다."

이번에도 내가 뚱하니 입을 다물고 있자, 강마로도 분위기를 눈치채고 더 말하지 않았다.

외곽순환고속도로를 타고 남양주, 구리를 지나 서울 중랑구로 진입하는 데 30여 분 남짓 걸렸다. 다시 노원구에서 동부간선도로로 진입했을 때 강마로가 말했다.

"여기서부터 한 5킬로미터 직진하다가 다리 하나만 건너면 됩니다. 그냥 가면 간당간당하니까 좀 밟아야겠어요. 꽉 잡고 계세요."

그때부터 강마로는 단 두 개의 차선을 이리저리 번갈아 가며 곡예운전을 시작했다. 아까보다 훨씬 더 격렬한 운전에 차체는 물론, 안전벨트를 한 내 몸조차 이리저리 흔들렸다.

"마로 씨, 조심 좀요! 이러다가 학원보다 천국에 먼저 가겠어요!"

"걱정 마십시오. 이래 봬도 별명이 카레이서 강……."

"잠깐만, 지금 150킬로미터로 달리는 거예요?"

눈을 의심했다. 문득 바라본 속도 계기판의 바늘이 140과 160의 딱 중간에 멎어 있는 게 아닌가!

"조금만 참으세요. 지각하는 것보단 낫잖아요."

"그건 그렇지만, 이건 좀……."

강마로는 요리조리 잘도 차선을 바꿔가며 꽁지에 불이 붙은 듯
질주했다. 괜히 더 말 걸었다가 그의 신경이 분산되면 큰 사고가 날
수도 있겠다 싶어 나는 어쩔 수 없이 입을 다물고 그저 무사 안녕만
을 기원했다.

"다 왔어요. 저 앞에서 창동교로 빠지는 길 나오거든요. 거기서 좌
회전 한 번만 하면……."

조마조마했던 질주가 끝나갈 무렵, 강마로는 본인의 운전 솜씨에
한껏 득의양양한 표정으로 입을 열었다. 그런데 강마로의 말이 채
끝나기도 전에 우리 뒤에서 귀청을 찢을 듯한 사이렌 소리가 들려
왔다.

"7392, 7392. 과속입니다. 좌회전해서 다리 건너세요."

깜짝 놀라 사이드미러를 확인해 보니 아니나 다를까, 흰색과 파란
색이 어우러진 경찰차였다. 말하나 마나 방금 메가폰으로 강마로의
차 번호를 부르며 방향을 지시한 사람도 경찰일 터였다.

그렇잖아도 계란을 밟고 선 것처럼 잔뜩 긴장하고 있었던 차에
경찰한테 잡히기까지 하다니 당혹스럽기 그지없었다.

"마로 씨, 이제 어떻게 해요?"

울상을 지으며 강마로를 쳐다본 순간, 나는 입을 다물 수밖에 없
었다. 강마로는 얼굴까지 허옇게 질린 채 부들부들 떨고 있었다.

뒤따르는 경찰차의 유도에 따라 차를 세운 곳은 마침 다리를 건
너면 바로 나오는 도봉경찰서 앞이었다. 쏘나타 바로 뒤에 경찰차
가 멈췄고, 두 명의 제복을 입은 경찰이 내렸다.

"참 나, 시내에서 무슨 운전을 그렇게 밟아대시는 겁니까. 면허증

제시하세요."

운전석 옆으로 다가온 중년 경관이 혀를 차며 말했다.

"출근이 너무 급해서 그랬습니다. 한 번만 봐 주세요."

강마로가 비굴한 표정을 지으며 사정했지만 중년 경찰은 단호하게 고개를 저었다.

"어느 정도여야 봐드리죠. 80킬로미터 제한 구간에서 150이라니 해도 너무 하잖습니까."

다시 면허증을 요구한 중년 경찰에게 강마로가 손을 싹싹 비비며 빌었다. 몇 분의 실랑이가 계속되는 동안에도 강마로가 면허증을 주지 않으니 중년 경찰이 옆에 서 있던 젊은 경찰에게 명령했다.

"이 순경, 번호 조회해 봐."

"안 됩니다, 면허증 드릴게요!"

그제야 부랴부랴 면허증을 건네려고 하는 강마로는 내가 봐도 수상스러웠다. 젊은 경찰이 아랑곳없이 휴대용 차량조회기에 차 번호를 입력하자 강마로는 헐레벌떡 운전석 문을 열고 뛰어내렸다.

"허어, 이거 왜 이러세요!"

다짜고짜 젊은 경찰에게 달려들려는 강마로를 중년 경찰이 몸으로 막아섰다. 중년 경찰과 강마로가 몸을 맞대고 씨름을 벌인 지 얼마 되지 않아 젊은 경찰이 심각한 목소리로 말했다.

"윤 경위님, 이 차 도난 차량인데요."

중년 경찰과 강마로, 젊은 경찰과 나, 네 사람의 움직임이 동시에 우뚝 멎었다.

마침 경찰서 앞이라 그 후의 진행은 일사천리였다. 나와 강마로는 즉석에서 도봉경찰서 1층의 형사과로 보내졌다. 출근하다 말고 난데없이 커다란 사건에 말려들어 정신이 하나도 없던 나는 어느 형사가 내준 파이프의자에 혼이 나간 얼굴로 앉아 있었다. 모든 문제의 원흉인 강마로는 나보다 먼저 조사를 받는 중이었다.

동네 구멍가게에서 잔돈 일이백 원만 더 받아도 반드시 찾아가서 돌려주는 내가 자동차 절도의 공범 취급을 받게 되다니 정말이지 괴롭기 그지없었다. 물론 나를 괴롭히는 문제가 그것만은 아니었다.

"아니, 지금 뭐하는 거야! 오늘 1교시인 거 몰라? 설마 나보고 대신하라는 건 아니겠지?"

이소영 선생님.

"허, 유 선생. 나 그렇게 안 봤는데 자꾸 실망시키네. 저번 회의시간에 늦은 것도 봐줬더니만. 재범은 가중처벌인 거 모르나?"

원장님.

5분 간격으로 학원에서 날이 잔뜩 선 전화가 쏟아졌지만 아직 조사가 끝나지 않은 이상 별 도리가 없었다. 그저 급한 사정이 생겼다고, 죄송하다고 빌고 또 빌 따름이었다.

"어휴, 이제 끝났네요. 몇 번이나 했던 말 또 하게 하고, 참 나."

조사를 마치고 내 곁에 다가와 앉은 강마로는 내 속도 모르는지 싱글벙글 웃는 낯이었다.

"지혜 씨, 하나도 걱정하지 마세요. 그냥 작은 오해가 좀 있었어요. 다 설명했으니 조금만 더 기다리시면 해결될 겁니다."

뻔뻔스럽게 늘어놓는 강마로를 처녀귀신 같은 시선으로 노려보았다. 내 반응에 삽시간에 다시 얼굴이 하얗게 질려버린 강마로가 꼴도 보기 싫어 고개를 왼쪽으로 홱 돌려 외면했다. 놀랍게도 내가 시선을 돌린 그곳에 또 다른 강마로가 있었다!

막 형사과의 문을 열고 들어온 강마로(?)는 내 옆 의자에 앉은 강마로에게 성큼성큼 걸어와 소리를 질렀다.

"야, 차를 빌려가면 빌려간다고 얘기를 해야지!"

두 명의 강마로 출현에 혼이 다 빠져나간 내 곁에서 원래 있던 강마로가 멋쩍게 머리를 긁으며 대꾸했다.

"미안해, 형. 저번에 내 차 반파됐다고 했잖아. 그때 얌전히 빌려줬으면 이런 일 없었지."

형, 형, 형이라니…… 그러고 보니 방금 온 강마로는 앉아 있는 강마로와 키도 비슷했고, 구별할 수 없을 만큼 얼굴도 비슷하게 생겼다. 그나마 틀린 곳을 찾으라면 훨씬 더 말랐고, 수염도 덥수룩한 정도? 그 얼굴을 보니 무언가 떠오르는 것이 있었다.

"전화 한 통화, 아니 문자 한 통만 했어도 신고 안 했잖아. 형한테 말도 없이 차 가져가는 놈이 어디 있어."

"너무 급한 사정이 있어서. 무조건 내가 잘못했고, 자세한 얘기는 집에서 해."

그때 형제간의 다툼을 말없이 지켜보던 형사가 형 강마로에게 물었다.

"정말 동생 맞습니까?"

"맞습니다. 바쁘신데 괜한 수고 끼쳐드려서 죄송합니다."

"괜찮습니다. 잘 해결되셨다니 저희야 다행이죠."

얼마간의 절차 끝에 차량 절도사건이 무사히 수습되었고, 형 강마로는 다시 한 번 동생 강마로를 매섭게 노려보다가 경찰서를 떠났다. 형 강마로가 아량을 베풀어 정식으로 빌려준 쏘나타로 이미 대판 늦어버린 학원 앞까지 가는 동안 내가 물었다.

"쌍둥이예요?"

"아닙니다. 근데 다들 그렇게 오해해요. 저보다 두 살 형입니다."

"그럼 저분이 로봇공학 박사과정?"

"……맞습니다."

강마로가 죄인같이 고개를 푹 수그리며 힘겹게 대답했다. 강마로의 시인에 그간의 모든 의문이 낱낱이 풀려갔다.

지금 생각해 보면 명색이 서울대 공학도라면서 백수처럼 한가하게 내 사건에 온 시간과 신경을 쏟은 것도 수상했고, 연구와 관련된 얘기가 나오면 묘하게 불편해 보이는 느낌도 들었다. 심지어 실개울도서관에서 낙원아파트로 오는 동안, 공돌이를 3년간 납땜이나 하면서 선생님들이 시키는 대로 하는 사람이라고 비아냥댄 적도 있지 않았는가.

"대학 안 나오셨죠?"

"……네. 맨날 수업 빼먹고 친구들하고 놀러 다니느라 공부할 시간이 없었어요."

그러니 무심결에 대학 학부 과정을 3년으로 생각하고, 대학에서 일반적으로 쓰이는 교수님 대신 선생님이라는 명칭을 사용한 거였다. 대학을 다녀 본 적이 없었기에.

수상한 점은 또 있었다. 용문학원 앞에서 오랜만에 박기태 대리님의 전화를 받고 강마로와의 밤 약속을 취소했던 날이다. 그날 우리는 2시에 선릉역에서 헤어져 나는 학원으로, 강마로는 서울대입구역으로 향했다. 3시쯤 내가 약속 취소 전화를 걸었을 때 강마로는 전화를 받지 않았고, 어쩔 수 없이 나는 그가 소속된 연구실로 전화를 걸었다. 여전히 강마로와는 통화가 되지 않았고, 누군가에게 그가 한창 실험에 불붙어서 전화를 받기 힘들다는 전언만 들었을 따름이었다.

선릉역에서 서울대입구역까지 지하철 타는 시간만 20분, 역에서 내려 서울대 공대로 가는 데 또 15~20분이다. 막상 공대에 도착해도 흰 가운 등의 실험복으로 갈아입고 실험 준비를 하는 데 부수적인 시간이 걸리므로 도저히 한 시간 만에 한창 실험에 '불붙을' 수 없는 상황이었던 것이다.

그러고 보니 나는 아마도 당시 실험에 열중해 있던 진짜 서울대 로봇공학도 강마로의 얼굴도 본 적이 있었다. 형 강마로가 운영 중인 블로그의 사진을 통해서 말이다. 어쩐지 사진 속의 강마로는 실제보다 좀 마르고 수염이 덥수룩하다 했더니. 그때는 그저 연구에 지쳐 홀쭉 마르고 수염을 깎을 시간도 없었을 거라고만 생각했었는데…….

"형 이름도 갖다 쓴 거예요?"

벼룩도 낯짝이 있다더니 강마로는 차마 대답을 못하고 얼굴만 붉혔다. 강마로가 형의 이름과 블로그를 도용한 바람에 꼼짝 없이 속고 말았다. 형의 블로그에서 로봇공학에 대한 진지한 자세와 인터넷으로 살인사건 수사에 도움을 줬다는 기사를 보고 강마로를 철석같이 믿었건만, 그게 전부 형의 업적이었을 줄이야. 어쩐지 로봇공학 연구에 더 매진하겠다는 포부를 밝힌 사람이 갑자기 탐정이 꿈이라는 얘기를 할 때부터 좀 이상하긴 했다.

"……다짜고짜 탐정이라고 하면 안 믿어 주실 것 같아서 형의 신분을 좀 빌렸습니다."

"자동차처럼 이름과 신분도 말도 안 하고 빌렸겠죠?"

"……네."

어이가 없었다. 몇 가지 우연과 오해가 겹쳐 철저하게 속은 게 너무나도 분해 견디기 힘들었다.

"사실 제 본명은……."

"닥쳐요, 관심 없으니까! 도대체 왜 신분까지 속여가면서 나한테 접근한 거죠? 사기라도 치려고 그랬어요? 그렇다면 단단히 잘못 골랐네요. 나한테는 뽑아 먹으려야……."

"아뇨, 절대 아닙니다! 저 돈 많아요. 고등학교 졸업하고 호프집 서빙이랑 택배 기사 같은 것 하면서 돈을 좀 모았는데, 우연히 아마존 관련 다큐멘터리를 봤어요. 그걸 보고 아마존의 자연을 지키는 데 힘을 모아야 할 것 같아서 아마존 주식을 샀죠. 근데 알고 보니까 그게 미국 온라인 상거래 사이트더라고요. 거기서도 많이 벌었고, 또 몇 년 전에는 걸그룹에 꽂혀서 그 엔터테인먼트 회사 주식을 샀는데 그건 거의 10배는 벌었어요. 그냥 팬심으로 산 것뿐인데. 최근에는 사람들이 머리에 뭘 쓰고 가상현실 속에서 게임하는 게 신기해 보여 투자했더니 이게 또 대박이 났죠. 친구들이 저한테 돈이 따르는 놈이라더군요. 심지어 우리 형보다 제가 더 통장에 돈이 많아요."

"돈이 아니라면 뭐죠?"

침묵이 길어지다 당장 차에서 내려 달라고 소리치기 직전, 강마로가 나직하게 말했다.

"전 사람들을 돕는 게 좋아요. 어렸을 때부터 악을 물리치고 정의를 수호하는 탐정이 좋았어요. 공부 잘하고 성실한 형이랑 늘 비교당하면서 인생이 갑갑할 때도 마음속의 꿈만큼은 한결같았죠. 어른이 되면 꼭 탐정이 돼서 약한 사람들을 돕고 죄인을 벌주며 사회의 질서를 유지하는 데 힘을 보태겠다고.

막상 어른이 됐지만 돈벌이 하는 데 바빠 정작 탐정은 꿈도 꿀 수 없었죠. 그런데 언제나 저를 앞서가고, 부모님 칭찬까지 전부 독점하던 형이 인터넷으로 살인사건을 해결한 걸 알게 된 거예요. 잘난 형이 이제는 꿈까지 뺏어가는구나, 얼마나 속이 상했는지 몰라요.

한참을 고민하다가 더 늦기 전에 진짜 탐정이 되기로 결심했어요. 앞으로는 다른 건 다 떠나서 꿈만을 생각하자 마음먹고 열심히 명함을 돌렸는데…….."

"그런데요?"

"모두가 코웃음만 쳤죠. 고졸에 무식한 놈이 무슨 탐정이냐며, 너희 형 정도 스펙은 돼야 믿고 사건을 맡긴다고 하더군요. 하도 일이 안 풀려서 어쩔 수 없이 형 이름이랑 블로그를 도용했죠. 우린 능력은 다르지만 얼굴은 꼭 닮았으니까요.

지혜 씨는 정말 우연히 만난 겁니다. 그전부터 인근에서 일어난 강력사건에 관심이 많이 있었거든요. 많이 실망하셨겠지만 제 열정과 성의를 딱 한 번만 더 믿어 주시면…….."

"마로 씨는 그게 문제예요. 목적이 좋으면 어떤 수단을 써도 상관없다고 믿는 것. 그 태도를 고치지 않으면 좋은 탐정이 될 수 없을 거예요."

금방이라도 눈물을 쏟아낼 것 같은 강마로를 쳐다보지도 않고 학원 앞에서 헤어진 시간은 7시. 정확히 세 시간을 늦은 것이다.

교무실로 입성하자 무거운 분위기가 예상보다도 더해 맥이 탁 풀렸다. 다짜고짜 넙죽 엎드리며 사과하려는 찰나, 도연 언니가 내 자리를 향해 손짓을 했다. 언니의 심각한 얼굴에 또 무슨 일일까 걱정하며 그쪽을 쳐다보니 내 자리에 의외의 인물이 앉아 있었다.

"오셨습니까?"

"아…… 안녕하세요."

"드리고 싶은 얘기가 있어 왔습니다. 여기서 하기는 그렇고, 잠깐 나가실까요?"

언제나처럼 머리를 멋스럽게 빗어 넘긴 김도형 형사를 따라 건물 밖으로 나왔다. 안 그래도 강마로 때문에 머리가 복잡한데 왜 이 사람까지 학원에 온 거지? 머릿속에 온갖 추측이 떠다녔다. 학창시절 사소한 잘못을 하고 교무실에 끌려갔을 때처럼 무거운 심정으로 김도형 형사의 딱딱하게 굳은 얼굴 앞에 섰다.

"며칠 전에 우연히 낙원회 선우진 교수가 대학 내에서 성희롱 문제를 일으켰다는 사실을 알게 됐습니다. 최순자 씨나 지혜 씨 사건과는 직접적인 관계가 없을지도 모르지만 내막을 알아보는 게 좋을 것 같아 찾아가 봤습니다. 그런데 선우 교수가 며칠 전에는 지혜 씨가 왔다 가더니만 이게 자꾸 무슨 일인지 모르겠다는 얘기를 하더군요."

김도형 형사의 은근한 비난이 섞인 눈초리에 쥐구멍이라도 찾고 싶어졌다.

"몇 번이나 말씀드리지 않았습니까? 전문 인력인 저희를 믿고 맡겨 달라고. 계속 이러시면 저희도 어쩔 수 없습니다. 공무 집행 방해도 빨간 줄 가는 큰 죄예요. 아시겠어요?"

변명의 여지가 없어 그저 머리를 조아리는 수밖에 없었다.

단언컨대 오늘은 내 생애 최악의 지옥 같은 날이다.

# 18장
## 6월 23일 목요일 13시 30분

테이블 맞은편에 앉은 그녀는 지적으로 생긴 외모만큼이나 차분한 목소리였다.

"선생님 말씀이 맞아요. 2014년 12월 15일 밤 10시 30분쯤에 그 아주머니가 이 집에 와 계셨어요."

신영채 선생님의 보조 작가 한예지 씨가 살짝 비뚤어진 안경을 고쳐 쓰며 설명을 이어갔다.

"제가 그 시간에 출근을 했거든요. 저 왔다고 벨을 누르니까 선생님께서 나오셔서 문을 열어 주셨어요. 같이 이곳 거실로 오는 동안 선생님께선 안방 선생님 작업실에 귀찮은 손님이 와 있다고 난감한 표정을 지으셨어요. 마감이 코앞인데 갈 생각을 안 한다고 이맛살까지 찌푸리셨죠."

"좋아요, 아주 잘하고 계십니다. 그다음은요?"

내 옆에 앉은 강마로(본명은 아직도 모르겠다.)는 빠른 속도로 수첩에 필기를 하며 한예지 씨의 증언에 집중했지만, 나는 선생님의 거실을 둘러싼 책의 벽을 멍하니 둘러보았다. 맞은편의 선생님이 그런 나를 보고 빙그레 웃었다.

"선생님께선 다시 손님이 계신 안방으로 들어가셨고, 전 이 테이블에 앉아 노트북으로 작업을 시작했죠. 한 10분쯤 지났을까요. 선생님께서 좀 짜증이 나셨는지 언성이 높아지시더라고요. 받아치는 아주머니 목소리도 만만찮았고요."

선생님이 겸연쩍은 표정으로 한예지 씨의 말을 받았다.

"다른 때 같았으면 좋게 돌려보냈을 텐데 그날은 영 사정이 좋지 않아서. 나도 모르게 예지 앞에서 부끄러운 모습을 보였네."

"아니에요, 선생님."

한예지 씨는 내려 깔고 있던 눈을 동그랗게 뜨며 격하게 손을 내저었다. 강마로는 두 사람의 행동에 전혀 관심을 기울이지 않고 다음 말을 재촉했다.

"계속하세요. 기억나는 건 모조리 말씀해 주셔야 합니다."

"별로 특별한 것도 없어요. 두 분이 목소리를 높이니까 일하는 데 방해돼서 이어폰 꽂고 음악 들으면서 작업했죠. 한 10분 더 있다가 안방에서 아주머니가 나오셨어요."

"그럼 그때 최순자 아주머니를 처음 보신 거군요?"

"맞아요. 그날 처음 봤어요. 빨간색 털모자를 썼고, 역시 빨간색 낡은 점퍼에 그, 왜, 아주머니들 밭일 할 때 입는 고무줄 바지 같은 거 있죠?"

"몸뻬요?"

"네. 요즘 아주머니들은 세련된 분들도 많은데 행색이 추레해서 조금 놀랐어요."

"얼굴도 보셨어요? 어떤 인상을 받으셨나요?"

"얼핏 봤어요. 얼굴은 조금…… 볼살도 욕심쟁이처럼 두둑하고, 전체적으로 통통하시더라고요. 솔직히 되게 볼품없게 생기셨다고 생각했어요."

수줍음을 타는 편인 듯, 눈을 계속 아래에 깐 채 강마로와 눈을 마주치지 않고 대화를 하던 한예지 씨는 이미 죽은 사람의 험담을 한 것이 부끄러운지 얼굴을 붉혔다.

"그 아주머니는 신경질이 나셨는지 발을 쿵쾅거리며 현관으로 가시더라고요. 제가 놀라서 우물쭈물하는 사이에 문 열고 휭 가 버리셨어요. 인사도 못 드렸고……."

선생님도 멋쩍은 듯 볼을 긁으며 끼어들었다.

"나도 좀 심했지. 오늘은 이만 돌아가시고 다음에 다시 오라고 몇 번을 말했는데도 막무가내라서 끝내 폭발했어요. 당장 꺼지라고까지 했으니 확실히 어른한테 예의는 아니었죠."

"바쁜 중에 자꾸 훼방 놓으면 저 같아도 그랬을 겁니다. 그래서 그다음엔요?"

강마로가 물었다.

"선생님께서 화를 삭이시는지 안방에서 안 나오시기에 하던 대로 작업에 열중했어요. 한 10여 분쯤 지나서야 선생님께서 거실로 나오셨죠."

"그때 내 얼굴 말이 아니었지?"

"네, 붉으락푸르락."

"열 받아서 말이지. 예지도 알잖아. 나 성질나면 혈압 막 200까지 올라가잖아."

"잘 알죠. 감독님들이랑 의견 충돌 날 때 자주 그러시잖아요."

"그래서 내가 제명에 못 산다니까."

짐짓 심장을 부여잡으며 울상을 짓는 선생님의 익살에 한예지 씨가 여자답게 입을 가리고 호호 웃었다. 두 사람이 핑퐁처럼 주고받는 대화에 거실 분위기가 한결 온화해진 느낌이었다.

"자, 그러고요?"

"훼방꾼이 사라졌으니까 일해야죠. 선생님과 잠깐 티타임 하고 밤새도록 작업했어요. 선생님께선 안방 작업실에서, 전 이 거실 테이블에서요."

또다시 선생님이 부연 설명을 했다.

"다른 선생님들은 어떤지 모르겠지만 난 혼자만의 공간에서 집중이 잘 되는 편이라서요. 요즘은 다른 보조 작가가 하나 더 있지만 그때는 예지 혼자라서 외로웠을 거예요."

"아니에요, 선생님. 저도 눈치 안 보고 혼자 일하는 게 마음 편해요. 글 쓰는데 누가 쳐다보고 있다고 생각하면 정말 싫어요."

여러모로 잘 맞는 두 사람은 서로의 얼굴을 지긋이 쳐다보며 미소를 교환했다. 참으로 보기 좋은 사제지간 같아 부러웠다. 내가 선생님과 저런 관계였다면 얼마나 좋을까.

"나도 입봉작이었고, 우리 예지도 처음 보조 작가 시작했을 때라 당시에는 참 마음의 여유가 없었죠. 만난 지도 며칠 안 돼서 지금처럼 친하지도 않았고, 또 나도 생전 처음 보조 작가랑 일해 보는 거라서 잘해 주고 싶어도 방법을 잘 몰랐어요. 괜히 챙겨 준다고 나서다가 오히려 싫어하면 어떡하나, 혼자서 고민하기도 하고. 너도 힘들었겠지만 나도 못지않았단다, 얘."

"어머, 선생님. 전 처음 인사드렸을 때부터 저랑 너무 잘 맞는 선생님 만났다고 얼마나 좋아했는데요."

"그랬니?"

"솔직히 말해도 돼요?"

"어머, 얘 좀 봐. 그래 시원하게 털어놔 봐."

"에이, 농담이에요. 처음 한 달 정도만 어색했지, 그 후로는 친언니보다 더 좋았는걸요."

또다시 호호호의 향연.

"최순자 씨가 살해당한 건 언제 아셨습니까?"

진지한 신문 자리의 분위기가 더 이상 변질되는 걸 막기 위해 강마로가 서둘러 나섰다.

"다음 날 밤에 작업하러 왔을 때 알았죠. 경찰차 쫙 깔려 있고, 온동네가 굉장히 떠들썩했거든요. 선생님께 여쭤 봤더니 그 아주머니래요. 바로 어제 만난 사람이 그렇게 됐다니 무서웠어요. 한동안 여기 올 때마다 겁이 났던 게 기억나네요. 그 며칠 있다가 비슷한 사건이 또 벌어져서 더 그랬고요."

"그러셨군요. 혹시 그 며칠 뒤의 사건과 관련해서는 기억나는 게 없으세요?"

"그전 주에 선생님께서 허락해 주셔서 그 주 수요일부터 일요일까지 친구들이랑 방콕 놀러갔어요. 한창 바쁠 때라 취소하려 했는데, 선생님께서 친구들이랑 먼저 한 약속이니 꼭 가라고 하셔서요."

"음……."

"마로 씨, 이만 가요. 선생님 작업하셔야 되는데 방해되잖아요."

눈치를 보니 더 물어볼 것도 없는 것 같아서 내가 개입했다. 놓친 게 없나 잠깐 되짚어보던 강마로가 선뜻 고개를 끄덕였다.

"저희 이만 가 볼게요. 바쁘신데 자꾸 폐 끼쳐서 죄송합니다. 앞으로는 방해 안 할게요."

"방해라니, 얘는."

선생님은 당치도 않은 소리를 들었다는 양 살짝 눈을 흘겼다.

"지혜라면 언제든 좋아. 그리고 탐정 아저씨도. 나 이 추리극 진짜 좋아한다니까. 당분간은 눈코 뜰 새 없이 바쁘겠지만 신작 끝날 때까지 범인 못 잡으면 나도 같이할 테니까 기다리고 있어."

"하하. 그 안에 저희가 잡을 겁니다."

뻔뻔스럽게 너털웃음을 터뜨리는 강마로의 입을 확 꼬집어 주고픈 심정이었다. 내가 먼저 의자에서 일어나자 모두가 따라 일어났다. 문 앞에서 다시 한 번 작별 인사를 건네자 선생님이 아쉬운 얼굴로 말했다.

"파스타 해 주려고 일부러 점심시간에 오라고 한 건데……."

"괜찮아요. 파스타 어제 먹었어요."

내 말에 찔리는 게 있는 강마로가 고개를 푹 수그렸다.

"신작 방영 날짜 잡히면 꼭 알려 주세요. 열 일 제쳐놓고 볼게요."

"나야 고맙지. 대충 9월 21일로 알고 있어. 크게 변동은 없을 거야. 나는 그렇다 치고, 우리 예지가 연애도 못하고 청춘을 불살라 가면서 쓰고 있으니까 기대해."

"아이, 선생님도 참."

우리는 한예지 씨의 붉어진 얼굴을 뒤로하고 신영채 선생님의 아파트 문을 나섰다.

"이제 만족해요?"

내내 억누르고 있던 화를 토해내며 뾰족하게 물었다. 잔뜩 주눅이 든 강마로가 눈만 끔벅거렸다. 오늘 점심에 보조 작가 예지를 부를 테니 방문하라는 선생님의 제의에 응답해 이 집으로 오면서도 땅만 쳐다보고 단 한 마디도 하지 않았던 나였다. 방금 신문 중에도 거의 입을 떼지 않았고.

"네? 뭐가……."

"뭐긴 뭐예요? 멀쩡한 작가님을 살인 용의자로 의심해서 명예에 먹칠을 했으니 만족스럽냐는 거죠."

"아, 그렇게 보기에는 아직 이른데요. 한예지 씨의 추가 증언으로 인해 신 작가님의 알리바이가 대단히 굳건해진 건 사실입니다만, 그게 꼭 무죄를 의미하는 건 아니니까요. 뭐 심증이 좀 옅어지긴 했지만요."

선생님을 좋아하는 내가 또다시 발끈할까 봐서인지 강마로의 말투는 극히 조심스러웠다.

"참, 마로 씨는 인생 살기 힘들겠어요. 모든 사람을 의심하면 피곤해서 어떻게 살아요?"

"전혀 피곤하지 않은데요. 탐정은 모든 것을 의심한다. 이게 제 신조입니다."

"참, 나⋯⋯."

허세를 지우고 진지한 얼굴로 돌아온 강마로가 말했다.

"저희 형인 척했던 건 다시 한 번 정말 죄송합니다. 하지만 어제도 김우석 씨를 미행한 덕분에 사건의 실체에 더욱 가까이 접근하지 않았습니까. 조금만 더 참고 노력하면 머지않아 진실의 문을 열게 될 겁니다."

강마로가 새삼스레 형을 사칭한 얘기를 꺼내는 바람에 애써 꾹꾹 눌러 참았던 분노가 폭발하고 말았다.

"사건의 실체는 고사하고, 일주일 넘게 눈 가린 경주마처럼 앞뒤 안 가리고 질주하니까 온갖 트러블만 일어났잖아요. 어제도 김도형 형사가 찾아왔어요. 성희롱 문제로 선우 교수님을 방문했다가 며칠 전에 제가 찾아왔었다는 얘기를 들었다면서 엄청 나무랐다고요!"

"아, 그 형사가 그런 얘기를 했다고요? 이제야 경찰에서 성희롱에 관련된 후문을 들었군요. 용의선상에서 빠져 있었던 선우 교수가 본격적으로 주목받겠는데요."

"그게 중요한 게 아니라 마로 씨는 곧 떠나갈 사람이지만, 전 여기서 계속 살아야 할 사람이라고요. 그런데 자꾸만 이렇게 주변 사람들이랑 충돌하면 제가 제대로 살 수 있겠어요? 마로 씨가 책임질래요?"

"지혜 씨 마음 다 이해합니다. 원래 진실의 문을 여는 데는 필연적으로 고통이 따르는 법이에요. 세상 사람들의 가혹한 편견과 방해에 시달리는 게 예사죠. 지금처럼 어둠 속에 진실이 은폐되어 있으면 사실 편하잖아요? 누구 하나 피해 보는 사람도 없고요. 그러니까 그 사람들은 보수적으로 나올 수밖에 없죠. 그러나 진실의 문을 열고……."

강마로의 다 안다는 표정과 우는 아이를 달래는 듯한 말투가 무척 짜증스러워 주변이 쩌렁쩌렁 울릴 정도로 소리를 질렀다.

"그놈의 문 얘기 좀 그만해요!"

놀란 강마로가 주춤 뒤로 물러났고, 때마침 오른쪽 10여 미터 앞에 떨어져 있는 경비실로 들어가려던 경비 아저씨도 놀라 우리를 뒤돌아보았다. 심지어는 경비실 뒤편 놀이터에서 아이와 놀아주고 있던 젊은 어머니도 급히 아이를 챙겨 놀이터 밖으로 나갔다. 나 역시 내가 지른 소리에 가슴이 쿵쿵 뛰었지만 그동안 쌓였던 말을 쏟아냈다.

"대체 무슨 문을 열었다는 거죠? 어디 내가 모르는 다른 문이라도 있나요? 낙원회 사람들 다 만나서 이리저리 들쑤셨지만 막상 알아낸 것도 없잖아요!"

"없긴 왜 없습니까? 그날 밤 낙원회 사람들 행적도 거의 다 파악됐고요. 몇몇 거짓말이나……."

내가 끈질기게 몰아세우자 강마로도 제법 화가 나는지 목소리가 파르르 떨렸다. 여기서 밀릴 수 없었던 나는 비열하게 그의 약점을 공략했다.

"그래서 범인을 알았냐고요? 전혀 감도 못 잡았잖아요. 차라리 얌전히 집에 틀어박혀서 인터넷에 글만 쓰고도 사건을 척척 해결해

내는 마로 씨 형에게 사건을 의뢰하는 게 나을 뻔했네요."

"그건…… 지혜 씨, 지금 진심으로 하는 말씀이세요?"

그간 들어본 적 없는 낮게 깔린 강마로의 목소리에 조금 겁이 났지만 마음을 독하게 먹고 밀어붙였다.

"꼭 그렇다는 게 아니라 사실을 말한 것뿐이에요."

"허……."

강마로는 끓어오르는 분노를 진정시키려는 듯 고개를 숙여 나를 쳐다보지도 않은 채 깊은 심호흡을 했다.

"제 말은 좀 천천히 가면서 되도록 저를 곤란하게 만들지 말아 달라는 거였어요. 마로 씨와 달리 전 앞으로 낙원아파트에서 계속 살아야 되니까. 아셨죠?"

나름 달래 보려고 던진 말이었지만 일생의 콤플렉스인 형과 비교당해 단단히 심사가 뒤틀린 강마로 또한 곱게 나오지 않았다.

"지혜 씨, 정말 실망입니다. 저는 지혜 씨가 그 사건 이후에 정상적인 삶을 살지 못하는 게 안타까워 어떻게든 도와드리고 싶은 마음뿐이었습니다. 부족하지만 나름대로 열심히……."

뒷말은 들리지 않았다. '실망', '정상적인 삶' 운운하는 대목에서 이미 이성이 날아갔다. 그 사건 이후 가슴속에 남모르게 기르고 있던 호랑이가 마침내 사냥감의 목을 노리고 뛰어올랐다.

"그게 다 나 때문이라고요? 아닐걸요. 마로 씨는 단지 자기 자신만을 위해서 이 사건에 뛰어든 거예요. 다른 건 다 저도 어렸을 때부터 꿈이었던 탐정만큼은 형을 뛰어넘고 싶었겠죠. 오로지 자기의 목표와 그 잘난 재미를 위해 탐정놀이를 하는 사람한테 내가 왜 계속 휘둘려야 하는지 모르겠네요. 난 그저 마로 씨한테 이용당하기만 하면 되는 존재인가요?"

무자비한 비난의 폭격에 강마로의 어깨가 부들부들 떨렸다.

"제가 그렇게 마음에 안 드시면 저를 해고하십시오. 언제든 받아들일 준비가……."

"네, 말 잘했어요. 오늘부로 정식으로 강마로 씨를 해임하겠어요. 그간 들어간 비용은 다 갚아 드릴 테니까 청구하세요."

돌이킬 수 없는 말이 튀어나갔다. 거대한 충격에 입만 떡 벌리고 있는 강마로를 더 쳐다보기도 싫어 몸을 홱 돌렸다. 그때 시야의 가장자리에서 104동 101호, 즉 선생님의 다용도실 창문이 후다닥 닫히는 모습이 보였다. 동네가 떠나가라 싸우는 소리에 선생님이 궁금해서 내다본 모양이었다.

선생님 앞에서 미친 싸움닭같이 이성을 잃은 모습을 보인 게 너무 창피했다. 이게 전부 강마로 때문이라는 생각에 한층 더 그가 미워졌다.

나는 여전히 돌처럼 뻣뻣하게 굳어 있는 강마로를 그 자리에 남겨두고 집으로 향했다.

2016년 6월 23일, 우리의 수사는 공식적으로 끝을 맺었다.

## 19장
# 6월 24일 금요일 16시

수사가 끝을 맺었다고 해서 일상까지 끝난 건 아니었다. 매주 금요일마다 열리는 주간회의에서 끝도 없이 이어지는 원장님의 훈시를 진지하게 듣는 척하며 나는 그 사실을 절실하게 곱씹었다.

"다음 주 수요일부터 기말고사 기간입니다. 장수가 암만 열심히 칼 닦고 화살 깎아서 전쟁 준비를 하면 뭐하나. 중요한 건 실전이지. 정작 전쟁에 나가서 적을 한 놈도 못 죽이면 아무 소용이 없다는 얘기……."

10원짜리만큼도 가치 없는 얘기를 스프링노트에 필기하는 고역을 치르는 동안 생각의 흐름이 어제의 다툼과 강마로에게로 옮겨갔다. 어제 그 일 이후 지금까지 1초도 다른 생각을 하지 않았다.

강마로를 해고한 뒤에 굉장한 충격을 받은 사람이 비단 그만은 아니었다. 어쩌면 강마로보다 내가 더 타격이 컸을지도 모르겠다.

나를 도우려고 열심인 사람에게 그렇게 모진 말까지 내뱉었다니 스스로도 놀랄 지경이었다.

나한테 마음의 병이 있기는 한가 보다. 어쩌면 원래부터 미친년이었거나.

억눌려 있던 화를 마음껏 분출시키며 강마로를 몰아세웠을 때 어느 정도는 후련함이나 통쾌함을 느꼈다는 것도 부정 못하겠다. 그러나 그에게서 고작 한 발짝 떼자마자 그 무엇도 아닌 후회와 자책의 감정이 내 가슴을 예리하게 후벼 팠다.

미래로에서 능력이나 재주보다 사람에 대한 예의가 최우선이라고 배우지 않았던가. 일시적인 분노를 참지 못하고 감정적으로 대응한 나는 예의를 잃었고, 그 결과 소중한 우군을 잃었으며, 아울러 인간으로서의 품격을 잃었다. 정말이지 막말은 듣는 이는 물론이고, 입에 담는 이의 영혼까지 파괴하는 최악의 흉기와 다름없다.

나는 머리를 쥐어뜯으며 입술을 질끈 깨물었다. 비열한 혀끝으로 강마로의 영혼을 파괴했으니 마땅히 사과해야 했지만 용기가 나지 않았다. 과연 그가 넓은 아량으로 내 사과를 받아들이고 못된 나를 용서해 줄지 확신이 없었다.

그래도 해야겠지. 받아들이든 외면하든 간에 내 할 도리는 해야 하니까.

문득 강마로는 지금 어떻게 하고 있을까 궁금해졌다. 탐정 일이 세상에서 가장 행복한 사람에게 그것을 뺏었으니 보나마나 엄청 우울해 하고 있겠지? 그가 낙원회 사건에 쏟았던 열정을 떠올려보면 아마 팔다리라도 잘린 기분일 터였다.

강마로의 낙담만이 문제의 전부일까? 그를 해고하고 수사를 종료함으로써 낙원회 사건의 진실이 지금처럼 영영 어둠 속에 은폐되어 있을 확률도 높아진 셈이다. 아, 물론 우리가 계속 수사를 한다고 꼭 진실을 밝혀낼 거라는 보장은 없지만……. 아니, 그래도 아무것도 하지 않는 것보단 뭐라도 하는 게 실낱같은 가능성이라도 생기는 길이잖아.

새삼스레 어제의 일이 후회되어 몸서리가 쳐졌다. 무릎이라도 꿇고 다시 처음부터 시작해 볼까 고민하고 있는데 주변 분위기가 묘했다. 그러고 보니 원장님이 지껄이는 소리도 들리지 않는다. 화들짝 놀라 고개를 들어보니 회의 참석자들의 어이없어 하는 눈길이 일제히 내게 꽂혀 있었다.

"거참, 회의 분위기 잘 돌아간다. 우리 용문학원을 진심으로 걱정하고 앞으로의 발전을 도모하는 자리에서 오뉴월 혓바닥 늘어진 똥개처럼 멍이나 때리고 있으니."

못마땅한 표정으로 나를 째려보는 원장님의 시선에 자라처럼 목을 쏙 움츠렸다. 한참 혀를 끌끌 차던 원장님이 나직하게 말했다.

"다시 한 번 말해줄 테니까 잘 들어요. 기말고사 끝나고 다다음 주 월요일에 도봉구 정상호 국회의원이 수업에 참관하기로 했어. 그 양반이 국회 교과위 소속이잖소. 우리 용문학원이 도봉구 우수학원으로 뽑혀서 수업을 직접 보는 거니까 어떻게 해야 되겠어?"

"잘해야 돼요."

잔뜩 기가 죽은 내가 모기만 한 소리로 대답했다.

"그렇지, 잘해야 되지! 우리 선생들이야 내가 가려 뽑았으니 실력은 말할 것도 없이 다 좋으니까 남들 보기에 좋은 선생이 하는 게 맞을 것 같아. 그런 의미에서 유지혜 선생이 하라고."

"제가요?"

"그래, 유 선생이 해. 예쁘니까."

예쁘고 자시고 간에 엄청난 사태에 눈앞이 캄캄해졌다. 그 후로는 원장님이 무슨 말을 해도 들리지 않았고, 회의가 끝나고 나서도 뭐 마려운 강아지처럼 좌불안석이었다. 사회생활을 시작하면서 많이 나아지기는 했지만 실제로는 많은 사람 앞에서 주목받는 상황을 불편해 하는 성격이라 걱정이 컸다. 땅이 꺼져라 한숨을 쉬고 있자니, 내 자리를 지나치던 이소영 선생님이 밉살맞게 한마디를 보탠다.

"좋겠네, 예뻐서 좋겠어. 예쁜 사람들이 기회란 기회는 다 가져간 다니까."

그 기회, 네가 가져가라고 소리치고 싶은 걸 혼신의 힘을 다해 참 았다. 어제도 경솔한 행동으로 피를 봐 놓고 오늘까지 그럴 수야 없 지 않은가.

부랴부랴 문서 파일을 열어 준비를 시작했다. 아직 일주일 넘게 남았지만 부담 가는 일을 남겨두고는 잠도 제대로 못 잘 것이다. 대 학 때도 교수님이 레포트를 내주면 그날 안에 초안을 잡아놓고 제 출기한 한참 전에 내서 동기들로부터 부러움을 사곤 했는데, 실은 숙제를 남겨두고 느긋하게 지낼 수 있는 동기들이 더 부러웠다.

평상시처럼 느슨하게 진행했다간 경을 칠지도 모르니 5분 단위로 촘촘하게 수업 계획표를 짰다. 선영이는 영국에서 살다 왔으니 예 문을 읽히자. 원어민 발음에 깜짝 놀랄걸. 우등반에서 하루 빌려와야겠네.

문득 짜고 치는 고스톱도 아닐진대, 문제와 답을 죄다 알려주고 남들 앞에서 보기 좋은 장면만 보여 주는 수업이 무슨 의미가 있나 싶었다. 강한 회의가 밀려 왔지만 먹고 살려면 시키는 대로 하는 수밖에 없었다.

1번 문제는 세희보고 풀어 보라고 하고, 2번은 진주, 3번은 윤경이가 좋겠어. 아니야, 여자애들만 발표하면 이상해 보일 거야. 남자애들 수준도 괜찮다는 걸 보여 주려면 한둘 정도는 끼워 넣어야 해. 근데 막상 영어 잘하는 남자애들은 별로 없는데…… 단단히 망신주게 확 기훈이를 시켜 버릴까. 아서라, 그러다 나까지 무능 선생으로 찍히지.

밥보다 축구를 좋아한다면서 오프사이드(offside)도 제대로 못 쓰는 김기훈에게 발표를 시킨다는 상상을 하자 킥킥 웃음이 나왔다. 이번 참관 수업 때는 김기훈을 투명인간처럼 아예 배제시키기로 마음먹고 계속 계획표를 작성했다. 수업의 재미를 위해 팝송으로 영어 스터디하는 것도 할까? 현호가 노래 끝내주게 잘하니까 그 아이를 시켜서…….

그 순간, 기묘한 기분이 들었다. 설명할 수 없는 복잡하고 미묘한 생각의 소용돌이가 내 두뇌 속에서 격렬하게 용솟음을 쳤다. 나는 놓칠 듯, 놓칠 듯 간신히 부여잡고 있는 어떤 생각의 끈을 수면 위로 끌어올리기 위해 필사적으로 노력했다.

한동안 자아를 잊을 정도로 완벽하게 몰입했다. 시간이 얼마나 지났는지도 몰랐다. 주변의 어떤 소음도 들리지 않았다. 만약 내 앞에서 이소영 선생님이 발가벗고 캉캉 춤을 춘다고 해도 보이지 않았을 것이다. 그 정도로 치열하게 생각하고, 처절하게 고심했다.

"지혜 씨, 수업 안 들어가? 방금 종 쳤어."

평소 같으면 미소로 화답했을 도연 언니의 친절도 짜증스러울 뿐이었다. 지금은, 제발 지금만큼은 나를 방해하지 말아 줬으면…….

어쩔 수 없이 들어간 수업에서도 생각하는 기계라도 된 것처럼 내 상태는 변하지 않았다. 내가 칠판 앞에서 멍하니 서 있자 아이들이 시끄럽게 웅성거렸다.

"수업 안 하세요?"

잠시 제정신으로 돌아왔을 때 어느 여학생의 질문이 들렸다. 여러 번 물었는데도 무시당해 기분이 나빴는지 얼굴이 빨개져 있었다.

"미안, 오늘은 자습해."

자습 한 단어에 교실 분위기는 엉망이 돼 버렸다. 처음에는 조금이나마 눈치를 보던 남자애들도 안심하고 자리에서 일어나 망아지처럼 뛰어다니며 놀기 시작했다. 그래도 상관하지 않았다. 오직 내 머릿속을 질주하는 생각을 결사적으로 뒤쫓을 따름이었다.

그 상태로 10분쯤 지나자 날뛰던 아이들도 지쳤는지 하나둘씩 자리에 앉았다. 뭐라고 놀리든 내가 전혀 반응을 보이지 않자 김이 빠진 김기훈이 볼멘소리로 물었다.

"화장실 가도 돼요?"

대답하기도 귀찮아 얼른 꺼지라고 손을 내저었다. 지금이 고비였다. 아주 조금, 단 한 발짝만 더 나가면 될 것 같은 상황에서 김기훈 따위는 그저 귀찮은 날파리와 다름없었다. 당장 내 눈앞에서 사라지기만 해 주면 화장실을 가든, 지옥을 가든 전혀 상관없으니까, 가라고, 가.

마침내 질주하던 생각이 뇌의 고속도로를 끝까지 달려 목적지에 도달했다. 그리고 그 목적지에서 마주친 것이 무엇인지 본격적으로 인지하는 순간, 더 이상 여기 머물러 있는 건 무리였다.

"미안, 다음에 보강해 줄게."

황당해 하는 아이들을 무시하고 교실 문을 열었다. 핸드백을 가져오기 위해 교무실로 바삐 가면서 화장실을 지나쳤다. 남자화장실에 김기훈이 있는 게 떠올라 지나치면서 불을 껐다. 녀석이 지르는 비명을 기분 좋게 감상하며 교무실로 들어갔다. 뛰듯이 내 자리로 가서 다짜고짜 핸드백을 집어 들자 도연 언니가 눈을 휘둥그레 뜨며 물었다.

"지혜 씨, 왜 그래? 무슨 일 있어?"

"급한 일 있어서 갈게요. 내일 설명해 드릴 테니까 말씀 좀 전해 주세요."

언니의 대답도 기다리지 않고 교무실을 나섰다. 학원 정문을 나와 엘리베이터로 내려오는 동안 핸드백을 열고 휴대폰을 찾았다. 1초라도 빨리 내가 알아낸 사실을 강마로에게 전달하고 싶었다.

놀랍게도 약 10여 분 전에 강마로에게 음성 메시지가 한 통 와 있었다.

"어…… 지혜 씨. 저기…… 어제 있었던 일은 죄송합니다. 전부 제 잘못이에요. 앞으로는 무조건 지혜 씨 말씀 귀담아 듣고, 어떤 일이 있어도 지혜 씨에게 불이익이 가는 일은 없도록 하겠습니다. 그러니까 제발 한 번만 봐주세요. 암만 생각해도 저 이 사건 포기 못하겠습니다. 그리기에는 너무 멀리 와 버린 것 같아요. 조금만 더 가면 될 것 같은데 여기서 포기하면 너무 아깝잖아요. 저 지금 낙원아파트입니다. 우리 용의자 중 한 사람이 사건 관련해서 할 얘기가 있다고 해서 왔어요. 면담 끝나고 기다릴 테니까 집에 오시면 꼭 한 번만 만나 주세요. 얼굴 마주하고 정식으로 사과드리겠습니다."

메시지가 끝나자 더욱 마음이 급해졌다. 설마 지금 강마로가 만나는 사람이 내가 생각한 그 사람은 아니겠지?

알 수 없다.

알 수 없어서 불안하고 미칠 것만 같았다.

도롯가로 나가 택시를 찾으며 강마로에게 전화를 걸어보았다. 그러나 강마로는 전화를 받지 않았다.

끊고 다시 한 번 전화를 걸려는 도중에 택시가 다가와 섰다. 택시 안으로 쏟아지듯 달려 들어가 낙원아파트를 불렀다. 모르는 곳이면 어떻게 설명할지 말을 고르는 차에 다행히 기사님이 선선히 고개를 끄덕이고 차를 출발시켰다.

"개포동 새서울아파트 뒤쪽에 있는 아파트 말이죠?"

기사님의 질문에 수차례나 빠르게 고개를 끄덕거렸다.

"정문요, 후문요?"

"후문요."

1초의 망설임도 없이 대답했다. 그동안 사건이 벌어졌던 후문을 한사코 피해 왔던 나였지만 지금은 그럴 여유가 없는 비상사태였다. 조금이라도 빠른 길을 선택해야 했다.

더구나 후문으로 가서 꼭 한 가지 확인해야 할 것도 있었다.

만약 그것이 내 예상과 일치한다면, 학원에서 내 생각이 닿은 목적지가 틀리지 않았다는 걸 분명하게 입증하는 결과가 되어 줄 것이다.

그러니 제발…….

조금만 더 빨리…….

## 20장
## 6월 24일 금요일 18시 37분

그 집 앞에 도착했을 때 나는 거칠게 숨을 몰아쉬고 있었다. 쉬지 않고 달려오느라 숨이 턱까지 찼지만 호흡을 고를 여유도 없이 곧장 벨을 눌렀다.

단번에 응답이 없어 귀를 문에 대 보았다. 미세했지만 냉장고 등의 가전제품이 저 혼자 돌아가는 소리 따위가 아니라 분명한 사람의 기척이 들렸다.

확신을 갖고 다시 벨을 눌러도 여전히 무응답이었다. 그래도 몇 번이고 벨을 누르는 행동을 멈출 수는 없었다. 여기까지 온 것만으로도 나 나름대로는 모든 것을 건 도박에 나선 셈이었다. 주사위는 던져졌으니 전 재산을 잃고 물러나거나 일확천금을 얻거나 둘 중 하나였다. 어중간하게 물러설 생각은 절대로 없었다.

"문 좀 열어 주세요!"

더 이상 체면치레를 할 계제가 아니라서 세차게 문을 두드리며 소리쳤다. 복도가 쩌렁쩌렁 울릴 만큼 커다란 소음이 발생했지만 개의치 않고 더 힘을 줘서 쾅쾅 때렸다. 옆집이나 윗집 주민들이 항의하러 몰려나온다면 오히려 반가울 터였다. 설마 자기 집 앞에서 난리가 벌어지는데도 외면하지는 못할 테니까.

단단한 철문과 10여 번이나 충돌한 손이 시큰하게 저리고 감각이 사라질 즈음 안쪽에서 뭔가가 쿠당탕 하는 소리가 났다. 한참 쿠당탕대더니 잠시 후 비로소 찰칵하는 소리와 함께 문이 열렸다. 그토록 만나길 고대했던 그 얼굴은 땀에 젖은 채 붉게 상기되어 있었다.

"안녕하세요. 계속 두드려도 응답이 없으시기에 집에 안 계신가 했네요."

상대방의 떨떠름한 표정을 묵살하고 밝은 척을 하며 말했다.

"으…… 응. 뭐 좀 하느라."

평소 청산유수와 같은 언변을 자랑하던 이 사람이 더듬거리고 있었다. 나는 불의의 기습에 당황한 그가 정신을 차리기 전에 행동에 나서기로 마음먹었다.

"잠깐 들어가도 되죠?"

"어, 안 되는데! 지금 집 안이 엄청 지저분해."

"에이, 뭐 어때요."

말이 끝나기 무섭게 다짜고짜 밀고 들어갔다. 나와 부딪친 그가 한쪽 옆으로 밀려났고, 여세를 몰아 문간을 돌파해 집 안으로 걸음을 내딛었다.

맨 처음 시야에 들어온 것을 보고 경악하지 않을 수 없었다.

좁은 거실의 북동쪽 모서리에 산더미같이 책이 쌓여 있었던 것이다. 아니, 쌓여 있다는 표현보다는 홍수 피해를 입은 가옥에서 온갖 잡동사니들이 어지럽게 뒹구는 것처럼 난장판이라는 표현이 맞을 것 같다. 둥그런 책의 무덤을 망연히 쳐다보고 있자 어느새 뒤에 다가와 있던 신영채 선생님이 말했다.

"이래서 말린 거야. 왜 하필 지금 와서……."

"이게 다 뭐예요?"

"나 조만간 이사 갈 것 같아. 저번에 다시 안 볼 책은 버린다고 했잖아. 이사 가는 김에 미리미리 정리해 두려고."

거짓말. 가져갈 책과 버릴 책을 분류하려면 한 권씩 따져보고 적어도 두 무더기로 나눠놓아야지. 그러나 눈앞의 책 더미에는 일정한 질서라고는 찾아볼 수 없었다. 벽 앞 책장에 꽂혀 있던 책들을 살펴보지도 않고 와르르 쏟아낸 것에 불과한 느낌이었다.

"아무래도 오늘은 날이 아닌 것 같지? 다음에 집 정리 끝나면 그때 다시……."

"저 커피 한 잔만 주세요."

예전 같으면 감히 선생님의 말씀을 끊는다는 건 생각할 수도 없는 일이었지만 천연덕스럽게 부탁했다.

"다음에, 다음에 꼭 이 신세 갚을 테니까 오늘은 그냥……."

"커피 한 잔 하면서 꼭 드릴 말씀이 있어서 그래요."

나는 진지한 시선으로 선생님을 압박하며 조금도 물러서지 않았다. 한참 동안 서로의 눈빛이 허공에서 격돌했지만 내 기세에 눌린 선생님이 먼저 고개를 돌리는 바람에 치열한 눈싸움은 허무하게 끝이 났다.

"지혜가 오늘 이상하네."

선생님은 깊은 한숨을 내쉬었다.

"그래, 인스턴트 커피 한 잔 주는 게 뭐가 어렵겠어. 테이블에 앉아 있어."

"아니에요."

고개를 젓고 주방까지 따라가 선생님이 커피를 준비하는 모습을 세세하게 관찰했다. 내 안전을 몸소 지키지 않으면 누가 지켜주랴.

물을 끓이고, 예의 낮은 찬장에서 찻잔을 꺼내고, 믹스커피를 넣고, 티스푼으로 젓는 하나하나의 과정을 거치면서 우리는 웃는 얼굴로 안 들어도 그만인 안부를 주고받았다. 만약 누가 보면 동네 언니와의 평범한 티타임이라고 생각하겠지만, 실상은 웃는 얼굴에 칼날 같은 경계심을 감춘 가면극이나 다름없었다.

이윽고 김이 모락모락 나는 커피 잔 두 개가 테이블 양쪽에 마주한 우리의 앞에 놓였다. 말없이 한 모금을 홀짝인 선생님이 포문을 열었다.

"그래, 우리 지혜가 무슨 할 말이 있어서 여기까지 왔을까?"

거센 파도에 바닷가 제방이 속절없이 무너지듯 너무나 많은 생각들이 한꺼번에 쏟아져 나와 어디서부터 시작해야 할지 판단하기 어려울 지경이었다. 할 말이 있다던 내가 그림처럼 가만히 있자 선생님이 의아한 표정으로 나를 바라보았다.

드디어 내가 입을 뗀 순간, 영원같이 느껴지던 정적은 그 끝을 고했다.

"지금부터 낙원아파트에서 일어났던 두 개의 범죄에 대해 저희가 알아낸 사실을 발표하겠습니다."

"저희? 강마로 씨는 어디 갔는데? 탐정은 강마로 씨 아니었어?"

그러고 보니 이 결정적인 순간에 강마로는 어디 있을까 궁금했다. 음성 메시지를 남긴 강마로가 곧 만난다는 사건 용의자가 혹시 선생님이 아닐까 걱정해서 미친 듯이 달려온 건데 일단은 이 집에는 없는 것 같았다. 택시에서 여러 번 전화를 걸었으나 받지 않던 참이라 걱정했는데, 이 집에 없다니 차라리 안심이었다.

"마로 씨는 곧 올 거예요. 그전에 저랑 먼저 얘기해요."

"좋아. 대신 좀 빨리 부탁해. 알다시피 작업이 급하거든."

"내용이 좀 길긴 하지만 최대한 서둘러볼게요."

"시작해 봐."

다소 굳은 얼굴로 고개를 끄덕이는 선생님에게 두 사건의 개요에 대해 요약했다. 그녀도 어느 정도 알고 있는 얘기일 테지만 처음부터 꼼꼼하게 설명하고 싶었던 것이다.

"2014년 12월 16일 화요일 오전 8시쯤 낙원아파트 관리사무소 내 낙원회 사무실에서 106동 102호 주민 최순자 아주머니가 목이 졸린 시체로 발견됐어요. 최초 발견자인 관리사무소장님의 신고로 경찰이 출동했고, 과학수사 결과 전날인 15일 밤 10시부터 그날 오전 2시 사이로 사망 추정시각이 좁혀졌습니다."

"비서답게 핵심만 쏙쏙 뽑아서 정리 잘하네."

비아냥처럼 들리는 선생님의 칭찬을 무시하고 설명을 계속했다.

"여기에 저와 경찰, 그리고 범인만 아는 사실이 한 가지 추가돼요.

15일 11시 조금 안 된 시각에 송년회를 마치고 귀가하던 제가 106동 자기 집 쪽으로 향하는 최순자 아주머니와 스쳐 지나간 거예요. 그러니까 최순자 아주머니는 최소한 15일 11시쯤까지는 살아 있었다는 결론이 나오는 거죠."

"말 끊어서 미안한데, 나하고 예지도 알고 있었지. 10시 50분까지 이 집에 같이 있었는걸."

발언 기회를 얻으려는 중학생처럼 선생님은 손을 들었고, 나는 그 말에 선선히 고개를 끄덕였다.

"맞아요. 저희는 나중에 그 사실을 알게 됐죠. 이제 저와 선생님 등 복수의 목격자에 의해 최순자 아주머니는 15일 오후 11시부터 16일 오전 2시의 세 시간 안에 살해당했다는 사실이 확정되었어요."

또다시 내 말에 트집 잡을 게 없나 곱씹던 선생님이 못마땅한 표정으로 고개를 끄덕였다.

"다음 사건은 저예요. 최순자 아주머니 일이 있고 나흘 후인 19일 금요일 밤에 야근하고 늦게 귀가하던 제가 낙원아파트 후문 길에서 칼을 맞았죠."

자기가 더 안타까워 죽겠다는 양 혀를 끌끌 차는 선생님이 가증스럽게 느껴졌다.

"전 그때 충격을 심하게 받았는지 사건 전후의 기억이 전혀 나지 않아요. 10시 30분에 회사 앞에서 택시 타고 오는 데 걸린 20분을 더하고, 또 제가 흘린 피의 양을 역산해서 대충 11시경으로 추정된 대요."

"그만하길 하늘이 도운 거야. 다 죽어가던 사람이 지금 내 앞에서 당당하게 추리극을 펼치고 있으니 얼마나 좋은지……."

"경찰은 월요일과 금요일 불과 나흘 사이에 같은 아파트 단지에서 벌어진 두 사건을 꼭 우리만이 피해자였어야 할 이유가 없는 묻지마 범죄, 혹은 주도면밀한 계획 아래 피해자들을 선택하고 범행을 저지른 계획적 연쇄살인의 가능성을 모두 염두에 두고 수사를 해 나갔어요."

"투 트랙(두 개의 길, two track)이네. 근데 성격이 너무 다른데."

"첫 번째는 범인이 그냥 사이코고, 두 번째는 치밀한 연쇄살인범이니까 심하게 다르긴 하죠."

"그럼 첫 번째가 맞는 거 아닐까? 그 아줌마하고 지혜는 별로 공통점이……."

단호하게 손을 들어 선생님의 말을 끊었다. 지금은 오롯이 나만의 추리 결과를 발표하는 시간이니까.

"커다란 공통점이 하나 있어요. 둘 다 낙원아파트 내 봉사단체인 낙원회 소속이었다는 거죠. 물론 경찰도 바보가 아니라서 낙원회에 수사의 방향을 집중했지만 이렇다 할 소득은 없었습니다."

"거봐. 애초에 두 사람은 달라도 너무 달라. 미녀 아가씨하고, 추레한 동네 아줌마하고……."

시답잖은 칭찬 몇 마디로 내 환심을 사려는 의도가 뻔히 보여 도리질을 쳤다. 무안한지 시선을 내리까는 선생님을 응시하며 말을 이어 나갔다.

"저는 사건이 미궁에 빠지고 약 1년 반이 흐른 뒤 우연히 아마추어 탐정 강마로 씨를 만났고, 그분의 끈질긴 설득에 저희 나름대로 재조사를 해 보기로 결심했습니다."

"그게 명탐정 콤비의 시작이었어? 재미있네."

"마로 씨가 사건이 일어난 순서에 따라 최순자 아주머니에 대해 먼저 파악해 보자고 주장해서 그분의 따님을 만났어요."

"딸이 있었어?"

"네. 따님 얘기 등을 통해 조사한 바에 따르면 최순자 아주머니는 남의 뒷소문이나 감추고 싶은 비밀 등에 유달리 관심이 많고 집착하는 나쁜 버릇이 있었답니다."

"호기심이 많은 고양이가 일찍 죽는다는 말이 있지."

선생님의 무심한 비유가 으스스하게 들려 살짝 어깨가 떨렸다.

"추워? 에어컨 끌까?"

"괜찮아요. 아무튼 대강 사건의 얼개에 대해 파악한 마로 씨는 역시 낙원회가 수상하다는 결론을 내렸어요. 봉사활동에 주도적으로 참여하는 정식회원 여덟 명 중에 두 명이 변을 당했으니 그 확률을 무시할 수 없다는 거였죠."

"확실히 그렇긴 하지."

"그래서 저희는 지난주부터 선생님을 포함한 낙원회 정식회원들을 한 사람씩 다 만나서 얘기를 들어봤어요."

"숙제를 아주 잘했구나. 참, 지혜야. 미안한데 진행을 조금만 서둘러 주면 안 될까? 내가 요즘 신작 때문에 여유가 없어."

시간으로 나를 압박하려는 것이리라. 나는 그녀의 페이스에 말려 들지 않기 위해 일부러 천천히 커피를 홀짝이고 느긋하게 말을 이었다.

"정식회원들을 신문할 때 가장 중점을 둔 건 역시 그분들의 동기
와 기회였어요. 단순히 재미로 누군가를 죽이면서 엄청난 위험을
무릅쓸 가능성은 희박하니까 무엇보다 살인의 이유, 즉 동기가 중
요하죠. 그리고 아무리 누군가를 죽이고 싶은 이유가 있더라도 그
럴 기회가 없으면 어찌해 볼 방법조차 없으니 기회도 못지않게 중
요하고요."

"그렇겠지. 그런데 부잣집 마나님도 아니고, 일개 생활 보호 대상
자 아줌마한테 심각한 살의를 느낄 만한 이유가 있을까?"

"저희도 경제적인 동기는 아니라고 판단했어요. 아무래도 아주머
니가 은밀한 취미를 통해 누군가의 비밀을 알게 됐고, 그 비밀을 들
킨 사람이 살의를 느낀 게 아닐까 추측했죠. 아주머니를 죽여서라
도 그 비밀이 세상에 밝혀지는 게 싫은 사람, 그것 말고는 별다른
이유가 떠오르지 않았어요."

"그럴듯하네. 하기야 그 아줌마가 그렇게 설치고 다녔다니 누군
가한테 원한을 살 수도 있었겠지. 죽여서까지 입막음을 한다는 생
각에는 좀 회의적이지만. 우리같이 허접한 아파트 단지에 사는 사
람들이 뭐 그리 대단한 비밀이 있겠어?"

"그건 두고 보시죠."

내가 똑 부러지게 대답하자 고분고분했던 나의 태도에만 익숙했
던 선생님의 얼굴이 약간 일그러졌다.

"탐정 소설처럼 해 볼까요? 이제 낙원회 사람들의 기회와 동기에
대해 저희가 알아낸 바를 간략하게 요약해 드릴게요. 먼저 윤태일

회장님. 저도 충격을 받았지만 돈 문제에 관해서라면 투명함을 자부하던 회장님은 사실 낙원회 공금을 횡령하고 있었습니다."

"아, 세상에 믿을 사람 없다더니…… 상상도 못했어."

선생님은 진심으로 놀란 얼굴이었다. 나와 강마로를 제외하면 아무도 모르는 사실이었으니 충분히 그럴 만했다.

"알리바이에 대해서는 15일 밤 10시경에 예전에 같이 일했던 군인들하고 설악산에 갔었다고 주장했죠. 그 말이 사실이면 아주머니가 사망한 11시 이후에는 서울에 아예 없었던 셈이라 살해할 기회 자체가 없었다고 봐도 좋을 거예요."

나는 여전히 놀란 기색이 가시지 않은 선생님의 얼굴을 의미심장하게 바라보았다. 그날 회장님과 자신이 어떤 관계에 놓여 있었는가를 알게 되면 저 얼굴이 또 어떻게 변할까?

"선우진 교수님은 어땠을까요? 저도 이번에 알았지만 선우 교수님은 학내에서 여학생 성희롱으로 논란이 많았고, 개인적인 도박 문제도 있었습니다. 그런 비밀을 최순자 아주머니가 알아챘을 수도 있지요."

"어쩐지 그 사람, 자꾸 나한테 치근덕거릴 때마다 소름이 돋더라고. 그만하면 입막음할 동기는 충분하겠네."

"한데 사건 당일에 교수님은 교수실에서 밤새도록 업무를 보고 있었대요."

"그거 거짓말일지도……."

"맞아요. 거짓말일 수도 있죠. 지금은 그저 그분들이 처음에 했던 얘기를 충실하게 옮기는 것뿐이니까 일단 참고 들어주세요."

"오케이, 넘어가."

"정은우, 김우석 부부에게선 별로 건진 게 없어요. 그냥 은우 언니가 남편의 바람을 의심하는 것 정도."

"하, 그 말을 믿어? 의부증일 게 뻔한데."

"그렇지만 사실이라면 부부 중 한 사람이 가정을 유지하기 위해 필사적인 행동에 나설 수도 있었겠죠. 사건 당일에는 평상시처럼 12시경에 같이 잤다네요."

"가족 간에는 알리바이 입증 능력이 없는 건 알고 있지?"

"그런가요? 다음은 슬희입니다. 말하기 좀 뭐한데 슬희는 좀 이상한 취미가 있었어요."

"뭔데?"

명사인 선생님조차 눈빛이 반짝 빛나는 걸 보면, 확실히 남의 비밀을 아는 것에는 어마어마한 매력이 숨어 있는 듯하다.

"사진 찍어서 인터넷에 올리는 거요."

"그게 뭐가 이상해? 평범한 취미 아니야?"

"사진은 사진인데 자기 나체 사진이거든요. 만약 그 사실이 알려지면 평생의 꿈인 가수 데뷔도 날아갈 테니까 강력한 동기가 있는 셈이죠."

"질렸다. 슬희, 걔 참 맹랑하네."

입을 반쯤 벌린 선생님은 본인 말대로 단단히 질린 표정이었다.

"슬희는 사건 당일도 솔향공원에서 그런 사진을 찍고 있었다 하더라고요."

"얼굴도 예쁘고 늘씬한 애가 겁도 없네. 이상한 남자라도 만나면 어쩌려고."

"제 말이요. 그보다 이제 한 분만 남았네요."

"누구? 나?"

"선생님에게선 특별한 동기를 발견할 수 없었어요. 잘나가는 드라마 작가이신 데다가 일에만 몰두하셔서 지저분한 남녀관계도 없고요."

"묘하게 아픈 데를 찌르네. 자기 말마따나 깨끗하건 지저분하건 뭐라도 있었으면 좋겠다."

농으로 진지한 분위기를 희석시키려는 듯 입을 가리고 킥킥 웃는 선생님이었다.

"더구나 보조 작가 한예지 씨와 밤새도록 함께 작업을 하고 계셨으니 알리바이도 완벽하죠. 동기와 기회 양면에서 어떤 혐의점도 찾을 수 없었어요."

"나야 뭐. 그 아줌마랑 아무런 접점이 없으니까."

선생님은 한껏 겸손한 태도를 보였지만 얼굴 살가죽 뒤에 은연중 흐르는 기쁜 기색마저 감출 수는 없었다.

"이상이 최순자 아주머니 사건에 대한 저희의 1차 조사 결과예요. 보시다시피 약간의 억지를 허용한다면 동기는 누구에게나 비슷하게 있다고 볼 수 있을 것 같아요. 그럼 알리바이는 어떨까요? 이것 또한 공교롭게도 모두 한 가지씩은 갖고 있죠.

하지만 이분들이 제시한 알리바이가 거짓이라면 어떨까요? 예를 들어 야근했다던 선우 교수님이 몰래 와서 범행을 저질렀을 수도 있고, 슬희가 공원에 안 가고 관리사무소에 갔었을 수도 있죠. 회장님도, 은우 언니네도 마찬가지고요."

"의심을 하려고 마음먹으면 한도 끝도 없지."

"맞아요. 어떤 물리적 증거도 남아 있지 않은 이런 사건에선 결국 용의자들의 증언에 의존할 수밖에 없는데 그게 사실인지 아닌지를 확인할 방법이 없는 거예요. 끝없는 의심의 굴레에서 허우적거릴 뿐이었죠. 어떨 때는 이 사람 말이 맞는 것 같고, 다른 때는 새빨간 거짓말 같고…… 손전등도 없이 깜깜한 밤길을 걷는 것처럼 뭐하나 분명한 진실이 없으니 답답해서 미칠 것 같더라고요."

"나 같아도 그럴 것 같아."

"더구나 제 사건은 더 심해요. 그럴싸한 동기가 있는 사람은 아무도 없고, 알리바이 또한 아무도 없어요. 상황이 이러하니 절대 빠져나올 수 없는 미로에서 헤매는 기분이었죠. 그렇게 의혹만 가득한 며칠을 보내다 필요 이상으로 예민해져서 어제는 마로 씨하고 대판 싸우기까지 했어요. 선생님이 보신 그 장면 말이에요."

"봤어?"

몰래 훔쳐봤던 사실이 발각된 선생님은 볼을 붉히고 더듬더듬 말했다.

"난 사랑싸움하는 줄 알았지. 저때가 좋을 때다 하면서 다용도실 창문으로 흐뭇하게 보고 있었어."

"그때 마로 씨에게 정식으로 해고를 통보하고 수사를 포기했어요. 처음부터 제대로 된 수사 지식이나 경험도 없는 저희가 단지 열정만으로 경찰도 미궁에 빠진 사건을 해결하는 건 무리였다고 인정하는 수밖에 없었죠."

"너무 자책하지는 마. 자기 말처럼 진짜 전문가도 아닌데."

"사건은 싹 잊고 일상으로 돌아가자, 굳은 결심을 하고 학원에서 일을 하다가 한 가지 기이한 경험을 했어요."

여기서부터가 내 얘기의 진정한 핵심이었다. 나는 선생님의 눈을 똑바로 쳐다보며 마음속으로는 다이아몬드를 제련하듯 단단하게 의지를 재무장시켰다.

"2주 후에 교육에 관심이 많은 모 국회의원이 저희 학원에서 수업하는 걸 보기로 했대요. 원하지 않게 제가 그 수업을 맡게 됐죠."

"학원에서도 그런 걸 하네. 초등학교 때 가끔 장학사 오면 참관수업하곤 했었지."

"딱 그런 거예요. 아무튼 부랴부랴 수업 계획을 짜고 준비하기 시작했어요. 예문을 누가 읽을지, 어떤 문제를 누가 풀지 등을 미리 짜놓고 하지 않으면 엉망진창이 될 게 뻔하잖아요. 제가 문제를 냈는데 아무도 못 풀고 바닥만 쳐다보고 있으면 국회의원 앞에서 얼마나 민망하겠어요."

"처음부터 끝까지 각본을 썼구나."

선생님은 자기가 하는 일이 떠올랐는지 옅은 미소를 지었다.

"네. 원어민 수준으로 영어 잘하는 애를 옆 반에서 빌려오고, 개중 빠릿빠릿한 애한테 문제를 풀게 하고, 영 가망이 없는 애는 아예 배제시키면서 착착 시나리오를 썼어요.

처음에는 왜 하필 나한테 이런 일을 시키나 짜증만 났는데, 조금 지나서는 내 마음대로 애들을 이리저리 배치하고 통제하는 데 살짝 쾌감이 들더라고요. 나중에는 진심으로 그 일에 몰두해 옆에서 누가 불러도 모를 지경까지 갔었어요."

"그랬어?"

선생님은 여전히 미소를 유지하고 있었지만 대체 얘가 사건과는 아무 관련도 없는 이 얘기를 왜 하는지 혼란스러운 눈치였다.

"문득 기묘한 생각이 들었어요. 어쩌다 비슷한 일을 하는 것도 이렇게 재미있는 판에 매일같이 자기 손으로 빚은 등장인물을 요소요소에 배치하고, 중요한 역할을 맡기며, 때로는 작품 속에서 영영 탈락시키기까지 하는 신영채 선생님은 얼마나 재미있을까……."

"글쎄…… 재미가 없진 않지."

이제 선생님의 미소는 온데간데없이 사라지고 떨떠름한 표정만 남았다.

"얼핏 스친 생각일 뿐이었지만 기이하게도 그 순간부터 다른 생각을 못하겠는 거예요. 계속 그 방향으로만 줄달음쳐 나가더라고요. 작가는 자기 작품 속에서 일종의 전능한 신과 같아. 마음대로 생사여탈을 할 수 있는 데다가, 혹시 등장인물이 자기가 받는 취급에 불만이 있어도 입을 열어 항의할 수도 없지. 이거야말로 한 세계의 완벽한 신이잖아!"

"……."

"그때만 해도 선생님은 신이라서 좋으시겠다 그뿐이었죠. 그런데 불현듯 망상에 가까운 또 다른 생각이 꼬리를 물고 떠올랐어요. 자기 작품 속에서 신 노릇을 오래하다 보면 가끔 현실에서도 영향을 받지 않을까 하는 게 바로 그것이었죠."

"말도 안 돼! 너 진짜 웃기는 애구나."

선생님은 코웃음을 치며 내 말을 부정했다. 스스로에 대한 확신이 부족했던 예전 같으면 얼른 물러났겠지만 지금은 추호도 그럴 생각이 없었다.

"그래서 망상에 가깝다고 했잖아요. 하지만 가공된 세계에서 무한한 권력을 손에 쥔 사람이 현실에서도 그걸 가지고 있다고 착각하는 게 완전히 불가능한 일이기만 할까요?"

"그렇게 따지면 이 세상의 모든 작가들이 다 사이코이게? 전제부터 틀렸어."

나는 의자를 바짝 당겨 고개를 절레절레 젓는 선생님과의 거리를 좁히며 열띤 어조로 말했다.

"물론 다 그렇진 않죠. 제 얘기는 극히 일부 정신에 문제가 있는 작가가 있을지도 모른다는 거예요. 손가락 하나로 등장인물을 살리고 죽이는 전능을 오래도록 발휘하다 보니까, 현실에서 나를 피곤하게 하고 불쾌하게 만드는 사람들도 얼마든지 그리할 수 있다고 믿는 과대망상 작가가 없다는 보장이 어디 있죠? 무수히 많은 사람들의 숫자만큼이나 온갖 정신병이 널려 있는 이 세상에서 말이에요."

형에 대한 콤플렉스로 탐정에 과도하게 집착하는 강마로, 편집증적으로 남편을 살인자라고 의심하는 은우 언니, 그리고 불안증으로 일상생활에 곤란을 겪는 나의 모습이 차례차례 뇌리를 스쳐갔다.

"그래서 내가 사이코라는 거야? 지금…… 면전에서 대놓고 너무하잖아."

바위처럼 딱딱하게 굳은 선생님의 얼굴에 노골적으로 불쾌한 기색이 흐렸다.

"그런 생각이 드셨다니 죄송해요. 전 그저 제 생각의 흐름을 솔직하게 말씀드리는 거예요."

"그 생각이 틀렸다니까!"

"당연히 제 생각이 틀렸을 수도 있어요. 선생님이 정신이상자라는 증거도 없을 뿐더러 무엇보다 강력한 알리바이가 결백을 보증해 주니까요."

"그래, 말도 안 되는 가능성만으로 죄 없는 사람을 범인으로 몰면 안 되지."

빼도 박도 못하는 알리바이 얘기가 나오자 선생님은 살짝 평정을 찾은 듯했다.

"모처럼 괜찮은 돌파구가 떠올랐나 했더니 역시 꽝인가 싶었죠. 단순한 망상으로 치부하고 넘어갈까 했지만 왠지 아쉬움이 남더라고요. 이대로 포기하기엔 너무 아까운 가능성이었어요. 그래서 전 사고의 틀을 획기적으로 전환해 보기로 했습니다.

일단 선생님을 정신에 문제가 있는 작가 살인범이라고 확고하게 단정 짓고, 선생님에게 정말 범행의 기회가 있었는지 알리바이들을 하나씩 다시 검증해 보기로 한 거죠."

"그건 그냥 한 사람을 범인으로 찍고, 나중에 증거들을 끼워 맞추는 거잖아?"

선생님은 답답해 견딜 수 없다는 양 두 손을 어깨 높이로 들고 격렬하게 흔들었다.

"정답이에요. 원래 경찰은 무죄추정의 원칙에 따라 수사를 한다고 하죠. 그런데 제 경우는 유죄추정의 원칙인 거예요. 제가 애들을 가르치지만 원래 문제는 이렇게 풀면 안 돼요. 앞에서부터 차근차근 풀어 나가서 최종적으로 답을 도출하는 게 정석이죠.

하지만 이번에는 먼저 뒤로 돌아가서 답을 보고, 그 답이 어떻게 나왔는가를 역산해 볼 거예요. 어디까지나 변칙이지만 뭐 상관없잖아요? 선생님 말씀처럼 제가 범죄수사의 전문가도 아니고, 머릿속으로 이리저리 생각을 굴려 보는 것뿐인걸요."

내 앞의 그녀가 손끝으로 수많은 이야기들을 직조 해내는 것과 비슷하게 나 또한 머릿속으로 다양한 가능성들을 뗐다 붙였다 하면서 모자이크 그림을 완성해 가는 것이다. 시답잖은 이야기가 휴지통에 들어가는 것처럼 실패한 그림도 버리면 그만이니 부담 없이 해 보자.

나는 배에 두둑하게 힘을 주고 본격적인 설명에 들어갔다.

"명백히 선생님은 낙원회 정식회원 중에 가장 굳건한 알리바이를 갖고 계시죠. 그날 밤 10시 50분에 최순자 아주머니가 이 집에서 나갔고, 그 이후로는 다음 날 새벽까지 보조 작가 한예지 씨와 함께 작업을 했으니까요.

그러나 제겐 유죄추정의 원칙에 따라 무조건 선생님이 범인이에요. 동기는 다른 사람들하고 똑같이 선생님이 너무도 감추고 싶어 하는 모종의 비밀을 최순자 아주머니가 알게 되었고, 언제든 그것을 폭로할 만큼 입이 싼 성격이었다는 거겠죠. 선생님은 일이 잘못되면 본인도 어마어마한 책임을 지게 되는 절체절명의 도박을 감수할 만큼 아주머니를 살해하고 싶었어요. 마침 스스로를 신이라 여길 만큼 정신 상태도 비정상적이었고요."

"네 마음대로 해라. 마음대로."

그녀는 포기했다는 몸짓인지 한 손을 휘이휘이 내저었다.

"어떻게 하면 튼튼한 갑옷을 두른 듯한 선생님의 알리바이를 벗길 수 있을까? 별의별 가설을 세워 봤지만 딱히 이거다 하는 게 없었어요. 분명히 어떤 능력이 있어서 가짜 알리바이를 조작해 냈을 텐데 말이죠. 안 되는 걸 끈질기게 붙잡고 늘어져 봐야 소용이 없으니 되는대로 생각이 뻗어 나가게 나뒀죠. 일종의 자유연상이랄까요.

자, 도대체 신영채 선생님의 능력은 뭘까? 당연히 작가라는 직업을 통해 갈고 닦은 창조력이나 이야기를 앞뒤로 짜 맞추는 기술 같은 게 있겠지. 하지만 그런 정신적인 능력만으로는 물리적인 알리바이를 만들 수 없는데……."

"뭐가 나오긴 나왔어? 끝내 못 찾은 것 아니야?"

"저 역시 비록 2년 정도밖에 못 다녔지만 비서 일을 하면서 배운 게 제법 돼요. 마로 씨가 감탄한 인터넷 검색이나 문서 정리 같이 전부 소소한 것들에 불과하지만요. 나같이 하찮은 사람도 이럴진대, 저명한 작가 선생님이라면 뭔가 특별한 걸 배우지 않았을까 추측해 봤죠. 그러다 선생님이 그냥 작가가 아니라 '드라마 작가'라는 사실을 잊고 있었다는 걸 깨달았어요.

자기가 완성한 원고가 그대로 출판되는 소설가와 배우가 원고에 적힌 것을 연기함으로써 작품 내용이 세상에 알려지는 드라마 작가는 커다란 차이점이 있어요. 작가와 소비자 사이에 반드시 배우라는 중간 매개체가 자리하고 있다는 점이 바로 선생님 직업만의 특수성이었죠.

그렇다면 대개 작업실에서 혼자 일하는 일반 소설가와 달리 배우들과 어울릴 수 있는 드라마 작가는 그 관계 속에서 뭔가 색다른 걸 배울 수도 있지 않을까요? 마치 징검다리를 건너뛰듯 제 생각은 배우들의 일반적인 특징으로 훌쩍 넘어갔어요. 배우는 자기 자신이 아닌 가공의 인물을 연기하는 사람이다. 보통 실제의 자신과 유사한 성별이나 연령, 신체적 특징을 가진 인물을 연기하지만 때로는 분장을 통해 이를 극복하기도 한다."

숨이 차서 잠시 말을 끊었다. 찬물을 끼얹은 듯 고요한 거실에서 선생님이 침을 삼키는 소리만이 유달리 크게 들렸다.

"분장이라는 단어가 떠오른 순간, 망치로 머리를 한 대 쾅하고 맞은 기분이었어요. 왜 배우들은 분장을 통해 젊은 사람이 노인이 되기도 하고, 심지어 여자가 남자가 되기도 하잖아요. 한 번 그 생각이 뇌리에 박히니까 숨도 못 쉴 만큼 흥분되더라고요. 만약 선생님이 드라마 작가라는 직업적 특수성에 따라 자주 어울리는 배우들로부터 분장 기술을 배웠다면? 얼마든지 산 사람이 죽은 사람이 될 수도 있는 거였으니까요."

"헛소리야! 내가 작가이지, 배우야? 난 그런 기술 몰라!"

단호하게 고개를 젓는 선생님에게 나 또한 고개를 저어 응수했다.

"아니요. 배우들에게 연령이나 성별 등 머리부터 발끝까지 엄청난 변신을 요하는 분장은 당연히 전문적인 도구나 기술이 필요하겠죠. 어설프게 분장하면 시청자들이 대번에 알아차리고 비웃을 테니까요. 하지만 주변 사람을 몇 초 정도 속여 넘길 수 있는 간단한 수법 한두 가지쯤은 웬만한 배우라면 직간접인 경험으로 알고 있을 거예요.

몇 달 전에 미용실에서 어떤 잡지를 봤어요. 거기에 나이 많으신 여자 연극배우의 인터뷰가 실려 있었죠. 부잣집 마나님 역할을 맡았는데, 소품팀이 그만 준비하기로 한 핸드백을 가져오지 않았대요. 막이 오르기 직전이라 다들 당황한 와중에 그 연극배우가 기지를 발휘했죠. 마침 근처에 있던 은박지를 대본의 앞에 붙여 겨드랑이에 끼고 무대에 나갔답니다. 끝날 때까지 관객들은 누구 한 사람 눈치 채지 못했대요. 무대하고 객석의 거리도 제법 되는데다가, 옆구리에 낀 네모난 게 반짝거리기까지 하니 다들 틀림없이 핸드백으로 알았던 거죠.

제가 말씀드리는 건 딱 이 수준의 간단한 수법이에요. 이 정도라면 선생님이 알고 계시는 것도 그리 이상하지는 않을 것 같은데요."

"그런 건 모른다니까! 또 만약에 알고 있었다고 해도 대체 그 간단한 수법으로 누구를 속였다는 거야?"

"뻔하잖아요. 선생님과 함께 밤을 지새웠다는 중대한 증언을 해 줘야 할 한예지 씨죠. 마침 상황도 좋았어요. 그때는 한예지 씨가 선생님과 일한 지 얼마 되지도 않았다면서요. 어쩌면 당시만 해도 선생님의 얼굴에 아직 적응이 안 됐을 수도 있어요. 게다가 한예지 씨는 어디까지나 선생님의 보조 작가에 불과하죠. 지난번에 보니 처음 보는 사람과 눈을 계속 마주치지 않을 정도로 수줍음을 타는 성격이던데, 서먹한 기운도 채 가시지 않은 상황에서 과연 어려운 작가님의 얼굴을 똑바로 보고 대화할 수 있었을까요? 실제로 본인도 농담 반 진담 반으로 인정했죠. 처음 한 달은 어색했다고요.

　그러니 당시 한예지 씨는 의외로 선생님의 얼굴에 익숙하지 않았을지도 모른다는 결론이 나오는 거예요."

　"기가 막힌다, 정말. 이젠 아주 멀쩡한 사람까지 장님으로 만드는구나."

　"물론 찬찬히 관찰했더라면 당연히 알았겠죠. 하지만 그날은 다른 사람으로 분장한 선생님을 몇 초가량 얼핏 본 것뿐이니까요."

　"네가 무슨 얘기를 하는지 한 마디도 못 알아듣겠어. 중동 말이라도 듣는 기분이다."

　"선생님처럼 머리 좋으신 분이 이 정도를 못 알아들으실 리가. 좋아요. 다시 한 번 분명하게 말씀드릴게요. 저는 지금 12월 15일 밤 10시 50분에 이 집에서 나간 사람이 최순자 아주머니가 아니라 바로 최순자 아주머니로 변장한 신영채 선생님이었다는 얘기를 하는 거예요."

　"하……."

　"알기 쉽게 시간 순서대로 설명해 드릴게요. 그날 선생님은 한예지 씨가 작업하러 오기로 한 10시 30분이 되기 전, 최순자 아주머니를 이 집으로 불렀어요."

　"내가 그 바쁜 와중에 아줌마를 왜 집으로 불러? 그리고 그 아줌마가 나랑 친하지도 않았는데, 내가 부른다고 쫄래쫄래 여기까지 오겠어?"

　"그 바쁜 와중에도 우선적으로 처리해야 할 일이 있었기 때문이겠죠. 12월 13일 토요일에 최순자 아주머니는 우화까지 들먹이면서 다음 주 토요일 일일호프 때 위선자의 진면목을 폭로하겠다고 낙원회 전원 앞에서 선언한 상태였어요. 그 입을 영원히 막으려면 서둘러야 했어요.

자, 이제부터는 제 추측이 약간 들어가는 걸 감안하고 들어주세요. 선생님은 아주머니에게 제발 비밀을 지켜 달라고 사정했겠죠. 그러나 모처럼 근사한 정보를 손에 쥔 아주머니가 일언지하에 거절하자, 선생님은 그 대신 더 좋은 먹잇감을 제공하겠다며 집으로 유인합니다. 남의 뒷소문이라면 사족을 못 쓰는 아주머니는 솔깃해 무슨 일이 벌어질지도 모르면서 이 집에 왔죠. 아주머니가 온 시간은 정확히 알 수 없으니까 넉넉하게 10시 정도로 할게요.

선생님은 안방 작업실로 아주머니를 유인한 뒤 먹음직스런 정보를 컴퓨터에 띄워 놨으니 읽어 보라고 했어요. 자기는 차를 준비하겠다면서 방을 비우고요. 혼자 남은 아주머니가 컴퓨터에 뜬 문서에 정신을 파는 사이 선생님은 몰래 들어와 미리 준비한 신발 끈으로 뒤에서 목을 확 조릅니다. 처음부터 강력한 살의를 가지고 있는 힘껏 졸랐을 테니까 그리 오래 걸리지는 않았겠죠. 최순자 아주머니가 생명을 잃고 축 늘어진 시간이……."

"너 무슨 꿈꿨니? 보지도 않았으면서 네 눈으로 직접 본 것처럼 말하고 있잖아!"

"아주머니가 의자에 앉아 있을 때 뒤에서 목을 조른 건 거의 확실해요. 경찰이 목에 난 상처의 모습과 높이로 봐서 의자에 앉은 상태에서 목 졸림을 당한 게 틀림없다고 확인해 줬거든요. 경찰을 포함해 다들 시체 발견 장소인 낙원회 사무실의 의자에서 목이 졸렸다고 생각했지만, 실은 바로 저 안방 작업실 컴퓨터 책상 의자가 아주머니의 진짜 살해 장소였던 거예요.

빼어난 작가인 선생님이 설마 아주머니가 혹할 만한 소문 한두 개를 못 만들어 냈겠어요? 드라마처럼 아주 흥미진진했겠죠. 살인자가 뒤에서 목을 노리고 다가오는 것도 알아차리지 못할 만큼……."

경찰의 수사 내용까지 덧붙여지자 선생님은 꿀 먹은 벙어리가 되었다. 오직 눈빛만이 형형할 따름이었다.

"교살이라는 목적을 달성한 선생님은 한예지 씨가 오기를 기다렸어요. 10시 30분에 한예지 씨가 도착하자 선생님은 직접 문을 열어 주면서 그녀에게 선생님의 얼굴을 확인시켜 줬죠. 그러고는 방에 들어가 최순자 아주머니와 말다툼을 하는 척합니다.

네, 제 추리대로라면 아주머니는 이미 죽어 있었죠. 어쩔 수 없이 선생님은 1인2역을 했던 거예요. 그것 역시 드라마 작가인 선생님이 배우들과 어울리면서 터득한 연기겠죠."

"배우가 아니라 작가라니까! 게다가 예지가 얼마나 눈치가 빠른 애인데 두 목소리가 같은 것도 구별 못하겠어?"

"아니요. 평상시도 아니고, 흥분해서 싸울 때는 누구나 목소리가 높아지죠. 원래도 남자보다 음역대가 높은 여자가 목소리 어조만 살짝 달리해서 윽박지르는 시늉을 하면 의외로 두 목소리를 분명하게 구별해 내기 힘들 걸요. 무엇보다 한예지 씨는 그전까지 최순자 아주머니의 목소리를 단 한 번도 들어 본 적이 없고요. 원래부터 아는 목소리였다면 암만 흉내를 내봐야 속지 않겠지만 두 가지 중 하나는 생전 처음 듣는 거니까 얼마든지 속일 수 있죠.

더구나 선생님은 며칠 동안 한예지 씨를 관찰하면서 그녀가 이어폰으로 음악을 들으면서 작업하는 습관이 있다는 걸 파악한 상태였을 테고요. 계속 큰 소리가 나면 참지 못하고 이어폰을 꺼낼 거라는 것도 계산에 들어 있었을 겁니다."

"드라마는 내가 아니라 네가 써야겠다."

"말다툼하는 척으로 그때까지 최순자 아주머니가 살아 있다는 조작을 해 낸 선생님은 아주머니의 빨간색 털모자와 점퍼, 일바지를 벗겨 본인 옷 위에 입기 시작해요. 점퍼나 일바지는 원래도 부해 보이지만 살집이 넉넉한 아주머니처럼 보이기 위해 솜 같은 걸 더 끼워 넣었을 수도 있었겠죠. 양 볼에 화장지 같은 걸 뭉쳐 넣어서 얼굴이 빵빵하게 보이게도 만들고요.

잠깐 사이에 아주머니로 변장하는 데 성공한 선생님이 안방을 나온 시간은 10시 50분쯤. 선생님은 일부러 화난 듯이 씩씩거리며 현관으로 달려가서는 부리나케 밖으로 나갑니다. 한예지 씨가 똑똑히 얼굴을 볼 시간을 주지 않기 위해 얼마나 서둘렀을지 안 봐도 훤하네요.

아까도 말했듯이 아직 갑(甲)인 선생님의 얼굴에 익숙하지 않았던 한예지 씨는 보기 좋게 속아 넘어갔고, 그 결과 최순자 아주머니의 가면을 쓴 선생님은 무사히 집 밖으로 탈출할 수 있었던 거예요. 저 방에 진짜 최순자 아주머니의 시체를 남겨두고 말이죠."

마지막 문장을 말하면서 왼손을 들어 안방 벽을 가리켰다. 여기서 몇 걸음도 걸리지 않는 저 방에 시체가 놓여 있었다는 생각을 하자 팔에 오싹 소름이 돋았다.

"104동 밖으로 나온 선생님은 즉시 106동으로 향합니다. 그때까지 아주머니가 살아 있었고, 자기 집으로 돌아갔다는 가공된 사실이 누군가에게 목격되기를 바라면서 말이죠. 그런데 하필이면 그 목격자가 같은 단체에 몸담고 있는 저였다는 게 또 다른 비극의 시작이었죠.

술에 취해 비틀비틀 귀가하던 저와 스친 선생님은 제 인사도 받는 둥 마는 둥 하면서 걸음을 서둘렀어요. 당연하죠. 한예지 씨와 달리 선생님과 최순자 아주머니, 둘 다와 익숙한 저랑 어떻게 언감생심 말을 섞을 수 있었겠어요?

제가 선생님의 변장을 알아보지 못하는 것 같으니 어느 정도 마음이 놓인 선생님은 106동 입구 홀로 들어가서 계단을 통해 지하실로 내려갔어요. 이제 변장을 풀어야 하는데, 입구 홀에서 하다가 누군가와 마주치면 큰일이니까요. 점퍼와 일바지를 벗고 볼에 넣은 휴지만 빼면 되니까 변장을 푸는 일은 몇 초 걸리지도 않았어요. 주머니 같은 곳에 미리 준비했던 대용량 비닐봉투 같은 것에다 벗어놓은 변장 의상을 잘 숨긴 다음 선생님은 입구 홀로 다시 올라왔죠.

자, 이제 신영채 작가로 무사히 복귀한 선생님은 조심스레 104동으로 되돌아옵니다. 그때는 지금같이 무더운 여름철도 아니고, 추운 겨울날이라 그 시간에 밖에 나다니는 사람이 많지 않아요. 조금만 신경 쓰면 누구에게도 걸리지 않고 무사히 돌아올 수 있었을 겁니다.

혹시 누군가에게 목격되더라도 별로 걱정할 것도 없죠. 선생님은 나중에 경찰이 그 시간대에 다소 뚱뚱하고 행색이 초라한 아주머니를 목격한 사람을 찾았으면 찾았지, 깡마르고 품위 있어 보이는 여자의 목격자를 찾지 않을 거라는 사실을 분명히 예상하고 있었으니까요."

"사이코 작가한테 품위라는 것도 있니?"

선생님의 비아냥을 웃어넘기며 재차 설명에 박차를 가했다.

"한예지 씨는 아주머니와 다툰 선생님이 여전히 노기를 띠고 있을까 겁나 안방 근처에 가 보지도 못했어요. 그때만 해도 데면데면한 사이였으니까 이 테이블에 앉아서 벙어리 냉가슴만 졸이고 있었겠죠. 덕분에 선생님은 안방에 시체를 놓아 두고도 대범하게 집을 나갔다 들어올 수 있었던 거예요.

그런데 한예지 씨가 봤을 때 이 집을 나간 사람은 분명 최순자 아주머니인데, 선생님이 문을 열고 들어오면 안 되잖아요? 여기서 선생님은 비장의 방법을 써서 안방 작업실로 무사히 돌아왔어요. 안방과 불과 몇 미터 거리인 이 거실에서 작업 중이던 한예지 씨도 알아차리지 못할 만큼 안전한 방법으로 말이죠."

"그 방법이 뭔데? 내가 무슨 벽을 통과하는 능력이라도 있다는 거야?"

"그 방법은 조금 뒤에 다시 한 번 나오니까 지금은 참아 주세요. 별 문제없이 최순자 아주머니가 자기 집으로 돌아갔다는 조작을 해 낸 선생님은 11시 조금 넘어서 안방 문을 열고 한예지 씨를 만나러 나옵니다. 104동과 106동을 왕복하고 방금 말한 모종의 방법까지 써야 했으니 10여 분이라는 시간이 넉넉지는 않았죠. 어지간히 숨도 찼을 테고요. 선생님 연배치고는 꽤 무리한 셈이라서 한예지 씨가 목격한 그 얼굴이 나오게 된 거예요."

"그 얼굴이라니?"

"붉으락푸르락한 얼굴."

분기가 차오르는지 선생님의 얼굴이 다시금 붉어졌다. 아마 그때의 낯빛이 꼭 저랬으리라.

"여기까지가 제가 생각한 그날 밤 사건의 제1막이에요. 워낙 치밀한 계획이었고 운도 좀 따라서 1막은 성공리에 치러냈지만, 가장 중요하고도 위험한 건 시체 처리가 필요한 2막이었죠. 2막의 배경은 말할 것도 없이 관리사무소 내 낙원회 사무실이고요. 시체를 선생님 집에서 빼내는 게 무엇보다 중요하다고는 해도 집 밖 아무 데나 대충 던져놓고 올 수는 없잖아요. 잘은 모르지만 범죄자의 심리는 자기가 저지른 죄를 되도록 멀리 떨어진 곳에 숨겨놓고 싶을 테니까 어느 정도 거리도 있고, 음침한 관리사무소가 딱 눈에 들어왔을 거예요.

더구나 관리사무소는 아파트 단지의 중간 대지에 있어서 꼭 선생님의 104동하고만 연결되지도 않고, 최순자 아주머니가 낙원회 회원이니 그곳에서 시체가 발견되는 것도 그다지 어색하지 않아요. 좀 이따가 설명할 몇 가지 지형적인 이점도 있고요. 여러모로 배경으로는 그만인 곳이죠.

이제 본격적으로 2막을 열어 볼게요. 선생님은 2막의 밑준비를 위해 한예지 씨와 티타임을 가졌어요. 그때 한예지 씨가 눈치 채지 못하도록 교묘하게 시선을 돌려 놓고는 그녀의 찻잔에 수면제를 넣었죠."

"수면제는 또 어디서 갑자기 나온 거야?"

"전에 수면제를 사용한다는 얘기 하신 적 있잖아요. 그걸로 미뤄 짐작한 거예요. 수면제로 한예지 씨를 재운 건 당연히 시체를 운반할 때 들키지 않기 위해서겠죠.

혹시 나중에 경찰이 한예지 씨를 신문해도 감히 그녀가 슈퍼 갑인 선생님 앞에서 작업하다가 중간에 잠이 드는 바람에 그날 밤 일은 잘 모르겠다는 증언을 할 수 있었겠어요? 불성실하다고 잘릴지도 모르는데요. 그러니 선생님은 아무 거리낌 없이 한예지 씨에게 수면제를 쓸 수 있었던 거죠.

16일 오전 1시 10분 이후, 한예지 씨가 잠든 걸 확인한 선생님은 드디어 행동에 나섭니다. 그간 고생스럽게 일군 모든 성공과 영광을 단번에 무너뜨릴 수 있는 위태로운 짐 무더기를 옮기는 고행의 길을 떠난 셈이죠."

"왜 1시 10분이지? 꼭 그 시간이 넘어야 할 이유가 있나?"

선생님이 갈라진 목소리로 물었다. 쉬지 않고 이어지는 나의 연타에 정신적으로 꽤나 지친 기색이었다.

"물론 이유가 있어요. 이건 아직 경찰도 모르는 얘기인데요. 본래 윤태일 회장님은 그날 밤 설악산에 갔다고 증언했었죠. 실은 그 증언이 거짓말이었어요. 회장님은 최순자 아주머니가 당신의 횡령 사실을 알고 있다고 생각해 두려움에 떨었답니다. 혹시 장부 조작에 실수가 있었나 싶어 집에다는 설악산에 간다는 말을 남기고, 16일 오전 1시에 낙원회 사무실에 몰래 잠입해 10여 분간 장부를 확인하고 갔대요.

만약 선생님이 시체를 1시 10분 이전에 옮겼다면 회장님이 시체 혹은 시체를 옮기는 선생님을 목격했을 테니까 그 이후에 시체 운반이 이뤄졌으리라는 추정이 가능한 거예요."

그간 한사코 평정을 가정하던 선생님도 이 말에는 심각한 충격을 받았는지 얼굴이 하얗게 질리고 말았다. 그럴 법도 한 게 일생일대의 계획이 한낱 우연의 장난에 의해 송두리째 실패로 돌아갈 뻔했던 것이다. 새삼 그날 밤 두 사람의 엇갈림을 개탄했다. 단지 어느 한쪽이 조금만 더 일렀거나 늦었더라면 모든 것이 바뀌었을 텐데…….

"시체를 운반한 건 분명한데 어떤 방법을 썼을까가 문제였어요. 아무리 한예지 씨가 잠들어 있다고 해도 거실로 끌고 나와 현관으로 빠져나오지는 못했을 테니까요. 그건 너무 위험 부담이 크죠. 혹시라도 한예지 씨가 깨면 곧장 현행범이잖아요.

그동안의 어떤 벽보다 높다랗고 커다란 벽에 부딪친 기분이었어요. 이 문제를 해결하지 못하면 그간의 모든 추리가 수포로 돌아가는 거였죠. 저는 결사적으로 정신을 집중해 이 문제의 답을 찾기 시작했습니다.

그러다 문득 선생님의 입장이 아니라 제 입장에서 생각해 봤어요. 만약 우리 집에서 내가 선생님과 똑같은 상황에 놓인다면 어떻게 시체를 옮길 수 있을까? 그렇게 우리 집의 전반적인 모양을 떠올린 순간, 게시와도 같은 깨달음이 번쩍 들었죠!

낙원아파트 집들의 구조는 모두 같잖아요. 안방 문은 남쪽에 있고, 문을 열고 들어가면 북쪽 끝에 앞베란다로 통하는 옆으로 열고 닫는 미닫이 유리문이 있죠. 그리고 앞베란다 끝에는 실외와 집 안을 마지막으로 차단하는 커다란 앞베란다 창이…… 바로 그때 저는 답을 알아냈어요!

선생님은 그 앞베란다 창으로 시체를 바깥으로 옮기고 본인 또한 빠져나간 거예요. 암만 생각해 봐도 그 방법밖에 없었어요. 방금 전, 선생님이 최순자 아주머니로 분장해 알리바이를 만들고 안방으로 복귀할 때 사용했다는 모종의 계획도 바로 이것이었죠."

잠시 숨을 돌리면서 마음속으로 일체의 개성도 없이 똑같이 생긴 낙원아파트에 감사를 전했다.

"2층인 201호만 됐어도 불가능한 계획이었겠지만 다행히 이 집은 101호잖아요. 앞베란다 난간이라고 해 봐야 배 높이쯤밖에 안 되니까 얼마든지 타넘을 수 있죠.

더구나 104동의 입구 홀은 남쪽에 있는데, 선생님은 반대 방향인 북쪽의 베란다를 타넘은 거니까 그 시간에 귀가하는 사람과 마주칠 일도 없죠.

104동 101호는 아파트 단지의 가장 왼편 끝에 치우쳐 혹시 단지 안을 통행하는 사람이 있어도 보일 확률이 적어요. 우연찮게 그 시간에 105동 맞은편 후문을 통과해 단지 안으로 들어오는 사람이 있었대도 104동 101호 쪽을 보려면 극단적으로 고개를 오른쪽으로 돌려야 하는데, 그렇게 이상하게 걷는 사람이 있을 턱이 없죠. 애당초 한파에 칼바람이 부는 12월 새벽에 돌아다니는 사람도 거의 없을 테고요.

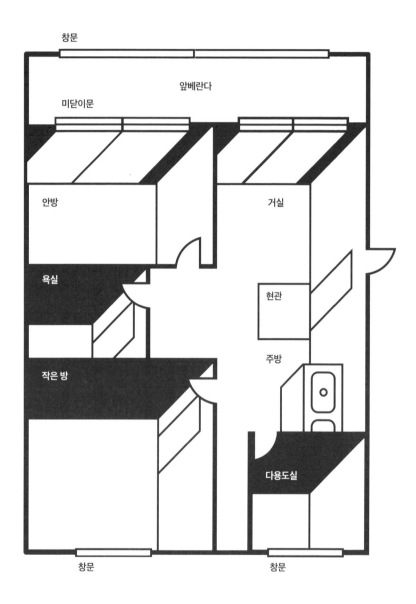

선생님의 무기는 그것만이 아니었어요. 우리 낙원아파트 모든 동의 1층 베란다 난간 앞에는 작은 화단이 있고, 그 화단에 각종 나무들을 심어 놨죠. 나무들의 무성한 이파리가 본의 아니게 외부인들의 시야를 가려 주는 역할을 하는 거예요. 게다가 화단 바로 앞에는 주차라인이 그려진 주차장에 자동차도 주차되어 있었을 테니 이중의 엄폐물이 떡 버티고 있는 셈이죠.

마침내 이런 이치를 깨닫자 기쁨의 환호성이라도 지르고 싶은 기분이었어요. 하지만 아직 정답으로 확정된 건 아니니까 한 가지 확인해 보기로 했습니다. 그래서 지금 택시로 여기 올 때 굳이 후문을 통해 왔어요. 오면서 쭉 보니까 다른 1층 아파트들은 한 집도 빠짐없이 앞베란다에 방범창이나 방범용 섀시 등을 달았더라고요. 아파트 1층은 그렇게 하지 않으면 도둑이 쉽게 드나들 수 있으니 당연히 대비를 하는 거죠. 감옥처럼 쇠창살로 완전히 고정된 방범창도 있고, 열고 닫는 것도 있었는데 유일하게 아무것도 설치되지 않은 집이 딱 하나 있었어요. 바로 이 집, 104동 101호!"

이것이 내가 단지 북쪽 후문으로 오면서 반드시 확인해야 할 한 가지였다. 남쪽 정문을 통해 오면 104동 입구 홀이 보일 뿐 반대편의 앞베란다 창들을 볼 수 없었던 것이다. 유독 선생님의 집만 앞베란다 창에 어떤 방범용 설비도 없다는 걸 똑똑히 목격하는 순간 어찌나 벅찼는지 지금도 그 전율이 생생하게 느껴질 지경이었다.

"최순자 아주머니 사건이 치밀한 계획범죄였다는 사실이 여기서 드러나요. 아주머니를 죽이기로 마음먹은 선생님은 이 집의 구조와 아직 서먹한 보조 작가를 이용해 절묘하게 알리바이를 조작해 낸 거예요."

"단정하기는 이르지. 내가 헤라클레스라도 돼? 나 혼자야 어찌어찌 베란다를 뛰어넘을 수도 있을지 모르지만 축 늘어진 시체를 여자 혼자 힘으로 어떻게 넘기겠어? 나 50킬로그램도 안 돼. 그리고 자기 말대로라면 아줌마 시체를 관리사무소까지 나 혼자 운반했다는 건데, 그게 말이 된다고 생각해? 그럴 힘도 없을 뿐더러 시체를 질질 끈 흔적이 남아 있었다면 피나 타액 같은 걸로 경찰이 진작 알아차렸겠지."

모처럼 반격의 호기를 맞았다 싶은 선생님이 다다다다 쏟아냈다. 나는 강마로처럼 두 손가락을 맞부딪쳐 딱 소리를 냈다.

"아주 좋은 점을 지적하셨어요. 저도 간신히 답을 찾아냈다 했더니 바로 그 점이 고민이었죠. 하지만 이미 정답이라는 산의 9부 능선까지는 오른 걸요. 나머지는 그리 어렵지 않을 거라 굳게 믿고 제가 가진 몇 가지 재료들을 낱낱이 재검토해 봤어요. 낙원회에서 알고 지낸 선생님의 모습들, 또 최근 두 차례 방문했을 때의 기억들을 하나하나 떠올려 보기 시작했죠. 매 분, 매 초 단위로 아무리 사소한 것이라도 놓치지 않고 머릿속에서 재생시켜 본 거예요. 그 지난한 과정 속에서 마침내 어떤 가능성이 떠올랐을 때 얼마나 황홀했는지 몰라요. 그래요, 끝내 제가 정상을 밟고 산을 정복한 거예요!"

"뭐…… 무슨 가능성?"

"선생님과의 여러 가지 기억 속에서 제일 이상했던 건 다른 게 아니라 찬장이었어요."

"찬장?"

"네, 찬장요. 그 사소한 게 왜 이리 신경을 긁나 제가 생각해도 어이가 없었죠. 근데 좀 이상한 건 사실이잖아요. 머리 높이의 싱크대 찬장에 찻잔을 놓아야 꺼내기 편할 텐데, 왜 불편하게 허리를 굽혀야만 꺼낼 수 있는 아래 찬장에 놓은 걸까?

선생님은 돌아가신 어머니께서 그쪽에 정리해 놓았다고 설명해 주셨죠. 돌아가신 지도 꽤 됐는데 아직도 버릇처럼 그렇게 놔둔다고도 하셨고요. 그렇다면 생전에 어머니께서는 불편하지 않으셨나 하는 궁금증이 일더라고요. 보통 사람이라면 십중팔구 불편하셨을 텐데…….

딱 그때였어요! 보통 사람이라는 단어가 뇌리를 스치자마자 그 압도적인 가능성이 떠오른 거예요. 며칠 전에 저희 엄마가 선생님이 어머니 병간호 때문에 병원과 가까운 낙원아파트로 이사 오셨다고 알려 주셨거든요. 지난주에 마로 씨가 어머니 병환에 대해 여쭤봤을 때 선생님은 당뇨병이라 대답하셨고요.

제가 떠올린 가능성은 이래요. 어머니의 정확한 병명 자체는 당뇨병이 맞겠지만, 세부적으로 들어가 보면 당뇨에서 파생된 또 다른 병이 있지 않았을까 하는 거였죠. 일종의 당뇨 합병증 같은 것 말이에요.

예전에 텔레비전 건강 프로그램에서 당뇨 합병증으로 두 종아리의 아랫부분을 절단한 아저씨를 본 적이 있어요. 혹시 선생님 어머니께서 보통 사람 머리 높이의 찬장보다 허리 아래쪽 찬장이 편하셨다면…… 어쩌면 그분과 똑같은 증상이 아니셨을까?"

내가 어머니를 끌어들이자 격노한 선생님이 흡사 야수가 그르렁

거리는 듯한 소리를 냈다. 위협을 느낀 나는 살짝 의자를 뒤로 빼서 선생님과의 거리를 벌렸다.

"만약 어머니께서 두 발을 절단하셨다면 분명히 휠체어를 사용하셨을 겁니다. 그리고 어머니께서 돌아가신 뒤에도 그 휠체어가 이 집에 남아 있었을 테고요. 지금도 갖고 계신지는 모르겠지만요. 그래요, 저는 지금 선생님이 어머니의 유품인 휠체어에 최순자 아주머니의 시체를 앉혀 관리사무소로 운반했다고 주장하겠습니다.

여기 오는 길에 저희 엄마에게 전화를 걸었어요. 정확히 선생님의 어머니께서 어떤 상태였는지 물어보자 제가 추측했던 대로 답을 해 주시더군요. 선생님이 어머니 휠체어를 끌고 병원에 모시고 가는 모습을 한두 번 본 적 있다고요. 왜 그 얘기를 안 해 줬냐고 따지니까 제가 별로 관심을 안 보여서 그랬다고 하더라고요. 사건이 일어나기 몇 달 전에 이미 돌아가신 선생님 어머니의 병명이나 상태가 전혀 중요하지 않다고 여겼던 저의 패착이었던 거예요.

여러 번 느끼는 거지만 선생님은 정말 영리하세요. 거짓말로 완전히 다른 병명을 댔다가 나중에 문제가 생길 수도 있으니 당뇨병이라고만 둥치고, 그 병에서 발전된 하지절단에 대해서는 일부러 전혀 언급을 하지 않은 거죠."

"계속…… 해 봐."

"16일 오전 1시 10분을 전후해서 선생님은 슬쩍 안방 문을 열어 거실 테이블에서 한예지 씨가 엎드려 자고 있는 걸 확인했어요. 그러고 보니 선생님은 보조 작가 한예지 씨와 '함께' 밤샘 작업을 했다는 사실을 강조하면서 저희에게 은연중에 두 분이 밤새도록 붙어 있었다는 인상을 주려 했죠. 그러나 두 분은 어디까지나 문과 벽으로 나뉜 별개의 공간에서 각자 작업을 했던 거예요. 이것 또한 선생님이 쳐놓은 심리적인 그물이었죠. 까딱 잘못하면 휘말려 들어갈 수밖에 없는…….

안방으로 돌아온 선생님은 불을 끄고, 그때까지 컴퓨터 책상 의자에 앉혀 놓은 아주머니의 시체를 휠체어로 옮겼어요. 그러고는 미닫이 유리문을 밀어 열고 앞베란다로 휠체어를 끌고 나가서 잠시 시체를 일으켜 배 부분을 베란다 난간에 걸쳐놓죠. 어느 정도 준비를 끝낸 선생님은 먼저 휠체어를 작게 접어 밖으로 내놓고, 시체 옆의 베란다 난간을 붙잡고 훌쩍 타넘습니다.

안방 불도 꺼 놔서 조명도 없는 데다가 방금 말한 나무와 자동차의 이중 엄폐물 때문에 난간을 넘는 선생님의 모습은 외부에서 거의 보이지 않았을 거예요. 또 선생님은 몸무게도 적게 나가고, 난간에서 뛰어내린 곳도 흙을 깔아놓는 화단이라 소리도 크지 않죠.

무사히 바깥으로 나간 선생님은 마치 술에 취한 사람을 끌어당기듯 난간에 걸쳐놓은 시체의 두 팔을 잡아끌었어요. 꽤나 조심했겠지만 왜소한 여자 혼자 힘이라 끝에 가서는 시체를 땅바닥에 떨어뜨리고 말았죠. 여기서 제법 큰 소리가 발생하는 바람에 아마 마음을 졸였을 거예요.

우여곡절 끝에 아파트 밖으로 시체와 함께 나온 선생님은 접어두었던 휠체어를 다시 펴서 시체를 앉히고는 낙원회 사무실이 있는 관리사무소로 이동합니다.

선생님은 104동과 단지 왼편 담벼락 사이의 모퉁이를 왼쪽으로 돌아 남쪽으로 내려갔어요. 그 길은 연두색 점토 벽돌이 깔려 있어 휠체어를 밀고 가기도 편하고, 나중에도 바퀴 자국 등의 흔적이 남지 않죠.

게다가 아시다시피 담 안쪽으로 엄청나게 커다란 나무들이 몇 그루 줄지어 있어 그 그늘이 말도 못하죠. 낮에도 어두컴컴한데 밤에는 대놓고 쳐다봐도 잘 안 보일걸요. 여러모로 선생님이 누구의 눈에도 띄지 않고 안전하게 휠체어를 끌고 가기 좋은 환경이었던 거예요."

열흘밖에 지나지 않았지만 벌써 오래전처럼 느껴지는 그날, 강마로와 함께 걷던 그 길이 생생하게 떠올랐다. 옆에서 나란히 걷던 나조차 강마로의 얼굴이 똑똑히 보이지 않을 만큼 짙은 그늘이 내려앉은 그 길……

"그늘을 빠져나와 관리사무소 정문으로 가는 짧은 길에서는 휠체어를 끄는 선생님의 모습이 뚜렷하게 노출되지만 역시 큰 문제는 아니죠. 5초도 안 걸릴 만큼 짧은 길이기도 하고, 관리사무소는 단지 왼쪽에 치우쳐 104동 중앙에 위치한 경비실에서 꽤 머니까요. 우연히 경비 아저씨가 경비실 밖에 나와 있었다고 해도 잘 보이지 않았을 겁니다.

어차피 최순자 아주머니로 변장하고 106동도 가야 했고, 하룻밤에 난간을 몇 번이나 타넘어야 했으니 선생님 계획에는 운에 기댈 수밖에 없는 부분도 상당했어요. 아니, 어쩌면 선생님은 성공을 조금도 의심하지 않았을지도 몰라요. 자기가 전지전능한 이야기 세계의 신이라 모든 게 본인이 쓰는 대로 이뤄진다고 믿었다면 말이죠.

당연히 선생님의 각본에는 당신의 범행이 들키는 내용 따위는 없었을 테니까 생각보다 당당하게 성공하면 대박, 실패하면 쪽박인 일생일대의 도박에 나설 수 있었겠죠. 물론 선생님의 도박은 멋지게 성공했고요.

선생님은 하루 전인 14일 일요일이나 15일 오후께 틈을 타서 관리사무소 정문 열쇠를 미리 복사해 두었어요. 아마 13일 회의 뒤풀이에서 아주머니가 재미난 사실을 알게 되었다고 낙원회 사람들 앞에서 호들갑을 떨 때 살의의 스위치가 켜졌을 테니까 이 모든 계획을 짜고 열쇠를 복사하는 등의 밑준비를 전부 딱 하루 반 만에 마친 거예요.

빠듯한 일정이지만 어쩔 수 없었죠. 원래 아주머니의 발표가 있을 그 주 토요일까지 시간은 넉넉한 편이었지만 반드시 목격자가 되어야 하는 한예지 씨가 그전부터 잡혀 있었던 방콕 여행을 수요일날 떠나기로 했으니까요. 그렇다면 월요일 아니면 화요일인데, 아무래도 데드라인 바로 전날에 일을 벌이기는 좀 부담스러우셨는지, 월요일을 실행일로 잡으셨던 거예요.

아무튼 미리 복사해 둔 열쇠로 관리사무소 정문을 열고, 원래 가지고 있었던 낙원회 사무실 열쇠로 사무실 안에 들어간 선생님은 휠체어에서 시체를 내려 회의실 파이프의자에 앉혀 놓습니다.

선생님은 혹시 실수한 건 없나 주도면밀하게 살펴보고 다시 휠체어를 접어서 손에 들었어요. 별 이상이 없어 보이자 사무실과 관리사무소 정문을 잠근 후, 온 길을 되짚어 104동 101호 앞베란다로 돌아옵니다. 그러고는 그날 밤 벌써 두 번이나 넘었던 난간을 세 번째로 타넘어 안방 작업실로 무사 귀환했죠. 전 이게 그날 밤 선생님의 이동 경로일 거라고 확신해요."

나는 고개를 푹 수그린 탓에 훤히 들여다보이는 선생님의 정수리에 대고 최후의 일격을 날렸다.

"휠체어를 사용했다고 가정하면 또 한 가지 중대한 문제가 해결돼요. 시반이라는 단어 들어보셨죠? 죽은 사람의 혈액이 중력에 의해 아래로 내려가 고이는 걸 말하는데, 아주머니의 경우는 엉덩이와 다리, 발에 그게 있었대요. 만약 시체를 눕힌 상태로 놔뒀다가 마지막에만 의자에 앉혔다면 시반이 등 쪽에 널리 분포되어 있었겠죠. 그런데 아주머니는 엉덩이와 다리, 발에만 있었으니까 시체를 움직인 흔적이 없다. 다시 말해, 사무실에서 의자에 앉은 채로 살해당해 밤새도록 그대로 놓여 있었다는 게 경찰 측의 결론이었죠.

그러나 저의 휠체어 설이 사실이라면 그 문제도 설명이 가능해요. 최순자 아주머니는 저 안방 책상 의자에 앉은 상태에서 살해당해, 휠체어로 운반되어, 최종적으로 사무실 의자로 옮겨진 거니까요. 앞베란다 난간을 넘길 때의 잠깐을 제외하고는 내내 같은 형태로 의자에만 앉아 있었으니 시반이 엉덩이와 하체 쪽에 집중될 수밖에 없었던 겁니다."

갑자기 선생님이 고개를 쳐들어 소스라치게 놀랐다. 핏발이 선 눈속에 나에 대한 증오가 가득했다. 선생님은 그 붉은 눈을 부라리며 씹어뱉듯이 말했다.

"너 말 한번 잘하는구나. 근데 어떡하지? 죄 없는 사람을 살인자로 몰려면 적어도 그럴듯한 증거 하나쯤은 있어야 하지 않겠어? 그런 거 없으면 입 닥치는 게 좋아. 명예훼손죄로 내가……."

"오, 간접적인 증거라면 있어요."

"증거가…… 있다고?"

"네. 실은 회장님 말고도 낙원회에서 거짓 증언을 한 사람들이 또 있어요. 바로 슬희와 김우석 씨죠. 저도 믿어지지 않지만 두 사람은 그때부터 지금까지 불륜관계예요.

2014년 12월 15일 자정에 은우 언니와 잠에 들었다고 증언한 김우석 씨는 사실 언니가 잠들기를 기다렸다가 16일 1시경에 마침 부모님이 집을 비운 슬희를 만나러 갔대요. 참 대단한 커플이죠?

마침 그 1시에 회장님이 장부 조작을 위해 관리사무소에 침입하고 있었지만 빨리 슬희를 만나고 싶어 몸이 단 김우석 씨는 보지 못했던 것 같아요. 아주 간발의 차이로 엇갈렸을 수도 있고요.

재미있게도 은우 언니는 지금 남편을 살인자로 의심하고 있어요. 한참 자다 말고 쓰레기 수거차가 쓰레기를 싣는 소리에 잠에서 깨보니 옆에 아무도 없더랍니다. 쓰레기 수거차가 우리 아파트에 오는 시각은 새벽 4시 전후거든요. 아무튼 은우 언니는 그 뒤로 30분가량 뜬눈으로 남편을 기다리다가 다시 잠들었대요. 다음 날 아침에 관리사무소에서 살인사건이 벌어진 걸 알고 나서는 당연히 그 시간에 집에 없던 남편을 의심하게 된 거죠.

한편 슬희와 김우석 씨의 증언을 들어보면 두 사람은 새벽 4시에 밀회를 끝냈다더군요. 그 시간에 김우석 씨는 104동 502호 자기 집으로 돌아갔고요. 좀 이상하지 않으세요? 아내는 새벽 4시에 눈을 떴고, 남편은 새벽 4시에 집에 돌아왔는데 왜 두 사람이 만나지 못했을까요? 혹시 둘 중 하나가 시간을 착각하고 있었던 건 아니었을까요?

얼마 전, 마로 씨와 사건에 대해 논의하다가 너무 늦어져서 새벽 4시께 귀가한 적이 있었어요. 그때 집 앞에서 쓰레기 수거차를 목격했죠. 그럼 쓰레기 수거차는 분명 그 시간대에 오는 게 맞아요.

아무래도 은우 언니가 착각했을 확률이 높아 보이더라고요. 산술적으로 슬희와 김우석 씨 대 은우 언니, 증언자의 숫자가 2대1이기도 했고, 아무래도 불륜을 저지르는 쪽은 시간에 좀 더 예민할 것도 같고. 또 은우 언니는 쓰레기 수거차 소리에 당연히 4시라고만 생각했지 직접 시계를 보고 시간을 확인했던 게 아니었으니까요.

어쩌면 은우 언니가 쓰레기 수거차 소음으로 착각했던 쿵 소리가 다른 건 아니었을까 생각해봤어요. 그날 밤에 부부의 아파트가 있는 104동에서 그와 착각할 만한 소리는 단 하나밖에 없죠. 바로 선생님이 아주머니의 시체를 앞베란다에서 내리다가 마지막에 힘이 모자라 떨어뜨린 소리 말이에요.

조금 전 시체의 이동 경로 얘기를 할 때, 제가 마치 눈으로 보기라도 한 것처럼 선생님이 베란다에서 시체를 떨어뜨려 큰 소리가 났고, 그것 때문에 마음을 졸였을 거라고 했죠? 이게 그 추측의 근거입니다. 아까까지는 아무 근거도 없던 얘기였지만 그 소리가 진짜 났었다는 걸 알고 있던 선생님은 이의를 제기하지 않고 무심코 넘어가고 말았죠. 천하의 선생님도 실수를 할 때가 있네요."

"정말 쓰레기차 소리를 들은 걸 수도 있지. 슬희하고 김우석이 거짓말했을 거라는 생각은 왜 못해?"

"물론 그럴 수도 있죠. 근데 사람들은 보통 깊게 잠이 들면 근처에서 큰 소리가 나도 잘 모르잖아요. 저만 해도 매일 오는 쓰레기 수거차 소리에 깨 본 적이 단 한 번도 없는걸요. 새벽 4시면 잠이 든지 네 시간 후라 제아무리 예민한 은우 언니라도 결코 듣지 못했을 거예요.

하지만 잠이 든 지 고작 한 시간쯤이라면 어떤 소리에 놀라서 깰수도 있지 않을까요? 더구나 옆에서 자던 남편이 몇 분 전부터 바깥에 나갈 준비를 하느라 부스럭대서 절반 정도는 잠에서 깬 상태였다면요.

다시 말해, 은우 언니는 시체가 떨어지는 소리 때문에 1시 10분경에 깨서 1시 40분까지 남편을 기다린 거예요. 본인은 쓰레기 수거차소리 때문에 4시에 깨서 4시 30분 정도까지 남편을 기다렸다고 철석같이 믿고 있지만……."

긴 설명을 마치자 매미가 날개를 비비는 듯한 소리가 귓가에서 지직 하고 울리는 것 같았다. 아직 6월 말이라 본격적으로 매미가 활동할 때는 아닌데. 무진장 많은 말을 해서 지친 나머지 환청이 들리는 걸까?

나는 끊어질 듯 가늘게 이어지는 환청을 무시하며 선생님에게 주의를 돌렸다.

그동안 내가 알고 존경하던 선생님은 더 이상 거기에 없었다. 근10년 내 등장한 신인 작가 중 최고라는 평판을 들으며 화려하게 데뷔했음에도 전혀 젠체하지 않으며, 파인아트부터 웹툰까지 모르는게 없는 고상하고 세련된 예술가가 지금은 온몸을 부들부들 떨면서 한때는 친밀했던 나를 죽일 듯이 노려보고 있었던 것이다.

"너, 내가 추천해 줄 테니까 내년에는 신인 드라마 작가 공모전에 나가 봐. 그 정도로 심심풀이 얘기로는 충분했어. 하지만 완벽한 이야기가 되기에는 아직도 완결성이 부족해. 그 아줌마에 대해서는 그렇다 쳐도 네가 공격당한 까닭은 어디 갔지?"

"그 점에 대해서도 그런대로 설명할 수 있을 것 같은데요. 애초에 제가 하필 선생님을 아주머니 사건의 범인으로 콕 집은 이유는 드라마 작가라는 직업적 특성 때문이었어요. 그 지점에서 출발해 거꾸로 단서들을 맞춰가다 보니 나름대로 훌륭한 결과물이 도출된 것뿐이죠.

기왕 이렇게 된 것 제 사건에 대해서도 비슷한 방법을 시도해 봤어요. 잘은 모르지만 작가라는 인종의 정신세계를 최대한 넓고 깊게 탐구해 보기 시작한 거죠. 방금 선생님이 말씀하셨듯이 드라마 작가는 이야기의 완결성을 중요시해요. 그리고 인물의 성격이나 줄거리의 일관성도 못지않게 중하게 여기죠.

어떤 의미에서 선생님은 낙원아파트에서 지지고 볶고 사는 사람들을 붉은 피와 끈적한 땀이 흐르는 진짜 사람으로 보는 게 아니라, 가상의 무대에서 짜여진 대본을 소화하는 일종의 등장인물로 보고 있어요. 본인이 쓰는 드라마 대본처럼 극도로 단순화되고, 철저하게 기능적인 역할만을 수행하는 등장인물들로 말이죠.

예를 들어 이번 사건을 조사하면서 제가 알게 된 최순자 아주머니는 남편의 배신으로 인해 정신적 충격을 받아 불륜에 병적인 거부감을 갖게 되는 등 충분히 복잡한 성격을 가진 인물이었어요. 하

410

지만 드라마에선 중간에 죽어 나가는 역할을 맡은 일개 조연에게 이러한 배경까지 일일이 쥐어주지 않아요. 그냥 소문에 관심 많은 입 싸고 귀 얇은 동네 아줌마. 여러 사람의 비밀을 쥐고 흔드니 당연히 죽음으로 척결되어야 할 존재일 뿐이죠.

문제는 이야기 중간에 선생님이 직접 그 하찮은 아줌마로 변장해야만 하는 장면이 있었다는 거예요. 최소한 11시까지 아주머니가 살아 있었다는 알리바이를 만들기 위해서요. 그런데 그 과정에서 하필이면 늦게 귀가하던 저를 만난 거예요.

운 좋게 제가 선생님의 변장을 알아보지 못해 표면상의 위기는 사라졌지만 곧바로 선생님은 본인이 한 가지 실수를 범했다는 사실을 깨닫고 말았어요. 선생님은 며칠 동안 자신이 최순자 아주머니의 캐릭터를 제대로 소화해 내지 못했다는 자괴감에 시달렸고, 또한 당시에는 알아차리지 못했지만 나중에라도 제가 선생님의 실수를 발견할까 봐 두려웠어요. 그래서 저 역시 이야기의 창조주인 선생님의 손에 반드시 죽어야만 했던 거예요. 등장인물의 일관된 성격과 아귀가 착착 맞아떨어지는 이야기의 완결성을 위해서……."

"내, 내가 무슨 실수를……?"

"투박한 검은색 남성용 점퍼. 기억나시죠? 그날 제가 입고 있었잖아요. 송년회 회식자리가 끝나고 나와 보니까 이기지도 못하는 술을 많이 마셔서 몸을 가누기 힘들더라고요. 게다가 그날따라 날씨까지 추워 오들오들 떨고 있었죠. 보다 못한 저희 회사 대리님이 제게 점퍼를 벗어주고 택시에 태워 보냈어요. 저희 집에 들어갈 때까지 그 점퍼를 입고 있었으니 아주머니로 변장한 선생님도 분명히 봤을 거예요.

 여자가 입었다고는 하나 어디까지나 평범한 남성용 점퍼에 뭐가 그리 이상한 점이 있었을까요? 정답은 선생님이 설정한 최순자 아주머니의 성격과 그날 밤에 선생님이 취한 행동이 일치하지 않았다는 겁니다. 같은 봉사단체에서 알고 지내던 아가씨가 한밤중에 남자 옷을 입고 귀가 중이다. 평상시 구제불능의 소문꾼이자 연애 이야기라면 사족을 못 쓰는 최순자 아주머니라면 내막을 꼬치꼬치 캐묻지 않고는 직성이 풀리지 않았겠죠. 적어도 선생님이 본 최순자 아주머니는 그랬을 거예요. 하지만 실제로는 최순자 아주머니로 변장한 신영채 작가였기 때문에 제게 아무것도 묻지 않고 헤어졌죠.

 선생님은 분장을 통해 외양은 최순자 아주머니와 일치시켰지만 정작 그녀의 성격과 맞지 않는 행동을 하고 말았다는 실수를 통렬하게 깨닫고, 그것을 바로잡기 위해 저를 영영 제거하기로 결심한 거예요.

 어떻게 보면 우스운 이유죠. 우리 같은 평범한 사람들이 늘 자기 성격에 맞게 행동하나요? 가끔은 나답지 않게 엉뚱한 행동도 하고, 어제 마로 씨에게 그랬듯이 때로 기분이 정말 뭐 같은 날에는 미친 짓도 하는 거죠. 하지만 등장인물들이 철저하게 통제되고, 논리적인 인과에 따라 행동하는 선생님의 세계에선 조금이라도 인물의 성격과 행동이 일치하지 않으면……."

 "그만! 그만 닥쳐! 그런 것도 다 네 주둥이에서 나온 말뿐이잖아! 대체 눈에 보이는 증거도 없는 얘기를 언제까지 늘어놓을 거야? 증거 내놓지 못할 거면 당장 이 집에서 꺼져!"

마침내 가면을 완전히 벗어던진 선생님이 의자에서 벌떡 일어나 소리를 질렀다. 입가에 흘러내린 끈적한 침을 닦지도 않은 채 전신을 신경질적으로 떨어대는 선생님 앞에서 떨지 않기 위해 다리에 불끈 힘을 주고 나 역시 의자에서 일어났다.

"증거요? 증거는 여기 있어요!"

나는 후다닥 뛰어 선생님을 제치고 그녀 뒤의 책 무덤으로 달려갔다. 그러고는 산삼을 캐는 심마니처럼 미친 듯이 책더미를 위에서부터 헤집었다. 한 권, 두 권, 책들이 산지사방으로 날아갔다. 둥글게 쌓여 있던 책 동산의 높이가 웬만큼 낮아졌을 때 비로소 그 속에 감춰져 있던 것이 모습을 드러냈다.

"마로 씨!"

책더미 아래 파묻혀 있던 것은 다름 아닌 탐정 강마로였다. 뒤통수에서 흘러나온 대량의 피로 목욕하다시피 한 강마로는 입가에 청테이프가 발려 소리를 지를 수조차 없었다. 게다가 목에도 흰 신발끈이 칭칭 감겨 있었는데, 어지간히 독하게 조른 듯 푸른 멍이 가는 목걸이처럼 띠를 이루고 있었다. 얼른 아래를 살펴보니 손발도 두꺼운 밧줄로 꽁꽁 묶인 채였다.

어느 정도 예상은 했지만 정말로 강마로가 이 책 무덤 아래 감금되어 있었을 줄이야!

조금 전, 내가 들은 미세한 소리가 매미 등의 날벌레가 날개를 비벼대는 소리가 아니라 온몸이 묶이고 상처 입은 강마로가 유일하게 약간이나마 움직일 수 있는 머리를 바닥과 마찰시켜 낸 소리였음을 깨달은 게 천만다행이었다.

슥슥슥, 스으윽스으윽스으윽, 슥슥슥…….

그 소리는 언젠가 강마로가 내게 가르쳐 준 모스부호였다. 돈돈돈은 S, 돈보다 세 배 긴 음량의 쓰를 세 번 반복하는 쓰쓰쓰는 O, 다시 돈돈돈 S, 합쳐서 SOS!

당장 강마로의 입에 붙은 청테이프를 제거해 주려고 하는데 금방이라도 꺼질 듯하던 그의 동공이 두 배 이상 확장되었다. 반사적으로 고개를 돌리자 어느새 주방에서 식칼을 가져온 선생님이 달려오고 있었다.

용수철이 튕기듯 자리에서 일어나 테이블로 몸을 날렸다. 그러고는 테이블 위에 놓여 있던 핸드백에 손을 뻗었다.

잘 벼린 칼날에서 섬뜩한 한기가 느껴지는 식칼을 치켜든 채 코앞까지 다가온 선생님이 일체의 망설임도 없이 칼을 내리치려는 순간, 나는 핸드백에서 꺼낸 최루 스프레이를 분사했다.

"아아악!"

광고에서 그렇게나 강조한 초강력의 최루 효과에 칼을 놓친 선생님은 비명을 지르면서 거실 바닥에 나뒹굴었다.

집에서 몇 번이나 연습했지만 실전인 오늘이 최고였다.

핸드백에서 물 흐르듯 단번에 스프레이를 꺼내 적의 얼굴에 정확히 분사한 스스로를 칭찬하며 강마로에게 다가갔다.

청테이프를 제거하고 손과 발에 묶인 밧줄을 하나씩 풀어주니 꺼져가던 강마로의 의식이 점차 돌아오는 듯했다.

"정신 차려요, 마로 씨! 119 부를 테니까 조금만 더 힘을 내봐요! 눈 감지 말라니까요!"

나의 애원에도 불구하고 스르르 감기는 눈꺼풀을 통제하지 못하던 강마로가 눈을 번쩍 떴다. 강마로는 자유로워진 몸을 날쌔게 일으켜 나를 밀어 넘어뜨린 후 앞으로 달려 나갔다. 느닷없이 옆으로 쓰러진 나는 몸을 돌려 강마로의 진행 방향을 바라보았다.

그새 회복해 다시 칼을 주워든 선생님에게 강마로가 엄청난 기세로 부딪쳐 가고 있었다. 혼신의 힘을 다한 강마로의 태클에 3미터 이상 날아가 바닥에 뒤통수를 찧은 선생님은 아파트가 쩌렁쩌렁 울리는 굉음도 듣지 못한 채 기절해 버렸다.

"마로 씨, 괜찮아요?"

태클을 날린 다음 배를 땅에 대고 엎어진 강마로에게 달려갔다. 나를 확인한 강마로가 띄엄띄엄 힘겹게 말했다.

"경찰…… 경찰을 불러요."

말을 마친 강마로가 의식을 잃자, 이제 낙원아파트 104동 101호에서 정신이 온전한 사람은 나밖에 없었다.

# 에필로그

저녁 8시밖에 안 됐지만 온몸이 노곤하고 졸려 견딜 수 없었다. 내가 자꾸 하품을 하자 엄마는 방에 들어가서 한숨 자라고 했다. 나한테 편한 것만 말 잘 듣는 딸이라 그러마고 답한 뒤 내 방으로 들어왔다.

강마로가 죽을 뻔하고, 신영채가(이제 더 이상 선생님이라 부르지 않으련다!) 체포당한 지도 벌써 일주일이 지났다. 첫 하루이틀은 온 신경이 곤두선 듯한 흥분이 가시지 않아 새벽까지 잠을 이루지 못했는데, 어제부터는 긴장이 모조리 풀렸는지 바닥에 엉덩이만 닿으면 잠이 쏟아진다. 침대에 누워 본격적으로 잠을 청하려다가 별 생각 없이 책상 위의 휴대폰을 켜 봤다.

놀랍게도 입원 중인 강마로에게 부재중 전화가 세 통이나 와 있었다. 순서대로 6시, 7시 30분…… 마지막은 7시 57분이잖아! 잠이 싹 달아나 바로 통화 버튼을 눌렀다. 촌각을 다투는 일이 있는 게 아니라면 병원에서 세 번씩이나 전화할 리가 없지 않은가.

"아, 지혜 씨. 방금 전에 전화드렸는데……."

그날 병원으로 실려 간 이후 처음 들어본 강마로의 목소리는 확실히 예전보다 힘이 빠진 듯해 걱정이 됐다.

"네, 전화하신 거 보고 연락드린 거예요. 몸은 좀 괜찮으세요?"

"그럼요, 벌써 다 나았습니다. 완전히 회복됐는데 자꾸 누워 있으라니 좀이 쑤셔서 견딜 수가 있어야죠."

"답답해도 병원에 계셔야……."

"그래서 그냥 나왔습니다."

"네?"

"지금 지혜 씨 아파트 앞입니다."

"네?"

"103동 앞이라고요. 괜찮으시면 잠깐 뵙죠."

나는 머리를 짚으며 비틀거리는 다리에 힘을 주어 버텼다. 이 낮도깨비는 최후의 최후까지 변한 게 없었던 것이다. 기왕에 와 있다니 모른 척할 수도 없어 저번처럼 모자를 질끈 눌러 쓰고 나갈 채비를 했다.

"졸리다면서 다 저녁 때 어딜 나가? 밖에 비 오니까 우산 챙겨!"

엄마의 성화에 신발장에서 우산을 꺼내 들었다. 입구 홀에서 밖으로 나오자 나처럼 야구 모자를 쓴 강마로가 추적추적 내리는 비를 맞으며 홀로 서 있었다. 나를 발견한 강마로가 아이처럼 반갑게 손을 흔들어 인사하는 모습에 기가 막혔다.

"아니, 아픈 사람이 지금 뭐하는 거예요?"

가까이에서 보니 모자 속의 흰 붕대가 언뜻 보였다. 게다가 검은색 폴라티로 가리려 했지만 목의 멍 기운도 아직 선명한 상태였다.

"어휴, 저 목 좀 봐."

"남자들 세계에서 이 정도 상처는 껌입니다. 고등학교 때 옆 학교 애들이랑 패싸움하면 피로 목욕을…… 죄송합니다. 이런 얘기 싫어하실 텐데."

쑥스럽게 머리를 긁적이던 강마로가 상처에 손을 댔는지 아야 했다. 정말이지 나이만 먹었지 정신 상태는 영락없이 고등, 아니 초등학생도 안 되는 것 같다. 우산을 펴서 강마로에게 씌워 주며 말했다.

"그건 됐고요. 얌전히 병원에나 있지 왜 여기까지 온 거예요?"

"그때 책더미 속에서 비몽사몽간에 대부분의 얘기는 들었지만 몇 가지 궁금한 게 남아 있어서요. 병원에만 있는 바람에 뒷얘기도 모르니까 답답하기 그지없고요. 멋지게 사건을 해결한 지혜 씨한테 미진한 부분 좀 들어 보려고 왔습니다."

"멋지게 사건을 해결하다니요? 저 혼자 한 것도 아닌데."

"에이, 결과적으로 지혜 씨가 다한 거죠. 탐정인 저를 제치고……."

침통한 표정의 강마로를 몇 번이나 위로했지만 단단히 상처를 입은 그의 자존심은 쉽사리 회복될 기미를 보이지 않았다. 덕분에 아무 잘못한 것도 없는데 흡사 죄인이 된 기분이었다.

아파트 앞에서 계속 비를 맞으며 서 있기도 뭐해 우리는 지붕이 있는 평상으로 이동하기로 했다.

"좋네요. 빗소리가……."

평상 지붕을 지탱하는 파이프에 맺힌 빗방울이 똑똑 떨어지는 소리를 듣고 있던 강마로가 불쑥 입을 열었다. 그는 손바닥을 그릇처럼 오목하게 벌려 비를 담았다. 비슷한 경험을 가진 나는 왠지 그의 마음을 이해할 수 있을 것 같았다. 죽을 뻔한 위기에서 구사일생으로 살아나면 으레 평범한 자연 현상에도 감동하기 마련이다. 투명하게 내리는 비의 아름다움과 시원한 촉감, 청량한 빗소리를 다시 경험할 수 있는 것만으로도 무한한 행복을 느끼는 것이다.

"정식으로 인사드리겠습니다. 이렇게 예쁜 걸 다시 볼 수 있게 해주셔서 진심으로 고맙습니다."

손에 고인 빗물을 확 털어낸 강마로가 깊숙이 고개를 숙였다. 파트너의 진심을 가볍게 넘기면 실례일 듯해 나 역시 한껏 진지한 자세로 화답했다. 한참 동안 마음을 담은 인사를 교환한 우리는 누가 먼저랄 것도 없이 고개를 들었다.

"신영채 작가는 어떻게 됐습니까? 저한테 온 경찰은 입에 지퍼를 잠갔는지 절대 안 가르쳐주던데요."

"신영채요? 신영자겠죠."

"네?"

"본명이 신영자였어요. 일생이 가식이고 허세인 사람답게 부모님이 주신 이름도 그럴싸하게 다듬었나 봐요."

뻔뻔스러운 거짓으로 점철된 신영자의 얼굴이 떠올라 나도 모르게 절레절레 고개를 저었다.

"허…… 그랬군요. 입만 열면 거짓말인 그 여자한테 보기 좋게 속아서 집으로 유인되기까지 하다니 정말 부끄럽습니다."

"아니에요. 저야말로 2년 넘게 속았는걸요. 마로 씨하고 그 여자가 둘 다 정신을 잃은 걸 확인하고 얼른 끈으로 그 여자를 결박했죠. 그러고는 119에 전화하고 김도형 형사님을 불렀어요. 10분도 안 돼서 달려온 김 형사님이 어찌나 놀라던지 지금도 그 얼굴이 생생하네요."

여담이지만 나를 만나러 올 때마다 늘 단정한 머리에 멋스러운 스타일을 보여 주었던 김도형 형사는 그날의 출동에서 본인의 진면목을 여실히 보여 주었다. 사람 목숨이 경각에 달린 상황이라 꾸밀 시간이 없어 떡진 머리에 비듬을 주렁주렁 매달고, 김치 국물이 묻은 목 늘어난 티셔츠 차림이었던 것이다. 실망하기 보다는 기분이 좋았다. 어떤 남자든 나한테 잘 보이기 위해 힘껏 신경을 쓰는 기색을 발견하면 기분이 좋기 마련이니까.

"지금은 구치소에 수감돼서 조사받는 걸로 알아요. 컴퓨터에서 한두 가지 증거도 발견됐대요. 낙원회 사람들이 얽히고설킨 문란한 관계에 관한 글인데, 이건 저도 아직 구체적인 내용은 몰라요. 제가 추리한 대로 최순자 아주머니의 주의를 그 글에 돌려서 교살을 용이하게 하려고 작성해 놓은 걸로 추정된대요. 갖고 있으면 위험할 게 뻔한 문서인데도 지우지 못한 걸 보니까 확실히 자기 글에 프라이드는 있는 작가예요.

이렇게 증거가 분명한데도 완강히 혐의를 부인하고 있다지만, 마로 씨한테 저지른 끔찍한 짓을 다름 아닌 경찰이 현장에서 목격한 셈이라 끝까지 버티지는 못할 거예요."

"으…… 이 사건에서 탐정인 제 역할은 고작 그거였군요. 머리가 아니라 머리통을 써서 진범을 고발할 줄이야."

강마로는 진심으로 한탄했지만 그의 말이 우스워 결국 웃음보가 터지고 말았다.

"왜요? 마로 씨가 튼튼한 머리통을 가진 덕분에 범인도 현행범으로 체포했고, 무사히 살아남아서 우리가 함께 얘기도 나눌 수 있으니 얼마나 좋아요. 마로 씨는 마땅히 본인 머리통에 감사해야 된다고요."

"놀리지 마십시오. 이제 와서 말이지만 얼마나 아팠다고요. 사건을 해결할 결정적인 열쇠를 준다고 해서 찾아갔더니 열쇠는 고사하고 몽둥이를 주다니……. 차를 끓여온다고 주방으로 갔던 그 여자가 제가 한눈파는 사이에 제 뒤로 와서 몽둥이로 내리쳤어요. 어찌나 세게 맞았는지 그다음부터 기억이 하나도 안 납니다."

"그 여자가 기절한 마로 씨 목에 끈을 감고 조르고 있을 때 제가 찾아온 거죠. 정말 1분만 늦었어도 큰일 날 뻔했어요. 처음에 그 여자는 집에 없는 척을 했는데 제가 계속 문을 두드리고 소란을 피우니까 어쩔 수 없이 저를 안에 들인 거예요. 제가 사람들을 모아서 쳐들어오면 본인이 부상 입힌 마로 씨를 들키니까 차라리 저 한 사람만 들어서 조용히 처리하는 게 낫잖아요. 그렇다고 마로 씨를 그냥 놓을 수는 없으니 부랴부랴 책장의 책을 쏟아서 마로 씨 몸 위에다 덮어 놓은 거죠."

"관 위에다 흙을 뿌리는 것처럼 말이죠. 근데 저를 죽이고 나서는 어떻게 할 생각이었을까요?"

"당연히 저를 노렸겠죠. 그날 제가 학원에서 퇴근해 돌아오면 저역시 집으로 불러서 똑같이 처리하지 않았을까요?"

"그랬을까요……?"

여전히 강마로의 얼굴에는 답답한 기색이 가득했다.

"그동안은 그래도 침착성을 유지하면서 살인을 저질렀던 그 여자가 왜 갑자기 폭주한 건지 도대체 모르겠네요. 원래 본인한테 최대한 혐의가 안 가도록 꼼꼼하게 계획을 세워서 범행하는 스타일이었잖아요. 그런데 왜 갑자기 그렇게 위험한 수를 둔 건지, 병원에서 암만 생각해 봐도 답을 못 찾겠더군요."

"저도 당시에는 몰랐어요. 그 여자가 체포된 그날 밤에 지난 기억들을 하나하나 되짚어보고 나서야 어렴풋이 이렇지 않을까 추측했을 뿐이죠."

"그게 뭔데요?"

강마로는 미약하게 남아 있을 둔통에도 아랑곳없이 머리를 벅벅 긁으며 물었다. 더 뜸을 들이다가는 그가 다시 쓰러질 것 같아 서둘러 대답했다.

"제가 마로 씨를 해고한 날을 떠올려 보세요. 보조 작가 한예지 씨를 신문하고 나오는 길에 소리소리 지르며 싸웠잖아요. 그 여자가 사는 104동 101호 앞에서. 덕분에 그 여자는 다용도실 창문을 통해 우리의 대화를 엿들을 수 있었죠."

"그거야 그렇죠. 근데 뭐 특별한 얘기는 없었는데……."

"저희 입장에서는 그랬죠. 하지만 진범이다 보니 사건을 조사하는 저희의 일거수일투족에 온통 관심이 쏠려 있을 그 여자 입장에서 생각해 보자고요.

그날 마로 씨는 선우진 교수가 교내 성희롱과 관련이 되어 있다는 '후문'을 들먹였고, 또 진실의 '문'이라는 단어를 질리도록 사용했어요. 듣다 못한 제가 '그놈의 문 얘기 좀 그만해요!' 하면서 소리를 빽 지른 것 기억하시죠?"

그 외에 '대체 무슨 문을 열었다는 거죠?', '어디 내가 모르는 다른 문이 있나요?'라는 말도 했었다.

"그 여자는 모든 신경을 집중해서 엿들으려 했지만 거리가 제법 떨어져 있었던 탓에 우리의 말을 백 퍼센트 온전히 듣지는 못했어요. 아마 후문과 문이라는 핵심 단어만 어렴풋이 들었겠죠. 그 순간, 그 여자는 우리가 문과 관련된 트릭을 밝혀냈다고 착각한 거예요.

정상적인 문으로 드나들지 않고, 앞베란다(후문)를 타넘으면서 알리바이를 만들고 시체를 유기한 범인으로서는 우리가 줄기차게 문과 관련된 대화를 나누고 있으니 아무래도 켕기는 게 있을 수밖에 없었죠. 실제 우리의 의도는 전혀 그런 게 아니었지만요.

그 여자는 제가 그놈의 문 얘기 좀 그만하라고 소리 지른 대화의 흐름으로 봐서 탐정인 마로 씨가 트릭을 밝혀냈고, 제가 그걸 부정하고 있다고 확신했어요. 그래서 트릭을 밝혀낸 마로 씨가 첫 번째 타깃이 된 거죠."

"트릭을 밝혀내기는커녕 형보다 능력 없다는 쓴소리에 해고까지 당했는데!"

강마로가 억울해 견딜 수 없다는 양 목소리를 높였고, 나는 두 손을 싹싹 비볐다.

"그날 일은 다시 한 번 사과드릴게요. 아무튼 본인이 범인이라는 사실과 문과 관련된 트릭이 어느 정도 밝혀졌다고 생각한 그 여자는 예전처럼 느긋하게 계획을 짤 시간이 없었어요. 금방이라도 비밀이 폭로될까 두려운 나머지 최대한 빨리 행동에 나설 수밖에 없었던 겁니다. 다소 무리하더라도 바로 다음 날 오후에 마로 씨를, 밤에는 저를 없애려고 했던 거예요.

보조 작가 한예지 씨를 그날 출근시키지 않은 것도 자기 행동의 자유를 위해서 그런 거겠죠.

참, 여기서 드라마라는 가상세계에 매몰된 그 여자의 본성이 또다시 드러나요. 그 여자는 제가 마로 씨를 해고하고 수사를 종료한다는 얘기를 분명히 들었어요. 감정이 격해진 제가 목소리를 한껏 높였으니까요.

드라마에서는 등장인물이 실제 사람처럼 망설이는 법이 거의 없죠. 한정된 방영시간 안에 이야기를 진행시키기도 바쁜데 망설일 틈이 어디 있겠어요? 그러니 일단 뱉은 말은 거의 지켜지고, 다들 칼같이 분명하게 행동하죠.

마지막까지 그 여자는 이해할 수 없었을 거예요. 전날 해고당한 마로 씨가 음성 메시지로 저한테 자기 일정을 보고하고, 모진 말로 면박을 준 제가 마로 씨를 돕기 위해 한달음에 달려왔다는 사실을요. 이야기의 흐름에 일치하는 행동만을 하는 기능적인 등장인물이 아니라 마음이 통하는 사람들은 얼마든지 그럴 수 있다는 사실을 몰랐던 게 그 여자의 패인이었어요."

"우리의 관계가 완전히 끊어진 줄 알았던 그 여자는 낙원아파트

104동 101호라는 거미줄로 우리를 차례차례 유인해 하나씩 잡아먹으려 했던 거군요. 하지만 우리의 관계가 그 여자의 생각보다 굳건해⋯⋯."

강마로가 말을 끊은 부분이 마음에 걸려 그의 얼굴을 응시했다. 그러나 그는 나에게서 고개를 돌려 비가 오는 아파트 단지를 멍하니 바라볼 뿐이었다.

"지혜 씨는 정말 대단합니다. 솔직히 저보다 훨씬 진짜 탐정 같아요. 저하고 똑같이 모든 걸 보고 들었는데⋯⋯ 아, 유일하게 제가 몰랐던 게 하나 있습니다!"

"네, 그게 뭐죠?"

"최순자 씨가 살해당한 날 술에 취해 귀가하던 지혜 씨가 남성용 점퍼를 입었다는 사실요. 그거 저한테 말해 주지 않았잖아요? 아, 그것만 알았어도⋯⋯."

나는 두 주먹을 불끈 쥐고 어깨를 부르르 떠는 강마로의 투정에 다시금 비는 시늉을 했다.

"그건 정말 미안해요. 처음에는 중요하다는 생각을 못해서 완전히 까먹고 있었어요."

앙금이 남은 강마로는 입을 삐죽거리며 몇 마디를 더 하려는 듯하다가 포기했는지 한숨을 내쉬었다.

"됐습니다. 제가 미리 알았다고 해서 맞췄을 거라는 보장도 없죠. 자, 됐어요. 이제 더 이상 궁금한 것도 없습니다. 억지로 찾아보면 하나 있긴 하지만 별로 중요한 것도 아니고요."

"뭔데요?"

"신 작가의 비밀요. 최순자 씨가 그녀의 어떤 비밀을 알았기에 죽일 마음까지 먹었는지 궁금합니다. 뭐 지금으로서는 알 수 없지만 나중에 경찰이 밝혀내겠죠."

"그것도 알고 있어요."

"네?"

퉁방울같이 눈을 치켜뜬 강마로는 숫제 비명을 내질렀다. 나는 득의양양하게 미소를 짓고 설명에 나섰다.

"김도형 형사님이 그 여자의 방을 수색했을 때 무슨 수첩 같은 게 하나 나왔어요. 무지하게 낡고 더러운 수첩이었는데, 제목이 「악행록(惡行錄)」이었죠."

"거창하네요."

"들어보세요. 형사들이 조사해 보니까 그 수첩에 쓰인 필적이 글쎄, 최순자 아주머니 거였대요."

"그럼?"

"최순자 씨를 죽였을 때 그 여자가 훔쳐놓은 거겠죠."

"거기에 뭐가 쓰여 있었는데요?"

궁금증이 극에 달한 강마로가 엉덩이를 움직여 나와의 거리를 확 좁혀왔다.

"최순자 아주머니 수첩이니 뻔하죠. 온갖 추잡한 소문과 불륜 얘기가 적혀 있었대요."

"신 작가도 그런 얘기를 좋아했나요? 왜 군이 증거가 될 만한 물건을 지니고 있었죠?"

강마로는 머리를 긁적였고, 나는 피식 웃으며 설명을 계속했다.

"김도형 형사님을 비롯한 형사들도 이유를 모르겠다고 하더라고요. 혹시 제가 읽어 볼 수 없냐고 물어보니까 조사를 마친 다음에 그렇게 하라더군요. 한번 쭉 읽어 보고 바로 답을 알았죠."

"그게 뭡니까?"

"「악행록」에 나오는 어느 집의 기상천외한 불륜 얘기가 그 여자 드라마 「열애」랑 똑같았던 거예요. 바쁜 형사님들이 드라마 볼 시간이 어디 있었겠어요? 근데 저는 한 회도 빼놓지 않고 다 봤으니 모를 수가 없잖아요. 게다가 한 번만 그런 것도 아니었어요. 두 번째 작품인 「라일락 꽃말은?」에 나온 얘기도 있었으니까요."

"허, 표절이었나요?"

"그런 셈이죠. 그렇다고 다 베낀 건 아니고 일부분만 가져온 거지만요."

"그럼 큰 문제는 아니잖아요?"

"그렇죠. 하지만 자기 작품에 대해 병적일 정도로 자존심이 강한 사람이니 조그마한 표절도 자기 명예에 누가 된다고 생각했을 거예요. 저는 찬찬히 어떤 일이 일어났을지 상상해 봤어요. 낙원회에 뒤늦게 가입한 신영채라는 여자가 드라마 작가라는 걸 알게 된 최순자 아주머니는 기가 막힌 이야깃거리가 있다면서 「밀애」에 나오는 불륜 얘기를 해 준 거예요.

그 얘기에 홀딱 반한 신 작가는 자기 데뷔작에 주요 에피소드로 그걸 써먹게 되죠. 시간이 지나 드라마가 방영되면서 자기 얘기가 쓰인 걸 알게 된 최순자 아주머니는……."

"돈을 달라고 협박했군요?"

강마로가 다 알았다는 양 고개를 끄덕거렸다.

"어쩌면요. 근데 아주머니가 살아온 모습을 보면 꼭 돈이 아니라 어떤 인정을 받고 싶었던 것 같기도 해요. 나는 말도 안 되는 헛소문만 퍼뜨리는 구제불능의 소문쟁이가 아니다. 유명 드라마 작가가 내 얘기를 자기 작품에 쓸 정도로 영향력이 있는 사람이다. 앞으로도 내 영향력을 앞세워 이 세상에 널리 만연된 불륜과 위선을 폭로하는 정의의 사도로 살겠다.

만약 이러한 일련의 생각을 한 아주머니가 돈을 떠나 신 작가 작품에 자신이 어떤 역할을 했는지 폭로하라고 주문했다면요? 모든 영광은 천재 작가인 자기 혼자만 독점할 수 있다고 믿는 그 여자라면 당연히 살의가 들끓었겠죠. 덤으로, 앞으로도 무궁무진하게 써먹을 수 있는 「악행록」도 입수할 수 있고요.

그것만으로도 자기 손으로 저승문을 연 셈인데, 자기와의 연관성을 밝히지 않으면 다음 주에 여러 사람 앞에서 공개하겠다고까지 하니 살인은 필연적으로 일어날 수밖에 없었던 거예요."

"고작 그런 이유로…… 별로 문제될 것도 없는 사소한 일 때문에 최순자 씨가 죽고, 아무 잘못도 없는 지혜 씨까지 덩달아 죽을 뻔했다니 정말 화가 치미네요."

"저희들뿐만 아니라 마로 씨도 죽을 뻔했죠."

"저야 괜찮습니다만…… 이제 진실을 다 알았는데도 그날 일이 전혀 기억 안 납니까?"

"네, 완전히 사라진 것 같아요. 그래도 무슨 일이 있었는지 대충 짐작은 가요."

"정말입니까? 그것도 들려 주세요!"

옛날이야기를 보채는 아이처럼 눈빛이 초롱초롱한 강마로가 귀여웠다.

"그날 제가 얘기했던 치명적인 실수를 깨달은 그 여자는 반드시 저를 죽여야 했어요. 그런데 보조 작가 한예지 씨가 그 주 일요일까지 한국에 없잖아요. 그러니 최순자 아주머니 때와 똑같이 한예지 씨를 이용해서 알리바이를 만들 수도 없는 노릇이죠. 그뿐만이 아니에요. 어느 정도 연세가 있고 살집도 있는 최순자 아주머니로 변장하는 건 그럭저럭 가능했지만, 열 살 가까이 어린 데다가 키나 체형도 차이가 많이 나는 저로 변장하는 건 좀 자신이 없었을 거예요."

"그렇죠. 지혜 씨랑 거의 10센티미터 차이가 나고, 또 그 여자는 그냥 깡마르기만 했지만 지혜 씨는 늘씬하면서도……."

강마로의 입을 막기 위해 서둘러 말했다.

"결국 그 여자는 방법을 바꿔 후문 길 화단에 숨어서 저를 노리기로 결정했는데, 한예지 씨가 없는 게 여기서는 장점으로 작용했어요. 감시자가 없어진 셈이니 얼마든지 자기 멋대로 움직일 수 있는 상황이었죠.

실제 사건은 금요일에 일어났지만 그 여자는 어쩌면 수요일부터 금요일까지 매일 제 퇴근시간에 맞춰 나와 있었을지도 몰라요. 마침 제 주변에 저랑 같은 길을 가는 행인이 있다든지 하면 그날은 포기할 수밖에 없었을 테니까요. 모든 조건이 딱 맞은 날이 19일 금요일이었던 거죠.

그 여자는 오후 6시까지 작업해서 원고를 피디에게 보내놓고 여느 날처럼 집 밖으로 나왔어요. 모르긴 몰라도 저를 죽이려고 후문 길 화단에 숨어서 네다섯 시간 넘게 기다렸을 걸요. 제가 언제 퇴근할지 모르니 마냥 기다려야 하는데, 그날은 야근 때문에 평소보다 많이 늦었으니까요. 그 추운 날, 네다섯 시간을 덜덜 떨게 만들었으니 그건 좀 고소하네요."

"참 나, 까딱 잘못했으면 장례식 치를 뻔한 사람이 고소할 것도 많습니다."

"혼자서 후문 길을 걸어오는 나를 보자 그 여자는 쾌재를 부르면서 화단 안쪽으로 저를 불렀을 거예요. 아마 마로 씨 얘기처럼 지갑이나 열쇠 같은 걸 찾아 달라고 부탁했겠죠."

"어, 그 여자가 후드 같은 걸 뒤집어써서 정체를 숨기거나 다른 사람인 척했을 수도 있잖아요?"

"확실하진 않지만 저는 그 여자가 자신의 본 모습을 드러내고 저를 유인했다고 믿어요."

"왜요?"

"솔직히 저, 마로 씨 얘기처럼 그렇게 착하지 않아요. 야밤에 그 으슥한 곳에서 낯선 사람이 부탁했다면 죽어도 들어가지 않았을 거예요. 제가 믿고 좋아하는 선생님인 걸 확인했으니까 들어갔겠죠. 또 제가 10시 50분쯤에 거기 도착했는데, 칼에 찔린 시간은 11시였다면서요.

그 여자가 정체를 숨긴 상태였다면 들키지 않기 위해서라도 최대한 재빨리 저를 찔렀겠죠. 10분 동안 분실물을 함께 찾는 척하고, 길가에 행인이나 자동차가 전혀 없는 타이밍을 본 거였다면 얼추 맞지 않을까요?"

"그런가요?"

여전히 고개를 갸웃거리는 강마로에게 설명을 마저 했다.

"낙원회에서 제일 먼저 문병 온 사람이 그 여자인 것도 그래서일 거예요. 칼에 찔려 꼼짝없이 죽었을 거라고 생각한 제가 구사일생으로 살아났으니 얼마나 무서웠겠어요. 만약 그 여자가 정체를 숨기고 있었다면 굳이 찾아와서 긁어 부스럼을 만들 필요가 없죠. 제가 그 여자의 정체를 똑똑히 목격했으니 겁이 났던 거예요.

그래서 여차하면 다시 제대로 죽일 마음까지 품고 문병을 빙자해 병원에 왔는데, 다행인지 불행인지 제가 당시의 기억을 잃은 거예요. 인적이 뜸한 후문 길도 아니고, 경찰이 쫙 깔린 병원 한복판에서 위험을 무릅쓰고 재시도할 필요가 아예 없어진 셈이죠.

스타 작가가 된 그 여자가 그 후로도 별 볼일 없는 저랑 친밀하게 지낸 이유도 마찬가지예요. 언제 기억이 되살아날지 모르니 되도록 곁에 두고 감시하고 싶었던 거죠. 아, 마로 씨랑 그 여자 집에 갔을 때 처음에는 문전박대 당했던 것 기억나요? 그러다 마로 씨가 탐정이라는 걸 밝히자 안면 싹 바꾸고 환대했잖아요. 그것도 얘들이 어디까지 알고 있나 궁금해서 캐보려는 목적에서였겠죠."

"불행이라고 생각했던 기억상실증 때문에 목숨을 건졌으니 지혜 씨는 결국 끝내주게 운이 좋은 사람이었던 겁니다."

"맞아요. 저만큼 운이 좋은 사람은 없을 거예요. 다 포기하고 망가질 수도 있었는데, 운 좋게 마로 씨를 만난 덕분에……."

"그런 말씀 마세요. 제가 뭘 했다고요. 이번 사건은 처음부터 끝까지 전부 지혜 씨가 해결한 겁니다. 스스로의 손으로 난관을 극복하고 앞길을 헤쳐 나간 거죠."

"아니에요, 고마워요……."

마침내 모든 설명이 끝나자 미묘한 침묵만이 흘렀다. 갑작스레 서먹해진 분위기에 무슨 얘기를 꺼내야 하나 고민하는데 강마로가 먼저 입을 열었다.

"오늘이…… 2016년 7월 2일이네요. 2016년 7월 2일자로 낙원아파트 사건은 공식적으로 끝났습니다. 이번에야말로 틀림없어요. 더 이상 저 탐정 강마로도 할 일이 없을 것 같네요."

우리의 수사가 공식적으로 끝났다는 말이 왠지 서운하게 들렸다. 나는 애써 입가에 웃음을 띠우고 말했다.

"그동안 수고 많으셨어요. 수임료는……?"

"제가 한 일이 없으니 일체의 수임료는 받지 않겠습니다."

강마로의 단호한 거절에 가슴속에 찬바람이 이는 기분이었다.

"그러지 마세요. 얼마나 고생하셨는지 뻔히 아는데 그냥 끝낼 수는 없어요."

"아닙니다. 앞으로 탐정 일을 해 나가는데 귀한 자산이 될 수련을 끝낸 것만으로도 대만족입니다. 그러니 이 얘기는 더 이상 하지 말아 주세요."

강마로가 이렇게까지 나오자 꿀 먹은 벙어리가 될 수밖에 없었다. 조금씩 그쳐가는 비처럼 우리의 관계도 여기서 그치는 걸까. 여전히 어색한 기운이 흐르는 가운데 몇 번이나 입을 달싹이던 강마로가 어렵사리 얘기를 꺼냈다.

"저기, 사실은…… 지혜 씨와 낙원아파트 사건을 함께 수사하면서 여러모로 참 행복했습니다. 말로 표현하기는 뭐한데, 마치…… 무슨 애인이랑 알콩달콩하는 것처럼 즐거웠고…… 또 지혜 씨의 부드럽고 배려심 깊은 성격을 알면 알수록…….."

지지부진하게 흘러가던 얘기가 뒤로 갈수록 잦아들어 형체도 없이 사라지고 말았다. 얘기가 점점 이상하게 진행된다고 느끼던 시점부터 붉어지고 있던 내 얼굴은 완전히 홍당무가 된 상태였다.

"지혜 씨는 파트너로서도 손발이 착착 맞는 분이었어요. 그래서 가끔 부질없는 상상을 해 본 적도 있습니다. 제가 탐정사무소를 열면 조수로 모셔서 곁에서 오래오래…….."

뻔뻔스러울 정도로 말도 잘하는 강마로가 자꾸 내 앞에서 중언부언하며 꽈배기처럼 몸을 꼬는 모습이 견딜 수 없을 만큼 사랑스럽게 느껴지는 것부터가 문제였다!

하지만 문득 생각이 꼬리를 물었다. 강마로는 키도 크고 어디 가서도 빠지지 않을 만큼 잘생겼으며 한번 시작한 일은 끝을 보는 열정적인 성격인 데다가 같이 있으면 딴생각이 들지 않을 만큼 재미있고…… 무엇보다 남을 돕는 걸 좋아하는 마음이 참 따뜻한 사람이니까.

물론 탐정같이 돈도 안 되고 허황된 일에 보조를 맞춰 줄 생각은 없었지만 그거야 사귀면서 귀에 못이 박이도록 설득하면 될 일이다. 몇 가지 투자를 멋지게 성공시켰던 사람이 다른 일은 왜 잘하지 못하겠는가. 잘난 형보다 훨씬 잘되도록 내가 도우면 된다. 그의 말처럼 곁에서 오래오래…….

두근거리는 심장을 억누르면서 대답을 하려고 할 때 강마로가 치고 나왔다.

"하지만 역시 지혜 씨를 모실 수는 없겠습니다. 이번 일을 하면서 새삼 깨닫게 되었어요. 탐정은 위험과 떼려야 뗄 수 없는 존재. 보세요. 까딱하면 저도 죽을 뻔했잖아요. 이렇게 안전이 보장되지 않은 일에 지혜 씨를 끌어들일 수는 없습니다. 앞으로도 쭉 탐정으로 살아갈 제 곁에 있으면 지혜 씨도 위험해져요……. 우리 사이는 여기서 끝내는 게 맞습니다."

예상과는 전혀 다른 단호한 말투로 선언을 끝낸 강마로는 평상에서 벌떡 일어나 아직도 부슬부슬 내리고 있는 빗속으로 뛰쳐나갔다. 너무 놀라 입도 벙긋 못하던 나는 그제야 상황을 파악하고 얼굴에 찬물이 끼얹어진 듯한 모욕감을 느꼈다. 현실 감각이라곤 약에 쓰려도 찾아볼 수 없는 저따위 탐정 오타쿠 놈이 지금 나를 퇴짜 놓은 건가?

"야, 강마로!"

내가 버럭 소리를 지르자 강마로의 두 발이 우뚝 멎었다. 나는 그의 훤칠한 뒷모습을 향해 그간 참아왔던 모든 분노를 폭발시켰다.

"이 개새끼야! 좆같은 소리 집어치워, 씨발놈아!"

강마로의 왼쪽 다리가 풀썩 꺾였다. 설마 내가 멍게, 해삼, 말미잘 등을 찾을 거라고 생각했나. 웃기지 마. 내 입이 더 더러워질까 봐 참았던 것뿐이지, 나도 이런 욕설쯤은 할 줄 아는 여자라고!

강마로의 등을 향해 몇 번 더 욕을 내뱉는데 생각지도 않은 눈물이 쏟아졌다. 철철 흐르는 눈물을 주먹으로 훔치며 이젠 발음이 뭉개져 제대로 되지도 않는 욕을 계속했다.

처음에는 강마로 때문이라고 생각했지만 꼭 그런 것 같지만도 않았다. 짧지 않은 서른 해를 살면서 내가 겪었던 모든 억울함과 슬픔이 일거에 터져 나온 기분이랄까. 강마로를 앞에 두고 어린애처럼 엉엉 우는 것도 더 이상 그다지 부끄럽지 않았다. 목 끝을 꽉 막고 있는 살구 씨 같이 답답한 뭔가가 쑥 내려가는 느낌이 그저 후련할 뿐이었다.

그렇게 나는 영원히 그칠 것 같지 않은 빗속에서 오래오래 울었다.

**그리고 한 달 뒤…….**

문을 열고 나온 박기태 대리님은 내 기운을 북돋아주려는 듯 환
하게 웃었다. 최순자 아주머니가 살해당한 날, 내게 점퍼를 벗어 준
대리님의 친절 덕분에 진범을 체포했다고 하면 믿어 주려나. 지금
무슨 소리를 하는 거냐며 눈을 동그랗게 뜨겠지?

나는 꼬박 1년 만에 보는 대리님의 웃음에 미소로 화답하고 회장
실 문을 향해 또각또각 걸음을 옮겼다.

"잘해!"

문 앞에서 대리님은 오른손 주먹을 불끈 쥐며 파이팅 자세를 취
했다. 대리님의 주먹에 내 주먹을 살짝 맞부딪치고 문에 두 번 노크
했다.

"들어와요."

회장실 안에서 들린 비서실장님의 허락에 주저 없이 문을 열었다.

역시나 1년 만에 들어와보는 회장실은 내가 있을 때와 비교해 조금도 변한 게 없었다. 생활신조가 검소와 절제라는 회장님의 방답게 책상과 응접세트 등의 가구는 전부 중고였지만 수수한 기품이 느껴졌고, 먼지 한 점 떨어져 있지 않은 청결 상태도 인상적이었다. 새삼스레 나 한 사람 빠져도 누군가가 득달같이 튀어나와 빈자리를 메우고 세상은 여전히 어제와 다를 바 없이 돌아간다는 현실을 절감했다.

뜻하지 않은 깨달음에 한결 겸손해진 심정으로 주변을 둘러보았다. 여느 때처럼 회장님은 중후한 책상 뒤에 몸을 반쯤 누운 자세로 앉아 계셨고, 40대 초반의 비서실장님은 응접세트에서 나를 부르는 손짓을 하고 있었다. 이 두 분 때문에 스트레스 받은 일이 샐 수 없을 만큼 많았는데도 막상 얼굴을 보니 뭐가 예쁘다고 이리 반가운지…….

먼저 회장님에게 정중하게 인사를 드리고 응접세트로 다가가 앉았다. 앞머리가 시원하게 벗겨지고 뒷머리만 남은 회장님을 닮아가는지 안 본 사이 비서실장님의 머리숱은 부쩍 적어져 있었다. 아, 비서실장님은 미래로 회장님의 삼남이다. 장남은 부회장, 차남은 전무로 계신다.

"반가워, 지혜 씨. 잘 지냈어?"

비서실장님이 금테안경을 고쳐 쓰며 물었다. 70대의 연배에도 기골이 장대하고 인상이 험해 무표정하면 무섭게 느껴지는 회장님과 달리 언제나 웃는 얼굴에 소년처럼 천진한 구석이 남아 있는 비서실장님은 마주 대해도 별 부담이 없다.

"네."

"아버지, 미스 유 기억나시죠? 꼭 드릴 말씀이 있다고 해서 불렀습니다. 괜찮죠?"

비서실장님이 고개를 왼쪽으로 돌려 회장님을 보며 물었다. 하늘색 와이셔츠에 요란한 무늬가 프린트된 넥타이를 맨 회장님의 살찐 두 턱이 미세하게 위아래로 움직였다.

"그래, 지혜 씨. 할 말이 뭐야? 회장님 금방 나가 보셔야 돼."

나는 짧은 심호흡으로 두근대는 가슴을 가라앉혔다. 여기 오기 전에 몇 번이나 다짐한 대로 차분하게 나의 진심을 전달해야 했다. 그 진심이 받아들여지든 그렇지 않든 결과는 중요하지 않았다. 인생에서 단 한 번만이라도 주저하지도, 남 탓하지도, 핑계대지도 않고 내가 진정 원하는 걸 솔직하게 말해 보고 싶을 따름이었다.

"저 유지혜, 미래로자전거 비서실에 복귀하고 싶습니다."

나지막하지만 신념이 담긴 어조에 비서실장님은 요 녀석 봐라 하는 표정이었다. 비서실장님은 아마도 나와 관련된 서류로 보이는 종이를 눈높이까지 들고 훑어보았다.

"지혜 씨는 윤덕규 교수님 추천으로 입사했지? 28개월 동안 잘 근무하다가 그 사고 후유증으로 제대로 업무를 못 봐서 퇴직했네? 지금은 괜찮아졌다고 확신할 수 있을까?"

나는 문서를 내린 비서실장님의 눈을 똑바로 응시하며 대답했다.

"네. 비서 업무를 수행하는 데 있어 어떤 문제점도 없다고 단언할 수 있습니다. 필요하다면 확실한 보증이 담긴 진단서도 첨부하도록 하겠습니다."

"그게 그렇게 쉽게 되나? 작년 여름에는 내가 볼 때도 꽤 심각했는데…….."

"문제의 원인을 제거했기 때문입니다."

"응?"

"제 손으로 직접 범인을 잡아서 미지의 불안과 공포를 극복했습니다."

"아니, 말이 돼? 지혜 씨가 무슨 탐정도 아니고."

"가능했습니다. 그동안 미래로 비서실에서 배운 여러 가지를 활용한 덕분에요."

그래도 납득이 안 간다는 얼굴의 비서실장님이 고개를 저을 때 회장님이 한마디를 던졌다.

"자세히 설명해 봐."

"비서로 일하면서 저도 모르게 몇 가지 기술이 계발된 것 같습니다. 첫 번째로 논리성이 그것입니다. 회장님께선 쓸데없이 긴 보고에 질색을 하시잖아요. 그러니 언제 어디서 어떤 문제가 왜 생겼고, 누가 어떻게 해결하면 된다는 핵심 내용만 논리적으로 요점 정리해 보고하는 훈련이 자동으로 이뤄질 수밖에 없었습니다. 이처럼 매사를 논리성에 입각해 사고하는 습관으로 인해 복잡하게 얽히고설킨 살인사건을 차근차근 풀어낼 수 있었습니다.

두 번째는 주의력과 관찰력입니다. 회장님께서 무심코 던진 말씀이나 찡그린 표정 같은 사소한 단서 하나하나에서 회장님의 심기를 파악하고 업무의 실마리를 풀어 나가는 경우가 많다 보니 그런 신호를 감지하는 데 필요한 주의력과 관찰력이 예전보다 올라간 것 같습니다. 살인사건 수사에서 예리한 주의력과 관찰력만큼 중요한 게 또 있을까요?

세 번째는 의사소통 능력입니다. 회장님과 비서실장님은 물론이고, 여러 부서의 직원들이나 거래처 분들 등 다양한 분야의 사람들과 업무 관련 의견을 조율하다 보니 자연히 커뮤니케이션 능력이 향상되었습니다. 사건을 수사하면서 많은 용의자들을 만나 정보를 얻어내야 했는데, 특히 이 점에서 향상된 커뮤니케이션 능력이 주효한 효과를 발휘했습니다.

마지막으로 사실을 그 자체로 냉철하게 판단하는 기술입니다. 제 또래의 다른 젊은이들처럼 저도 처음엔 사실보다는 감정이 앞섰고, 그대로 보고 드리면 심기가 불편하실까 봐 사실을 축소했다가 불호령을 들은 적도 있습니다. 기왕이면 회장님 기분 좋으시게 희망적인 예상 위주로 보고했다가 눈물이 쏙 빠지게 혼난 적도 몇 번 있었고요. 일련의 경험을 토대로 객관적인 사실에 입각해 일을 진행해 나가는 것만이 성공의 토대라는 걸 무엇보다 절감했습니다. 이번 수사에서도 최대한 검증된 사실만을 모아 추리의 기반을 세우고, 그 기반 위에 차곡차곡 논리의 탑을 쌓아 마침내 진범을 체포할 수 있었습니다."

"와!"

감탄했다는 기색을 여실히 드러낸 비서실장님은 박수까지 치며 나를 치하했다.

"지혜 씨, 대단하네! 완전 프로 탐정이야. 이참에 비서 말고 경찰계로 나가보는 게 어때?"

농으로 던진 말씀이었겠지만 나는 단호하게 고개를 가로저었다.

"싫습니다. 제가 근무하고 싶은 곳은 경찰서가 아니라 미래로자 전거 비서실이에요. 솔직히 말씀드려서 처음에는 비서 일이 그다지 내키지 않았습니다. 워낙 취업난이 심각하다 보니 잠시 폭우나 피해가자, 라는 심정이 더 컸습니다. 그때만 해도 비서가 하는 일이 커피나 타고, 손님 접대나 하면서, 상사와 농담 따먹기나 하는 눈요깃거리라는 편견을 갖고 있었거든요. 하지만 비서실에서 단 며칠만 일해 보고도 제 생각이 틀렸다는 걸 절실히 깨닫게 되었습니다.

제가 본 비서는 회사의 경영자가 본연의 업무에 집중할 수 있도록 곁에서 온갖 일들을 처리하고 보좌하는 사람입니다. 회사라는 조직이 워낙 방대하다 보니 여러 부서의 일들이 동시에 몰리면 그렇지 않아도 바쁜 경영자가 일일이 통제하기 힘들잖아요. 그때 비서가 사람 몸으로 비유하면 회사의 심장이신 회장님의 지시를 몸 곳곳으로 퍼뜨리는 혈액 같은 역할을 대신하는 것입니다. 한마디로 어떤 회사에서도 반드시 필요한 필수적인 존재였던 거죠. 이렇게 중대한 일을 하면서 덤으로 방금 말씀드린 자기계발도 이뤄집니다. 세상에 이보다 더 보람찬 일이 또 있을까요?

물론 좋은 점이 이것만 있는 건 아닙니다. 비서 일을 하면서 저는 꿈을 꿀 수 있었습니다. 여덟 살 때 월남해서 혈혈단신으로 이렇게 멋진 회사를 일궈낸 회장님의 돈으로도 살 수 없는 경험과 직관을 지근거리에서 습득하다 보니까 언젠가는 저도 해낼 수 있을 거라는 자신감이 붙었습니다. 그렇게 차곡차곡 저만의 꿈을 쌓아가는 느낌에 하루하루가 행복했습니다.

무엇보다 저는 미래로자전거가 진심으로 좋습니다. 비서실뿐 아니라 다른 부서 사람들도 모두 좋아요. 회사가 조금씩 발전할수록 제 일처럼 기쁘고, 안 좋은 기사라도 나면 하루 종일 우울합니다. 살면서 이런 소속감을 느껴본 곳은 이 회사 말고 없어요.

저는 그리 넉넉하게 살아오지도, 특출 나게 성적이 뛰어나지도, 어떤 빛나는 재능을 가지지도 못했습니다. 그러다 보니 부모님의 바람이나 성적에 맞춰 적당한 대학을 갔고, 때가 돼서 적당한 취직 자리를 찾았습니다. 단 한 번도 제 가슴이 진정으로 뛰는 뭔가를 찾지 못하고 어영부영 시간만 흘려 보냈습니다. 그러다 마침내 찾은 곳이 우리 미래로자전거입니다.

그러나 저는 불의의 사고로 간신히 찾은 보금자리에서 제 자리를 박탈당하고 말았습니다. 전 그게 분해서 견딜 수가 없어요. 제 자의가 아니라 누군가의 악의 때문에 원치 않는 피해를 봐야 한다는 사실을 참을 수가 없어요. 저 이대로 포기하지는 않을 거예요, 절대로!

오늘 실례를 무릅쓰고 찾아뵌 것도 이 말씀을 드리기 위해서였습니다. 저는 더 이상 웅크려 있지 않고, 벌떡 일어나서 제 것을 반드시 되찾겠습니다."

뒤로 갈수록 감정이 고조되어 이야기가 끝날 즈음에는 목이 메었다. 금방이라도 쏟아질 듯한 눈물을 참으려고 애써 눈에 힘을 주는데 회장님의 투박한 목소리가 들렸다.

"미스 유가 시장 앞에서 연설하는데 잘못 철한 원고 갖다 준 바람에 큰일 날 뻔했지."

"어휴, 시작하기 직전에 제가 발견하고 부랴부랴 다시 갖다드려서 살았잖아요."

난데없이 부자가 내 실수담을 늘어놓기 시작해 몸 둘 바를 모를 지경이었다.

"그건 입사 초기라서……."

회장님이 내 말을 끊고 당신의 말씀을 이어 나갔다.

"결혼식 봉투에다가 근조(謹弔) 도장 찍어서 난리 난 건 또 어떻고?"

"그뿐인 줄 아세요. 인도 바이어가 왔다 갈 때마다 부채 선물만 하니까 나중에는 제발 그만 좀 달라고 하더라고요."

미래로자전거 비서실에서 전설처럼 회자되는 내 치명적 실수들이 하나둘씩 튀어나오자 붉어져 가는 얼굴을 통제하기 불가능했다. 울상을 지으며 변명하려는 순간 회장님이 말했다.

"하루가 멀다 하고 실수 연발인 비서는 생전 처음이었어. 윤 교수 얼굴 봐서 참은 거지. 그 한 반년쯤 지나니까 그제야 좀 쓸 만해지더구만."

"자기 몫은 충분히 하는 비서가 됐죠."

"그럼 우리가 사람 만들었구먼. 기왕에 사람 만들어 놓고 안 쓰는 것도 아깝잖아?"

의외의 흐름으로 전개되는 부자간의 대화에 가슴이 쿵쾅쿵쾅 뛰었다.

"미스 유, 일단 알았네. 오늘은 바쁘니까 이만 돌아가 보고, 우리끼리 좀 더 얘기해 볼 테니까 재원이 연락 기다리도록 해. 집까지 택시비가 얼마나 나오지?"

느닷없는 회장님의 질문에 나도 모르게 손사래를 쳤다.

"아니에요. 버스 타고 가면 돼요."

"됐네. 얼마나 나오지?"

회장님이 계속 묻는데 답변을 꺼리는 것도 실례인 듯해 얼추 맞을 듯한 1만 원을 불렀다.

"재원아, 돈 좀 있냐?"

"아이 참, 돈 많은 회장님이 지금 월급쟁이 아들한테 손 벌리시는 겁니까?"

"시끄러워. 거 빨리 미스 유한테 택시비 좀 줘라."

비서실장님은 짐짓 투덜대면서도 흔쾌히 지갑을 꺼내 1만 원을 전해주었다. 내가 송구스러운 자세로 돈을 받자 회장님이 언짢은 말투로 한마디를 보탰다.

"이놈 참, 갈 때 택시비만 주면 어떡하냐? 2만 원 줘라."

"아이고, 오늘 막내아들 지갑 거덜 납니다."

2만 원을 받고 회장실을 나오다 눈물이 왈칵 쏟아질 뻔했다. 미래로자전거를 선택한 내 판단이 틀리지 않았음을 확인받는 것 같아 온통 마음이 뿌듯했다. 나는 잠시 박기태 대리님을 비롯한 비서실 사람들과 수다를 떨고 다음을 기약하며 회사를 나왔다.

8월의 첫째 주다운 후끈한 열기와 눈을 찌르는 강렬한 햇빛이 몸속의 활력을 남김없이 깨워 주는 기분이었다. 잠시 거리에서 일광욕을 하다가 집에 가기로 했다. 돈도 아낄 겸 버스를 탈까 하다가 회장님 말씀에 따르는 게 비서의 도리 같아 택시를 탔다. 월요일 오후 3시에도 느긋하게 볼일을 볼 수 있다는 게 꿈만 같았다.

나는 지난주 금요일 부로 용문학원을 그만두었다.

낙원아파트 사건을 재수사하면서 많은 게 바뀌었지만 세상에는 쉽게 변하지 않는 것도 물론 있었다. 용문학원 원장님은 마지막 달의 불성실한 근무 태도와 날 대신할 선생이 구해지지도 않았는데 그만두는 행위를 문제 삼아 월급의 80퍼센트만 지급했다.(그나마 받은 돈의 10퍼센트는 수미, 정희, 애리에게 털렸다.) 조금 억울한 마음도 들었지만 원장님 말마따나 수사와 그 뒤처리 때문에 어느 정도 불성실했던 것도 사실이라 겸허하게 받아들였다. 뿐만 아니라 마지막 날까지도 이소영 선생님은 나를 뺀 채 마카롱을 돌렸고, 김기훈은 잊지도 않고 여자화장실의 불을 껐다. 내 후임이 누구일지 모르지만 진심으로 애도를 바친다.

미래로자전거 복귀가 결정되지도 않은 판에 학원을 미리 그만둬도 되는 걸까 하는 생각을 안 해 본 건 아니다. 학원 일도 비서 일 못지않게 여러 장점이 있었던 게 사실이었고, 아이들의 실력이 쑥쑥 늘 때의 보람도 없다면 거짓말이다. 그러나 사람마다 진짜로 원하는 일이 한 가지쯤은 있게 마련이고, 적어도 내게 그건 학원 강사는 아니었다. 그 일을 진정 원하고 잘하는 사람이 내 뒤를 이어 나보다 훨씬 좋은 선생님이 되어 주기를 바랄 뿐이다.

낙원아파트 후문에서 내려 아지트인 평상을 지나 단지 중앙으로 나왔다. 8월부터 매주 월요일에는 장마당이 선다더니 신선한 해산물과 족발, 과일 등을 파는 트럭이 공터를 가득 메우고 있었다. 시골 장터처럼 정겨운 풍경을 구경만 하다가 모처럼 착한 딸이 돼 볼까 하는 마음에 엄마에게 문자를 보냈다.

오늘 간쇼새우 해 줄 테니까 아빠랑 일찍 들어와.

해산물 트럭에서 새우를 비닐봉지에 담아주는 동안 무심코 낙원아파트 단지를 둘러보았다. 어떠한 마음의 고민도 없이 평일 낮에 보는 낙원아파트가 왠지 사랑스럽게 느껴졌다. 실금이 잔뜩 가고, 페인트칠이 벗겨져 가는 낡은 외벽과 여전히 기운을 잃지 않고 뛰노는 윤태일 회장님의 손자 무리마저 그렇게 보인다니 내 눈에 뭔가가 단단히 씐 모양이다. 시골처럼 느티나무 아래 제대로 만든 평상이 있는 것도 아니고, 책상 서랍처럼 층층이 수백 명이 먹고 자는 기괴한 거주 공간에 불과하지만 그럼에도 사람 사는 온기가 느껴지는 곳이 아닌가!

30년에 가까운 낙원아파트의 역사 속에는 이 아파트를 거쳐 갔거나 나처럼 여전히 머물고 있는 수많은 사람들의 추억이 있고, 행복이 있고, 무엇보다 만들어진 드라마가 아니라 진짜 이야기가 있다. 언제까지 낙원아파트에 살지는 모르겠지만 앞으로도 계속 즐거울 거라는 기분 좋은 예감을 느끼며 나는 집으로 향하는 걸음을 뗐다.

사건이 완전히 끝난 후의 낙원아파트에서는 변한 것도 있고, 변하지 않는 것도 있었다.

지금까지도 텔레비전에서 후속 뉴스가 보도되고 있는 신영자는 감옥에서도 집필을 허락해 달라며 청원 중이지만 쉽지 않을 거라는 후문이다. 가장 끔찍한 사실은 그녀의 열혈 팬들이 온라인상에서 집필 허락 지지서명을 벌써 1만 명 넘게 받았다는 것이다.

횡령 사실이 밝혀진 윤태일 회장님은 낙원회의 모두에게 사죄하고 회장직에서 사임할 뜻을 밝혔으나 회원들이 마지막 기회를 주는 쪽으로 뜻을 모아 다시금 열렬히 봉사활동을 하고 있다. 갑자기 학원을 그만두는 바람에 정신이 없어 저번 활동 때는 빠졌지만 다음부터는 나도 함께할 계획이다.

놀랍게도 여전히 교편을 잡고 있는 선우진 교수는 눈독을 들이던 신 작가가 없어져서인지 정식회원을 탈퇴했다. 나와는 언젠가 스친 적이 있지만 서로 인사도 하지 않았다.

최순자 아주머니 사건의 진실을 밝히기 위해 어쩔 수 없이 불륜 사실이 폭로된 은우 언니, 김우석 씨, 슬희야말로 최고의 극적인 변화를 맞이한 인물들일 것이다.

친정으로 떠났던 은우 언니는 며칠 전에 시녀처럼 뒤따르는 남편을 데리고 집으로 돌아왔는데, 예전의 신경쇠약 증상은 어디 갔는지 기세가 등등한 게 여왕이 따로 없었다.

반면 아내에게 모든 주도권을 빼앗긴 김우석 씨는 영혼의 밑바닥까지 탈탈 털린 껍데기와 다름없는 태도로 단지 안을 떠돌았다. 가끔 아주 늦은 밤, 103동 앞에서 망연히 슬희의 집을 올려다보며 담배를 피우는 모습을 볼 수 있었는데 솔직히 조금도 안타깝지 않았다. 며칠 전 밤에는 쓰레기를 버리러 나갔다가 김우석 씨가 우연히 셀카봉을 들고 입구 홀을 나오는 슬희와 딱 마주치는 장면을 목격한 적도 있다. 김우석 씨의 애타는 눈빛에도 슬희는 힐긋 눈길조차 주지 않았다. 김우석 씨는 반대로 한때는 자신이 만지고 느낄 수 있었던 슬희에게서 언제까지나 시선을 떼지 못했다.

부모님에게 따귀까지 맞은 슬희는 언급한 대로 김우석 씨와의 관

447

계를 칼같이 정리했다. 비슷한 시기에 가수의 꿈도 완전히 좌절되어 절망에 허우적댈 줄 알았건만, 요즘은 인터넷 개인방송의 인기인으로 거듭나 말도 안 되는 거액을 벌고 있단다. 컴퓨터에 설치한 카메라를 보고 웃어 주고, 노래하고, 가끔 야한 춤을 추기만 하면 돈이 된다니 어느 정도 가수라는 꿈의 대리만족쯤은 되는 모양이다. 아무튼 요즘은 적당히 행복해 보여 그나마 다행이다.

마지막으로 신영자가 체포당한 며칠 뒤 최순자 아주머니의 딸 이영옥 씨를 경찰서에서 만났다. 울부짖으며 오열하던 그녀는 내 손을 꼭 잡고 연신 고맙다는 말을 되까렸는데, 그때만큼 재수사를 하기 잘했다고 생각한 적은 없었다. 다만 그날의 눈물이 진심이었던 것만큼 사회에 남은 재산이 많은 신 작가에게 어머니의 얘기를 표절한 것에 대한 위자료를 청구한 약삭빠름 또한 진심일 터였다.

낙원회 정식회원들을 하나씩 떠올리며 걷다 보니 어느새 우리 집인 103동 앞이었다. 불과 몇 미터만 걸으면 입구 홀이었지만 걸음을 멈출 수밖에 없었다. 길쭉하고 호리호리한 남자 하나가 입구 앞에서 내 쪽을 바라보며 서 있었다.

"새로운 사건을 맡았습니다…… 그런데 지혜 씨가 없으니 일이 잘 안 풀리네요. 역시 탐정에게는 조수가 꼭 필요한 것 같습니다."

나는 머리를 긁적이며 주절거리는 강마로를 실컷 꼬집어 주기 위해, 주먹으로 가슴을 탕탕 때려 주기 위해 그에게로 달려갔다.

슬플 때는 그렇다 치고, 왜 기쁠 때도 눈물이 나는지 나는 그 이유를 정말 모르겠다.

〈끝〉

448

『낙원남녀』는 낙원아파트라는 가상의 서민 아파트를 배경으로 한 소설이다. 대부분의 이야기가 낙원아파트에서 진행되며 주된 등장인물도 거의 모두가 같은 아파트 주민이다.

대한민국 천지가 아파트로 뒤덮인 지도 물경 수십 년이 지났고, 어린 시절 부모님 밑에서 기와집, 단독주택 셋방살이, 연립빌라 등을 전전했던 저자 역시도 중학교 3학년 때인 1993년부터 아파트 생활을 시작했다. 그 후로 지금까지 같은 아파트에서 쭉 살고 있으니 인생의 절반이 훨씬 넘은 세월을 아파트에서 살고 있는 것이다.

몇 년 전, 내가 사는 아파트에서 화재 경보가 울린 적이 있다. 요란하게 울리는 사이렌에 급히 뛰쳐나가 계단을 통해 1층으로 내려갔다. 한 층, 한 층 내려갈 때마다 역시나 대피하러 나온 아래층 사람들과 합류하면서 우리의 머릿수는 점점 늘어만 갔다. 그런데 우습게도 불이 났을지도 모르는 그 절박한 상황에서 아파트 주민들이 서로에게 인사를 건네는 게 아닌가!

"안녕하세요.", "처음 뵙겠습니다.", "아 000호 분이시구나.", "옆 집 사시는 분인데 이제야 인사를 드려 죄송하네요." 등등 한 집, 한 집 합류할 때마다 정겨운 대화가 오가는 모습에 절로 미소를 짓게 되더라. 실제로 불이 난 건 아니었고 단순한 경보기 오작동에 불과해 그날의 소동은 결국 헛소동으로 끝났지만, 한국 사람들 참 예의도 바르지 하는 생각과 더불어 평소 위아래 집에 누가 사는지도 모르던 아파트 주민들이 왠지 사랑스럽게 느껴졌다.

그때부터 나는 언젠가 아파트를 배경으로 한 소설을 써야겠다고 결심했다. 살풍경한 거주공간의 대명사로 폄하되고 있는 아파트에도 다름 아닌 우리의 이웃이 살고 있음을 꼭 말해보고 싶었다. 물론 아침부터 말도 안 되는 노래 실력으로 깍깍거리는 어느 윗집 청년이나 보일러 배관 누수로 본의 아니게 아랫집에 폐를 끼치고 피 같은 쌈짓돈이 나간 기억 등을 떠올리면 당장 이사 가고 싶은 것도 사실이지만 이웃의 커다란 도움을 받은 적도 분명히 있다. 지금은 호주에서 살고 있는 여동생이 생사의 경계를 넘나들었을 때 119를 불러주고 퇴원하는 날에는 피자까지 쏜 (지금은 이사 간) 이웃은 특히 잊지 못하겠다.

필시 대다수가 아파트에서 살고 계실 독자 여러분들께서도 졸저의 주인공인 지혜 양처럼 아파트 이웃들이 어떤 꿈을 가지고 있는지, 어떤 아픔을 겪고 있는지, 어떤 마음으로 살아가는지 알아갈 수 있는 기회가 생기기를 바라며 앞으로 더욱 좋은 관계를 맺으시길 바라는 마음이 간절하다.

　마지막으로 학원강사에 대해 자세한 이야기를 들려준 몇몇 여성 지인에게 감사의 마음을 전한다. 그분들은 가감 없이 정확한 이야기를 들려주었지만 소설의 재미를 위해 실상에서 가공한 부분이 적지 않다. 실제 학원강사 여러분들은 주인공 유지혜 양보다는 훨씬 더 나은 대접을 받고 있으며, 훨씬 더 당당하고 멋지게 일하고 있음을 밝혀두고 싶다.

2017년 6월 26일
나혁진

# 낙원남녀

1판 1쇄 펴냄 2017년 7월 4일
1판 2쇄 펴냄 2020년 9월 14일

**지은이** | 나혁진
**발행인** | 박근섭
**편집인** | 김준혁
**책임편집** | 최고운
**펴낸곳** | 황금가지

**출판등록** | 2009. 10. 8 (제2009-000273호)
**주소** | 06027 서울 강남구 도산대로 1길 62 강남출판문화센터 5층
**전화** | 영업부 515-2000 편집부 3446-8774 팩시밀리 515-2007
**홈페이지** | www.goldenbough.co.kr

도서 파본 등의 이유로 반송이 필요할 경우에는 구매처에서 교환하시고
출판사 교환이 필요할 경우에는 아래 주소로 반송 사유를 적어 도서와 함께 보내주세요.
06027 서울 강남구 도산대로 1길 62 강남출판문화센터 6층 민음인 마케팅부

ⓒ 나혁진, 2017. Printed in Seoul, Korea

ISBN 979-11-5888-297-6 03810

㈜민음인은 민음사 출판 그룹의 자회사입니다.
황금가지는 ㈜민음인의 픽션 전문 출간 브랜드입니다.